Lara Möller wurde 1978 in Hamburg geboren. In ihrer Schulzeit war sie aktive Rollenspielerin. Ihre Faszination für das Rollenspiel ShadowRun und die begleitenden Romane führte schließlich zu dem Entschluss, es selbst mit dem Schreiben zu versuchen. Während ihrer Ausbildung zur Schifffahrtskauffrau und in den folgenden Jahren hat sie drei Fantasy-Romane und zwei Kurzgeschichten veröffentlicht. Die Ehrfahrungen ihrer zehnmonatigen Rucksacktour durch Australien und Neuseeland hat sie auch für eine schriftstellerische Neuorientierung genutzt. Wenn Lara in ihrer Freizeit nicht gerade an einem neuen Buch arbeitet, plant sie den nächsten Wanderurlaub.

LARA MÖLLER

DETROIT DRIVER

EIN ALEC BOYD-THRILLER

Überarbeitete Neuausgabe Juli 2022

Detroit Driver

ISBN 978-3-96087-761-8
E-Book-ISBN 978-3-98637-479-2

Covergestaltung: Anne Gebhardt
Umschlaggestaltung: ARTC.ore Design
Unter Verwendung von Abbildungen von
shutterstock.com: © Anton Violin, © brickrena
stock.adobe.com: © yotrakbutda, © Michael
depositphotos.com: © jankovoy
neo-stock.com: © Tom Parsons
Lektorat: Birgit Förster
Satz: dp DIGITAL PUBLISHERS GmbH
Druck und Bindung: Books on Demand GmbH, Norderstedt

SPERAMUS MELIORA; RESURGET CINERIBUS

Prolog

Detroit, Michigan

Auf der Uhr am Armaturenbrett verstrichen die Sekunden.

Vor fünf Minuten hatten seine Fahrgäste dunkle Skimasken übergestreift, ihre Sporttaschen genommen und waren auf das Gelände der *Easy Self Storage Company* gelaufen. Was immer die Männer in dem zweistöckigen Gebäude stehlen wollten, sie sollten sich besser beeilen.

Alec spreizte die Finger der linken Hand, die in einem dünnen Lederhandschuh steckte, und schloss sie wieder fest ums Lenkrad. Seine rechte Hand lag locker auf der Gangschaltung. Zeigefinger und Mittelfinger tippten einen stetigen langsamen Rhythmus. Durch das halb geöffnete Fahrerfenster wehte kühle Luft herein. Der Motor des dunkelblauen Ford Taurus vibrierte kaum merklich im Leerlauf.

Er ließ prüfend den Blick schweifen. Die Straße war schlecht beleuchtet und der Himmel wolkenverhangen. Ideale Deckung. Er rechnete nicht mit Publikum. Das Gebäude der *Easy Self Storage Company* lag in Ferndale, einem Vorort von Detroit. Eingeklemmt zwischen einem Friedhof und einer Reihe gewerblich genutzter Gebäude. Unter dem Schirm seiner Baseballkappe heraus blickte er hinüber zum Lagerhaus, einem quadratischen Klotz auf der gegenüberliegenden

Straßenseite. Es gab weder Mauern noch einen Zaun, die das Gelände von der Straße trennten. Zwei Lampen erhellten den von Kameras überwachten Eingangsbereich. Der Parkplatz vor dem Eingang war leer.

Mit statischem Knacken und Rauschen erwachte der Polizeifunk zum Leben. Der Empfänger, kaum größer als ein Walkie-Talkie, klemmte zwischen Alecs rechtem Oberschenkel und der Mittelkonsole. Vor neugierigen Blicken geschützt und mit einem schnellen Handgriff abzuschalten.

Er lauschte der verzerrt klingenden Unterhaltung zwischen der Einsatzzentrale und einem Streifenwagen. Jemand hatte einen Überfall auf ein Juweliergeschäft in der Innenstadt gemeldet. Weit entfernt. Nichts, worüber er sich Sorgen machen musste.

Vor ihm bog ein Wagen in die Straße. Scheinwerferlicht durchschnitt die Dunkelheit. Alec erstarrte, jeder Muskel in seinem Körper schlagartig angespannt. Als das Fahrzeug näher kam, rutschte er trotz der getönten Scheiben weit im Fahrersitz nach unten. Er beobachtete den Wagen im Außenspiegel, bis dessen Heckscheinwerfer zu winzigen Quadraten zusammenschrumpften.

Er richtete sich wieder auf.

Plötzlich zerriss das schrille Jaulen einer Alarmanlage die Stille. Gleichzeitig begann eine rote Lampe über dem Eingang des Lagerhauses hektisch zu blinken. Alecs Hände schlossen sich reflexartig fester um Lenkrad und Gangschaltung. Rasch suchte er die Umgebung ab.

Niemand zu sehen. Von seinen Fahrgästen ebenfalls keine Spur. Er legte den ersten Gang ein. Der Polizeifunk schwieg. Noch.

Keine Minute später informierte eine emotionslose Frauenstimme alle Streifenwagen in der Umgebung der West Marshall Avenue über einen möglichen Einbruch bei der *Easy Self Storage Company*. Zwei Streifenwagen antworteten. Der Schnellere der beiden würde in zwei Minuten hier eintreffen. Alec atmete tief ein und ließ die Luft langsam ausströmen. Kein Grund zur Panik. In zwei Minuten konnte viel passieren.

Hörte er Sirenen?

Er senkte das Fahrerfenster weiter ab.

Nein. Bloß die Nerven behalten.

Endlich bewegte sich etwas beim Lagerhaus. Zwei Schatten kamen hinter dem Gebäude hervor und rannten zur Straße. Er schaltete die Scheinwerfer ein, damit die Männer ihn leichter fanden. Ihre Sporttaschen waren jetzt prall gefüllt.

Seine Passagiere hatten den Wagen fast erreicht, als eine männliche Stimme über den Polizeifunk zwei verdächtige Personen meldete, die zu Fuß vom Gelände der *Storage Company* flüchteten. Im Rückspiegel entdeckte er Scheinwerfer, die rasch näher kamen. Kurz stockte ihm der Atem. Dann wurde die linke Hintertür des Fords aufgerissen, und seine Passagiere drängten in den Wagen.

»Los, los, los!«, schrie einer von ihnen voller Panik.

Alec gab Gas. Über dreihundert PS ließen den Ford starten wie eine Rakete. Hinter ihnen blitzten blaue und rote Lichter in der Dunkelheit auf. Mit dem

Aufheulen der Sirene nahm der Streifenwagen die Verfolgung auf.

Weit vor ihm kam der zweite Streifenwagen aus einer Querstraße geschossen. Der Fahrer vollführte einen gewagten Schlenker und hielt danach auf ihn zu. Sie wollten ihn in die Zange nehmen. Gleich würde sich der Streifenwagen vor ihm quer stellen, um ihm den Fluchtweg abzuschneiden. Alec verschaffte sich blitzschnell einen Überblick. Hier war die Straße frei von parkenden Autos. Er hatte ausreichend Platz. Er schätzte die Entfernung zu seinen Verfolgern ab und ging vom Gas. Während sich die Lücke zwischen ihren Fahrzeugen schloss, nahm er die Hand von der Gangschaltung und legte sie auf die Handbremse. Im nächsten Moment riss er das Steuer ruckartig nach links, zog die Handbremse an und trat gleichzeitig die Kupplung durch. Der Ford schleuderte mit quietschenden Reifen herum. Für einen Sekundenbruchteil sah es aus, als würden sie frontal in eine Hauswand rasen. Dann kam das Heck nach, und der Wagen beschrieb eine 180-Grad-Drehung wie aus dem Lehrbuch. Der verfolgende Streifenwagen schoss haarscharf an der Fahrerseite des Fords vorbei. Bremsen kreischten, als der Polizist in die Eisen stieg. Der Streifenwagen kam schräg auf der Straße zum Stehen. Da hatte Alec den Ford längst zurück in die Spur gebracht und raste in die entgegengesetzte Richtung davon. Im Rückspiegel sah er, wie der Fahrer den Streifenwagen zurücksetzte, um seine Kollegen vorbeizulassen. Die Jagd war noch nicht zu Ende.

Einer der Polizisten gab verärgert einen Lagebericht und eine Beschreibung des Fords an die Einsatzzentrale durch. Einschließlich des Kennzeichens.

Bei der nächsten Gelegenheit bog er rechts ab, das Heulen der Sirenen in den Ohren. Er hatte das Ende der Straße fast erreicht, als hinter ihm die blinkenden Lichter auftauchten. An der Kreuzung lenkte er den Ford nach links. Er fuhr jetzt durch ein Wohngebiet und musste die Geschwindigkeit den engeren Straßen anpassen. Die Sirenen und der Polizeifunk hielten ihn über die Position der Verfolger auf dem Laufenden. Mittlerweile war ein dritter Streifenwagen im Spiel, der sich von der Stadt her näherte. Nach dem, was er im Funk hörte, fuhren sie direkt aufeinander zu. In der Straße, in der er sich jetzt befand. Alec entdeckte keine Möglichkeit, abzubiegen. Er schaltete die Scheinwerfer aus und ging vom Gas. Er hörte weder Sirenen noch sah er Scheinwerfer oder blinkende Lichter auf sich zukommen. Versuchten die Polizisten, ihn auszutricksen? Kurz entschlossen trat er auf die Bremse, legte den Rückwärtsgang ein und schwenkte in die Einfahrt eines Grundstücks. Schemenhaft erkannte er die Umrisse einer Doppelgarage. Einer der beiden Stellplätze war frei. Alec parkte neben einem Kombi und stellte den Motor ab. Von der Rückbank kam kein Laut. Seine Fahrgäste waren wie erstarrt. Durch das offene Fenster drangen Motorengeräusche. Er hielt unwillkürlich den Atem an. Sekunden später rollte langsam ein Schatten am Grundstück vorbei.

Der Streifenwagen.

Unbeleuchtet.

Alec blickte dem Fahrzeug nach und konnte kaum fassen, wie knapp es gewesen war. *Geschickter Schachzug*, zollte er dem Fahrer stummen Respekt.

In den folgenden Minuten sprach niemand ein Wort. Die angespannte Stille wurde nur vom Knistern des Empfängers und kurzen Funksprüchen der Polizeibeamten unterbrochen. Sie konnten den Ford nicht finden. Schließlich meldete die Einsatzzentrale eine Schießerei im Twin Pines Trailerpark, in der 11 Mile Road. Nicht allzu weit entfernt. Zwei der Streifenwagen beantworteten die Anfrage. Kurz darauf brach auch der dritte Wagen die Suche nach den Flüchtigen ab und fuhr zum nächsten Einsatz.

Alec atmete auf. Von der Rückbank hörte er gelöstes Lachen. Seine Fahrgäste zogen sich die Skimasken vom Kopf. Darunter kamen zufriedene schwarze Gesichter zum Vorschein. Einer der Männer klopfte ihm anerkennend auf die Schulter, der andere reckte grinsend den Daumen in die Höhe.

Der schwierigste Teil war geschafft. Jetzt mussten sie unentdeckt zurück nach Detroit kommen. Es war ein weiter Weg dahin, der an zahlreichen Verkehrskameras vorbeiführte.

Alec zog sich die Baseballkappe tiefer ins Gesicht und stieg aus. Die kühle Nachtluft prickelte erfrischend auf der Haut. Sein Herzschlag beruhigte sich allmählich, doch sein Körper vibrierte noch vom Adrenalinschub. Seine Finger zitterten, als er versuchte, die schwarze Folie zu lösen, die auf der Motorhaube klebte. Der Handschuh machte es unmöglich. Er zog ihn aus und benutzte die Fingernägel. Sobald eine Ecke hochstand, konnte er die Folie mit der anderen, behandschuhten Hand abziehen. Heller Lack kam zum Vorschein. Wenig später hatte er den gesamten Wagen von der Tarnung befreit und stand vor einem silbernen Taurus. Er zog den Handschuh wieder an und knüllte die Folienstücke zu einem Ball zusammen. Anschließend zog er das Nummernschild aus seiner Halterung am Heck. Darunter wurde ein zweites Schild sichtbar. Er versteckte Folie und Nummernschild unter einer Hecke und stieg wieder ein. Das zweistöckige Wohnhaus im Blick, startete er den Motor. Die Fenster zur Straße blieben dunkel. Die Bewohner verschliefen die Ereignisse vor ihrer Haustür. Alec legte den Vorwärtsgang ein und rollte vom Grundstück.

Auf der 8 Mile Road, Detroits wohl berühmtester Straße, kam ihnen ein Streifenwagen entgegen. Er spürte die Nervosität seiner Fahrgäste. Doch die Patrouille fuhr vorbei, und der Polizeifunk blieb ruhig. Wie erwartet.

Er nahm den Freeway, die kürzeste der drei Routen, die er für diese Nacht ausgearbeitet hatte, und erreichte bald die Innenstadt. An einer Straßenecke im Vergnügungsviertel hielt er an. Einer seiner Fahrgäste stieg wortlos aus.

Der andere reichte ihm die Hand und drückte sie kräftig. »Guter Job, Kumpel!«

Sobald der zweite Mann ausgestiegen war, fuhr Alec weiter.

Während er an einer roten Ampel wartete, schaltete er den Polizeiempfänger aus und verstaute ihn im Handschuhfach. Danach beobachtete er die Nachtschwärmer, die vor ihm die Straße überquerten. Auf dem Weg zur nächsten Party, auf der Suche nach einem Taxi, vielleicht unentschlossen, wie die Nacht weitergehen sollte.

Für diese Menschen war es ein normaler Abend.

Alec kam es vor, als würde er durch ein Fenster in eine fremde Welt schauen. Seine Normalität war eine vollkommen andere.

Wenig später bog er in eine ruhige Nebenstraße ab und lenkte den Ford in die Auffahrt eines Parkhauses. Er stellte den Wagen im zweiten Obergeschoss ab und platzierte das Parkticket gut sichtbar auf dem Armaturenbrett. Den Autoschlüssel legte er zum Polizeiempfänger ins Handschuhfach. Auf dem Weg zum Fahrstuhl zog er ein Handy aus der Jackentasche und schrieb eine kurze Textnachricht mit dem Standort des Wagens. Nachdem er die Nachricht abgeschickt hatte, schaltete er das Handy aus und warf es in einen Mülleimer.

Wieder auf der Straße, wandte er sich nach rechts und ging einen Teil der Strecke zurück, die er eben gefahren war.

Hinter einer Kreuzung stand am Straßenrand ein betagter, dunkelblauer Dodge Daytona. Alec zog einen Autoschlüssel aus der Hosentasche, öffnete die Fahrertür und hielt inne. Auf der anderen Straßenseite lag ein Fitnessstudio, dessen Eingangsbereich selbst weit nach Mitternacht hell erleuchtet war. Hinter einer Milchglasscheibe zeichneten sich schemenhaft die Umrisse einer einzelnen Person ab, die auf einem Laufband trainierte.

Er gab der Fahrertür einen kräftigen Stoß, damit das Schloss einrastete, und holte eine Sporttasche aus dem Kofferraum. Sein Körper summte und brummte wie ein Bienenstock. Wenn er die überschüssige Energie nicht abbaute, würde er heute Nacht kein Auge zumachen.

Kapitel 1

An einem Montagmorgen um vier Uhr unterschied sich Detroit von keiner anderen amerikanischen Großstadt. Nach dem Wochenende herrschte eine Atmosphäre erschöpfter Stille. Die Straßen waren wie leer gefegt, und der gnädige Schleier der Dunkelheit bedeckte all die kleinen und großen Makel. Erst das Tageslicht würde sie gnadenlos zum Vorschein bringen. Doch bis dahin blieb noch Zeit.

Alec stand in Boxershorts und T-Shirt am offenen Küchenfenster und trank Wasser aus einem Glas. Kühle Nachtluft wehte herein. In der Ferne zeichneten vereinzelte Lichter die Skyline von Detroit nach. Ihr Anblick übte eine magische Anziehungskraft auf ihn aus.

Die Wohnung lag im fünften Stock einer sechsstöckigen Wohnanlage, die den optimistischen Namen *Freedom Place Apartments* trug. Vom Dach bot sich ein spektakulärer Blick auf die Hochhäuser der Innenstadt. An besonders warmen Tagen saß er manchmal bis spät abends auf der von der Sonne aufgeheizten Teerpappe, trank Bier und genoss die herrliche Aussicht. Kurz nach seinem Einzug hatte er herausgefunden, dass der Schlüssel für den Trockenraum im Keller auch für den Zugang zum Dach passte. Ob Zufall oder Absicht, konnte Alec nicht sagen. Den Hausmeister würde er jedenfalls nicht danach fragen.

Von unten drang leise Musik herauf. Vielleicht aus dem vierten Stock, vielleicht aus dem dritten. Die dünnen Wände isolierten schlecht, als wäre das Gebäude aus Pappmaschee gebaut.

Er schloss das Fenster, holte Butter, Käse und Schinken aus dem Kühlschrank und bereitete zwei Sandwiches zu. Danach füllte er das Wasserglas erneut aus einer großen Plastikflasche und ging ins Wohnzimmer. Im Fernsehen lief das vorletzte Inning eines Baseballspiels. Die Lautstärke war heruntergedreht und die Stimmen der Kommentatoren kaum zu hören. Er machte es sich auf dem Sofa bequem.

Am Tag zuvor hatte ein lokaler Radiosender von einem Einbruch in ein Self-Storage-Lagerhaus in Ferndale berichtet. Lediglich eine der kleineren Lagereinheiten war aufgebrochen worden. Bei der Spurensicherung fand die Polizei Hinweise auf ein Drogendepot. Es bestand der begründete Verdacht, dass die Täter die Lagereinheit gezielt aufgebrochen hatten, um an die Drogen zu gelangen. Nach dem Mieter der Einheit wurde ebenso gefahndet wie nach den drei oder vier unbekannten Personen, die an dem Raub beteiligt gewesen sein sollten. Kein Wort über die nächtliche Verfolgungsjagd oder das Entkommen der Täter. Diese unrühmlichen Details verschwieg das Detroit PD.

Während sich das Baseballspiel dem Ende näherte, aß Alec in aller Ruhe sein Frühstück. Es war sein erster Auftritt in den Nachrichten. Sorgen machte er sich deshalb nicht, solange es bei dem einen Mal blieb.

Um kurz nach fünf zog er die Wohnungstür hinter sich zu und ging durch den spärlich beleuchteten Korridor zum Fahrstuhl. Die Luft roch muffig und nach Schimmel. An der Decke zeichneten sich vereinzelt dunkle Flecken ab. Hier und da zierten mit Kreide oder Buntstiften gemalte Krakeleien die Wände und das hellgraue Linoleum. Die jüngeren Kinder benutzten das Haus als Malbuch, die älteren als Übungsfläche für Graffitis.

Im Fahrstuhl roch es nach einer Mischung von Urin, Schweiß und scharfen Reinigungsmitteln, die ihm fast dem Atem verschlug. In einer Ecke lag ein verloren gegangener Schnuller. *Freedom Place* war eine städtische Wohnanlage, in der überwiegend alleinerziehende Eltern mit niedrigem Einkommen wohnten. Bis auf wenige Stunden in der Nacht herrschte ständiger Lärm. Kindergeschrei, Getrampel, dröhnende Musik, laut gedrehte Fernseher, hitzige Debatten hinter verschlossenen Türen. Alec machte die Unruhe nichts aus, weil er selten zu Hause war. Und wenn er einmal schlief, konnte ihn kaum etwas wecken.

In der Tiefgarage blieb er einen Moment zwischen den geöffneten Fahrstuhltüren stehen und sah sich prüfend um. *Freedom Place* war kein Getto, trotzdem gab es Zeitgenossen und Situationen, die man besser meiden sollte. Heute bewegte sich nichts zwischen den Reihen der geparkten Fahrzeuge. Das einzige Geräusch kam von einer defekten Leuchtstoffröhre, die in unregelmäßigen Abständen flackerte und dabei brummte wie eine wütende Hornisse.

Sein Wagen stand weit entfernt von der Ausfahrt, auf dem Parkplatz, der ihm bei seinem Einzug vom Hausmeister zugeteilt worden war. Er stieg ein, rollte zur Ausfahrt und wartete, bis sich das Sicherheitstor quietschend und ratternd gehoben hatte. Das Gelände der Wohnanlage lag eingeklemmt zwischen einem der zahlreichen Freeways, die Detroit wie Lebensadern durchschnitten, und der Warren Avenue, einer Durchgangsstraße. Er fuhr die Rampe hoch, bog auf die

Warren Avenue ein und lenkte den Wagen nach Westen. Es waren nur wenige Fahrzeuge unterwegs, doch allmählich erwachte die Stadt aus dem Schlaf.

Während er an Schrott- und Autohändlern, städtischen Wohnungsbauprojekten und One-Dollar-Shops vorbeifuhr, überkam ihn angesichts der geballten Hässlichkeit und Trostlosigkeit eine leichte Melancholie. Der Niedergang der Automobilindustrie hatte Detroit fast den Todesstoß versetzt. Die alte Dame stand noch im Ring, aber sie schwankte gefährlich. Der anbrechende Tag würde nach und nach die Wunden ihres Kampfes sichtbar machen. Die Schlaglöcher und Risse im Asphalt, die nicht ausgebessert wurden, weil finanzielle Mittel fehlten. Die brachliegenden Flächen, auf denen nicht gebaut wurde. Die unbewohnten Häuser, die allmählich verfielen. Seit den 1950er-Jahren hatte sich Detroits Bevölkerung mehr als halbiert. Von einst knapp unter zwei Millionen Einwohnern waren keine achthunderttausend übrig geblieben. Mehr als ein Fünftel der Gebäude stand leer. Tausende Ruinen verschandelten das Stadtbild. Der Zusammenbruch des Immobilienmarktes und die folgende weltweite Wirtschaftskrise hatten ebenfalls ihren Teil dazu beigetragen, der *Motor City*, dem einstigen Juwel des Nordens, ihr heutiges Gesicht zu verleihen.

Nach der nächsten Ampel tauchte Alecs Ziel in der Dunkelheit auf. Er hielt vor einem schweren Eisentor. Jenseits des Tores zeichneten sich zwei eingeschossige Gebäude ab. Das Kleinere, eine Doppelgarage, stand hinten auf dem Gelände und quer zur Straße. Das größere Gebäude blickte auf die Warren Avenue. Über den vier geschlossenen Rolltoren leuchtete grellrot eine Reklame: *Mikelti's Autoshop – Repairs & Parts.*

Er zog einen Schlüsselbund aus der Hosentasche und öffnete das Eisentor. Er stellte den Daytona neben der Doppelgarage ab, schloss das Tor und ging zum Hauptgebäude. Eine Videokamera verfolgte, wie er ein massives Vorhängeschloss öffnete und einen schweren Riegel zurückzog. Er schloss die Eingangstür zum Büro auf, das gleichzeitig als Kassenraum, Beratungszimmer und Ausstellungsraum für verschiedene Felgen- und Reifenmodelle diente. In der Dunkelheit begann ein rotes Lämpchen zu blinken. Alec gab den Deaktivierungscode in die Alarmanlage ein, das Lämpchen erlosch. Nach dem Wochenende war die Luft im Büro stickig. Er öffnete zwei Fenster und setzte in der Küche die erste Kanne Kaffee auf. Sein Chef würde frühestens um halb sieben auftauchen. Bis dahin hatte er die Werkstatt für sich allein. Während die Kaffeemaschine geschäftig vor sich hin blubberte, schaltete er das Radio ein und wechselte den Sender. Seine Kollegen hörten Hip-Hop, R'n'B und eine gewöhnungsbedürftige Mischung aus Funk und House, die sich *Detroit Techno* nannte. Tagsüber schallte die Musik unaufhörlich durch die Werkstatt. Alec mochte Springsteen, Cash, Gary Moore und einen Haufen anderes altes Zeug. Abgesehen von vereinzelten Ausflügen in die Popcharts war sein Musikgeschmack ähnlich *oldschool* wie seine Vorliebe für Autos.

Er schenkte sich Kaffee ein – schwarz, ohne Zucker – und nippte vorsichtig an dem heißen, bitteren Getränk. Mit dem Becher in der Hand ging er in den Umkleideraum. Sein Spind war leicht zu finden. Die blanke Tür unterschied sich deutlich von den vier anderen, an denen Bilder von Sportlern, Autos, Comicfiguren oder Familienmitgliedern klebten. Er stellte den Kaffeebecher auf dem Spind ab und tauschte seine Kleidung gegen einen dunkelblauen, von Schmutz- und Ölflecken übersäten Overall. Auf dem Rücken und über der linken Brust prangte in Gelb und Rot der Name des Autoshops. Nachdem er sein Handy in einer der zahlreichen Hosentaschen verstaut hatte, nahm er den Kaffeebecher mit in die Werkstatt. Alle vier Stellplätze waren belegt. In diesen unsicheren Zeiten kaufte kaum jemand einen neuen Wagen. Stattdessen ließen die Leute ihre alten Karren so lange zusammenflicken, bis sie ihnen quasi unter dem Hintern zusammenbrachen.

Alec betrachtete skeptisch den weißen Viertürer in der zweiten Bucht. Der japanische Plastikbomber brauchte ein neues Getriebe und eine neue Kupplung. Damit würde er in den nächsten Stunden gut beschäftigt sein. Er hätte dem Besitzer gern geraten, die hässliche Möhre zu verschrotten und sich ein ordentliches Auto zu kaufen. Schließlich waren sie in Detroit. Doch er würde sich hüten, seine Gedanken laut auszusprechen. Es war sein persönliches Problem, dass er den Fahrzeugen gewisser Hersteller mehr Respekt entgegenbrachte als denen anderer.

Begleitet von einem pflegeleichten Popsong fuhr er die Hebebühne hoch und holte seinen Werkzeugwagen aus einem der Sicherheitsverschläge.

Als sein Chef um kurz nach sieben die Werkstatt betrat, hatte Alec den Motor längst ausgebaut und an vier starken Ketten aufgehängt, um leichter an die defekten Teile zu kommen.

Mikelti musterte ihn mürrisch. »Bist du ein verdammter Roboter, der keinen Schlaf braucht? Das ist ja nicht normal!«

Er legte schmunzelnd den Schraubenschlüssel beiseite. »Und auch dir einen wunderschönen guten Morgen!«

Der ältere Mann schüttelte den Kopf und wandte sich mit einer wegwerfenden Handbewegung ab. Irgendetwas hatte ihm gründlich die Laune verdorben. Alec wischte seine schmutzigen Hände mit einem feuchten Lappen ab und folgte seinem Chef ins Büro. Mikelti saß bereits hinter dem Schreibtisch. Er sah müde und abgespannt aus. Kein guter Start in die Woche.

Alec lehnte sich gegen den Türrahmen. »Alles klar?«

Mikelti seufzte. »Laurie ist letzte Nacht viermal aufgewacht und hat mit ihrem Geschrei das ganze Haus geweckt. Die Nacht davor war kaum besser. Sie hat Durst, sie hat Albträume, sie weint. Darnelle ist mit den Nerven am Ende. Sie will die Schule schmeißen, weil sie alles überfordert, und stattdessen halbtags im Supermarkt arbeiten.« Sein Chef warf ihm einen erschöpften Blick zu. »Wie war dein Wochenende?«

Alec verzog mitfühlend das Gesicht. »Kaffee?«

Als Antwort kam ein Nicken. Er füllte in der Küche einen Becher, gab Milch und Zucker dazu und brachte Mikelti den kleinen Seelentröster.

Sein Chef nahm einen Schluck und lehnte sich seufzend zurück. »Danke. Das habe ich gebraucht.«

Alec deutete einen Zweifingersalut an und ging zurück an die Arbeit.

Mikelti Mbame führte wahrlich kein stressfreies Leben. Er war siebenundfünfzig Jahre alt, besaß seit fünfzehn Jahren eine Werkstatt, die trotz guter Phasen immer wieder bedrohlich nahe an der Pleite entlangschrammte, und war nach zwei gescheiterten Ehen zum dritten Mal verheiratet. Er hatte einen Sohn aus zweiter Ehe und eine Tochter aus der dritten, die ihn mit zarten sechzehn Jahren zum Großvater gemacht hatte. Mittlerweile war die kleine Laurie zwei Jahre alt. Darnelle versuchte seit einiger Zeit, ihren Highschool-Abschluss nachzuholen. Allerdings mit unterschiedlichen Ergebnissen und schwankender Motivation. Lauries biologischer Vater, ein dreiundzwanzigjähriger Hohlkopf, war spurlos verschwunden, nachdem er von dem Braten in der Röhre erfahren hatte. Tagsüber kümmerte sich Mikeltis Frau um die Enkeltochter, damit Darnelle zur Schule gehen konnte. Abends übernahm häufig Mikelti die Babysitterrolle, um seiner Tochter Zeit für Hausaufgaben und ihre Freundinnen zu geben. Darnelle war trotz allem immer noch ein Teenager. Ein äußerst zickiger Teenager mit einem permanent beleidigten Gesichtsausdruck, der die Welt wissen ließ, dass ihr Leben nicht nach Plan verlief.

Seit Alec im Autoshop arbeitete, war Darnelle dreimal vorbeigekommen, um existenzielle Probleme mit ihrem Vater auszudiskutieren. Was bedeutete, dass sie keifte und Mikelti zuhörte. Jedes Mal hatte Darnelle die Kinderkarre samt ihrer Tochter in der Werkstatt geparkt und es Alec und den anderen Mechanikern überlassen, Babysitter zu spielen. Laurie war ein süßes Mädchen, keine Frage. Auf die Mutter konnte er getrost verzichten.

Nach und nach trafen seine Kollegen ein. Zuerst Sayed. Er begrüßte Alec mit einem fröhlichen Hallo und der Androhung, später ausführlich von seinem großartigen Wochenende mit Maria oder Mary oder Marianne zu erzählen. Jedenfalls irgendwas mit »M«. Der Einunddreißigjährige war keine geistige Leuchte, doch stets gut gelaunt und für jeden Spaß zu haben. Anders als Joseph. Der ältere Mann quittierte Alecs Anwesenheit mit einem sparsamen Nicken und machte sich wortlos an die Arbeit. Joseph ging auf die fünfzig zu und hatte offenbar genug Lebenszeit mit zwischenmenschlichem Geplänkel verschwendet.

Zuletzt gab sich Mikelti junior die Ehre. Oder Mick, wie ihn alle nannten, um Verwechslungen mit seinem Vater zu vermeiden. Wer es wagte, Mick ohne Erlaubnis *Junior* zu nennen, begab sich allerdings in Lebensgefahr.

Pünktlich um acht Uhr fuhren sie die Rolltore hoch und öffneten das Tor zur Straße. Sayed suchte im Radio den Hip-Hop-Sender, und das Arbeitstempo zog an. Trotzdem wurde viel gescherzt und gelacht. Der Umgangston war rau, aber freundschaftlich. Besonders Sayed und Mick nahmen kein Blatt vor den Mund. Als einziger Weißer im Team war er ein beliebtes Ziel für ihre flapsigen Sprüche und Sticheleien. Es störte ihn nicht. Er teilte genauso gut aus, wie er einsteckte. Wenn es ihm zu viel wurde, ignorierte er das Gequatsche und konzentrierte sich auf seine Patienten. Die Arbeit an den Fahrzeugen war wie Meditation für ihn. Weil er an nichts anderes denken musste als an die Lösung einer einzigen überschaubaren Aufgabe. Keine komplizierten Abwägungen, keine Vielschichtigkeit, keine unbekannten Variablen. Reine Mechanik, reine Technik.

Häufig vergaß er darüber die Zeit und solch nebensächliche Dinge wie Essen oder Trinken.

So auch heute. Irgendwann stieß Mikelti ihn an und reichte ihm eine Flasche Wasser.

»Danke.« Alec lehnte sich gegen den Pick-up, bei dem er eben eine defekte Wasserpumpe ausgetauscht hatte, und trank durstig.

»Bist du fertig mit dem Baby?«

Er nickte.

»Draußen steht ein Beemer, der bei hoher Geschwindigkeit nach links zieht. Den kannst du dir als Nächstes vornehmen. Hinterher machst du Pause, klar?«

»Zu Befehl.«

Mikelti gab ihm einen freundschaftlichen Klaps auf den Oberarm und ging zu Mick, der mit einem störrischen Auspuff kämpfte. Eine Weile beobachtete Alec, wie Vater und Sohn gemeinsam unter der hochgefahrenen Hebebühne standen und versuchten, das verkantete Teil auszubauen.

Und plötzlich war das Heimweh da. Es kam aus dem Nichts, und die Wucht des Gefühls schnürte ihm die Kehle zu. Er vermisste seine Eltern und seinen Onkel. Er hatte sie ewig nicht gesehen, viel zu lange nicht mit ihnen gesprochen.

Ob es ihnen gut ging?

Er bemerkte, dass Joseph ihn beobachtete. Ihre Blicke trafen sich, und für einige Sekunden musterten sie einander stumm, bis sich der ältere Mann wieder der Arbeit zuwandte. Joseph war der Einzige, zu dem er keinen Zugang fand. Auch nach vier Monaten nicht. Er nahm es nicht persönlich. Sein Kollege war den anderen gegenüber ebenso sparsam mit Worten und Gesten.

Allerdings hatte er den Verdacht, dass sein freundschaftliches Verhältnis zu Mikelti und alles, was damit verbunden war, bei Joseph keine Zustimmung fand. Er trank noch etwas Wasser und stellte die Flasche zurück auf den Werkstattwagen. Um den Pick-up nicht zu verschmutzen, legte er eine dünne Wolldecke auf den Fahrersitz und fuhr den Wagen rückwärts auf den Hof. Bei Tageslicht konnte man die Schrift auf dem grauen Schild lesen, das an einem schmalen Mauerstück zwischen zwei Rolltoren hing. In weißen Lettern stand dort: *Best Care Anywhere.*

Egal, wie schlecht gelaunt Alec war, diese drei Wörter brachten ihn jedes Mal zum Schmunzeln.

Kurz vor halb eins legte er letzte Hand an den BMW, oder Beemer, wie die Marke von vielen genannt wurde. Der Wagen würde nun nicht mehr nach links ziehen. Er streckte sich und unterdrückte ein Gähnen. Der Schlafmangel machte sich inzwischen deutlich bemerkbar. Seine Konzentration ließ nach, und er musste immer häufiger blinzeln, um den Blick zu fokussieren. Dagegen half kein Kaffee mehr. Er brauchte frische Luft und ein ordentliches Mittagessen, um seinen knurrenden Magen zu besänftigen. Vorher musste er allerdings noch etwas erledigen. Joseph war wie jeden Tag pünktlich um zwölf in der Küche verschwunden, um seine mitgebrachte Mahlzeit in der Mikrowelle aufzuwärmen. Sayed und Mick machten gewöhnlich später Pause. Der Zeitpunkt war günstig. Alec ging ins Büro, um sich bei Mikelti abzumelden, doch von seinem Chef war nichts zu sehen. In der Küche saß lediglich Joseph und aß etwas, das wie Nudeln in Tomatensoße aussah. Einer Eingebung folgend, sah Alec in dem kleinen

Zimmer neben der Küche nach, das sie manchmal als Besprechungsraum nutzten. Dort fand er Mikelti. Sein Chef saß zurückgelehnt in einem der beiden Sessel. Er hatte die Schuhe ausgezogen, die Füße auf die Armlehne des Sofas gestützt und schlief. In einer Hand hielt er einen Kaffeebecher, der jede Sekunde umzukippen drohte. Er nahm Mikelti vorsichtig den Becher aus der Hand und stellte ihn auf den Tisch. Danach zog er sich leise zurück und suchte Mick. Er fand den Juniorchef unter einem Wagen liegend.

Alec klopfte auf die Motorhaube. »Ich mache Pause.«

»Viel Spaß«, kam die gedämpfte Antwort.

Er zog sich um, nahm seine Umhängetasche aus dem Spind und ging auf den Hof. Er wollte gerade den Daytona aufschließen, als ihn ein Ruf innehalten ließ.

»Yo, Weißbrot!«

Er wandte sich um und entdeckte Sayed, der mit einer dunkelhäutigen Frau neben einem rostigen Zweitürer stand.

»Was is'?«, imitierte er Sayeds schnodderigen Tonfall.

»Bringst du mir was vom Chinesen mit?«

»Menü dreiundzwanzig und eine Cola?«

Sayed hob zur Bestätigung grinsend den Daumen.

Während Alec vom Hof rollte, sah er im Rückspiegel, wie Sayed sehr vertraulich den Arm um die junge Frau legte.

Sayed war ein notorischer Flirter. Er liebte die Frauen. Alle Frauen. Und die Frauen liebten Sayed. Er hatte ein freundliches, offenes Gesicht, und ihn umgab die Aura des kleinen Jungen, der ein bisschen verloren wirkte in der großen weiten Welt. Sayed fand stets die richtigen Worte, um zu schmeicheln und zu verführen. Wenn das nicht reichte, erlegte er seine Opfer mit einem schelmischen Grinsen und einem tiefen Blick aus dunklen Augen.

Beneidenswert.

Alec musste beim Dating andere Register ziehen. Er konnte sich weder auf sein Äußeres verlassen noch versprühte er irgendeine Art von unschuldigem Charme. Als Kind war er ein hübscher, engelsblonder Junge mit dunkelbraunen Augen gewesen. Ein Herzensbrecher, von Großmüttern, Lehrerinnen und Kaufhausverkäuferinnen gleichermaßen angehimmelt. Alle waren sich einig gewesen, dass er später die Frauen reihenweise um den kleinen Finger wickeln würde.

Leider hatte Alec die Pubertät einen Strich durch die Rechnung gemacht und ihm das Gesicht seines Vaters beschert: das kantige Kinn, die etwas zu weit auseinanderstehenden Augen und die kräftige Stirnpartie. Dazu kamen diese beiden tiefen Furchen zwischen den Augen, die sich bildeten, wenn er sich konzentrierte, und die ihn grimmiger erscheinen ließen, als er war. Was unter gewissen Umständen von Vorteil sein konnte. Allerdings nicht, wenn es um die Eroberung von Frauenherzen ging. Das Engelsblond war über die Jahre zu einem langweiligen Farbton nachgedunkelt, der irgendwo zwischen dunkelblond und hellbraun lag. Straßenköterblond. Mit hundertachtundsiebzig Zentimetern gehörte er nicht zu den Riesen, doch sein breites Kreuz verstärkte den Eindruck, dass man sich nicht leichtfertig mit ihm anlegen sollte.

Die Lehrerinnen und Kaufhausverkäuferinnen von damals würden ihn heute sicherlich nicht mehr als hübsch bezeichnen. Höchstens als Charakterkopf.

Deshalb griff er im Clinch mit der holden Weiblichkeit auf Waffen zurück, die sich auch in anderen Lebenslagen bewährten: Schlagfertigkeit, eine gewisse Dreistigkeit und eine hohe Risikobereitschaft. Manchmal fiel er damit auf die Schnauze, doch er fand die Trefferquote ausreichend.

Sein letztes Date lag allerdings deprimierend weit zurück.

Kapitel 2

Punkt dreizehn Uhr parkte Alec den Daytona in Sichtweite eines heruntergekommenen Family-Dollar-Stores. Er holte eine Sonnenbrille und eine rote Schirmmütze mit dem weißen Schriftzug der *Red Wings*, Detroits Eishockeymannschaft, aus der Umhängetasche und setzte beides auf. Er wartete eine Lücke im dichten Verkehr ab, überquerte die Straße und betrat den dunklen, muffigen Laden. Der junge Mann an der Kasse blickte kurz von einer Zeitschrift auf, musterte ihn, musterte die Schirmmütze und las danach scheinbar gelangweilt weiter. Alec schlenderte durch die Regalreihen, auf der Suche nach nichts Bestimmtem. In Plastikbehältern und Körben lagen Haushaltsartikel, Schreibwaren und billiger Kram. Er nahm das eine oder andere in die Hand und legte es nach kurzer Betrachtung zurück. Die einzigen anderen Kunden waren ein älterer Herr, der sich beim Geschenkpapier herumdrückte, und eine übergewichtige, ungepflegt wirkende Frau, die zwei Packungen mit Zahnbürsten in den Händen hielt. Sie schien unentschlossen, welche sie nehmen sollte. Plötzlich ließ sie eine der Packungen unter ihrem Mantel verschwinden und watschelte mit der anderen zur Kasse. Er stellte sich hinter ihr an. Nachdem die Frau bezahlt hatte und mit ihrem Einkauf und dem Diebesgut verschwunden war, zog er ein Benzinfeuerzeug aus einem Ständer und legte es auf den Tresen. Mit viel gutem Willen konnte man das Ding für ein teures Zippo halten.

»Kann ich das als Geschenk verpackt bekommen?«

Der Kassierer schüttelte den Kopf. »Tut mir leid, den Service bieten wir nicht an. Aber ich habe noch eins in der Originalverpackung.«

Er nickte.

Der ältere Herr schlurfte heran. Er schob eine Wolke von getrocknetem Schweiß und Alkohol vor sich her.

»Die Herstellergarantie liegt in der Verpackung.« Der Kassierer reichte ihm eine kleine schwarze Plastikbox.

Alec zog einen Fünfdollarschein aus der Hosentasche und bezahlte. Er ging zurück zum Wagen und fuhr los, ohne das Ziel zu kennen. An einer roten Ampel holte er die kleine Box aus der Jackentasche und öffnete sie. Ein silbernes Benzinfeuerzeug rutschte heraus. Darunter lag zusammengefaltet ein Zettel. Darauf standen eine Adresse und ein Wort: *Japan*.

Das war neu. Normalerweise arbeitete er bei diesen Botenfahrten nach einem festgelegten Code. Ziffern für die Abholorte, Buchstaben für die Abgabeorte. Keine Adressen. Keine Hinweise für neugierige Augen. Die rote Ampel im Blick, untersuchte er das Feuerzeug. Nichts deutete darauf hin, dass der Gegenstand in seiner Hand etwas anderes war als ein Feuerzeug. Es gab weder Geheimfächer noch Öffnungen für USB-Sticks oder Kabel. Kein Klappern im Inneren. Der einzige Geruch, den er wahrnahm, war der von Benzin. Er verzichtete darauf, das Feuerzeug auszuprobieren. Das Risiko, einen versteckten Mechanismus auszulösen oder auf andere Weise Spuren zu hinterlassen, erschien ihm zu groß. Er wischte das Feuerzeug sorgfältig ab, um die Fingerabdrücke zu beseitigen, und steckte es zusammen mit dem Zettel zurück in die Verpackung.

Die Adresse, zu der man ihn beordert hatte, war die eines Schuhgeschäfts am Rande des Rotlichtbezirks. Alec fuhr an dem Gebäude vorbei, parkte in einer Nebenstraße und ging zu Fuß zurück. Er betrat das Geschäft und sah sich um. Teenager, die zu dieser Zeit in die Schule gehörten, Mütter mit kleinen Kindern und drei Verkäufer in schwarzen Hosen und blütenweißen, kurzärmligen Hemden. Keine Japaner, keine japanischen Flaggen, niemand in japanischer Kleidung. Er beschloss, sich finden zu lassen. Er blieb bei den Laufschuhen stehen und untersuchte scheinbar interessiert eines der Ausstellungsstücke.

Es dauerte nicht lange, bis er eine männliche Stimme neben sich hörte. »Wir haben vorhin einige neue Modelle reinbekommen, die noch im Lager stehen. Falls es Sie interessiert, könnte ich sie Ihnen zeigen.« Es war einer der Verkäufer, der ihn ansprach, ein blonder Mann mit unruhigem Blick. Auf seinem rechten Unterarm prangte gut sichtbar eine Tätowierung von Godzilla. Das klassische Monster, nicht die Neuauflage.

Japan.

Der Verfasser der Nachricht besaß Sinn für Humor.

Er folgte dem Verkäufer an den Kassen vorbei, durch eine Tür, die als *Privat* gekennzeichnet war, weiter durch einen Korridor und zu einer zweiten Tür. Dahinter lag ein von Fahrzeugen zugeparkter Innenhof. Sein Begleiter deutete wortlos über den Hof und auf den Hintereingang eines Nachtclubs. Alec ging allein weiter.

Anspannung breitete sich in ihm aus. Sie vertrieb den letzten Rest von Müdigkeit und Hunger. Einige Schritte vor dem Hintereingang blieb er stehen und betrachtete die Leuchtreklame, die jetzt bei Tage ausgeschaltet war.

Arabian Nights. Was nach billigem Stripclub klang, war einer der teuersten Nachtclubs der Stadt. Er schielte hoch zu der Überwachungskamera, die auf die schwere Metalltür gerichtet war, und widerstand dem Drang, den Schirm seiner Mütze zu richten. Stattdessen drückte er auf die Klingel. Die Tür öffnete sich fast sofort. Ein hochgewachsener, breitschultriger Mann mit kurzen schwarzen Haaren erschien. Er trug einen schwarzen Anzug. Keine Krawatte. Das Jackett wölbte sich sichtbar unter der linken Achsel. Durchdringende blaue Augen musterten Alec von Kopf bis Fuß, versuchten, ihn einzuschätzen, suchten nach möglichen Anzeichen für eine Bedrohung. Der prüfende Blick eines Bodyguards. Schließlich trat der Mann zur Seite und ließ ihn hinein. Was folgte, erinnerte an die Sicherheitsüberprüfung am Flughafen. Der Bodyguard befahl ihm, sich mit gespreizten Armen und Beinen an die Wand zu stellen, und tastete ihn grob nach Waffen, Wanzen, Drähten, Sprengsätzen oder Ähnlichem ab. Anschließend holte er einen tragbaren Scanner hervor und fuhr damit über jeden Quadratzentimeter von Alecs Körper. Die Tatsache, dass kein Verdacht erregendes Piepsen ertönte, stimmte den Mann nicht fröhlicher. Nach einem letzten, beinahe enttäuscht wirkenden Blick auf das Gerät schaltete er den Scanner aus und bedeutete ihm mit einer Kopfbewegung, ihm zu folgen.

Während sie durch einen langen Korridor gingen, versuchte Alec, seine Gedanken zu ordnen. Das hier hatte nichts mit einer gewöhnlichen Kurierfahrt zu tun. Der Bodyguard, der Nachtclub, alles deutete auf ein Treffen hin. Aber mit wem? Und warum? War das hier der Moment, auf den er seit Monaten hingearbeitet hatte? Der nächste Schritt? Als sie den dunklen Saal betraten, wurden seine Handflächen feucht. Er wischte sie unauffällig an der Hose ab. Cool bleiben. Die Sache ruhig und lässig durchziehen.

Sein Aufpasser führte ihn an einem kreisrunden Tresen vorbei, der wie eine Insel in der Mitte des Raumes aufragte, und weiter in den hinteren Teil des Nachtclubs. Dort saß im Licht eines einzelnen Scheinwerfers eine Person an einem Tisch. Es war ein Mann in Alecs Alter, der konzentriert auf den Bildschirm eines Laptops blickte und in ein Handy sprach. In seinem anderen Ohr steckte der Kopfhörer eines MP3-Players oder iPods.

Er erkannte den Mann. Sein Herz schlug schneller.

Kurz bevor sie den Tisch erreichten, blieb der Bodyguard stehen. Alec stoppte. Er überlegte, ob er zum Zeichen des Respekts die Sonnenbrille abnehmen sollte. Er entschied sich dagegen. Wenn er sein Gegenüber richtig einschätzte, würde eine Portion Dreistigkeit das Eis schneller brechen.

Während er auf den Beginn der Audienz wartete, musterte er den Mann am Tisch verstohlen über den Rand seiner Sonnenbrille hinweg. Die kurz geschnittenen, tiefschwarzen Haare waren modisch zerzaust. Die Gesichtszüge und der bronzefarbene Teint verrieten die indische Herkunft. Die Körpersprache strahlte absolutes Selbstvertrauen aus. Sein Gegenüber wirkte wie einer dieser Selfmademillionäre, die in hippen Straßencafés saßen und zwischen zwei Espressi den nächsten großen Deal einfädelten.

Vom Telefonat waren lediglich Wortfetzen zu hören, die nichts über den Inhalt des Gesprächs preisgaben, denn der Inder sprach eine wilde Mischung aus Englisch und Hindi. Eine wirksame Methode gegen unerwünschte Mithörer.

Sein Blick fiel auf das grellrote Hemd mit den blau und weiß gesteppten Nähten, an dessen Kragen sein Gegenüber unentwegt herumzupfte. Plötzlich tanzten vor Alecs innerem Auge dickbäuchige Männer in Cowboyhemden Line-Dance-Figuren. Er brauchte einige Sekunden, um das Bild loszuwerden. Es sollte verboten werden, Hemden wie dieses zu verkaufen. Oder zu kaufen. Andererseits hatte jedermann ein Anrecht auf schlechten Geschmack. Selbst wenn er Ramesh Dewari hieß und für eine der mächtigsten Verbrecherorganisationen der USA arbeitete.

Zum Portfolio der *Great Lakes Association* gehörten Prostitution, illegales Glücksspiel und Drogen- und Zigarettenschmuggel. Die Nähe zur kanadischen Grenze bot lukrative Handelsmöglichkeiten mit dem nördlichen Nachbarn. Ramesh Dewaris Zuständigkeiten lagen bei Drogen und Zigaretten. Wer in Detroit in dieser Richtung Geschäfte machen wollte, kam an dem Inder nicht vorbei. Er repräsentierte eines der größten Räder im Detroiter Getriebe der *Great Lakes Association*. Smart genug, um die wirtschaftlichen und organisatorischen Aspekte zu überblicken, und sich trotzdem nicht zu schade, persönlich in Erscheinung zu treten, falls es der Anlass erforderte. Es kursierten Geschichten über unliebsame Konkurrenten, die nach einem Besuch von Ramesh Dewari überstürzt die Stadt verlassen hatten. Und es gab Gerüchte über zwei Drogendealer, die sich in Detroit breitmachen wollten und eines Nachts spurlos verschwanden. Wie vom Erdboden verschluckt.

Oder vom Detroit River ...

Als könnte der Mann seine Gedanken lesen, hob Ramesh Dewari den Blick. Intelligente dunkle Augen musterten ihn und kehrten danach zum Bildschirm des Laptops zurück. Obwohl Ramesh zwei Jahre älter war als Alec, sah er aus wie Anfang dreißig. Er war einer dieser jugendlichen Typen, deren Äußeres sich zwischen Anfang zwanzig und Mitte vierzig kaum veränderte. Ein Umstand, der manche Menschen dazu verleiten mochte, ihn zu unterschätzen.

Eine Bewegung lenkte Alecs Aufmerksamkeit auf eine der plüschbezogenen Sitzecken. Außerhalb des Lichtkegels saß ein dunkelhäutiger Mann, der die Szene aufmerksam beobachtete. Anfang vierzig, die schwarzen Haare militärisch kurz rasiert, kein überschüssiges Gramm Fett am Leib, dafür zu viele Ringe an den Fingern.

Eric Deacon. Das zweite große Rad in Detroit.

Deacon gehörte der Geschäftszweig Prostitution, illegales Glücksspiel und Kreditgeschäfte. Er beaufsichtigte die Clubs und Bars, in denen getanzt, gespielt, gehurt und Rameshs Drogen konsumiert wurden.

Die Anwesenheit so viel unerwarteter Prominenz machte ihn nervös. Deshalb empfand er die Wartezeit, die ihm wohl seinen Platz in der Hierarchie zeigen sollte, nicht als lästig, sondern als Gelegenheit, seine Gedanken zu ordnen.

Er sah erneut zu Eric Deacon. Dieser Mann hatte ihn aus Buffalo abgeworben. Mit dem Versprechen besserer Konditionen und größerer Unabhängigkeit. Keine Agentur mehr, die sich an seinen Einkünften bereicherte und ihm immer wieder Kunden vermittelte, mit denen er eine Zusammenarbeit aus reinem Selbstschutz ablehnen musste. Alec hatte Aufträge abgelehnt. Mehrmals war er mit allzu sorglosen Fahrgästen aneinandergeraten. So machte man sich bei seinem Arbeitgeber nicht beliebt. Doch er ließ sich nicht reinreden, wenn es um seine Freiheit ging. Oder um sein Leben. Bei dieser Arbeit gab es keinen Spielraum für Experimente.

Deacons Angebot war verlockend gewesen: Ein einziger fester Arbeitgeber, der Alec ausschließlich eigene Mitarbeiter schickte, die regelmäßig streng überprüft wurden. Dazu die Kurierfahrten, bei denen er sich kaum überanstrengen würde. Er nahm das Angebot an und verlegte seinen Wohnsitz nach Detroit. Die Agentur in Buffalo war nicht traurig gewesen, ihn ziehen zu sehen.

Seit vier Monaten fuhr er für die *Great Lakes Association* und wartete auf den einen Auftrag, bei dem er seine Fähigkeiten unter Beweis stellen konnte. Die Fahrt am Samstag war ein guter Anfang gewesen. Ramesh Dewari und Eric Deacon mussten ähnlicher Meinung sein, sonst stünde er jetzt nicht in einem Nachtclub herum und würde auf das Ende eines unverständlichen Telefonats warten.

Endlich beendete Ramesh Dewari sein Gespräch. Er steckte das Handy in die Brusttasche, zog den Kopfhörer aus dem Ohr und klappte den Laptop zu. Er lehnte sich im Stuhl zurück und betrachtete Alec mit einer süffisanten Überheblichkeit, die sich wohl nur jemand leisten konnte, der derartig hässliche Cowboyhemden trug.

»Du bist also der Fahrer.« Eine Feststellung, keine Frage.

Er nickte. Im nächsten Moment verpasste ihm sein Aufpasser einen Stoß gegen den Oberarm, der ihn fast zur Seite stolpern ließ.

»Nimm die Sonnenbrille ab!«, schnauzte ihn der Bodyguard an.

Er ignorierte ihn ebenso wie seinen schmerzenden Oberarm.

»Schon gut«, winkte Ramesh Dewari ab. »Lass ihn.«

Alec zog die Verpackung mit dem Feuerzeug aus der Jackentasche und legte sie auf den Tisch.

Der Inder würdigte sie keines Blickes. »Ich habe interessante Geschichten über dich gehört. Besonders die von dem kleinen Abenteuer am Samstag. Gute Arbeit.«

»Dafür werde ich bezahlt.«

»Hervorragend bezahlt, wenn ich mich recht erinnere.«

Was sollte er darauf erwidern? Qualität hat ihren Preis?

Ramesh legte einen Arm lässig über die Stuhllehne. »Als Deacon vorschlug, jemanden von außerhalb anzuheuern, war ich nicht begeistert. Das Risiko erschien mir zu groß. Doch die Bullen haben die meisten unserer Fahrer einkassiert, deshalb blieb uns keine andere Wahl. Schließlich kann ich mich nicht selbst hinters Steuer setzen.« Ein amüsiertes Lächeln umspielte seine Mundwinkel. »Obwohl das bestimmt eine interessante Erfahrung wäre.« Ramesh Dewari sprach ausgezeichnetes Englisch mit einem leichten indischen Akzent.

Dieser unverkennbare Singsang verlieh seinen Worten einen charmanten, fast unschuldigen Klang. Ob seine Konkurrenten ähnlich empfanden, wenn er ihnen kalt lächelnd mit dem Tod drohte? »In deinem Fall muss ich Deacon allerdings beglückwünschen.« Ramesh sah kurz zu dem Mann in der Sitzecke hinüber. »Er hat ein hervorragendes Gespür für Talent.« Es klingelte leise. Ramesh seufzte und griff nach seinem Handy. »Die Arbeit ruft«, erklärte er nach einem Blick auf das Display und nahm das Gespräch entgegen.

Alec blickte hinüber zu Eric Deacon. Der gab ihm mit einer knappen Kopfbewegung zu verstehen, dass er entlassen war. Er wechselte einen letzten Blick mit Ramesh Dewari und ging, den Bodyguard wie einen Schatten an seiner Seite. Am Tresen blickte er noch einmal zurück und sah, wie Ramesh Dewari beim Telefonieren das Feuerzeug aus der Verpackung holte und sich damit eine Zigarette anzündete. Er nahm einen tiefen Zug, blickte Alec über den Raum hinweg an und stieß dann langsam den Rauch aus.

Kapitel 3

Dieser Typ kann dir gefährlich werden.

Das war sein erster Gedanke, sobald er allein im Innenhof stand. Der zweite war, dass ihm diese kurze Begegnung einiges über die Machtverhältnisse zwischen Ramesh Dewari und Eric Deacon verraten hatte.

Auf dem Papier und in seiner Vorstellung mochte Deacon dem Inder ebenbürtig sein, doch Dewari war eindeutig der Mächtigere der beiden. Die Selbstverständlichkeit, mit der er seine Zweifel an Deacons Urteilsfähigkeit geäußert hatte, war ein Zeichen von Respektlosigkeit. Man kritisierte keine gleichgestellten Kollegen oder Geschäftspartner in Anwesenheit Untergebener. Es sei denn, man konnte es sich leisten. Oder man nahm sich das Recht heraus, es zu tun. Dewari hatte es geschickt angestellt: Kritik äußern, anschließend ein Lob einstreuen und das subtile Eingeständnis, sich geirrt zu haben. Deacon fühlte sich vermutlich geschmeichelt und in seiner Position bestätigt.

Alec rieb sich den schmerzenden Oberarm und ging zum Hofausgang. Die Sache mit dem Feuerzeug beschäftigte ihn. In den vergangenen Monaten hatte er sich häufig gefragt, ob er bei diesen Kurierfahrten überhaupt etwas von Wert transportierte. Oder ob es sich um eine sehr gründliche Prüfung seiner Zuverlässigkeit handelte. Hatte er heute die Antwort bekommen?

Er stieg in den Daytona und startete den Motor. Alles in allem war diese erste Begegnung mit Ramesh Dewari gut verlaufen. Hatte er den richtigen Eindruck hinterlassen, konnten sich zahlreiche Türen für ihn öffnen.

Doch hatte er?

Die alles entscheidende Frage.

Alec blickte auf die Uhr. Seine Pausenzeit betrug eine Stunde. Er war seit etwas mehr als einer halben Stunde unterwegs, und die Rückfahrt würde eine Viertelstunde dauern. Er lag gut im Rennen.

Kurz bevor er die Werkstatt erreichte, fiel ihm Sayeds Mittagessen ein. Sofort meldete sich sein eigener Magen mit unüberhörbarem Knurren. Er wendete, fuhr ein Stück auf der Warren Avenue zurück und lenkte den Wagen auf den Parkplatz eines Supermarkts. Dort stand ein bunt bemalter Bus, den ein chinesisches Restaurant zur mobilen Küche umgerüstet hatte. Neben dem Bus saßen an eine niedrige Mauer gelehnt dieselben vier abgerissenen Gestalten wie jeden Tag: drei Schwarze und ein Mexikaner, Alter unbestimmbar. Dürre Arme und Beine lugten aus ausgebeulter, fleckiger Kleidung hervor. Knochige Finger hielten selbst gedrehte Zigaretten. Trübe Augen in verlebten Gesichtern verfolgten das Kommen und Gehen. Manchmal bat einer der vier einen vorbeieilenden Supermarktkunden mit rauer Stimme um etwas Kleingeld. Ansonsten sprachen die Männer kaum ein Wort. Sie warteten. Sie hatten Zeit.

Er grüßte die vier, wie er es immer tat, und erhielt, wie gewohnt, keine Antwort. Am Bus bestellte er Menü 23, gebackene Ente mit Reis, eine große Portion Bratnudeln mit Gemüse und Huhn und Getränke. Cola für Sayed und eine Flasche Wasser für sich. Während das Essen eingepackt wurde, kaufte er im Supermarkt rasch ein Sandwich für später.

»Endlich!« Sayed riss ihm die heiße Styroporpackung förmlich aus den Händen. »Bist du unterwegs eingepennt, Mann?«

Bevor er beleidigt sein konnte, zwinkerte ihm sein Kollege gut gelaunt zu. Zusammen gingen sie in die Küche. Alec stellte die Getränke auf den Tisch und legte das Sandwich in der fest verknoteten Einkaufstüte in den Kühlschrank. Damit niemand auf die Idee kam, es wäre herrenlos. Sayed hatte bereits für Besteck gesorgt. Alec rutschte neben ihn auf die gepolsterte Bank, zog die Packung mit seinem Essen heran und klappte den Deckel auf. Eine Wolke von Essensgeruch schlug ihm entgegen. Für einen Moment wurde ihm schlecht vor Hunger. Er wünschte Sayed guten Appetit und schaufelte gierig Nudeln, Gemüse und Hühnerfleisch in sich hinein. Sayed hingegen war nicht in Eile. Er kaute langsam und blätterte in einer Sportzeitung. Hin und wieder gab er kommentierende Laute von sich. Manchmal zitierte er Textpassagen, die ihm besonders erwähnenswert erschienen. Bei dieser Alleinunterhaltung erwartete er gewöhnlich keine Antworten. Deshalb blendete Alec ohne schlechtes Gewissen die Geräusche seines Kollegen aus und hing den eigenen Gedanken nach. Der heutige Tag hatte ihn einen wichtigen Schritt nach vorn gebracht. Trotzdem wurde er ein mulmiges Gefühl nicht los. Bisher war alles bloßes Vorgeplänkel gewesen. Jetzt wurde es allmählich ernst.

Um kurz nach halb sieben arbeitete er noch immer an einem Fahrzeug. Die Werkstatt war bereits geschlossen, die Rolltore heruntergelassen. Bis auf Mikelti befanden sich alle auf dem Heimweg. Er hatte hingegen einen typischen Fehler begangen. Kurz vor Feierabend war Sayed mit dem Abschleppwagen losgefahren, um ein Auto mit defekter Elektrik einzusammeln. Und Alec war prompt in die Ich-schau-mir-das-nur-kurz-an-Falle getappt. Jetzt konnte er die Finger nicht mehr von dem Fahrzeug nehmen, obwohl längst klar war, dass sich das Problem nicht so schnell beheben ließ. Aber er konnte sich Zeit lassen. Zu Hause wartete nur seine leere Wohnung auf ihn.

»Schluss für heute!« Mikeltis Stimme ließ ihn aufblicken. Sein Chef stand einige Meter entfernt und musterte ihn streng. »Ernsthaft, Junge, such dir ein Hobby! Oder besser, eine Freundin. Ich komme mir allmählich vor wie ein verfluchter Ausbeuter!«

»Ich habe ein Hobby.« Er legte die ausgebaute Lichtmaschine demonstrativ auf den Werkzeugwagen.

»Das hier ist Arbeit. Hobbys beinhalten Dinge, die man in seiner Freizeit tut.«

»Ich habe frei. Seit einer halben Stunde.«

Für einen Moment guckte Mikelti, als würde er ihn am liebsten übers Knie legen.

Alec kam eine Idee. »Ich könnte diese Karre hier in Ruhe lassen und mich mit einem anderen Wagen beschäftigen.« Er lächelte vielsagend. »Falls du dich dann besser fühlst.«

Mikelti schüttelte den Kopf über den plumpen Manipulationsversuch. Dann lachte er leise. »Mach doch, was du willst, du sturer Bengel.«

Er nahm den Satz als Zustimmung. Er klappte die Motorhaube des Wagens zu und ging an Mikelti vorbei in den Umkleideraum. Nachdem er sich gewaschen und umgezogen hatte, füllte er in der Küche einen Rest Kaffee in eine Thermosflasche und holte das Sandwich aus dem Kühlschrank. Sein Chef wartete im Büro auf ihn. Vor der Tür trennten sich ihre Wege. Mikelti ging zu seinem Wagen und Alec zum Garagengebäude. Als er hinter sich einen Motor starten hörte, wandte er sich um und hob zum Abschied die Hand. Sein Chef blendete kurz die Scheinwerfer auf und rollte vom Hof.

Es war ein schöner Sommerabend. Die Luft angenehm mild und der blaue Himmel mit leichten Schleierwolken überzogen. Das Wetter lud dazu ein, den Abend bei einem kühlen Bier im Freien zu verbringen. Zum Beispiel auf dem Dach eines Wohnblocks, mit freiem Blick über die Stadt.

Vielleicht morgen. Falls sich das gute Wetter hielt.

Er öffnete zwei massive Vorhängeschlösser am rechten Garagentor, zog die schweren Riegel zurück und schob das gut geölte Tor auf. Dahinter lag die Traumwerkstatt eines jeden Hobbymechanikers. An der Rückwand stand eine Werkbank mit Schleifmaschine und Schraubstock. Darüber hing ein beeindruckendes Sortiment von Werkzeugen. Die rechte Wand dominierte ein schwerer, verschließbarer Metallschrank, hinter dessen Türen Kisten und Kartons mit Autoteilen lagerten. Daneben stand ein Regal mit Aktenordnern, Sortierkästen mit Schrauben, Muttern und Unterlegscheiben in unterschiedlichen Größen, Schutzbrillen und Schutzhandschuhen, Lötkolben und vielem mehr, was nützlich sein konnte. Links lagen auf zwei niedrigen Hebebühnen eine Vorderachse samt Motor und Getriebe und eine Hinterachse. Sie wurden durch Abdeckplanen vor Staub und Schmutz geschützt. Daneben, ebenfalls unter Planen verborgen, standen mehrere Autositze. An der Torwand gab es eine mobile Sandstrahlkabine, einen Tisch mit zwei Klappstühlen und einen Kühlschrank. Wo Wandfläche frei geblieben war, hingen großformatige Explosionszeichnungen von Autokomponenten und vergilbte Bau- und Schaltpläne.

Doch der Grund dafür, dass sich Alec wie ein Junge im schönsten Spielzeuggeschäft der Welt fühlte, stand in der Mitte des Raumes. Auf einen Untersatz mit Rillen montiert und unter einer grauen Schutzplane verborgen.

Er schaltete die Deckenbeleuchtung ein und betrat die Garage. Zwischen Metallschrank und Regal war ein kleiner grauer Kasten in die Wand eingelassen. Er öffnete die Schutzklappe und gab einen sechsstelligen Code in das darunterliegende Tastenfeld ein. Ein rotes Lämpchen, das bis dahin hektisch geblinkt hatte, erlosch. Er zog das Garagentor bis auf einen breiten Spalt zu, um ein wenig frische Luft hineinzulassen, und deponierte Thermosflasche, Sandwich und seine Umhängetasche auf der Werkbank. Er ergriff eine Ecke der grauen Schutzplane und zog daran. Obwohl es ihm in den Fingern juckte, es mit einem einzigen Ruck zu tun, zwang er sich zur Langsamkeit. Um den magischen Moment nicht durch Ungeduld zu ruinieren.

Zuerst wurde ein breites Heck sichtbar. Schwarz lackiert und auf Hochglanz poliert. Danach ein Kotflügel, unter dem eine Lücke klaffte, wo Hinterachse und Rad fehlten. Schließlich ein schräg abfallendes Dach, eine Fahrertür und eine Motorhaube. Nach einem letzten Ruck glitt die Plane zu Boden, und Alec blickte auf die Karosserie eines 67er Chevrolet Impala Super Sport. Eine Weile stand er reglos da, ein breites Grinsen im

Gesicht. Schließlich trat er näher, bis er sich in der glänzenden Motorhaube spiegelte. Noch war der Impala lediglich eine leere Hülle. Seine Eingeweide lagerten in Kisten und Kartons, bereit für die Aufarbeitung, oder warteten zusammengebaut auf die Endmontage.

Mikelti hatte vor vier Jahren mit der Restaurierung des Impalas begonnen, voller Elan und mit der Leidenschaft des Autonarren. Er hatte den Wagen von einem Schrotthändler gekauft, leider ohne den Originalmotor, und komplett auseinandergebaut. Dabei war von Mikelti jeder Handgriff penibel dokumentiert worden. Die vier Aktenordner im Regal enthielten über sechshundert Fotos und detaillierte Beschreibungen jedes einzelnen Arbeitsschrittes. Den fehlenden Motor ersetzte Mikelti durch den Motor einer Corvette desselben Jahrgangs. Keine *Matching Numbers*, die den Wert des restaurierten Fahrzeugs um ein Vielfaches hätten steigern können. Dafür würde am Ende ein 427er Big Block unter der Haube des Impalas schlummern, ein vierhundertfünfundzwanzig PS starkes Monster. Damit war Mikelti in seiner Begeisterung etwas übers Ziel hinausgeschossen. Der schwere Motor würde das Fahrzeug behäbiger machen und den Vorteil gegenüber PS-schwächeren Motoren schmälern. Ein 327er mit zweihundertfünfundsiebzig PS hätte es auch getan. Was nicht bedeutete, dass Alec die Vorstellung, zum allerersten Mal den Zündschlüssel umzudrehen und vierhundertfünfundzwanzig PS blubbern zu hören, kaltließ.

Durch Darnelles ungeplante Schwangerschaft war das Restaurierungsprojekt ins Stocken geraten. Mikelti fehlten Zeit, Geld und Energie. Schließlich gab er die

Arbeit am Impala auf, um sich ganz seiner Familie zu widmen. Mehr als ein Jahr stand der Wagen unberührt in der Garage. Bis Alec in der Werkstatt anfing und Mikelti von seiner Leidenschaft für amerikanische Muscle Cars und Classic Cars erzählte. Und von dem verbeulten Chevy Impala, mit dem er als Junge die ersten Fahrversuche unternommen hatte. Nachdem sich Mikelti wohl einige ernsthafte Gedanken hinsichtlich seiner Vertrauenswürdigkeit gemacht hatte, zeigte er ihm schließlich, welchen Schatz er auf dem Werkstattgelände versteckt hielt. Beim Anblick des Impalas standen Alec Tränen in den Augen. Er flehte Mikelti quasi auf den Knien an, an dem Projekt weiterarbeiten zu dürfen. In seiner Freizeit und ohne Bezahlung oder irgendwelche Verpflichtungen. Es wäre ein Verbrechen gewesen, den Wagen in diesem Zustand zu belassen! Schließlich stimmte Mikelti zu. In den ersten Wochen arbeiteten sie gemeinsam an dem Wagen, und für kurze Zeit entflammte Mikeltis Leidenschaft erneut. Doch er konnte sich seinen familiären Verpflichtungen nicht entziehen. Sobald er genug Vertrauen in Alec gefasst hatte, um ihm die Schlüssel zur Garage und Werkstatt zu überlassen, zog er sich zurück. Inzwischen schaute Mikelti nur selten vorbei, um sich ein Bild von den Fortschritten zu machen oder für eine Weile mitzuhelfen. Es schmerzte ihn, keine Zeit mehr für die Restaurierung zu haben.

Alec hatte jede Menge Zeit, während er darauf wartete, dass sich gewisse Dinge entwickelten. Und ihm fiel kein besserer Ort ein, an dem er sie verbringen könnte.

Er holte einen der Klappstühle heran und stellte ihn vor der Motorhaube des Impalas auf. Danach packte er das Sandwich aus, goss sich Kaffee aus der Thermosflasche ein und setzte sich. Während er aß, betrachtete er zufrieden das verchromte SS-Emblem in der Mitte des Kühlergrills.

Ein kleines Stück vom Paradies ...

Kapitel 4

Ein rhythmisches Vibrieren in seiner Gesäßtasche störte Alecs konzentrierte Versunkenheit. Er zog eine Hand aus der laut brummenden Sandstrahlkabine, in der er gerade Teile der Trommelbremsen von Rost und Schmutz befreite, schüttelte winzige Glasperlen von seinem Arbeitshandschuh und holte das Handy hervor. Ein Blick durch die verkratzten Gläser der Schutzbrille zeigte ihm den Namen *Katie* auf dem Display. Mit einem Knopfdruck brachte er den Sandstrahler zum Schweigen und nahm das Gespräch entgegen.

»Hi, Baby«, flötete es ihm entgegen. »Hast du mich vermisst?«

»Natürlich.«

»Lügner.« Die Frau, die er Katie nannte, lachte kokett. »Hast du Freitag schon was vor?«

»Nein.«

»Wunderbar! Ein Freund von mir feiert Geburtstag. Nichts Aufregendes, bloß zwei Stündchen in gemütlicher Runde zusammensitzen.«

»Klingt gut. Wohin soll ich kommen?«

»Ich gebe dir am Mittwoch die Adresse und Uhrzeit. Dann können wir den Rest besprechen.«

»In Ordnung.«

»Ich freu mich! Schlaf schön, Baby.«

Alec blickte nachdenklich auf das Handy, bevor er es in der Hosentasche verschwinden ließ. Der nächste Auftrag. Offenbar hatte er heute den richtigen Eindruck hinterlassen. Nach Katies Wortwahl zu urteilen, sollte es ein ruhiger Job werden. Sonst hätte sie von einer wilden Party gesprochen und nicht von einer gemütlichen Runde. Sobald er mehr Details kannte, würde er mit der Planung der Fahrtrouten beginnen. Über die Wahl des Transportmittels entschieden der Stadtteil und die Anzahl der Passagiere. Katie würde seine Wünsche aufnehmen und ein geeignetes Fahrzeug organisieren. Ein weiterer Pluspunkt im Vergleich zu Buffalo, wo er selbst für die Beschaffung der Autos verantwortlich gewesen war.

Er unterdrückte ein Gähnen. Er fühlte sich schlagartig müde und abgespannt. Ein Blick auf die Uhr verriet ihm, warum. Es war bereits kurz vor zehn. Ohne es gemerkt zu haben, bastelte er seit über drei Stunden an den Einzelteilen der Bremsanlage herum. Kein Wunder, dass seine Akkus allmählich auf Reserve liefen. Er holte die gereinigten Bremsbacken aus der Sandstrahlkabine. Er blies über das Metall, um die letzten Rückstände zu entfernen, nahm die Schutzbrille ab und begutachtete kritisch das Ergebnis seiner Arbeit. Erstklassig. Die Teile legte er zu den anderen in einen Plastikkasten und schloss den Deckel. Bis zum Ende der Woche würde er die restlichen Komponenten gesäubert haben. Dann konnte Mikelti seinen Kumpel anrufen, der für ihn die professionellen Galvanik- und Lackarbeiten ausführte. Sobald die verzinkten Teile zurück waren, stand der Montage der Bremsanlage nichts mehr im Weg. Alec blickte zu der Karosserie des Impalas, die er längst wieder abgedeckt hatte.

Ich bin gespannt, wie weit wir kommen.

Er stellte den Karton zurück in den Metallschrank, schloss ihn ab und ging zu den Autositzen, die an der linken Wand unter einer Plane lagen. Ohne einen der

Sitze zu verschieben oder auch nur die Plane zu berühren, ließ er sich auf ein Knie nieder und löste einen der Backsteine aus der Wand. Es war nur ein halber Stein. Dahinter lagen in einem Hohlraum, separat in wiederverschließbare Plastiktüten verpackt, ein Handy und ein Ladegerät. Nach einem prüfenden Blick über die Schulter nahm er das Handy aus der Tüte. Er schaltete es ein und gab einen mehrstelligen Zahlencode ein, um die SIM-Karte zu entsperren. Den Stein setzte er zurück in die Öffnung. Während er aufstand, drückte er die Wahlwiederholung. Die Garagentür schob er vorsichtshalber vollständig zu.

Nach dem vierten Klingeln wurde abgenommen. Eine männliche Stimme meldete sich: »Jimmy's Pizzaservice, guten Abend. Wie kann ich Ihnen helfen?«

Weil er allein war, sparte er sich die gespielte Bestellung und ging direkt zur Kennung über.

»9-7-2-5-Shelby.«

»Einen Moment.« Einige Sekunden herrschte absolute Stille. Kein Rauschen, kein Freizeichen. »Ich leite Sie weiter.«

Ein Freizeichen ertönte. Es klingelte geschlagene acht Mal, bevor sich der Mann meldete, dem Alec dieses Abenteuer zu verdanken hatte.

»Solltest du nicht längst im Bett sein?«, erkundigte sich Special Agent Steve Blake mit der für ihn typischen nasalen Stimme. Der Mann klang konstant erkältet.

»Ich bin ein großer Junge. Ich kann mir allein die Schuhe zubinden und selbst bestimmen, wann ich schlafen gehe.«

»Tatsächlich?«

Er lächelte. Es tat gut, mit einem vertrauten Menschen zu sprechen. »Der Job am Samstag war ein voller Erfolg. Zur Belohnung hat mir Ramesh Dewari heute eine Audienz gewährt.«

»Sehr gut!« Sein Vorgesetzter und langjähriger Freund klang erleichtert.

»Eric Deacon hat sich ebenfalls die Ehre gegeben.«

»Ein wahrer Starauflauf. Hast du einen ordentlichen Eindruck hinterlassen?«

»Würde ich sagen. Der nächste Job läuft am Freitag.«

»Sehr schön. Endlich kommt Bewegung in die Sache.«

»Abwarten.« Vorzeitige Euphorie führte nur zu unnötiger Frustration.

»Leicht gesagt. Die höheren Mächte sitzen mir im Nacken und verlangen Ergebnisse.«

Der Druck, der auf Steve Blake und damit auch auf Alec lastete, war groß. Schließlich ging es darum, die *Great Lakes Association* zu sprengen. Den gierigen Kraken aus Chicago, Detroit und Cleveland zu vertreiben. Detroit sollte der erste Dominostein sein. Der Auslöser einer Kettenreaktion, an deren Ende – hoffentlich – die gesamte Organisation am Boden lag. Ein ehrgeiziges Vorhaben.

Der verdeckte Einsatz lief seit über einem Jahr, einschließlich der Vorbereitungsphase waren es fast zwei Jahre. Eine lange Zeit fern der Heimat.

»Es rollt übrigens eine Schlechtwetterfront auf deinen Arbeitgeber zu«, fuhr Steve Blake betont locker fort.

»Aha.« Alec horchte auf.

»Meine Kontakte vermelden erhöhte Aktivität der Konkurrenz. Jemand versucht, sich ins Geschäft zu drängen.«

»Hast du nähere Informationen?«

»Es handelt sich angeblich um eine New Yorker Organisation, die in den Kokain- und Waffenschmuggel nach Kanada einsteigen will.«

Er runzelte die Stirn. Wenn das stimmte, würden einige der Schmuggelgüter auf dem Weg nach Kanada unweigerlich in Detroit hängen bleiben. Mehr harte Drogen und Feuerwaffen waren das Letzte, was diese Stadt brauchte.

»Das befördert sie nicht automatisch auf den Radarschirm der *GLA*«, erwiderte er. In ihrer abgekürzten Form klang die *Great Lakes Association* wie eine harmlose Eishockeyliga.

»O doch. Offenbar bringen die Kuriere auf dem Rückweg Ecstasy und Marihuana mit. Was sie definitiv auf den Radarschirm von Ramesh Dewari befördert. Bisher sind das alles Gerüchte, sollte es aber stimmen, könnte es demnächst gehörig knallen.«

Schöne Aussichten.

»Ein Krieg wäre hilfreich für uns«, gab Alec zurück. »Wenn sich die Organisationen gegenseitig aufreiben, müssen wir nur abwarten, um am Ende die Überreste einzusammeln.«

Und die Leichen der Unschuldigen, die es bei einer solchen Konfrontation unweigerlich geben würde.

»Ich würde es vorziehen, wenn sich Detroit nicht in einen Kriegsschauplatz verwandelte.« Steve Blake schwieg einige Sekunden. »Sei vorsichtig. Die Situation kann sehr schnell sehr hässlich werden.«

»Dann sollte ich mich wohl am besten von allem so weit wie möglich fernhalten.«

Ein bitteres Lachen war zu hören. »Genau.«

»Wie ist das Wetter in Buffalo?«, wechselte er das Thema. Diese Frage lag ihm wie ein Stein im Magen.

»Sonnig. Der Police Commissioner bläst den Einsatz ab. Ich musste allerdings die ganz schweren Geschütze auffahren. Letztendlich konnte ich ihn überzeugen, dass es keine gute Idee wäre, die Agentur jetzt zu sprengen. Der Mann ist verständlicherweise nicht entzückt darüber, einen Haufen Krimineller in seiner Stadt dulden zu müssen, ohne über die Hintergründe unterrichtet zu werden.«

»Ich muss also nicht damit rechnen, demnächst per Haftbefehl gesucht zu werden?«

»Tut mir leid. Ich weiß, wie viel es dir bedeutet hätte.«

»Ein Kindheitstraum zerplatzt.«

Im Nachhinein konnten sie über eine Bedrohung scherzen, die den gesamten Einsatz gefährdet hatte. Das Buffalo PD war der kriminellen Fahrervermittlung mittlerweile selbst auf die Spur gekommen. Durch einen seiner Kontakte hatte Steve Blake von einem geplanten Schlag gegen die Agentur erfahren und sich eingeschaltet. Wenn nur einer der Verhafteten im Verhör Alecs Namen ausgeplaudert hätte, wären die Konsequenzen womöglich fatal gewesen. Ein Haftbefehl würde seine Arbeit für die *GLA* erschweren, wenn nicht sogar unmöglich machen. Niemand engagierte einen Fahrer, der bei einer Routinekontrolle verhaftet werden konnte. Einen vorliegenden Haftbefehl zurückziehen zu lassen, wäre natürlich möglich, würde allerdings Fragen aufwerfen. Es gab korrupte Polizisten, und die *Great Lakes Association* hatte garantiert in jeder *ihrer* Städte einige davon in der Tasche. Die Gefahr, dass streng geheime Informationen an die falschen Stellen durchsickerten, war zu groß.

»Ich werde dir so schnell wie möglich mehr Informationen über diese neue Organisation besorgen«, fuhr Steve Blake fort. »Sobald ich Namen und Fotos habe, bekommst du sie.«

»In Ordnung.«

Mehr gab es nicht zu sagen. Er wünschte sich, ein bisschen plaudern zu können. Über Sport, Familie, Alltagsdinge. Über die Herausforderung, Tag für Tag eine Rolle spielen zu müssen. Vorzugeben, jemand zu sein, der man nicht war. Ohne sich dabei selbst zu verlieren. Doch diesen Luxus konnte er sich nicht leisten. Jede Minute, die er länger telefonierte, war ein Risiko. Er hätte auch gar nicht gewusst, wo er anfangen sollte. Gewisse Themen ließen sich schwer ansprechen. Obwohl sein Freund ihn bestimmt verstanden hätte. Vielleicht besser, als es ihm lieb wäre. Sie beendeten das Gespräch mit einem Austausch humoriger Floskeln, die den Ernst der Lage überspielen sollten. Alec packte das Handy wieder in die Plastiktüte und legte es zurück ins Versteck.

Als er schließlich hinter dem Steuer seines Daytona saß, fuhr er nicht sofort los, sondern blickte eine Weile nachdenklich in die Dunkelheit.

Eine zweite Organisation ...

Kaum war er eine Sorge los, tauchte das nächste Problem auf. Es war, als würde er in einem Haifischbecken schwimmen, dessen Bewohner sich soeben um eine unbekannte Zahl vermehrt hatten. Der gesunde Menschenverstand riet ihm, toter Mann zu spielen. Sich reglos treiben zu lassen, bis die Gefahr vorüber war. Leider würde er genau das Gegenteil tun müssen.

Er startete den Motor und schaltete die Scheinwerfer ein. Die Schlafaugen des Daytona öffneten sich und erfassten eine streunende Katze. Für einen Moment blitzten grünlich fluoreszierende Augen auf, bevor das Tier davonhuschte.

Er fuhr vom Grundstück, schloss das Eisentor ab und machte sich endlich auf den Heimweg. Er war unglaublich müde. Die Aussicht, bald im Bett zu liegen, erfüllte ihn mit Vorfreude.

Steve Blake holte sich wahrscheinlich gerade ein Bier aus dem Kühlschrank, während er darüber nachdachte, wie er mehr Informationen über die neuen Spieler in Detroit herausbekommen konnte. Manchmal fragte er sich, wer von ihnen den schwierigeren Job hatte.

Steve hatte ihn persönlich für den verdeckten Einsatz ausgesucht. Ein großer Vertrauensbeweis, der ihn allerdings zusätzlich unter Druck setzte, alles zu tun, um den Einsatz erfolgreich zu beenden.

Steve Blake und Alec waren sich vor fast zehn Jahren zum ersten Mal über den Weg gelaufen. Damals arbeitete sein Freund noch für das *Bureau of Alcohol, Tobacco, Firearms and Explosives*, kurz *ATF*, und jagte Alkohol- und Zigarettenschmuggler an der mexikanischen Grenze. Alec war Mitte zwanzig, gerade nach Phoenix, Arizona versetzt worden und fest davon überzeugt, dass es die richtige Entscheidung gewesen war, fast zweitausend Meilen zwischen seine Ex-Verlobte und sich zu bringen.

Trotzdem hatte er Heimweh. Die fremde Stadt, die neuen Kollegen, nichts wollte so recht passen.

Die Ankunft von Special Agent Steve Blake und dessen Team wirbelte seinen Polizeialltag gehörig durcheinander. Einer seiner Fälle kreuzte die Ermittlungen der *ATF*, und ehe sie sichs versahen, wurden sein damaliger Partner und er vom Raubdezernat abgezogen und fanden sich in einem groß angelegten Einsatz gegen einen Ring von Waffenschmugglern wieder. Die Zusammenarbeit mit der *ATF* war aufregend, lehrreich und gewährte ihm neue Einblicke in die Polizeiarbeit. Während unzähliger Überstunden und nächtlicher Einsätze, in denen sie die Verstecke der Waffenschmuggler überwachten, wurde ihm eines endgültig klar: Er liebte seinen Beruf. Und er würde sich von niemandem vorschreiben lassen, ob und wie lange er diesen Beruf ausübte.

Mit Steve Blake verstand er sich trotz der zwölf Jahre Altersunterschied hervorragend. Sie stammten beide aus Georgia – Alec aus dem Norden, Steve aus dem Südosten des Staates – und allein diese Tatsache erzeugte ein Gefühl der Zusammengehörigkeit. Steve hatte bereits eine Scheidung hinter sich und deshalb eine ziemlich gute Vorstellung von dem, was sich in Alecs Kopf abspielte, wenn es zu ruhig wurde um ihn herum. Steve half ihm, sein persönliches Chaos zu ordnen, und im Gegenzug half Alec der *ATF*, die bösen Jungs zu fangen. Am Ende war es seinem Einsatz hinter dem Steuer eines Streifenwagens zu verdanken, dass sie den Fall erfolgreich lösten. Obwohl seine damaligen Fahrkünste nicht mit seinem heutigen Repertoire vergleichbar waren, gelang es ihm, das Fahrzeug der flüchtenden

Waffenschmuggler einzuholen, auszumanövrieren und zu stoppen, ohne seinem Streifenwagen mehr als ein paar Kratzer und eine Delle am Kotflügel zuzufügen. Sein beherztes Eingreifen brachte ihm eine Belobigung ein, den Respekt des *ATF*-Teams und seiner Kollegen beim Phoenix PD und den Spitznamen *Road Runner*, der ihm ziemlich gut gefiel, obwohl er natürlich vehement dagegen protestierte.

Speedy Gonzales wäre wesentlich peinlicher gewesen.

In den folgenden Jahren hielten Steve und er regelmäßigen Kontakt und gingen ein Bier trinken, wann immer der *ATF*-Agent in Phoenix war. Ihre Treffen fanden ein jähes Ende, als sich Alec zurück nach Atlanta versetzen ließ. Sein Vater hatte mit Anfang fünfzig einen Schlaganfall erlitten. Er wollte in der Nähe sein, um seine Eltern zu unterstützen. Moralisch und finanziell. Er nahm eine Stelle beim Drogendezernat an und sammelte erste Erfahrungen bei verdeckten Ermittlungen. Wenn es der Dienstplan erlaubte, fuhr er an den Wochenenden von Atlanta nach Dalton, um seine Eltern zu besuchen und seinem Onkel in der Autowerkstatt zur Hand zu gehen. Abgesehen von seltenen Telefonaten befand sich seine Freundschaft mit Steve Blake im verlängerten Winterschlaf.

Bis Steve eines Tages vor seiner Wohnungstür stand. Er arbeitete mittlerweile für die Drogenbehörde, kurz *DEA*, und war der neue Leiter der *Special Task Force Organized Crime Great Lakes*. Seine Vorgesetzten bei der DEA hatten ihn mit der Aufgabe betraut, die *Great Lakes Association* zu Fall zu bringen. Ein nahezu unmöglicher Auftrag. Niemand kannte die Hintermänner der Organisation. Sie waren Schatten, graue Eminenzen, die im Verborgenen die Fäden zogen. Es gab keine Verdachtsfälle, keinerlei Hinweise auf ihre Identität. Alle Spuren endeten bei den Lieutenants, die für sie die Geschäfte in den verschiedenen Städten leiteten. In Detroit bei Eric Deacon und Ramesh Dewari, in Cleveland und Chicago bei einer Handvoll Nachtclubbesitzern und Geschäftsleuten.

Trotzdem hatte sich Steve Blake bereit erklärt, die Sonderkommission zu leiten. Was ihm fehlte, um den Einsatz zu beginnen, war ein verdeckter Ermittler. Jemand, den er als Fahrer in die Organisation einschleusen konnte. Alec war seine erste und einzige Wahl. Weil er gewisse Fähigkeiten und Vorlieben – oder besser, Leidenschaften – hatte, die sich nicht vortäuschen ließen.

Alec fühlte sich geschmeichelt, euphorisiert und gleichzeitig zu Tode geängstigt. Er würde sich für einen nicht absehbaren Zeitraum in eine kriminelle Organisation einschleichen, sein Leben riskieren, nicht in der Lage sein, nach Hause zu kommen, falls er gebraucht wurde. Ihm gefiel die Arbeit beim Atlanta PD, und er schätzte seinen Partner sehr. Trotzdem nahm er das Angebot schließlich an. Die Chance, an einem Einsatz dieses Ausmaßes beteiligt zu sein, konnte er nicht ausschlagen. Die DEA prüfte ihn auf Herz und Nieren und gab nach einer gründlichen psychologischen Untersuchung grünes Licht. Das Atlanta PD stellte Alec der DEA für den Zeitraum der verdeckten Ermittlungen zur Verfügung. Quasi als Leihgabe. Rücklieferung in möglichst unbeschädigtem Zustand.

Das würde sich zeigen ...

Gemeinsam mit Steve Blake arbeitete er einen fiktiven Lebenslauf aus, und sein Freund brachte ihm die Tücken der Langzeit-Undercoverarbeit näher. Das kurze Spiel der verdeckten Ermittlung beherrschte er bereits. Eine erfundene Identität für ein paar Stunden oder Tage aufrechtzuerhalten, war kein Problem. Für Monate in eine andere Rolle zu schlüpfen, stellte eine ganz andere Herausforderung dar. Steves langjährige Erfahrungen als verdeckter Ermittler halfen ihm, die Risiken besser einzuschätzen und dadurch zu verringern.

Am schlimmsten war es, seine Eltern im Unklaren zu lassen. Sie durften nicht erfahren, wo er sein würde, was er tat oder wann er zurückkommen würde. Natürlich ahnten sie, dass es sich um keine einfache Versetzung handelte, sondern um einen möglicherweise gefährlichen Einsatz. Er mochte ein begabter Schauspieler sein, doch er war ihr Sohn. Seine Eltern kannten ihn gut genug, um hinter die Fassade sehen zu können. Alec erinnerte sich an die letzten Umarmungen, die letzten aufmunternden Worte, bevor er nach Kalifornien geflogen war. Um sich unter falscher Identität sechs Wochen lang von einem ehemaligen Lehrer der *International Stunt School* durch die Mangel drehen zu lassen. Er würde seine Rolle nicht überzeugend spielen können, wenn ihm das richtige Handwerkszeug fehlte. Er musste in der Lage sein, gefährliche Situationen souverän zu meistern und mögliche Verfolger abzuschütteln, ohne dabei sich oder andere zu gefährden, sonst würde er es bei dem Einsatz nicht weit bringen.

Steve Blake hatte dem Vorschlag zugestimmt. Allerdings nicht, ohne vorher einige ausgewählte Worte in

Bezug auf Alecs Motivation fallen zu lassen. Natürlich steckte mehr als reines Pflichtgefühl hinter dem Vorhaben. Warum sollte er Arbeit und Vergnügen nicht miteinander verbinden?

In der Datenbank der Polizei fanden sie einen Fahrlehrer, der seit einigen Jahren nicht mehr unterrichtete. Was wohl an seinem schillernden Vorstrafenregister lag. Alec stellte den Kontakt her. Er gab vor, sich für eine Karriere als Stuntfahrer zu interessieren und ausgiebig üben zu wollen, bevor er sich bei der *International Stunt School* bewarb. Die Formulierung »großzügige Bezahlung« brach den ohnehin geringen Widerstand des ehemaligen Lehrers.

In einem Kaff im Nirgendwo traf er auf einen wortkargen Mann in mittleren Jahren, der ihm offen ins Gesicht sagte, was er von der *Bullshit*-Geschichte mit der Stuntfahrerausbildung hielt: »Nur fürs Protokoll, Jungchen, ich lasse mich nicht für dumm verkaufen!«

Die Wahrheit interessierte ihn trotzdem nicht. Alec bezahlte die Hälfte der vereinbarten Summe im Voraus, und sie gingen an die Arbeit.

Was folgte, würde bis ans Ende seines Lebens ganz oben auf Alecs Hitliste der besten Erlebnisse aller Zeiten stehen.

Schon während der ersten Übungsstunden wurde ihm klar, dass die Fahrtricks, die er sich in den vergangenen Jahren selbst beigebracht hatte, lediglich ein Bruchteil dessen waren, was er leisten konnte. In ihm schlummerte ein Talent, von dem er nichts geahnt hatte. Wie denn auch? Jetzt, da ihm endlich jemand zeigte, welche Möglichkeiten es gab, explodierte es geradezu. Als hätte jemand Benzin in ein schwelendes

Feuer gegossen. Das Training erfüllte ihn mit einer unglaublichen Lebendigkeit. Essen, Trinken, Schlafen, alles wurde nebensächlich. Er beschäftigte sich mit der Theorie, analysierte Übungsvideos und genoss jede Minute, die er hinter dem Steuer verbrachte. Gleichgültig, wie oft er eine Übung wiederholen musste, er tat es, ohne zu klagen. Der Ehrgeiz trieb ihn an seine körperlichen Grenzen und manchmal darüber hinaus. Das spürte er abends, wenn er nach dem Training zurück ins Motel kam und auf dem Sofa sofort in tiefen schwarzen Schlaf fiel.

Der Rausch der Geschwindigkeit hatte ihn gepackt. Dieser Kick, wenn er das Fahrzeug bis an den Rand der Leistungsfähigkeit brachte, wenn die Fliehkraft einsetzte und für einen atemlosen Augenblick nicht klar war, ob er das Manöver schaffen würde.

Um ihn für alle erdenklichen Straßenverhältnisse zu trainieren, legte sein Fahrlehrer erstaunliche Kreativität an den Tag. Der Höhepunkt war eine Lektion in einem riesigen Kühlhaus, in dem sie mitten in der Nacht das Fahren und Bremsen auf vereister Strecke übten.

Am Ende der sechsten Woche beherrschte Alec die wichtigsten Manöver wie im Schlaf. Seine Abschlussprüfung bestand aus einer inszenierten Verfolgungsjagd, bei der ihm sein Fahrlehrer demonstrierte, was es bedeutete, einen Gegner im Genick zu haben, der alles daransetzte, um ihn zu stoppen. Es war eine neue Erfahrung auf seiner persönlicher Angstskala, doch er bestand die Prüfung mit Bravour. Hinterher teilte ihm sein sonst so verschlossener Lehrer beeindruckt mit, dass Alec zu den talentiertesten Schülern gehörte, die er je unterrichtet hatte. Alec würde es weit bringen, ob als Stuntfahrer oder in welcher anderen Profession auch immer.

Er wünschte sich, länger bleiben zu können. Für immer bleiben zu können. Doch die Zeit der Vorbereitung lief gnadenlos ab. Also buchte er einen Flug nach Buffalo und packte seinen Koffer.

Steve Blake war in der Zwischenzeit nicht untätig gewesen. Während Alec Drifts und Drehungen übte, ebnete ihm sein Freund den Weg in sein neues Leben als Krimineller. Er sollte sich in Buffalo als Fahrer einen Namen machen und später nach Detroit wechseln, um für die *Great Lakes Association* zu arbeiten. Allerdings musste erst die nötige Nachfrage geschaffen werden. Die Kurier- und Fluchtwagenfahrer von Detroit sollten von der Bildfläche verschwinden. Der Plan ging hundertprozentig auf. Steves Informanten identifizierten die Fahrer und lieferten die nötigen Hinweise, die Steve wiederum dem Detroit PD zuspielte. In einer koordinierten Nacht-und-Nebel-Aktion kassierte die Detroiter Polizei jeden Fahrer von Steves Liste ein. Danach musste Alec nur abwarten.

Zwei Wochen später vermittelte ihm die Agentur in Buffalo einen Chauffeurjob. Der Mann, der am vereinbarten Treffpunkt zu Alec in den Wagen stieg, war kein anderer als Eric Deacon.

Kapitel 5

Am Freitag fand Alec sich zu nachtschlafender Zeit in Delray wieder, Detroits *»idyllischstem«* Stadtteil. Malerisch gelegen an zwei Flüssen, dem Detroit River im Osten und dem River Rouge im Süden, eingeklemmt zwischen der Interstate 75 im Westen und einer Durchgangsstraße im Norden. Entlang der Flussufer saßen dicht an dicht gedrängt Chemiewerke, Fabriken und Lagerhäuser. Auf Zug Island, einem am Detroit River gelegenen Areal, das der River Rouge wie ein Hufeisen umgab, arbeitete Tag und Nacht ein gigantisches Stahlwerk.

Er blickte in die Dunkelheit und lauschte den Trucks, die hoch über seinem Kopf die Interstate 75 entlangdonnerten. Er parkte im Schutze eines der Doppelpfeiler der vielspurigen Überführung mit Sicht auf eine Reihe niedriger Wohnhäuser, deren Besitzer sich rund um die Uhr an dieser Geräuschkulisse erfreuen durften. Er hatte das Fahrerfenster einen Spalt geöffnet. Kühle Luft drang ins Wageninnere, die einen leicht fauligen Geruch mit sich brachte. Der Wind wehte die Ausdünstungen des Klärwerks herüber.

Wie konnten Menschen in diesem Industriemoloch leben?

Die Bewohner von Delray stellten sich offenbar dieselbe Frage. Türen und Fenster vieler Häuser waren mit Brettern vernagelt. Unzählige Schilder boten Grundstücke zum Verkauf an, die niemand haben wollte. Die meisten Straßen besaßen keine Bürgersteige. Ihre Ränder fransten aus wie alte Teppiche und verschmolzen mit den schmalen Grün- oder Schotterstreifen vor den Häusern. Alec war in Delray einem einzigen Auto begegnet, dessen Fahrer geübt die Schlaglöcher im aufgerissenen Asphalt umkurvte.

Er kratzte sich selbstvergessen unter dem Rand seiner dunklen Baseballkappe. Ihm fiel ein Satz aus einem der Zeitungsartikel ein, die er zur Vorbereitung auf Detroit gelesen hatte. Darin schrieb ein Journalist, dass Delray dem am nächsten kam, was man als Geisterstadt innerhalb einer Stadt bezeichnen würde. Wahre Worte.

Das lang gezogene Warnsignal eines herannahenden Zuges ertönte. Bald darauf tauchten die Scheinwerfer einer Lok aus dem Dunkel auf. Alec verfolgte im Rückspiegel, wie unmittelbar hinter ihm ein Güterwaggon nach dem anderen über die Schienen ratterte und quietschend in einer Kurve verschwand.

Er unterdrückte ein Gähnen und verlagerte sein Gewicht auf die linke Seite, damit ihm der Hintern nicht einschlief. Er war müde und doch hellwach. Sein Körper vibrierte. Es fühlte sich an wie die Sekunden vor einem schweren Gewitter. Wenn die Luft vor Elektrizität knisterte und die Natur den Atem anzuhalten schien. In Vorbereitung auf den Moment, in dem sich die Energie mit einem Höllenknall entladen würde.

Auf genau diesen Knall wartete er. Vielleicht hoffte er darauf, denn jedes Gewitter war ein Spektakel. Er sah auf die Digitaluhr im Armaturenbrett. Noch eine Stunde.

Katies Anweisungen waren wie immer kurz gefasst gewesen: *Den Wagen abholen, nach Delray fahren, exakt an dieser Stelle warten.* Bezahlt wurde er für zwei Stunden Bereitschaft.

Sie waren eindeutig als Rückendeckung für jemanden hier, der Plan B, falls etwas schiefging.

Doch für wen? Und was konnte schiefgehen?

Rhythmisches Kauen störte seine Gedanken. Er warf einen Blick auf den jungen Mann neben sich. Sein namenloser Passagier gehörte zum heutigen Lieferumfang. Eine Sonderausstattung in teurer Lederjacke. Der Typ kaute unablässig auf einem Kaugummi herum, rutschte immer wieder unruhig in seinem Sitz hin und her und sah in regelmäßigen Abständen auf sein Handy. Solange er es unauffällig tat und das helle Display keine ungebetenen Gäste anlockte, sollte es Alec recht sein. Es gab zahlreiche Gangs in Delray, und es wäre äußerst unvorteilhaft gewesen, von den herumstreunenden Mitgliedern eines dieser Freizeitclubs entdeckt zu werden. Ein Weißer und ein Schwarzer, die nachts in einem Wagen unter einer Unterführung warteten, wären ein gefundenes Fressen. Sein Beifahrer trug eine Pistole unter der Jacke. Er war der nervöse Typ, der sie sicher zur falschen Zeit ziehen würde. Alec verzichtete bei seinen Aufträgen bewusst auf derartige Extras. Kriminelle und Polizisten reagierten gleichermaßen empfindlich auf den Anblick von Schusswaffen. Er wollte weder von einem dahergelaufenen Möchtegerngangster noch von einem übereifrigen Kollegen abgeknallt werden.

Ein schrilles Klingeln durchbrach die Stille und jagte seinen Puls in die Höhe. Sein Beifahrer richtete sich kerzengerade auf. Er nahm das Gespräch entgegen, nickte und nickte erneut. »Alles klar, Boss.« Er legte auf.

»Das war's«, sagte er, schlagartig um einiges entspannter. »Wir können abhauen.«

Alec konnte sich nicht entscheiden, ob er erleichtert oder enttäuscht sein sollte. Er drehte wortlos den Zündschlüssel, startete den Motor und rollte aus der Deckung der Brückenpfeiler.

Alles klar, Boss.

Boss ...

Hatte Ramesh Dewari sie als Rückendeckung für einen seiner Deals bestellt?

Er fuhr langsam über einen unbefestigten Schotterweg, der hinter einer Reihe von Wohnhäusern verlief. Er wollte eben in eine schmale Nebenstraße einbiegen, als er in einiger Entfernung einen Knall hörte. Es klang wie die berühmte Fehlzündung, die keine war. Er bremste und ließ das Fahrerfenster weiter herunter.

»Was ...?«, hob sein Beifahrer irritiert an, doch er schnitt ihm mit einer Geste das Wort ab.

Es knallte erneut. Keine Fehlzündung. Im nächsten Moment klingelte das Handy.

»Ja, Boss? Was?« Die Verwunderung des jungen Mannes verwandelte sich schlagartig in Hektik. »Ja, ja, alles klar, Boss! Sofort, Boss! Los, fahr!«, herrschte er Alec an, das Handy noch am Ohr. Er spuckte einen Straßennamen aus, gefolgt von einer kurzen, doch unnötigen Wegbeschreibung. Alec wusste, wo ihr Ziel lag.

Er gab Gas, bog in die Nebenstraße und fuhr auf eine breite Hauptstraße. Während sie dem Ziel entgegenrasten, und damit einer unbekannten Zahl bewaffneter Krimineller, griff er zwischen Fahrersitz und Mittelkonsole und schaltete den Empfänger für den Polizeifunk ein. Sein Beifahrer blieb am Handy. Nach dem

Gesprächsverlauf zu urteilen, mussten sie mehrere Personen einsammeln, die zu Fuß unterwegs waren und verfolgt wurden.

»Keller Street!«, rief ihm sein Nebenmann plötzlich zu. »Keller Street!«

Dort waren sie eben vorbeigefahren. Alec legte auf der leeren Fahrbahn einen sportlichen U-Turn hin und raste zurück. Er bog in die Straße ein und verlangsamte das Tempo. »Wo sind sie?«

»Boss, wo seid ihr?«, wurde die Frage weitergegeben. »Da vorn!«

Die Scheinwerfer des Wagens erfassten eine hochgewachsene Gestalt, die aus der Deckung eines Lieferwagens getreten war. Lennox Kinley, Rameshs Bodyguard. Der Mann, der ihm im Nachtclub so liebevoll gegen den Oberarm geknufft hatte. Noch bevor Alec zum Stehen gekommen war, hatte Lennox bereits die rechte Hintertür aufgerissen. Eine kleinere, schmalere Gestalt kam mit zügigen Schritten näher. Ramesh Dewari, der trotz allem verdammt entspannt wirkte, ließ sich samt schwarzem Aktenkoffer hinter Alec auf die Rückbank fallen.

»Nett, dass ihr vorbeischaut«, begrüßte Ramesh sie mit seinem indischen Singsangakzent.

Zwei Anschnallgurte klickten.

»Wo sind die anderen?«, fragte der junge Mann auf dem Beifahrersitz nervös.

»Alternative Route«, knurrte Lennox Kinley, weit weniger entspannt.

Alecs wachsamer Blick bemerkte eine Bewegung in der Dunkelheit. Ein Mann kam auf den Wagen zugelaufen. »Gehört der zu euch?« Noch während er fragte, legte er den Rückwärtsgang ein.

Sobald er das zweifache »Nein« von der Rückbank hörte, trat er das Gaspedal durch. Begleitet vom gequälten Aufheulen des Motors schoss der Wagen rückwärts. Was den Mann auf der Straße dazu veranlasste, stehen zu bleiben und mit einer Waffe auf sie zu zielen.

»Deckung!«, befahl er seinen Fahrgästen.

Plötzlich wurde der bewaffnete Mann von hinten in helles Licht getaucht. Ein Auto raste gefährlich nah an ihm vorbei und drängte sich zwischen Schütze und Ziel.

Da hatte er sein Gewitter.

Im Rückwärtsgang würde er den Verfolgern nicht entkommen. Er musste wenden!

Im Außenspiegel sah er zu seiner Linken eine Querstraße. »Festhalten!«, brüllte er, umfasste die Handbremse und lenkte abrupt nach rechts. Noch während das Fahrzeug herumschleuderte, legte er den ersten Gang ein. Sobald sie mit der Nase zur Querstraße standen, beschleunigte er erneut, doch das Manöver hatte zu lange gedauert. Begleitet von einem ohrenbetäubenden Knall rammten sie das andere Auto seitlich am Heck. Der heftige Aufprall entriss ihm fast das Lenkrad. Jemand schrie auf. Sie drehten sich um die eigene Achse. Er steuerte gegen und brachte den Wagen zum Stehen. Die Querstraße, in die er hatte fahren wollen, lag jetzt schräg hinter ihnen. Der andere Wagen stand einige Meter entfernt. Weiße Lichter blendeten am Heck auf, als der Fahrer den Rückwärtsgang einlegte, um sie erneut zu rammen. Diesmal würde er die Beifahrerseite erwischen. Alec beschleunigte. Weil er keinen anderen Ausweg sah, hielt er direkt auf eines der Wohnhäuser zu. Das andere Fahrzeug verfehlte sie nur knapp. Kurz bevor er den Hausbewohnern die Blumenkübel von der Terrasse räumte, riss er das Steuer herum, schlitterte über ein schmales Rasenstück und brachte den Wagen zurück auf die Straße. Sein Herz hämmerte, als wollte es ihm aus der Brust springen und sich davonmachen. Er raste auf eine Kreuzung zu und bog links ab, die Verfolger hartnäckig am lädierten Heck. Der Polizeiempfänger rauschte und knackte. Die Zentrale meldete einen Einbruch in einem anderen Teil der Stadt. Kein Wort über Delray. Bis jetzt. Vor ihm hob sich die Überführung der Interstate 75 gegen den Nachthimmel ab. Keine gute Idee. Die Verkehrskameras wären ein sicheres Ticket in die Abendnachrichten. Er musste die Verfolger in den Geisterstraßen von Delray loswerden, wo die Wahrscheinlichkeit, auf eine Polizeistreife zu treffen, weitaus geringer war.

Rechts hinter ihm surrte eine Fensterautomatik. Alec blickte rasch über die Schulter. Lennox Kinley hatte den Gurt gelöst und saß seitlich auf der Rückbank, mit einer Pistole in der Hand. Im nächsten Moment lehnte er sich aus dem Fenster und richtete die Waffe auf ihre Verfolger. In aller Ruhe, als würde er das jeden Tag machen. Alec konzentrierte sich wieder auf die Straße und wartete auf den Schuss. Es knallte, das Geräusch gedämpft und verzerrt durch die Geschwindigkeit. Er wusste nicht, ob Lennox getroffen hatte. Ein Blick in den Außenspiegel verriet, dass der andere Wagen zurückgefallen war.

Doch die Verfolger gaben nicht auf.

Am Straßenrand tauchten Warnschilder auf, die auf einen Bahnübergang hinwiesen. Schon von Weitem erkannte er, dass die Schranken geöffnet waren.

Kleine Geschenke ...

Der Wagen hüpfte wie ein Känguru über die Schienen. Auf der rechten Straßenseite tauchten in der Dunkelheit hohe Containerstapel auf. Ein Großteil der Stahlboxen befand sich innerhalb eines umzäunten Geländes, doch einige Container waren einzeln oder in kleinen Gruppen vor dem Zaun abgestellt worden. Während sie an den Boxen vorbeirasten, durchzuckte Alec ein Gedanke. Eine Idee. Vor ihnen beschrieb die Straße eine Kurve und verlief danach weiter entlang des Geländes. Wenn sein Glück anhielt und er schnell genug reagierte ...

Er überprüfte den Abstand zu den Verfolgern. Ihm würden lediglich wenige Sekunden zur Verfügung stehen. Verdammt knapp. Die Kurve war schlecht einzusehen, und er musste abbremsen, um eventuellem Gegenverkehr ausweichen zu können. Er schaffte es durch die Kurve, ohne den Wagen um einen Baum zu wickeln, und entzog sich für wenige kostbare Sekunden den Blicken der Verfolger. Und das Glück war auf seiner Seite. Am Straßenrand standen hintereinander aufgereiht fünf Container. Alle ein gutes Stück vom Zaun entfernt.

»Festhalten!« Alec scherte haarscharf vor der ersten Metallbox ein und trat brutal auf die Bremse. Die Fliehkraft schleuderte ihn vorwärts. Sein Gurt arretierte und schnitt ihm schmerzhaft in den Oberkörper. Mit einem raschen Blick über die Schulter überzeugte er sich davon, dass die Lücke zwischen Zaun und

Container genug Platz bot, schaltete die Scheinwerfer aus und setzte schwungvoll zurück. Dabei blieb der linke Außenspiegel am Container hängen und klappte geräuschvoll in die falsche Richtung.

Kaum war der Wagen in der Deckung verschwunden, rasten schon ihre Verfolger vorbei.

Atemlos blickte er den Rücklichtern nach, die kleiner und kleiner wurden und schließlich in der Nacht verschwanden. Es hatte tatsächlich geklappt! Ihm wurde schwindlig vor Erleichterung und Euphorie. Der Polizeiempfänger sendete unermüdlich die kurzen Wortwechsel zwischen Streifenwagen und Zentrale, doch niemand erwähnte Delray. Sie hatten es geschafft!

»Holy Shit!« Für einige Sekunden vergaß Lennox Kinley seinen amerikanischen Akzent, und die Straßen von Belfast überzogen seine Stimme mit einer zentimeterdicken Schicht. »Kann jemand den Mistkerl am Steuer küssen, damit ich es nicht tun muss?«

Alec musste lachen, und mit dem Lachen fiel ein Teil der Anspannung ab. Sein Körper prickelte vom Adrenalin. Sein Nacken war schweißnass, und seine Hände schienen in den Lederhandschuhen zu glühen.

»Respekt!« Lennox verpasste ihm einen anerkennenden Schlag auf die Schulter.

Er unterdrückte einen Schmerzenslaut. Irgendwann würde er dem Mann den Unterschied zwischen freundschaftlichem Klaps und ernst gemeinter Gewalt erklären müssen.

Neben ihm brach plötzlich Hektik aus. Sein namenloser Beifahrer löste den Gurt, stieß die Wagentür so weit auf, wie es der Zaun erlaubte, beugte sich hinaus und verabschiedete sich würgend von seinem Mageninhalt.

Auf der Rückbank fing Lennox Kinley an, dröhnend zu lachen.

Alec erinnerte der Anblick an den ersten Tag seines Fahrtrainings. Als sein Lehrer ihm zur Einstimmung gezeigt hatte, welche Manöver ein Stuntfahrer beherrschen sollte. Nach der Präsentation hatte sein Magen ähnlich reagiert.

Er wandte sich nach hinten um, zu Ramesh Dewari. »Alles klar?«

»Alles klar«, kam die ruhige Antwort. Die Dunkelheit verbarg Rameshs Miene, und er fragte sich, was der Mann wohl dachte.

»Wir müssen den Wagen loswerden«, sprach Alec das Offensichtliche aus. Der Schaden am Heck würde zu viel Aufmerksamkeit erregen. Sobald sie Delray verließen, war es lediglich eine Frage der Zeit, bis sie von einer Streife angehalten würden. Vier Männer, mindestens zwei davon bewaffnet, ein illegaler Polizeiempfänger und ein schwarzer Aktenkoffer mit unbekanntem Inhalt. Bye-bye, verdeckte Ermittlungen.

»Ich kümmere mich darum.« Ramesh zog sein Handy hervor. Nach einem kurzen Anruf nannte er Alec eine Adresse am Rande von Delray.

Sobald sich sein Beifahrer gesammelt hatte, fuhr er aus dem Versteck. Er bog den beschädigten Außenspiegel in eine einigermaßen brauchbare Position zurück und wendete.

Die genannte Adresse gehörte zu einem Supermarkt, auf dessen Parkplatz zwei Männer sie mit einem dunklen Pkw und dem Transporter einer Kurierfirma erwarteten. Während Alec über den leeren Platz rollte, öffnete einer der Männer die Hintertüren des

Transporters und zog zwei breite Schienen heraus. Er legte sie so zurecht, dass eine flache Rampe entstand. Auch ohne die eindeutigen Gesten des Mannes wusste Alec, was er zu tun hatte. Er wartete, bis seine Fahrgäste ausgestiegen waren, danach bugsierte er den Wagen über die Rampe in den Transporter. Es war Maßarbeit, und es blieb kaum Platz, um die Fahrertür zu öffnen. Während er sich durch den engen Spalt quetschte, räumte der Mann die Schienen wieder ein. Alecs namenloser Beifahrer saß bereits mit dem zweiten Mann im anderen Wagen. Ramesh und Lennox warteten einige Schritte entfernt.

»Er nimmt dich mit.« Ramesh deutete auf den schweigsamen Mann beim Transporter. »Das war gute Arbeit«, fügte er hinzu, und in seinem Blick lag Anerkennung.

»Dafür werde ich bezahlt.«

Sein Gegenüber schmunzelte angesichts des kleinen Revivals aus dem *Arabian Nights.*

»Hervorragend bezahlt, wenn ich mich recht erinnere.«

Diesmal sagte er es. »Qualität hat ihren Preis.«

Ramesh schnaufte amüsiert und gab Lennox Kinley ein Zeichen. Der Bodyguard zwinkerte Alec zum Abschied zu.

Noch bevor Ramesh in den dunklen Pkw einstieg, holte er sein Handy hervor und begann zu telefonieren. Alec blickte ihm nach. Was, zur Hölle, war da vorhin passiert?

Ihm kam das Gespräch mit Steve Blake in den Sinn. Die neuen Spieler, die sich rücksichtslos im Revier der

GLA breitmachten. Hatten sie heute Nacht eine Kostprobe ihrer Geschäftsmethoden geliefert?

Falls ja, würde es bald lustig auf Detroits Straßen werden.

Er nahm auf dem Beifahrersitz des Transporters Platz und teilte seinem Chauffeur mit, wo er den Daytona geparkt hatte. Während sie Delray endgültig verließen, betrachtete er nachdenklich die vorbeiziehenden Häuser.

Die Haie kamen näher.

Es dauerte noch eine Weile, bis er den Daytona in der Tiefgarage abstellte und im Fahrstuhl zu seiner Wohnung fuhr. Inzwischen hatte die aufputschende Wirkung des Adrenalins nachgelassen, und er fühlte sich erschöpft und ausgelaugt. Das unvermeidliche Tief nach dem Höhenflug. In seinem Magen rumorte es. Er konnte nicht sagen, ob es Hunger oder Übelkeit war.

Mit unsicheren Fingern schloss er seine Wohnungstür auf, verschwendete keine Zeit daran, Schuhe oder Jacke auszuziehen, und ging direkt in die Küche. Er holte eine Packung Tiefkühllasagne aus dem Kühlschrank und stellte sie in die Mikrowelle. Hoffentlich war es Hunger. Sollte er sich irren, würde er es bald merken. Während er wartete, öffnete er eine Flasche Bier. Trotz Jacke fröstelte er. Nach dem vierten Schluck fing seine Hand an zu zittern. So stark, dass er die Flasche abstellen musste. Sein ganzer Körper zitterte plötzlich. Seine Knie wurden weich, und er hatte Mühe, sich aufrecht zu halten. Der einzige Stuhl stand zusammengeklappt an der Wand neben dem Fenster. Zu weit weg. Alec sank auf die kalten Fliesen und lehnte sich rücklings gegen den Herd.

Erinnerungen an die Verfolgungsjagd blitzten vor seinem inneren Auge auf. Wie aus einer frisch aufgebrochenen Quelle sprudelten sie hervor und füllten seinen Kopf mit Bildern und Geräuschen. Er meinte, erneut den Knall zu hören, als die Verfolger seinen Wagen rammten. Er spürte noch einmal den heftigen Aufprall und das Herumschleudern. Schweiß bildete sich an seinen Schläfen und im Nacken. Er zwang sich zur Ruhe, konzentrierte sich auf jeden Atemzug.

Mit einem leisen Ping schaltete sich die Mikrowelle ab.

Alec blieb sitzen, bis das Zittern nachließ und sich sein Herzschlag normalisierte. Sobald er wieder Kontrolle über seine Hände hatte, nahm er das Bier von der Anrichte und trank einen großen Schluck. Das half. Er presste die kühle Flasche gegen seine Stirn und atmete langsam aus.

Alles in Ordnung.

Kapitel 6

Gegen Mittag erwachte er mit einem Kratzen im Hals, Muskelkater in den Armen und einem Trommler im Kopf, der hervorragend zu den Regentropfen passte, die gegen das Schlafzimmerfenster prasselten. Er kochte mürrisch Kaffee und bestrich zwei Scheiben Toast mit Erdnussbutter. Ein klares Zeichen für seinen schlechten Allgemeinzustand. Die Steigerung wären warme Waffeln mit Erdnussbutter und Aprikosenmarmelade. Ein wirksames Rezept gegen wirklich miese Stimmungen. Heute würde der Toast reichen. Er frühstückte lustlos und trank einen zweiten Becher Kaffee. Anschließend packte er seine Sporttasche. Wenn er nicht das Blei aus den Gliedern und die Watte aus dem Kopf bekam, konnte er diesen Tag vergessen. Alec verließ die Wohnung und nahm die Treppe, um seinen Kreislauf in Schwung zu bringen.

Der Regen hatte nachgelassen. Die Luft fühlte sich feuchtwarm und klebrig an. Nicht hilfreich bei Kopfschmerzen. Ein Stück entfernt mähte der Hausmeister stumpfsinnig eine der Rasenflächen, die den Wohnblock umgaben. Er hatte es nicht für nötig befunden, vorher den Müll einzusammeln, und hinterließ einen bunten Teppich aus abgeschnittenen Grashalmen und geschreddertem Plastik. Vollidiot.

Alec zog die Kapuze seines Pullovers tief in die Stirn und ging das kurze Stück bis zu einer in die Jahre gekommenen Ladenzeile. Dort hatte sich zwischen einem Schnellimbiss und einem Waschsalon eine Sportschule angesiedelt, die verschiedene Kampfsportarten, Selbstverteidigung und Boxen unterrichtete. Gegen eine geringe Gebühr konnten Nichtmitglieder außerhalb der Kurszeiten das Box-Gym zum Training nutzen. Alec machte von diesem Angebot regelmäßigen Gebrauch. Er zog die mit asiatischen Schriftzeichen beklebte Eingangstür auf, bezahlte am Empfangstresen und ging in den Keller. Unten schlug ihm ein Aroma von Schweiß, alten Socken und verbrauchter Luft entgegen. Es roch wie damals in der Sporthalle seiner Highschool. Er zog sich um und wärmte sich auf einem der Laufbänder auf. Außer ihm trainierten sechs andere Männer. Zwei von ihnen lieferten sich einen von Flüchen und Beleidigungen begleiteten Schlagabtausch im Ring. Sie trugen keinen Kopfschutz und hatten sichtlich Vergnügen daran, sich gegenseitig die Flausen aus den grauen Zellen zu dreschen.

Manchmal verirrten sich Studenten der nahen Universität in die Boxhalle, um zur Abwechslung etwas anderes zu trainieren als ihren Intellekt. Das Stammpublikum war jedoch weit weniger akademisch veranlagt.

Obwohl Alec problemlos einen Sparringspartner gefunden hätte, verzichtete er auf den Clinch mit einem menschlichen Gegner. In dieser unsortierten Stimmung neigte er dazu, sportliche Auseinandersetzungen zu ernst zu nehmen. Die Erfahrung wollte er keinem der Anwesenden zumuten. Deshalb konzentrierte er sich auf Konditions- und Technikübungen. Zum Abschluss prügelte er auf einen der Sandsäcke ein. Mit jedem Schlag fühlte er sich besser. Eine ausgiebige Dusche brachte ihn endgültig zurück in die Welt der Lebenden.

Nach dem Training ging er zu der Tankstelle auf der gegenüberliegenden Straßenseite und kaufte Lebensmittel ein. Der Minimarkt, der an die Tankstelle angeschlossen war, hatte einen separaten Liquor Store. Dort konnte man neben Bier und Mixgetränken reichlich harten Alkohol kaufen. Er betrachtete skeptisch die Reihen von Whiskey, Bourbon, Scotch und Co.

Sprit für deine Karre und Sprit für deinen Körper.

Ein hübsches Verkaufskonzept.

Er klemmte sich einen Sechserpack Bier unter den Arm, bezahlte und machte sich auf den Rückweg.

Weil er vorhin die Treppe genommen hatte, war ihm entgangen, dass einer der Fahrstühle den Geist aufgegeben hatte. Der Grund, weshalb es zwei davon gab: damit der Hausmeister stets einen Platz fand, an dem er sein selbst gemaltes *Defekt*-Schild aufhängen konnte. Der intakte Fahrstuhl spuckte nach scheinbar endloser Wartezeit eine Horde Vorschulkinder aus, die ihn fast umrannte. Die junge Frau, die zu dem lärmenden Haufen dazugehörte, lächelte ihn entschuldigend an. Sie war hübsch, und für dieses Lächeln hätte er ihr weitaus schlimmere Dinge verziehen. Schlagartig besser gelaunt, fuhr er hoch in seine Wohnung, räumte die Sporttasche und die vom Nieselregen feuchten Papiertüten aus und aß eine Kleinigkeit.

Danach fuhr er nach Delray, ohne recht zu wissen, was er von diesem Ausflug erwartete.

Bei Tage wirkte der Stadtteil noch trister als bei Nacht. Obwohl Alec vereinzelte Fahrzeuge auf den Straßen sah, ein paar spielende Kinder und Anwohner beim samstäglichen Hausputz, verstärkte dieses Mehr an Leben auf sonderbare Weise den Eindruck der

Verlassenheit. Er fühlte sich wie von unsichtbaren Augen beobachtet. Es lag eine ablehnende, beinahe feindselige Stimmung in der Luft. Delray ließ ihn spüren, dass er nicht willkommen war. Je näher er den Schauplätzen der nächtlichen Verfolgungsjagd kam, desto angespannter wurde er. Schließlich fuhr er langsam an der Stelle vorbei, an der einige Stunden zuvor die Verfolger seinen Wagen gerammt hatten. Abgesehen von den zersplitterten Überresten einer Heckbeleuchtung, dunklen Bremsspuren auf dem rissigen Asphalt und einem von Reifen aufgewühlten Rasenstreifen deutete nichts darauf hin, dass hier vier Menschen fast ihr Leben ausgehaucht hätten.

Alec fuhr weiter zu der Straße, deren Namen ihm sein Beifahrer zuerst zugerufen hatte.

Auch hier deutete nichts auf die nächtlichen Ereignisse hin. Vielleicht in einer der Querstraßen ...

Er wollte rechts abbiegen, entdeckte in der Ferne einen Streifenwagen und hielt an. Zwei Polizisten standen neben ihrem Dienstfahrzeug und steckten die Köpfe zusammen. Eine Gruppe Jugendlicher beobachtete die Uniformierten misstrauisch, fast feindselig aus sicherer Entfernung. Auf der Veranda eines Hauses saßen drei ungepflegte Männer nebeneinander, rauchten, tranken Dosenbier und schauten unverwandt zu den Polizisten. Er beneidete seine Kollegen nicht um die Aufgabe, in dieser Nachbarschaft Zeugen für eine Schießerei finden zu müssen.

Auf der anderen Straßenseite lehnten zwei dunkelhäutige Männer an einem mit Sperrmüll beladenen Anhänger. Bis eben hatte ihre Aufmerksamkeit ebenfalls den Polizisten gegolten. Nun sahen sie zu ihm herüber. Bevor sie dem weißen Mann in dem dunkelblauen Dodge zu viel Interesse entgegenbrachten, setzte er den Blinker und bog nach links ab. Er fuhr ein Stück und hielt an, um nachzudenken. Zumindest kannte er jetzt einen Straßennamen. Vielleicht ließ sich daraus etwas machen. Sein umherschweifender Blick blieb an der ausgebrannten Ruine eines Wohnhauses hängen, die mitten zwischen anderen unversehrten Häusern stand. Ein windschiefer, mit Warnschildern versehener Maschendrahtzaun sollte allzu neugierige Menschen davon abhalten, das einsturzgefährdete Gebäude zu betreten. Nach den zahlreichen Löchern im Zaun zu urteilen, ein sinnloses Unterfangen. Irgendjemand hatte ein Schild auf dem schwarz verbrannten Rasen aufgestellt:

A Victim of Devil's Night – Protect Your Neighborhood!

Die *Devil's Night* war die Nacht vor Halloween, in der einige Detroiter traditionell ganz besondere Partys feierten. Während die Kinder der Stadt in den Betten lagen und sich darauf freuten, am nächsten Abend in Kostümen von Tür zu Tür zu gehen und Süßigkeiten einzusammeln, zogen hirnlose Randalierer mit Brandbeschleunigern, Fackeln und Feuerzeugen los und ließen ihrer pyromanischen Veranlagung und Zerstörungswut freien Lauf. Jedes Jahr brannten in der Nacht vom 30. auf den 31. Oktober leer stehende Gebäude in Detroit. Von denen gab es reichlich. In der letzten *Devil's Night* waren an die hundert angezündet worden. In ganz schlimmen Jahren brannten auch bewohnte Häuser. Groß angelegte Aktionen wie die *Angel's-*

Night-Kampagne riefen die Bürger dazu auf, während der drei Nächte um Halloween in den Straßen zu patrouillieren und verdächtige Personen der Polizei zu melden. Die Zahl der Brände hatte sich dadurch deutlich verringert. Trotzdem ließ sich nicht jeder Feuerteufel den Spaß verderben. Dieses Jahr würde Alec die *Devil's Night* möglicherweise live und in Farbe miterleben. Er sah dem Ereignis mit einer gewissen gespannten Erwartung entgegen.

Er wollte schon weiterfahren, als er etwas entdeckte, womit er in Delray niemals gerechnet hätte. Verblüfft stellte er den Motor ab, stieg aus und ging zwischen der Ruine und dem Wohnhaus daneben hindurch. Jenseits der Häuser blühte auf einem unbebauten Grundstück ein Meer von Blumen. Eine Explosion von Farben inmitten dieser tristen Wüste. Leichter Wind brachte das Meer zum Wogen. Der feine, süße Duft des Sommers stieg ihm in die Nase. Er atmete tief ein und schloss für einige Sekunden die Augen. Die Anspannung in seiner Brust ließ nach, ihm wurde leichter zumute. Als er die Augen wieder öffnete, sah er zu seiner Rechten einen Gemüsegarten. Etwas abseits standen zwei junge Apfelbäume. Jemand hatte dieses Stück Brachland in etwas Wunderbares verwandelt. Direkt neben einer ausgebrannten Ruine sprühte es vor Leben. Er fühlte sich auf eine Weise berührt, die ihn überraschte.

Es gab Pläne, Teile von Detroit einzuebnen und als landwirtschaftliche Flächen zu nutzen. Um die Stadt gesundzuschrumpfen und die Bewohner mit günstigen Nahrungsmitteln zu versorgen. Irgendein reicher Geldsack wollte dreißig Millionen Dollar investieren, um das Vorhaben zu realisieren. Bisher hatte Alec das alles für versponnene Fantasien gehalten. Hier bekam er eine Ahnung davon, wie es aussehen könnte, wenn die Pläne umgesetzt würden.

Er ging zu den maroden Überresten einer niedrigen Mauer, die früher einen Teil des Geländes umgeben hatte, und setzte sich. Eine Weile saß er einfach nur da, am Rande dieser kleinen Oase, und genoss die Ruhe, den Duft der Blumen und die warme Sonne auf seinem Gesicht.

Schließlich ging er zum Wagen zurück und verließ Delray, versöhnt mit der Welt und erfüllt von Hoffnung und Zuversicht. Manchmal brauchte es dafür erstaunlich wenig. Das Lächeln einer hübschen Frau oder einen Blumengarten, wo man ihn nicht erwartete.

Bei einem Internetcafé legte Alec einen Zwischenstopp ein und rief die Seiten der wichtigsten Zeitungen von Detroit auf. Er suchte vergeblich nach Meldungen über die Schießerei in Delray. Der Vorfall war wohl nicht interessant oder ungewöhnlich genug. Auf der Website einer Stadtteilzeitung wurde er schließlich doch fündig. In fünf dürftigen Zeilen war dort etwas über eine Schießerei in einem leer stehenden Haus in Delray zu lesen, Hintergründe unbekannt, zwei Männer afroamerikanischer Herkunft waren in der Nähe des Tatorts beobachtet worden. In einer Stadt, in der über achtzig Prozent der Einwohner afroamerikanischer Herkunft waren, würde diese Beschreibung bei der Suche nach den Verdächtigen ungemein hilfreich sein.

Er beschloss, die Angelegenheit auf sich beruhen zu lassen, aber in den kommenden Tagen die Nachrichten zu verfolgen. Er konnte keine potenziellen Zeugen befragen, ohne aufzufallen und den ermittelnden Kolle-gen unweigerlich in die Quere zu kommen. Nach einem Blick auf die Uhr beschloss er, dem Autoshop einen Besuch abzustatten. Genauer gesagt, dem Impala.

Er erreichte die Werkstatt kurz vor Torschluss und musste die üblichen Sticheleien hinsichtlich seines Mangels an Privatleben und weiblichem Zuspruch über sich ergehen lassen. Er nahm es wie ein Mann, wünschte seinen Kollegen ein schönes Wochenende und verschwand in der Garage.

Kurz darauf gesellte sich Mikelti zu ihm, und sie arbeiteten zwei volle Stunden gemeinsam an dem Impala. Schließlich konnte sich Mikelti seinen familiären Verpflichtungen nicht länger entziehen. Sie trugen die Kartons mit den gesäuberten Teilen der Bremsanlage zu seinem Wagen und verabschiedeten sich. Alec fand es schade, allein weiterarbeiten zu müssen. Zu zweit machte es einfach mehr Spaß. Er schob eine CD von Gary Moore in die angestaubte Ministereoanlage und drehte die Lautstärke auf. Während er im Takt der Musik mitwippte, studierte er den Bauplan für die Elektrik.

Als er spät am Abend seine Wohnung betrat, erwartete ihn eine Überraschung. Jemand hatte in seiner Abwesenheit eine Zeitschrift durch den Briefschlitz geschoben. Da der Postbote gewöhnlich nicht den Weg in den fünften Stock fand, sondern die Briefkästen im Eingangsbereich benutzte, konnte es sich nur um eines handeln. Er hob die Zeitschrift auf, zog Jacke und Schuhe aus und setzte sich im Wohnzimmer aufs Sofa. Im Schein der Stehlampe betrachtete er das Cover.

Movie Madness. Die Septemberausgabe einer monatlich erscheinenden Kinozeitschrift. Er blätterte bis Seite zwanzig vor und hielt inne. Dort waren Fotos von drei Männern abgedruckt, zwei dunkelhäutig, einer weiß. Qualitativ unterschieden sich die Aufnahmen nicht von den anderen in der Zeitschrift. Was dem unbedarften Betrachter vielleicht auffallen könnte, war die Art der Aufnahmen. Es waren beobachtende Bilder, die alle drei Männer bei alltäglichen Handlungen festhielten. Beim Tanken, beim Anzünden einer Zigarette, beim Telefonieren. Keiner der Männer blickte in die Kamera, und keiner versprühte einen Funken von Hollywoodcharme.

Ein Gruß von Steve Blake.

Unter den Fotos standen die Namen der Männer und der Zusatz *Copyright N. Y.*

Also keine aktuellen Aufnahmen, sondern Archivbilder aus New York. Der dazugehörige Text war eine erstaunlich kreative Kritik über einen angeblichen neuen Thriller, in die zusätzliche Informationen über die Männer einflossen. Die Verdächtigen gehörten der Organisation an, die der *GLA* das Geschäft streitig machen wollte. Die dunkelhäutigen Männer waren Brüder und vermutlich die Anführer. Der Weiße sollte einer ihrer Lieutenants sein.

Alec prägte sich die Gesichter und Namen gründlich ein. Danach trennte er die Seite fein säuberlich aus der Zeitschrift, holte eine Packung Streichhölzer aus der Küche und ging ins Badezimmer. Außer Reichweite der Rauchmelder veranstaltete er ein kleines Feuer im Waschbecken und beobachtete, wie sich das Papier mit den Informationen in Asche und Rauch auflöste.

Kapitel 7

Die *Detroit Regional Bank* war eine kleine Bank, deren Zentrale in einer Seitenstraße im Finanzdistrikt lag. Fernab der großen Banken und weltbewegenden Entscheidungen. Bei Alecs Eintreten saßen die beiden Finanzberater gelangweilt an ihren Tischen und unterhielten sich leise. Lediglich einer der drei Schalter war besetzt. Eine gebrechlich wirkende alte Dame stand auf einen Stock gestützt davor und redete ohne Punkt und Komma auf einen sichtlich um Geduld bemühten Angestellten ein.

Er ging weiter in den hinteren Bereich der Filiale. Dort befand sich eine Treppe, über die man in den Keller und zu dem Raum mit den Schließfächern kam. An einem Tisch neben der Treppe gab eine junge Frau Informationen von einem Blatt Papier in einen Computer ein. Sobald sie ihn sah, unterbrach sie ihre Arbeit. Er teilte ihr mit, dass er an sein Schließfach wolle, und reichte ihr seinen Führerschein. Die junge Frau verglich akribisch die Daten mit den im System vermerkten Angaben und begleitete ihn nach unten. Sie war ein hübsches Mädchen in einem hübschen Kostüm. Alec nickte dem bewaffneten Sicherheitsbeamten zu, der die massive, halb geöffnete Tresortür bewachte, hinter der sich die Schließfächer befanden. Seine hübsche Begleitung fand das passende Schließfach, löste den Generalschlüssel von der schmalen Kette um ihren Hals und steckte ihn in eines der beiden Schlüssellöcher. Sobald er seinen Schlüssel in das zweite Schlüsselloch gesteckt hatte, öffneten sie gemeinsam das Fach. Die junge Frau zog den flachen Metallkasten aus dem Inneren und setzte ihn auf einem Tisch in der Mitte des Raumes ab. Anschließend wünschte sie Alec einen guten Tag und ging. Sobald sie den Raum verlassen hatte, öffnete er den Metallkasten und entnahm ihm einen gut gefüllten Umschlag. Die Bezahlung für die letzten beiden Jobs und die Kurierfahrten. Er zählte rasch nach, legte den Umschlag auf den Tisch, klappte den Metallkasten wieder zu und schob ihn zurück ins Schließfach. Nach einem prüfenden Blick zur Tür stemmte er den rechten Fuß gegen die Tischkante und tastete im Innenfutter seines Turnschuhs nach einem schmalen Schlitz. Daraus holte er einen zweiten Schlüssel hervor und öffnete ein weiteres Schließfach. Das Einzige in diesem Tresorraum, das sich mit nur einem Schlüssel öffnen ließ. Ein Service der *Detroit Regional Bank*, der Steve Blake sämtliche Überredungskünste abverlangt hatte. In dem Metallkasten lagen drei Geldumschläge und ein Handy samt Ladegerät. Alec legte den neuen Umschlag dazu. Die Bezahlung der *Great Lakes Association* wanderte direkt zur Regierung der Vereinigten Staaten. Er schloss das Schließfach ab und versuchte, nicht allzu intensiv darüber nachzudenken, was man von dem Geld alles kaufen könnte.

Vor dem Ende seiner Mittagspause musste er auf die Suche nach einer ordentlichen Mahlzeit gehen. Er verließ die Bank und ging zu der Pizzeria auf der anderen Straßenseite. Na gut, das »ordentlich« würde er heute streichen. Am Fenster für den Straßenverkauf bestellte er eine Pizza Salami mit extra Käse und eine Flasche Wasser. Während er noch Kleingeld suchte, war vom Ende der Straße ein schrilles Quietschen von Metall auf

Metall zu hören. Ein Zug des *People Movers* bog auf Gleisen hoch über der Straße um die Ecke und ratterte wenig später über seinen Kopf hinweg. Alec sah den beiden Waggons belustigt nach. Der *People Mover* war Detroits putzige Version eines Massentransportmittels. Die Gesamtstrecke umfasste beeindruckende dreizehn Stationen und bediente ausschließlich den Innenstadtbereich. Die Züge fuhren allerdings nur in eine Richtung. Wer seine Station verpasst hatte, musste die gesamte Strecke im Kreis fahren, um ans Ziel zu kommen. Eine tolle Möglichkeit für Touristen, um eine günstige Sightseeingtour durch die Innenstadt zu machen, nahezu nutzlos für die arbeitende Bevölkerung. Das kam dabei heraus, wenn eine Autostadt versuchte, ein öffentliches Nahverkehrsmittel zu schaffen.

Kurz bevor Alec auf das Werkstattgelände einbog, entdeckte er den schwarzen Mercedes. Das auf Hochglanz polierte Fahrzeug stand neben dem Zaun zur Straße. Ein ungutes Gefühl überkam ihn. Es verstärkte sich, als er das Kennzeichen erkannte. Er parkte neben der Doppelgarage und beobachtete den Mercedes einige Sekunden lang durch den Außenspiegel. Die verdunkelten Scheiben verwehrten den Blick ins Innere.

Was wollte Ramesh Dewari hier?

Er war gerade ausgestiegen, als sich die Tür zum Büro öffnete und Ramesh ins Freie trat.

Alec erstarrte. Das war überhaupt nicht gut!

Während sich Ramesh in aller Ruhe eine Zigarette anzündete, erschien Mikelti in der Tür. Das Gesicht und die Körpersprache des älteren Mannes verrieten Missbilligung. Das änderte sich auch nicht, als er Alec entdeckte. Ramesh steckte Feuerzeug und Zigarettenschachtel ein. Er sagte etwas zu Mikelti und schlenderte danach zu Alec herüber. Sie trafen sich auf halber Strecke außer Hörweite von Mikelti, der sich nach einem strengen Blick ins Büro zurückzog.

»Was willst du hier?« Alec gab sich keine Mühe, freundlich zu sein oder eine angemessene Anrede zu benutzen.

Ramesh blies lässig Zigarettenrauch aus. »Ich war neugierig.« Er dämpfte die Stimme. »Ich wollte sehen, was du treibst, wenn du nicht auf der Flucht vor der Polizei bist. Oder vor einem Haufen schießwütiger Dealer.«

»Woher weißt du, dass ich hier arbeite?«

»Ich habe meine Quellen.«

Natürlich. Wahrscheinlich kannte Ramesh auch seine Adresse in den *Freedom Place Apartments*.

Er hatte damit gerechnet, ausspioniert zu werden. Gefallen lassen musste er es sich nicht. »Du wirst hier nie wieder unangemeldet auftauchen!«, gab er scharf zurück.

Rameshs Lächeln verschwand. »Wie bitte?«

»Du hast mich verstanden.« Er sprach leise, doch bestimmt. »Meine Kollegen halten mich für einen gesetzestreuen Bürger, und dabei soll es bleiben. Dieser Job ist meine Tarnung. Ich habe keine Lust, ihn deinetwegen zu verlieren. Deshalb wirst du dich in Zukunft von dieser Werkstatt fernhalten.«

Rameshs Augen wurden tiefschwarz. »Niemand sagt mir, was ich zu tun oder zu lassen habe.« Seine sonst so charmant klingende Stimme bekam einen eisigen Unterton. »Du schon gar nicht!« Er schnippte die Zigarette weg und trat auf Alec zu, bis sie nur noch wenige

Zentimeter voneinander trennten und er den Rauch in Rameshs Atem riechen konnte.

Er widerstand mühsam dem Impuls, zurückzuweichen und Distanz zwischen sie zu bringen. Ramesh brauchte weder Muskelberge noch ein breites Kreuz, um einschüchternd zu wirken. Das schaffte er allein durch seine Ausstrahlung.

Die Fahrertür des Mercedes wurde geöffnet. Lennox Kinley schraubte seine beeindruckenden Körpermaße ins Freie und machte Anstalten, zu ihnen herüberzukommen. Ramesh gab ihm ein Zeichen, zurückzubleiben, ohne auch nur für einen Moment die Aufmerksamkeit von Alec zu nehmen. Seine Miene machte deutlich, dass er ihm die Gelegenheit geben wollte, sich zu entschuldigen, bevor er seinen Bodyguard von der Kette ließ.

»Ich fahre für dich«, sagte Alec ruhig, während ihm das Herz bis zum Hals schlug. »Ich setze meine Gesundheit und meine Freiheit für dich aufs Spiel. Ich respektiere dich und ich respektiere deine Regeln. Im Gegenzug erwarte ich, dass du meine Privatsphäre respektierst. Das ist alles.«

Rameshs Augen verengten sich. Er dachte über das Gesagte nach. Er nahm sich verdammt viel Zeit. Schließlich nickte er und trat zurück. »In Ordnung.« So schnell und heftig sein Zorn aufgeflammt war, so schnell war er verraucht.

Alec gab sich Mühe, seine Erleichterung nicht zu zeigen.

»Du musst hier nicht arbeiten.« Ramesh zündete sich eine neue Zigarette an, als wäre nichts gewesen. »Einer von Deacons Jungs hat sich für zwei Jahre in Joliet eingemietet.« *Will County Jail*, der Knast außerhalb von Chicago. »Deacon braucht jemanden, der seine Mädchen zu den Freiern fährt und auf sie aufpasst. Damit könntest du die Zeit zwischen den Jobs für mich überbrücken.« In Rameshs Augen blitzte es herausfordernd auf. Das Angebot kam einer Beleidigung gleich, und er wusste es.

»Ich bin kein Chauffeur«, gab Alec spröde zurück. »Wenn du einen richtigen Job für mich hast, kannst du anrufen.« Er machte auf dem Absatz kehrt und ging zurück zum Daytona. Es war riskant, den Mann, dessen Sympathie er gewinnen sollte, auf solch rüde Weise abzufertigen, doch wenn er seinem Ruf und seiner Rolle gerecht werden wollte, durfte er nicht anders reagieren.

Er hatte eben die Beifahrertür des Daytona geöffnet, als sein Handy klingelte. Er wandte automatisch den Kopf. Ramesh lehnte am Heck des Mercedes, das Handy am Ohr, und sah ihn herausfordernd an.

Es fiel Alec schwer, ernst zu bleiben. Er zog sein Handy aus der Jackentasche, nahm das Gespräch entgegen und schwieg demonstrativ.

»Ich habe einen richtigen Job für dich.«

»Ich höre.«

»Nimm dir für Mittwochabend nichts vor. Den Rest erfährst du morgen. Das hier«, Ramesh hielt das Handy hoch, »solltest du behalten.« Er legte auf und platzierte das Handy auf einem Pfosten des Eisentores. Danach stieg er in den Mercedes ein.

Alec wartete, bis der Wagen mit den ungebetenen Besuchern vom Hof gefahren war. Erst dann holte er sein Mittagessen vom Beifahrersitz und sammelte das

Handy ein. Sayed stand in einem der offenen Rolltore, das Gesicht ein einziges Fragezeichen. Alec ging wortlos an ihm vorbei und durch die Werkstatt. Joseph hatte ebenfalls die Arbeit unterbrochen und blickte ihm nach. Das war genau die Art von Aufmerksamkeit, die er nicht brauchen konnte. Er setzte sich in der Küche auf die Holzbank und klappte missmutig den Pizzakarton auf. Der Schlagabtausch hatte sich alles andere als förderlich auf seinen Appetit ausgewirkt. Trotzdem aß er ein Stück der mittlerweile lauwarmen Pizza. Rameshs Zorn hatte ihn überrumpelt. Wenn er diesen Einsatz unbeschadet überstehen wollte, musste er ein Gespür dafür entwickeln, was er sich in Gegenwart des Inders erlauben konnte und was nicht. Direktheit und Selbstbewusstsein kamen anscheinend gut an, solange er eine bestimmte Grenze nicht überschritt. Diese Grenze galt es auszuloten. Vorzugsweise, ohne dabei den Kopf zu verlieren.

»Dein Freund ist ziemlich neugierig.« Mikelti stand in der Tür, einen Becher Kaffee in der Hand.

»Ach ja?« Alec biss ein Stück Pizza ab, weil die Stimme beim Kauen entspannter klang. »Was wollte er denn wissen?«

»Seit wann du hier arbeitest, ob du ein zuverlässiger Mitarbeiter bist ...«

»Was hast du ihm erzählt?«

»Die Wahrheit.« Sein Chef trank einen Schluck Kaffee, bevor er weitersprach. »Dass du erstklassige Arbeit leistest, die Kunden freundlich behandelst und mir bisher keinen Ärger gemacht hast. Es wäre schön, wenn es dabei bliebe«, fügte er hinzu.

»Keine Sorge, der wird hier nicht mehr auftauchen. Ich ...« Mikeltis Blick ließ ihn innehalten. Das hatte sein Chef nicht gemeint.

»Du bist ein guter Junge, Alec. Ich weiß nicht, was dieser angebliche Freund von dir treibt, aber ich habe ein schlechtes Gefühl.« Mikelti wandte sich zum Gehen. »Pass auf, dass du nicht in die falsche Gesellschaft gerätst. Das geht oft schneller, als man denkt.«

Er blickte seinem Chef nach, der sich so rührend um ihn sorgte, und bekam ein schlechtes Gewissen. Wenn alles wie vorgesehen lief, würde er Mikelti in absehbarer Zeit tief enttäuschen. Das tat ihm leid, weil er Mikelti wirklich mochte, aber der Autoshop stellte lediglich eine Station auf dem Weg in die *Great Lakes Association* dar. Für mehr war die Werkstatt nicht vorgesehen. Wenn Alec etwas anderes daraus gemacht hatte, war das sein Problem.

Der Dienstag brachte den erwarteten Anruf von Katie, die ihm unter dem vereinbarten Code eine Uhrzeit und einen Treffpunkt mitteilte. Es ging um eine kleine Ausfahrt mit einem Freund, um ein paar andere Freunde zu treffen. Abschließend gab sie ihm zu verstehen, dass es keine Kurieraufträge mehr geben würde. Jemand anders würde die Fahrten übernehmen. Die Testphase war offenbar vorbei.

Am Mittwochabend holte Alec den Wagen an der vereinbarten Stelle ab und sah sich seinem namenlosen Beifahrer vom letzten Mal gegenüber. Der jüngere Mann beäugte ihn mit einem solchen Unbehagen, dass er sich nur mühsam das Grinsen verkneifen konnte. Diesmal stellten sie sich vor. Sein Begleiter hieß James.

bestand aber darauf, Jay genannt zu werden. Erst als Alec ihm versprochen hatte, ihn abzusetzen, bevor er wieder »diese beschissene Stuntnummer abzog«, erklärte sich Jay bereit, mitzufahren.

Weil Alec im Herzen ein netter Kerl war, verzichtete er darauf, seinen sichtlich angespannten Nebenmann während der Fahrt mit sportlichen Überholmanövern und Spurwechseln zu ärgern, obwohl es ihm in den Fingern juckte.

Ihr Ziel war eine wenig befahrene Kreuzung im Westen der Stadt. Er hielt am Straßenrand und warf Jay einen fragenden Blick zu.

»Wir warten«, gab dieser knapp zurück.

Auf die geheimnisvollen Freunde, die sie treffen sollten.

Vielleicht war es die übliche Taktik der *Great Lakes Association*, vielleicht die persönliche Note von Ramesh Dewari, Informationen nur häppchenweise ans Fußvolk zu verteilen, damit niemand das Gesamtbild kannte. Eine kluge Taktik, die es verdammt schwer machen würde, einen Einblick ins das Wie, Wer, Wann und Wo zu erhalten.

Die einsetzende Dämmerung tauchte den Himmel in dunkles Grau. Er schaltete das Autoradio ein, um die Nachrichten zu hören. Keine besonderen Vorkommnisse an diesem wunderschönen Tag in Detroit, Michigan, USA. Sechs Lieder und einen Werbeblock später ertönte gedämpftes Klingeln. Er zog Rameshs Handy aus der Jackentasche und reichte es kommentarlos an Jay weiter. Der spielte den üblichen Ablauf von »Gespräch entgegennehmen, zuhören, nicken, auflegen« durch und steckte das Handy ein.

»Sie sind gleich hier.« Jay beugte sich vor und sah nach links die Straße hinunter.

Alec folgte seinem Blick. Ein dunkelblauer Lieferwagen kam um eine Ecke und fuhr auf sie zu.

»Folge dem Lieferwagen.«

Sobald das unbeschriftete Fahrzeug vorbeigerauscht war, hängte sich Alec dahinter. Jay öffnete den Reißverschluss seiner Lederjacke, wohl um schnelleren Zugriff auf die Pistole in seinem Schulterholster zu haben. Die Ausbuchtung unter Jays linker Achsel ließ die Bewaffnung erahnen. Nun zog sein Beifahrer einen länglichen, in Stoff eingeschlagenen Gegenstand ein Stück unter dem Sitz hervor. Der Form nach eine abgesägte Schrotflinte oder eine Pumpgun. Heute spielten sie also Geleitschutz. Vermutlich für einen von Rameshs Drogentransporten.

Alec folgte dem Lieferwagen auf die Interstate 75 und nach Süden in Richtung Toledo. Es sah nach einer längeren Fahrt aus, und er fragte sich, ob er Sandwiches und eine Thermosflasche mit Kaffee hätte einpacken sollen.

Die Rushhour war mittlerweile vorbei, trotzdem herrschte einiger Verkehr. Keine Chance, direkt hinter dem Lieferwagen zu bleiben, was er auch nicht vorhatte. Er erlaubte immer zwei oder drei Fahrzeugen, sich zwischen sein Fahrzeug und ihr Schutzobjekt zu setzen. Der Abstand gab ihm bessere Sicht auf den Lieferwagen. Von Zeit zu Zeit wechselte er die Spur, um in Bewegung zu bleiben und dadurch mögliche Verfolger leichter entdecken zu können. Er rechnete nicht mit Ärger. Auf der Interstate würde niemand einen Überfall wagen. Zu viele Zeugen.

Mit einsetzender Dunkelheit nahm der Verkehr ab. Alec fuhr näher an den Lieferwagen heran und verzichtete auf den Puffer anderer Fahrzeuge. Im Rückspiegel machte er drei Scheinwerferpaare aus, die den Abstand konstant hielten. Vor dem Lieferwagen fuhren zwei andere Pkw, von denen keiner die Geschwindigkeit verringerte. Auch Jay beobachtete aufmerksam die Umgebung. Seine Schuhspitze tippte nervös auf das längliche Stoffbündel im Fußraum.

Kurz vor der Grenze zu Ohio griff Jay nach dem Handy und telefonierte. »Wir sind gleich da«, sagte er lediglich.

In der Ferne tauchten die Lichter einer Tankstelle auf. Er bekam von Jay die Anweisung, sich zurückfallen zu lassen. Er verringerte die Geschwindigkeit. Jetzt wurde es spannend. Sobald ihr Schutzobjekt an der Tankstelle vorbeigefahren war, schwenkte ein heller Viertürer auf die Interstate ein und setzte sich hinter den Lieferwagen. Der Wachwechsel?

»Das war's«, bestätigte Jay seine Vermutung. Er schob den Stoffbeutel unter den Beifahrersitz zurück und lehnte sich sichtlich entspannt zurück. »Du kannst zurückfahren.«

Alec nahm die letzte Ausfahrt vor der Grenze und lenkte den Wagen zurück nach Detroit. Sie würden etwa eine Stunde brauchen bis in die Stadt. Mit etwas Glück war er gegen halb elf zu Hause. Ein weiterer langer Tag.

Sie trennten sich dort, wo er Jay und den Wagen abgeholt hatte. Zum Abschied reichte Jay ihm einen unbeschrifteten, versiegelten Briefumschlag. Alecs fragenden Blick quittierte er mit einem Achselzucken und der

Bemerkung, ihm würde sowieso nie irgendjemand irgendetwas über irgendwas verraten. *Willkommen im Club.* Er wartete mit dem Öffnen des Umschlags, bis Jay außer Sicht war. Im Inneren steckte ein weißer Zettel, auf dem in neutraler Druckschrift ein Datum, eine Uhrzeit und eine Adresse standen. Keine Erklärung, kein Hinweis, worum es ging.

Kapitel 8

Baustelle – Betreten strengstens verboten!

Alec sah noch einmal auf das Warnschild. Er ließ bei laufendem Motor den Blick über das Gelände jenseits des Bauzauns schweifen. Eine von drei Lagerhallen war der Abrissbirne bereits zum Opfer gefallen. Auf dem riesigen Schuttberg, der entstanden war, thronte ein schmutzig gelber Bagger, als würde er Hof halten. Ein König über Steine, Stahlschrott und Glasscherben. Das schwere Baugerät mit der abgesetzten Abrissbirne und ein zweiter Bagger mit einer Greifvorrichtung standen drohend zwischen den beiden verbliebenen Gebäuden, offenbar unentschlossen, wessen Schicksal sie als Nächstes besiegeln sollten. Bauarbeiter waren nicht zu sehen. An einem Sonntagnachmittag wurden hier keine Mauern pulverisiert oder Stahlträger aus dem Erdreich gezogen.

Am Horizont ragten in scheinbar greifbarer Nähe die Ford-Autowerke auf. Der gigantische River Rouge Complex.

Alec stieg aus und stützte sich auf das Dach des Daytona. Niemand zu sehen. Keine zwielichtigen Gestalten, die auf ihn warteten. Keiner, der nicht hierhergehörte. Außer ihm. Er schien der einzige Mensch weit und breit zu sein. Ohne das Dröhnen des Verkehrs, der hinter ihm über die Interstate 75 rauschte, wäre es absolut still gewesen. Es fehlten nur das Heulen eines Kojoten und ein verdorrter Busch, der vom Wind in einer Staubwolke über den Asphalt getrieben wurde. Detroit zeigte sich mal wieder von seiner Schokoladenseite.

Er trat näher an den Bauzaun heran. Die massive Eisenkette, die das Tor sichern sollte, hing unbenutzt hinab. Frische Schleifspuren und breite Reifenabdrücke auf dem weichen Untergrund deuteten darauf hin, dass vor nicht allzu langer Zeit jemand durch dieses Tor gefahren war.

Ein lauter Pfiff ertönte. Eine Gestalt trat hinter der Abrissbirne hervor und winkte ihn heran. Lennox Kinley. Alec wusste sofort, wer außer dem Bodyguard noch hier war. Das dürfte interessant werden.

Er gab dem Tor einen kräftigen Stoß. Klappernd schwang es auf, verkantete sich allerdings auf halber Strecke an einem Stein. Die entstandene Lücke war weit genug für den Daytona. Er stieg ein und fuhr auf das Gelände. Er hielt kurz an, schob das Tor wieder zu und holperte danach über den unebenen Boden auf Lennox Kinley zu. Die Stoßdämpfer des Daytona beschwerten sich quietschend über die schlechte Wegstrecke. Lennox winkte ihn durch ein offenes Tor in die größere Lagerhalle. Ziemlich genau in der Mitte lehnte ein Mann an einem orangefarbenen Sportwagen. Ramesh Dewari. Seine schwarze Kleidung stand im harten Kontrast zur leuchtenden Farbe des Fahrzeugs.

Du liebst den großen Auftritt, dachte Alec, während er den Daytona an tiefen Regenwasserpfützen, Bauschutt und Schlaglöchern vorbeimanövrierte. Seine Aufmerksamkeit wurde von dem Sportwagen gefangen genommen. Das kurze Heck, die lange Schnauze, die Form der Motorhaube ...

Konnte es sein?

Ramesh trat von dem Fahrzeug zurück, und Alecs Kinnlade klappte nach unten. Tatsächlich. Ein Dodge Viper SRT-10 Coupé!

Leck mich am ...

Der Daytona sackte plötzlich mit dem linken Hinterreifen ab. Begleitet von einem fiesen metallischen Klonk setzte der Auspuff hart auf dem Boden auf. Vor lauter Glotzen hatte er ein Schlagloch übersehen. Er murmelte eine Entschuldigung. Ein Stück von der Viper entfernt stoppte er schließlich. Sollte der Daytona tatsächlich eine Art Seele besitzen, hätte er spätestens jetzt Minderwertigkeitskomplexe.

Er stieg aus und nickte Ramesh zur Begrüßung zu.

Obwohl der das kleine Missgeschick mit dem Schlagloch bemerkt haben musste, kommentierte er es mit keinem Wort. »Hab ich mir vor Kurzem zugelegt«, bemerkte er stattdessen und zog an seiner Zigarette. Der Besitzerstolz quoll ihm förmlich aus den Poren.

Alec nickte anerkennend. Danach ging er langsam um den Sportwagen herum. Die Viper war in einem warmen orange-goldenen Farbton lackiert, der an dunklen Honig erinnerte.

Keine Farbe, die er ausgesucht hätte, doch sie verlieh dem Wagen ein erstaunlich edles Aussehen.

Sechs Gänge, knapp über fünfhundert PS, Höchstgeschwindigkeit bei dreihundert Stundenkilometern. Ein verdammt cooler, verdammt schöner, verdammt teurer Wagen.

Er drehte andächtig eine zweite Runde, um jedes Detail in Augenschein zu nehmen. Die Viper war eine deutliche Steigerung nach Rameshs grasgrünem

Porsche Boxster, den er von alten Überwachungsfotos kannte.

Er widerstand dem Verlangen, über den glänzenden Lack zu streichen. Wie würde es sich anfühlen, dieses Biest auf gerader Strecke auszufahren? Gaspedal auf den Boden und los. Der Wagen würde durchstarten wie eine Rakete.

Leises Kichern ertönte. Das Geräusch war so unerwartet, dass es ihn aus seiner sprachlosen Verzückung riss.

Lennox Kinley hatte sich zu ihnen gesellt und beäugte ihn belustigt. »Mann, du siehst aus, als würde dir gleich einer abgehen!«

Alecs Wangen begannen zu glühen. »Netter Wagen«, brachte er mit einem Rest von Würde hervor.

Lennox Kinleys dröhnendes Lachen hallte von den Wänden wider. »So kann man es auch sagen.«

Ramesh verbarg ein äußerst zufriedenes Grinsen hinter seiner Zigarette. Falls er nach Anerkennung oder Bestätigung für den Kauf gesucht hatte, war er soeben reichlich damit überschüttet geworden.

Alec grinste verlegen. Es gab gewisse Situationen, in denen sein Verstand aussetzte. Meistens ging es um Autos. Außergewöhnliche, schnelle, teure Autos.

»Und jetzt?«, versuchte er, den Grund für diese Zusammenkunft herauszufinden. Es konnte Ramesh kaum darum gehen, ihm einen kostspieligen Sportwagen zu präsentieren und ihm beim Sabbern zuzusehen.

»Jetzt«, Ramesh machte eine Kunstpause und schnippte lässig Zigarettenasche in die Luft, »zeigst du mir ein paar von deinen Tricks.«

Was? Es dauerte einen Moment, bis die Zahnrädchen in seinem Kopf laut knirschend ineinandergriffen. Er sah zur Viper, zurück zu Ramesh, der ihn abwartend musterte, und fing an zu lachen. »Nicht mit dem Wagen!«

»Natürlich mit dem Wagen. Wo bliebe sonst der Spaß?«

»Das Monster hat über fünfhundert PS unter der Haube! Das kannst du gar nicht kontrollieren!«

Rameshs Augen bekamen wieder diesen dunklen, unangenehmen Ausdruck. »Wollen wir wetten?«

Er meint es tatsächlich ernst! Alec warf Lennox einen Blick zu. Der hob in einer abwehrenden Geste die Hände. Von dieser Seite war keine Schützenhilfe zu erwarten.

»Nein.« Er schüttelte den Kopf. »Ein Fahrfehler, und du ruinierst dir das Getriebe oder wickelst dich um einen Baum.« *Wickelst* uns *um einen Baum!*

Ramesh zuckte die Achseln. »Dafür hab ich dich, Mister Mechaniker.« Sein intensiver Blick hielt Alecs fest. Für einige sehr lange Sekunden starrten sie einander reglos an.

Ramesh würde seine Fahrstunden bekommen. Ob Alec freiwillig den Fahrlehrer spielte oder dazu überredet werden musste. Ein Nein würde nicht akzeptiert werden. Er gab sich geschlagen. Es war der falsche Augenblick, um Ramesh Paroli zu bieten. Der Mann bot ihm gerade die perfekte Gelegenheit, näher an ihn heranzukommen. Es wäre idiotisch, sie nicht zu ergreifen.

»Vorschlag.« Er benetzte seine trockenen Lippen mit der Zunge. »Wir drehen eine Runde in der Viper, damit ich sehen kann, wie du fährst. Anschließend suchen wir uns einen robusten Übungswagen, den du nach Herzenslust zugrunde richten kannst. Wenn du die nötigen Tricks draufhast, fangen wir an, mit der Viper zu trainieren.«

Und ich werde versuchen, mich nicht allzu sehr mit den moralischen Aspekten dieses Unterrichts zu beschäftigen, fügte er in Gedanken hinzu. Ein Polizist, der einem Kriminellen beibrachte, sich möglichst effektiv dem Zugriff der Polizei zu entziehen ...

Ramesh ließ sich den Vorschlag einen Zigarettenzug lang durch den Kopf gehen. »In Ordnung.« Er trat die Kippe auf dem rissigen Betonboden aus, holte einen flachen schwarzen Gegenstand aus der Jackentasche und drückte mit dem Daumen darauf. Die Scheinwerfer der Viper blinkten auf, und die Türen wurden entriegelt.

»Bevor ich es vergesse: Lennox Kinley«, Ramesh deutete vage in Richtung seines Bodyguards und danach auf Alec. »Alec Boyd.«

Sie tauschten kurze Blicke und nickten einander zu.

Ein Name weniger, bei dem er sich potenziell verquatschen konnte.

»Lennox, du folgst uns in Alecs Wagen.«

»Was?« Der Bodyguard bedachte den Daytona mit einem verächtlichen Blick. »In der Schrottkarre würde ich mich nicht mal tot sehen lassen!«

Alec warf ihm wortlos die Autoschlüssel zu. Lennox fing sie auf und marschierte murrend los. Ramesh hatte inzwischen den Reißverschluss seiner Jacke geöffnet. Darunter trug er ein türkisblaues, mit einem abstrakten roten Muster bedrucktes Hemd. Der Mann musste farbenblind sein. Eine andere Erklärung gab es nicht für diese weitere Hässlichkeit.

Alec öffnete die Beifahrertür der Viper und sank in den schwarzen Ledersitz. Zwischen seinem Hintern und dem Boden konnte nicht mehr als eine Handbreit Luft sein. Wie, zur Hölle, hatte Lennox in diesen Wagen gepasst?

Er ließ den Blick andächtig über das Armaturenbrett gleiten. Topzustand.

»Bereit?« Ramesh sah ihn auffordernd an, die Hand am Zündschlüssel.

Er nickte. Der Schlüssel wurde herumgedreht, und der Motor erwachte brummend und blubbernd zum Leben. Die Vibrationen wanderten von seinen Füßen bis in die Haarwurzeln. Unwillkürlich hielt er den Atem an.

So sollte ein Motor klingen!

Ramesh schloss mit einem zufriedenen Grinsen seinen Gurt und rollte langsam aus der Lagerhalle.

Rameshs Faible für Sportwagen war bekannt. Alec hatte darauf gesetzt, ihn irgendwie über diese Gemeinsamkeit ködern zu können. Aber das hier …

Steve Blake würde ein Magengeschwür bekommen, wenn er davon erfuhr.

Ramesh gab sich natürlich nicht mit einer Runde um den Block zufrieden. Er lenkte die Viper durch Nebenstraßen auf den Oakwood Boulevard, fuhr wenig später auf die Interstate 75 und folgte deren Verlauf quer durch Detroit und nach Norden. Raus in die Vororte.

Der Wechsel zwischen Stadt und Land vollzog sich abrupt. Kein allmähliches Ausfasern wie in anderen Städten, sondern ein radikaler Schnitt zwischen zwei Welten. Bald hing der Daytona weit hinter ihnen zurück. Ramesh nahm keine Rücksicht auf seinen

Bodyguard, sondern suchte sich entschlossen einen Weg durch den lockeren Verkehr. Sein Fahrstil ließ sich mit drei Adjektiven beschreiben: dynamisch, opportunistisch, nervenaufreibend. Er wechselte häufig die Fahrstreifen und nutzte jede Lücke, um voranzukommen. Dabei wechselte er die Gänge ruckartig, ohne Geduld und Feingefühl.

Amerikanische Fahrzeuge waren standardmäßig mit Automatikgetriebe ausgestattet, was dazu führte, dass viele Fahrer keine Ahnung hatten, wie man ordentlich mit einem Schaltgetriebe umging. Ramesh Dewari war eindeutig einer von ihnen. Die Geräusche, die er Motor und Getriebe entlockte, schmerzten Alec. Einen Porsche Boxster mochte er auf diese Weise behandeln können, eine Viper nicht. Bei schnelleren Überholmanövern schlitterte Ramesh konstant am Rande des Kontrollverlusts entlang und steuerte mit zackigen Lenkbewegungen gegen. Alec hielt sich für einen entspannten Beifahrer, aber das machte selbst ihn nervös.

Unterm Strich fuhr Ramesh, wie er lebte: dicht am Abgrund.

Während eines besonders haarigen Überholmanövers klingelte Rameshs Handy. Er scherte knapp vor dem Wagen ein, den er soeben überholt hatte, nahm eine Hand vom Steuer und holte das Telefon aus der Innentasche seiner Jacke. Alec machte sich in Gedanken eine Notiz: Fahrstunden nur zuzustimmen, wenn dieses verdammte Handy ausgeschaltet wurde!

Ramesh begann erneut in einer Mischung aus Englisch und Hindi zu sprechen. Seine Miene und sein Tonfall verrieten Missfallen, entweder über den Anrufer oder den Gesprächsinhalt. Zumindest fuhr er jetzt ruhiger und blieb in seiner Spur. Mit einer knappen Verabschiedung legte Ramesh schließlich auf und steckte das Handy wieder ein. Alles, was Alec verstanden hatte, war *Ja, Nein, Ich kümmere mich darum* und *Der soll sich entspannen*.

Bei der nächsten Ausfahrt verließ Ramesh die Interstate.

Sie fuhren durch Bloomfield Hills, wo die Reichen und Schön-Operierten ihre Villen hatten. Malerische Straßen schlängelten sich an malerischen Seen vorbei, auf denen Ausflügler in Segel- und Ruderbooten das malerische Wetter genossen. Golfplätze wechselten sich mit Parks ab. Wiesen, Bäume, Blumen, vor kraftstrotzendem Grün. Alec ließ das Beifahrerfenster ein Stück hinunter und atmete die frische Luft ein. Keine Ruinen, keine Häuser, von deren Fassaden die Farbe abblätterte, keine brachliegenden Flächen, die als Müllhalden dienten. Keine Obdachlosen, keine Bettler oder Dealer. Alles sauber und gepflegt. Welch ein Kontrast! Auf einer besonders idyllischen Straße kam ihnen ein Paar in einem Cabrio entgegen. Die Frau auf dem Beifahrersitz trug eine übergroße Sonnenbrille, deren Bügel ein elegantes Tuch festhielten, mit dem sie ihre Frisur vor dem Fahrtwind schützte. Sie sah aus wie ein versnobter Filmstar.

Gleich darauf folgte ein dicker Mercedes mit einem ebenso dicken Mann hinterm Steuer. Ramesh und seine Viper passten hierher. Der Daytona hingegen ...

Er blickte in den Außenspiegel zu der dunkelblauen Rostlaube, die ihnen folgte.

»Kauf dir einen neuen Wagen.« Ramesh schien seine Gedanken zu erraten. »Die Karre hat keinen Stil.«

»Dafür hat sie Charakter.«

»Nette Umschreibung für Macken.«

»Alte Autos haben ihre Eigenheiten. Das macht sie zu etwas Besonderem.«

»Besonders geeignet für die Schrottpresse.«

»Ansichtssache.« Er musste an den Impala denken, der in Mikeltis Garage auf seine Wiedergeburt wartete. »Den Daytona kann ich selbst reparieren. Dieses überzüchtete Hightechmonster muss bei jeder Kleinigkeit in eine Spezialwerkstatt, weil sich kein normaler Mensch mit dem computergesteuerten Mist auskennt.« Der letzte Satz geriet ihm eine Spur zu scharf.

»Was dich nicht davon abhält, dieses überzüchtete Hightechmonster fahren zu wollen«, gab Ramesh süffisant zurück.

Noch bevor er etwas erwidern konnte, fuhr Ramesh rechts ran und hielt auf dem Seitenstreifen. Während Lennox hinter ihnen einschwenkte, stellte er den Motor ab. »Also«, Ramesh wandte sich ihm zu, »wie lautet das Urteil?« Seine Stimme hatte den selbstsicheren Tonfall des Gewinners, der überhaupt nicht auf die Idee kam, bei einem Test versagen zu können.

Als Alec zögerte, braute sich sofort ein Unwetter in Rameshs Gesicht zusammen. Zeit, herauszufinden, wie kritikfähig der Mann wirklich war.

»Bevor wir mit irgendwelchen Tricks anfangen, müssen wir an deinem Fahrstil arbeiten. So, wie du jetzt schaltest, ruinierst du in absehbarer Zeit das Getriebe. Deine Lenkmanöver sind zu abrupt und zu unsauber. Du kannst den Wagen selbst bei moderater Geschwindigkeit kaum halten. Unter solchen Voraussetzungen zerlegst du die Viper beim ersten U-Turn in ihre Einzelteile. Und dich gleich mit.«

Im Klartext: Du bist ein miserabler Fahrer.

Genau das besagte diese hübsche Zusammenfassung. Aber was sollte er machen? Lügen? Rameshs frühzeitiger Unfalltod war ebenso wenig geplant wie sein eigener.

Ramesh starrte ihn mit versteinerter Miene an, die Lippen so fest aufeinandergepresst, dass sie zu schmalen Strichen wurden. Seine Augen sprühten Funken.

Gleich würde er explodieren.

Während des folgenden eisigen Schweigens verwarf Alec diverse Beschwichtigungsversuche, die allesamt belehrend oder gönnerhaft geklungen hätten. Er zuckte zusammen, als Rameshs Hand unvermittelt nach unten schoss und den Sicherheitsgurt löste. Im nächsten Moment war Ramesh ausgestiegen. Er knallte die Fahrertür zu, ging einige Schritte und blieb mit dem Rücken zur Viper stehen. Seine Körperhaltung verriet mühsam gezügelte Wut. Alec blickte über die Schulter zum Daytona. Lennox Kinley war ausgestiegen und erkundigte sich, ob alles in Ordnung sei.

Ramesh gab ihm mit einer unwirschen Handbewegung zu verstehen, dass er in Ruhe gelassen werden wollte. So köchelte er einige Minuten vor sich hin. Schließlich marschierte er um die Viper herum und riss die Beifahrertür auf. »Raus!« Seine Stimme versprühte reine Säure.

Alec beeilte sich, zu gehorchen. Er sah erneut zu Lennox, der die Szene scharf beobachtete. Jederzeit bereit, auf Geheiß seines Herrn loszustürmen und dem Großmaul die Knochen zu brechen.

»Hör zu.« Er hob beschwichtigend die Hände. »Ich …«

»Schwing deinen Arsch hinters Steuer und zeig mir, wie es richtig geht!« Ramesh stieß ihn so heftig vor die Brust, dass Alec zurückstolperte. »Dafür wirst du bezahlt, Klugscheißer!«

Nach einem letzten finsteren Blick nahm Ramesh auf dem Beifahrersitz Platz und knallte die Autotür zu.

Alec gab seinem Puls einige Sekunden Zeit, um sich zu beruhigen. Sein Brustkorb schmerzte von dem Stoß, doch er schätzte sich glücklich, mit ein paar blauen Flecken davongekommen zu sein.

Lennox Kinley verfolgte mit finsterer Miene, wie er sich hinters Steuer der Viper setzte. Das weiche Leder strahlte noch einen Rest von Rameshs Körperwärme aus. Er umfasste das Lenkrad mit einer Hand und legte die andere auf den massiven Kopf des Schalthebels. Es stimmte. Er wollte diesen Wagen fahren. Mit jeder Faser seines Körpers. Auf dem Beifahrersitz klemmte sich Ramesh eine Zigarette zwischen die Lippen, zündete sie jedoch nicht an. Alec fiel auf, was ihm bisher entgangen war: Es fehlte der Gestank nach kaltem Zigarettenrauch. Ramesh respektierte die Viper genug, um sie nicht in einen fahrenden Aschenbecher zu verwandeln.

»Wohin?«, erkundigte er sich.

»Zurück nach Detroit.« Sein Beifahrer würdigte ihn keines Blickes. »9 Mile Road.«

Einer von Eric Deacons Clubs lag in der 9 Mile Road.

Er drehte den Zündschlüssel und erweckte das Biest zum Leben. Auch die angespannte Atmosphäre konnte nicht verhindern, dass das satte Brummen des Motors ein Kribbeln in seinem Körper auslöste.

Während der Rückfahrt zur Interstate beobachtete Ramesh seine Bewegungen mit Argusaugen. Jeden Schaltvorgang, jedes Abbremsen und Gasgeben. Dabei drehte er unablässig die Zigarette zwischen den Lippen. Alec versuchte, sich nicht nervös machen zu lassen, doch seine Konzentration litt unter der schlechten Stimmung. Die Quittung dafür bekam er prompt in der ersten scharfen Kurve. Eine Ungenauigkeit beim Lenken reichte, um das Heck der Viper ausbrechen zu lassen. Er fuhr nicht einmal besonders schnell, der Wagen riss einfach aus. Er steuerte gegen und fing das Heck knapp vor einem der weißen Markierungspfeiler ein.

Miststück!, fluchte er innerlich. »Du giftiges Miststück!« Ihm war nicht bewusst, den Gedanken laut ausgesprochen zu haben, bis die spöttische Stimme vom Beifahrersitz kam.

»Probleme mit dem Handling?«

»Ich muss mich erst an den Wagen gewöhnen.«

Und an die fehlenden Sicherheitssysteme, die das Fahren zu einer echten Herausforderung machten. Im Tiefflug über den Asphalt, ohne Netz und doppelten Boden.

»Ich hab gehört, das soll am Fahrstil liegen.« Ramesh betrachtete scheinbar interessiert die Spitze seiner Zigarette. »Kann mich aber auch irren.«

Alec ließ sich nicht provozieren. Die nächste Kurve nahm er wesentlich souveräner. In der dritten hatte er den Dreh raus. Niemand konnte behaupten, er sei ein langsamer Schüler.

Kurz vor der Auffahrt zur Interstate lotste Ramesh ihn in eine versteckte Nebenstraße, die parallel zum Highway verlief. Seit dem Bau der Interstate lag die

Straße still. Es gab keine Verkehrsschilder, keine Geschwindigkeitskontrollen und keine anderen Fahrzeuge weit und breit. Jede Menge Platz zum Spielen. Anfangs widerstand er der Versuchung, schneller zu fahren. Der Asphalt war in schlechtem Zustand und zu holprig für Experimente. Trotzdem pikste und triezte ihn der Ehrgeiz. Auf einem schnurgeraden, einigermaßen gut erhaltenen Abschnitt schaltete er einen Gang höher, gab ordentlich Gas und erlaubte dem Motor, die Muskeln spielen zu lassen. Aus den Augenwinkeln bemerkte er, wie sich Rameshs Augen weiteten. Eine nette Entschädigung für den Mist, den er sich hatte anhören müssen.

Auf die Gerade folgten mehrere lang gezogene Kurven, die Alec mühelos nahm. Jetzt fing das Fahren an, Spaß zu machen. Er genoss das Ringen um Kontrolle zwischen Mensch und Maschine. Dieses Gefühl, Herr über ein PS-Monster zu sein, das nur auf eine Gelegenheit lauerte, ihn in die Knie zu zwingen. Oder treffender, in den Straßengraben.

Kurz vor der Stadtgrenze drosselte er den Motor. Mit zivilisierter Geschwindigkeit fuhr er zu einer Bushaltestelle, um dort auf Lennox Kinley zu warten.

Ramesh nutzte die Zeit, um seine Zigarette zu rauchen. Ans Heck der Viper gelehnt, hielt er Ausschau nach seinem Bodyguard und wirkte schon wieder recht entspannt. Er hatte gerade den letzten Zug getan, als der Daytona auftauchte. Ramesh trat die Kippe aus, wartete, bis Lennox hielt, und wechselte einige kurze Worte mit ihm. Sobald Ramesh wieder auf dem Beifahrersitz Platz genommen hatte, nannte er Alec Namen und Adresse eines Clubs in der 9 Mile Road.

»Anstandsbesuch bei Deacon.« Ramesh pflückte sich ein Tabakstückchen von der Zungenspitze und streifte es an seiner Hose ab. »Danach gehen wir was essen und besprechen den Trainingsplan.«

Eines musste man ihm lassen, wenn er etwas wollte, biss er sich stur daran fest.

Alec ließ das Fahrerfenster hinunter und bedeutete Lennox, vorauszufahren. Er würde Ramesh die Fahrstunden geben. In irgendeiner alten Rostlaube, die alles verzieh. Sie wären Wochen, sogar Monate mit Übungen beschäftigt, bevor das Thema Viper überhaupt wieder auf den Tisch kam. Falls Steve Blake nicht vorher grünes Licht für den Zugriff gab und den Einsatz beendete. Der Gedanke traf ihn völlig unvorbereitet. Er löste ein merkwürdiges Gefühl in seiner Magengegend aus.

Der Club hieß *Mile End Club*, obwohl er in der Mitte der 9 Mile Road lag. Vielleicht war der Name eine Anspielung auf den exklusiven *Mile High Club*, dessen Mitglieder angeblich Sex in Flugzeugen gehabt hatten.

Das einstöckige, einzeln stehende Gebäude war von außen absolut unscheinbar bis auf die schwarz verhängten Fenster. Keine Leuchtreklame, kein roter Teppich, keine Türsteher, die auf ein Etablissement des Rotlichtmilieus hindeuteten. Er folgte dem Daytona auf einen von hohen Mauern umgebenen Parkplatz hinter dem Gebäude.

Ihre Ankunft blieb nicht unbemerkt. Ein Rausschmeißer im feinen Anzug stand am Hintereingang und verfolgte, wie die Neuankömmlinge ausstiegen, die Fahrzeuge abschlossen und die Autoschlüssel tauschten. Der Muskelmann öffnete ihnen die Tür und begrüßte Ramesh höflich mit *Mister Dewari*.

Sie gingen einen Flur entlang, dessen Boden von dröhnenden Bässen vibrierte. Vorbei an zwei Türen, von denen eine als *WC* und die andere als *Privat* gekennzeichnet war.

Im Saal des Clubs herrschte für einen frühen Sonntagabend bereits einiger Betrieb. Alec zählte im schummrigen Halbdunkel fünfundzwanzig männliche Gäste, die an den Tischen vor und neben der lang gestreckten Bühne saßen oder es sich auf den plüschigen dunkelroten Sofas bequem gemacht hatten und die Show genossen. Begehrliche und lüsterne Blicke überall. Mehr als einer der Gäste hielt »unauffällig« eine Hand unter dem Tisch verborgen. Auf der Bühne rekelten sich zwei junge, schöne und verblüffend gelenkige Blondinen. Die wenige Kleidung, die sie trugen, pellten sie sich in einer einstudierten Choreografie durchaus ansprechend von den wohlgeformten Körpern.

Der *Mile End Club* fiel eher in die Kategorie »hochklassige Bikini Bar«. Die Mädchen behielten BH und Schlüpfer an und überließen zumindest einen Teil ihrer Anatomie der Fantasie. Wer in den Genuss eines richtigen Stripclubs kommen wollte, war im *South Pole* besser aufgehoben, dem dritten Etablissement unter Eric Deacons Leitung. Im *South Pole* brauchte kein Mann Fantasie. Dort trugen selbst die Bedienungen lediglich Stringtangas und präsentierten den Besuchern ihre nackten Tatsachen.

Alec wich einer der jungen Frauen aus, die durch den großen Raum kreisten, um die Gäste mit Getränken und Snacks zu versorgen, und folgte Ramesh und Lennox zum Tresen. Im *Mile End Club* trugen die Frauen, die die Gäste bedienten, schwarze Miniröcke und dunkelrote Oberteile, die farblich exakt zu den plüschigen Sofas und dem flauschigen Teppichboden passten.

»Bestellt euch was an der Bar.« Ramesh musste schreien, um die Musik zu übertönen. Die Anstrengung verstärkte seinen Akzent. »Geht aufs Haus.«

Während Lennox und Alec auf zwei freien Hockern Platz nahmen, wurde einige Meter entfernt eine in der Wand verborgene Tür geöffnet. Eric Deacon trat auf, mit feinem Anzug, Goldringen und Haifischlächeln. Jemand musste ihn über Rameshs Ankunft informiert haben, denn Deacon steuerte direkt auf sie zu. Ramesh und er gaben sich die Hand, und Alec konnte sich erneut des Eindrucks nicht erwehren, dass Deacon in Rameshs Gegenwart zu schrumpfen schien. Obwohl körperlich überlegen, wirkte er plötzlich kraftlos und blass.

Deacon nickte Lennox und ihm zu. Danach zog Ramesh ihn beiseite. Nahe bei der Geheimtür steckten sie die Köpfe zusammen.

Lennox winkte die Barkeeperin heran. Ohne Zeit mit Höflichkeiten zu verschwenden, bestellte er ein frisch gezapftes Bier. Die junge Frau knipste ein strahlendes Lächeln an, denn es gehörte zu ihrem Job, auch zu unfreundlichen Gästen nett zu sein, und kam der Aufforderung nach. Lennox nahm wortlos das Glas und drehte sich zur Bühne um. Ein Paradebeispiel schlechter Manieren.

Alec bestellte ein Club Soda, weil er später noch fahren musste. Er sagte höflich Bitte und Danke, und das Lächeln der Barkeeperin erschien ihm diesmal eine Spur echter. Offenbar kannte sie die Vereinbarung, denn sie verlangte keine Bezahlung. Während sie sich einem anderen Gast zuwandte, nahm er sie unauffällig in Augenschein. Sie war etwa Ende zwanzig und, soweit man es trotz der grellen Schminke erkennen konnte, durchschnittlich hübsch. Keine Konkurrenz für die Barbiepuppen auf der Bühne. Ihre Haut hatte die Farbe von dunklem Milchkaffee. Die schwarzen Locken trug sie zu einem Zopf gebunden. Eine Strähne fiel ihr vorwitzig ins Gesicht. Ihre dunkelrote, tief ausgeschnittene Bluse schmiegte sich an ihren wohlgeformten Oberkörper. In einer idealen Welt finanzierte sie mit diesem Job ihr Studium und stand kurz vor einer schillernden Karriere als Ärztin, Anwältin oder Wissenschaftlerin.

»Eines muss ich dir lassen«, sagte Lennox unvermittelt, den Blick weiterhin fest auf die Bühne gerichtet. »Mumm hast du.«

Alec wandte sich dem Bodyguard zu. »Aber?«

»Du solltest vorsichtig sein.« Lennox trank einen Schluck Bier und fuhr sich mit der Hand über den Mund. »Der Boss lässt sich nicht gern sagen, was er zu tun oder zu lassen hat. So 'ne Scheiße wie vorhin kann dich den Kopf kosten.«

»Ich bin kein Jasager. Daran wird er sich gewöhnen müssen.«

Lennox zuckte die Achseln, während er die Blondinen im Auge behielt. »Ist dein Arsch, Kumpel. Ich würde dir ungern eine aufs Maul hauen, aber wenn der Boss es befiehlt, werde ich es machen.« Sein Blick suchte den von Alec. Es lag weder Humor noch Freundlichkeit darin. »Damit wir klar sind.«

»Danke für die Warnung.«

»Kein Problem.« Lennox' Augen weiteten sich, als eine Blondine der anderen lüstern zwischen die Beine griff und ihr einen Zungenkuss gab. Ein zufriedenes Grinsen zementierte sich auf seinem Gesicht fest.

Alec interessierte die Vorstellung nicht. Er wandte den Tänzerinnen den Rücken zu und beobachtete stattdessen die Barkeeperin, die gerade eine Glasschale mit kleinen Plastiktütchen füllte. Sie musste eine Art Spinnensinn besitzen, denn plötzlich sah sie zu ihm herüber. Er fühlte sich ertappt und lächelte, weil ihm nichts Besseres einfiel.

Sie erwiderte das Lächeln und kam mit der Glasschale zu ihm. Darin lagen kleine Portionen verpackter Erdnüsse, Pistazien und Salzbrezeln. »Wie wäre es mit einem Snack?«, fragte sie mit einem verschmitzten Glitzern in den Augen. »Um das Wasser abzurunden.« Sie zog ihn auf, und es gefiel ihm.

Er nahm zwei Tütchen mit Pistazien. Dabei warf er einen Blick auf das Namensschild am Revers ihrer Bluse. Sofort kam ihm ein alter Eric-Clapton-Song in den Sinn:

Layla, you've got me on my knees ...

»Kein Interesse an den Reizen der holden Weiblichkeit?« Layla klang leicht amüsiert über den Gast, der in einen Bikini Club ging, aber den Tänzerinnen die kalte Schulter zeigte.

»Heute nicht.«

»Sicher?« Sie beugte sich vor, um zwei Bierdeckel einzusammeln, und bot ihm dabei einen großzügigen Blick in ihr Dekolleté. Ob Absicht oder Zufall, für einige Herzschläge waren seine sämtlichen Gedanken nur auf eine Sache gerichtet. Oder besser, zwei. Als ihm bewusst wurde, wo er hinstarrte, riss er sich verlegen von dem Anblick los. »Entschuldigung.«

»Macht nichts.« Layla richtete sich wieder auf. »Passiert mir ständig.«

Er grinste. »Kann ich verstehen.«

»Vorsicht, Freundchen!« Laylas Blick sollte strafend sein, doch das amüsierte Zucken um ihre Mundwinkel entschärfte die Rüge. »Noch viel Spaß bei der Show. Falls du irgendwann aufhören solltest, mir auf den Hintern zu glotzen.« Sie zwinkerte ihm zu, nahm die Glasschale und ging.

Alec sah ihr nach und fragte sich, wie es wäre, mit ihr zu schlafen. Ihre weichen Lippen zu küssen. Ihren nackten Körper unter seinem zu spüren ...

Rasch wandte er den Blick ab, bevor ihn seine Fantasie zu weit trug und eine stärkere körperliche Reaktion hervorrief.

Es war wirklich verdammt lang her.

Um zumindest seinen Mund abzukühlen, trank er einen Schluck Wasser. Beim Absetzen des Glases sah er zufällig in den Spiegel hinter der Bar. Ramesh beobachtete ihn. Ihre Blicke begegneten sich kurz. Dann wandte Ramesh seine Aufmerksamkeit wieder Deacon zu, der ihm etwas erzählte, das offenbar nicht halb so interessant war wie Alecs Flirt mit der Barkeeperin.

Einige Minuten später beendeten Ramesh und Deacon ihre Besprechung. Deacon verschwand durch die Geheimtür, und Ramesh gab mit einer Kopfbewegung zu verstehen, dass es Zeit war, zu gehen. Als Alec auf dem Weg zur Tür an Layla vorbeikam, hob sie den Blick und musterte ihn aus dunklen Augen. In seinem Bauch begann es zu kribbeln.

»Jetzt geht es zum Restaurant«, verkündete Ramesh auf dem Parkplatz.

Lennox rieb sich erfreut die Hände. »Mexicantown oder Greektown?«

»Mexicantown.« Ramesh öffnete die Fahrertür der Viper. Er sah zu Alec. »Du folgst uns.«

Er nickte abwesend, in Gedanken noch bei Laylas Abschiedsblick.

Vergiss es, wies er sich stumm zurecht, sie ist eines von Deacons Mädchen, gleichgültig, ob sie hinter der Bar steht oder auf der Bühne. Er konnte keine unnötigen Verwicklungen gebrauchen. Sein Leben war kompliziert genug.

Mexicantown lag im Süden in der Nähe des Detroit Rivers, ein gutes Stück von der 9 Mile Road entfernt. Als sie endlich in eine der beiden Hauptstraßen des Stadtteils einbogen, knurrte sein Magen hörbar. Wegen des starken Verkehrs konnten sie nur im Schritttempo fahren. Das gab ihm die Gelegenheit, die Umgebung auf sich wirken zu lassen. Mexicantown strotzte vor Leben und Energie. Es wimmelte von Touristen und Einheimischen in sommerlicher Kleidung, die entspannt dahinschlenderten oder an den Tischen vor den unzähligen Restaurants saßen. Niedrige Gebäude säumten die Straßen und leuchteten in den schönsten Farben. Bunte Markisen boten Schutz vor den Strahlen der sinkenden Sonne. Immer wieder entdeckte er Malereien an Hauswänden und Garagentoren. Keine Graffitis oder Schmierereien, sondern prachtvolle Kunstwerke. Ein Gemälde zeigte den Fluss mit einem Containerschiff auf dem strahlend blauen Wasser und der mächtigen Ambassador Bridge im Hintergrund, die

Detroit mit Kanada verband. Ein zweites Gemälde erstreckte sich über die halbe Fassade eines Cafés. Darauf waren zwei junge Frauen in langen altmodischen Gewändern zu sehen. Sie gingen Arm in Arm, die Häupter in einem Ausdruck stiller Trauer gesenkt. Hinter ihnen brannte lichterloh eine Stadt. Flammen schlugen in den Himmel und leckten an den Worten *Speramus meliora; resurget cineribus.*

Unter den bloßen Füßen der Frauen stand die Übersetzung:

WE HOPE FOR BETTER THINGS – IT WILL RISE FROM THE ASHES.

Das Stadtwappen von Detroit mit den beiden Mottos, deren prophetische Worte Alec Gänsehaut bereiteten.

Wir hoffen auf bessere Dinge – Sie wird sich aus der Asche erheben.

Sein Blick wanderte weiter über die farbenfrohen Gebäude und die Menschen, die diesen herrlichen Spätsommertag genossen. Von irgendwoher erklang Musik. Er kurbelte sein Fenster ein Stück weiter hinunter. Die fröhlichen Klänge einer mexikanischen Liveband drangen ins Wageninnere.

In dieses Detroit könnte er sich verlieben.

Das Restaurant lag in einer der schönsten Ecken von Mexicantown. Weil es keinen Gästeparkplatz gab, mussten sie am Straßenrand halten. Während Alec ausstieg, verschwand Lennox im Restaurant und kehrte kurz darauf in Begleitung eines Kellners mexikanischer oder spanischer Herkunft zurück. Der Kellner trug einen Klappstuhl, den er unter Alecs ungläubigem Blick an der Hauswand aufstellte, der Viper direkt gegenüber. Mit einem Ausdruck enormer Wichtigkeit setzte er sich.

Ein menschlicher Wachhund.

Obwohl das Restaurant gut besucht war, bekamen sie sofort einen ruhigen Tisch am Fenster, weit weg von der Küche und den Toiletten. Lennox setzte sich auf einen der Fensterplätze, um Ramesh mit seinem Körper vor eventuellen Kugeln, Handgranaten und Sprengladungen von draußen abzuschirmen, oder worin auch immer er eine Bedrohung für das Leben seines Arbeitgebers sah. Alec setzte sich Lennox gegenüber und hatte so freie Sicht auf die Viper und ihren Bewacher. Der Anblick war irgendwie lächerlich, doch gleichzeitig ein eindrucksvoller Beweis für Rameshs besonderen Status.

Der Restaurantbesitzer brachte ihnen persönlich die Speisekarten und überschlug sich dabei vor Höflichkeit. Ramesh und Lennox nahmen das Geschleime ungerührt hin. Alec war es peinlich vor den anderen Gästen. Er vertiefte sich in die zweisprachige Speisekarte und las ohne Mühe die mexikanischen Menübeschreibungen. Seiner Zeit in Phoenix verdankte er ein umfangreiches spanisches Vokabular. Ein großer Teil der Bevölkerung dort war hispanischer Abstammung. Es erleichterte die Polizeiarbeit ungemein, wenn man nicht ständig einen Dolmetscher anfordern musste. Und es hinterließ einen besseren Eindruck, wenn man zumindest versuchte, die Sprache des Nachbarlandes zu lernen.

Ramesh würdigte die Speisekarte keines Blickes. Er wusste bereits, was er essen wollte, und gab die

Bestellung zur Freude des Kellners in nahezu akzentfreiem Spanisch auf. Alec widerstand der Versuchung, gleichzuziehen, und blieb beim Englisch.

Lennox murmelte dem Kellner lediglich zwei Menüzahlen zu. Dazu bestellte er alkoholfreies Bier. Ramesh und Alec blieben beim Wasser. Es war merkwürdig, zu dieser frühen Stunde in einem Restaurant zu sitzen und das Abendessen zu bestellen. Für Ramesh war es das Mittagessen. Sein Leben folgte einem anderen Rhythmus als das Leben normaler Menschen.

In jeder Beziehung.

Die Geschwindigkeit, mit der ihnen die Getränke und das Essen gebracht wurden, löste bei einigen der anderen Gäste empörte Blicke und Getuschel aus. Alec betrachtete die Auswahl an Tapas vor sich auf dem Tisch und konnte sich nicht entscheiden. Schließlich hörte er auf seinen Magen, dem es vollkommen gleichgültig war, womit er anfing, solange er endlich anfing.

Alles schmeckte großartig und besaß genau die richtige Schärfe. Lennox entpuppte sich als wort- und gestenreicher Gesellschafter. Am liebsten redete er über Sport. Alec dankte ihm im Stillen für die Wahl dieses unverfänglichen Themas. Sie unterhielten sich angeregt über Football, Eishockey und Baseball. Ramesh beteiligte sich kaum an dem Gespräch. Er aß und hörte zu. Besonders Alec hörte er sehr aufmerksam zu. Natürlich kam irgendwann die Frage nach Alecs Lieblingsmannschaften, und er antwortete gemäß seinem fiktiven Lebenslauf. Alle Teams, die er nannte, stammten von der Westküste. Weit entfernt von Dalton, Georgia.

Von Lennox kamen lediglich Bemerkungen hinsichtlich der Leistungen der Mannschaften. Rameshs

Körpersprache verriet hingegen höchste Aufmerksamkeit. Er würde sich zweifellos alle Angaben merken und sie sorgfältig nachprüfen.

Bevor Eric Deacon ihn angeheuert hatte, war Alec genauestens durchleuchtet worden. Deacon besaß die nötigen Kontakte, um alles über seine Arbeit in Buffalo herauszufinden und in seiner Vergangenheit herumzustochern. Deshalb musste Alecs Geschichte absolut wasserdicht sein. Und deshalb musste er so verdammt vorsichtig sein mit dem, was er sagte, weil selbst die kleinste Unregelmäßigkeit, die geringste Abweichung von seinem fiktiven Lebenslauf, ihm das Genick brechen konnte.

Heute ließ er sich davon nicht den Appetit verderben.

Er aß genüsslich ein Stück scharf gewürzter Hühnchenbrust und beobachtete das Treiben auf der Straße. Der Kellner saß wie ein Schießhund auf seinem Klappstuhl und verscheuchte jeden, der sich der Viper näherte. Gegenüber lungerte ein junger Mann hispanischer Herkunft an der Ecke zu einer Gasse herum und rauchte. Irgendetwas an der Art, wie er dort stand, weckte den Polizisten in Alec.

»Wie landet man eigentlich in deinem Job?« Rameshs Stimme lenkte seine Aufmerksamkeit zurück an den Tisch.

Dunkle Augen fixierten ihn. Hinter der scheinbar beiläufig gestellten Frage steckte mehr. Er spülte einen Rest Hühnchen mit einem Schluck Wasser hinunter.

Zeit für eine Geschichte.

»Autos haben mich fasziniert, seit ich ein kleiner Junge war«, holte er weit aus. »Ich konnte mir nicht vorstellen, dass sie tatsächlich von Menschen gebaut wurden. Es musste irgendeine Art von Magie im Spiel sein. Also habe ich meine Eltern mit Fragen gelöchert. Ich wollte bis ins letzte Detail wissen, wie die Dinger funktionieren.« Er schmunzelte beim Gedanken an unzählige Fragen und ratloses Achselzucken. »In der Nachbarschaft gab es eine Werkstatt. Der Besitzer war ein freundlicher Kerl, den es nicht gestört hat, wenn ich nach der Schule vorbeigekommen bin, um ihm bei der Arbeit zuzuschauen. Er hat diese komplizierten Motoren auseinander- und wieder zusammengebaut, als wäre es nichts. Ein Haufen Metallteile, Kabel und Schrauben, und am Ende passte alles und der Wagen lief. Für mich war er ein Zauberer.«

Alecs Erinnerungen an seine Kindheit und Jugend lebten von den unzähligen Stunden, die er in der Werkstatt seines Onkels verbracht hatte. Zwischen Hebebühnen, Reifenstapeln, ölverschmiertem Werkzeug und alten Autos. Auf dem Hof der Werkstatt hatte ihm Onkel Derek die ersten Fahrstunden gegeben. Sehr zum Missfallen von Alecs Vater, der zu Recht befürchtete, sein dreizehnjähriger Sohn könne auf dumme Gedanken kommen. »In der Werkstatt hab ich alles über Fahrzeuge gelernt. Unter anderem, dass es einen großen Unterschied macht, ob man hundertfünfzig PS unter der Haube hat oder zweihundertfünfzig PS. Oder fünfhundert«, fügte er in Anspielung an die Viper hinzu. »Je mehr PS, desto mehr Spaß.«

Der Satz entlockte Ramesh ein zustimmendes Lächeln.

»Als ich endlich meinen Führerschein hatte, habe ich angefangen, kleine Fahrmanöver zu üben. Ich wollte ausprobieren, was alles möglich war. Wie weit ich gehen konnte.« Wenn seine Eltern wüssten, wie oft er damals knapp an einem Unfall vorbeigeschlittert war ... »Wahrscheinlich hab ich einfach zu viele Actionfilme gesehen.«

Lennox grunzte amüsiert. Bevor Alec weitersprach, überprüfte er rasch, ob es unerwünschte Zuhörer gab. Die Gäste an den anderen Tischen waren in Gespräche vertieft oder aßen. Niemand sah zu ihnen herüber.

Trotzdem senkte er die Stimme. »Vor einigen Jahren geriet ein Freund von mir in finanzielle Schwierigkeiten. Er hatte sich beim Spielen verzockt und schuldete einigen äußerst unangenehmen Leuten Geld. Keine riesige Summe, aber die Rückzahlung sollte innerhalb weniger Tage erfolgen. Niemand konnte oder wollte ihm das Geld leihen. Ich war selbst knapp bei Kasse, sonst hätte ich es getan.«

»Also hast du ihm anders geholfen«, griff Ramesh dem Verlauf der Ereignisse vor.

»Er war ein sehr guter Freund. Ich wollte nicht, dass ihm etwas passiert.« Alec machte eine Kunstpause, um die Worte wirken zu lassen. »Der schnellste Weg, um an das nötige Geld zu kommen, war natürlich nicht legal. Das war grundsätzlich kein Problem. Wir haben damals eine Menge Mist gebaut. Unsere Keller waren manchmal voll mit elektronischen Geräten, die von irgendwelchen Trucks gefallen waren. Aber ein paar PCs oder Stereoanlagen zu verticken, hätte nicht geholfen. Der Betrag war zu groß. Deshalb kam mein Freund auf die Idee, einen Pfandleiher zu ...«, er suchte nach dem richtigen Wort, »... beleihen. Mit Waffen und Überfällen wollte ich nichts zu tun haben, doch im Stich lassen konnte ich ihn auch nicht. Also hab ich einen Wagen geklaut, in der Nähe gewartet und meinen Freund hinterher eingesammelt. Er hat seine Schulden beglichen und mir einen Teil der restlichen Beute abgegeben. Einige Wochen später hat er mich gefragt, ob ich einem Bekannten einen ähnlichen Gefallen tun könnte.«

»Der Beginn einer schillernden Karriere«, kommentierte Lennox trocken und nahm einen Schluck Bier.

»Sozusagen.«

»Was ist aus deinem Freund geworden?«, wollte Ramesh wissen.

»Hat sich wieder verzockt. Diesmal endgültig.« Er senkte den Blick und überließ es Rameshs Fantasie, seine Schlüsse zu ziehen.

»Und diesen ganzen Scheiß mit den Fahrtricks hast du dir selbst beigebracht?«, wechselte Lennox Kinley das Thema.

Alec tat, als wäre er erleichtert, nicht mehr über seinen toten fiktiven Freund sprechen zu müssen. »Nein. Ich habe mir einen Lehrer gesucht.«

»Im Telefonbuch, oder was?«

»Über Verbindungen. Jemand, der jemanden kennt, der von jemandem gehört hat.«

»Das Übliche eben.« Rameshs Tonfall war undeutbar. Er musterte Alec mit zusammengekniffenen Augen, die Gabel mit einer Portion Reis auf halben Weg zum Mund.

Alec erwiderte unverwandt den Blick seines Gegenübers. Forderte Ramesh heraus, die Wahrheit anzuzweifeln.

»Also gut.« Ramesh schob sich den Reis in den Mund und legte das Besteck beiseite. »Wir treffen uns ab jetzt jeden Sonntag um sechzehn Uhr bei den Lagerhallen.

Du gibst mir ein paar Fahrstunden in der Viper, und später besorge ich irgendeine Schrottkarre, mit der du mir die richtigen Tricks zeigen kannst. Auf dem Gelände können wir ungestört üben. Die Baufirma, die den Kram abreißen sollte, ist pleitegegangen, da tut sich so schnell nichts. Wenn ich die Tricks draufhabe, nehmen wir uns wieder die Viper vor.« Ramesh lehnte sich zufrieden zurück. Ende der Ansage.

Er nickte. Die Planung klang zu vernünftig, um eine Diskussion anzufangen. »Was ist mit Lennox?«

Der Bodyguard sah zuerst ihn und danach seinen Boss mit einem fast furchtsamen Blick an.

Ramesh grinste. »Mach dir nicht ins Hemd. Du kannst ihm die Grundlagen beibringen«, fügte er an Alec gewandt hinzu. »Mehr kriegt der sowieso nicht auf die Reihe.«

Lennox nahm die Beleidigung hin, erleichtert darüber, keine halsbrecherischen Fahrmanöver üben zu müssen.

Einer der Kellner kam vorbei, um sich nach ihren Wünschen fürs Dessert zu erkundigen. Alec winkte ab. Ihm wurde allein beim Gedanken an noch mehr Essen schlecht. Ramesh bestellte Kaffee für alle, ohne zu fragen, ob sie Kaffee wollten.

Alecs Blick wanderte zurück zum Fenster. Der junge Mann lungerte unverändert bei der Gasse herum. Mittlerweile war es dunkel geworden, und eine der zahlreichen Straßenlaternen leuchtete ihn an.

Im nächsten Moment schlenderten zwei Männer dicht an ihm vorbei und bogen in die Gasse ein. Wenig später verschwand der junge Mann ebenfalls in der Gasse. Alec zählte in Gedanken mit. Als er bei fünfzehn war, trat der junge Mann wieder aus der Gasse. Er ging einige Meter bis zu einem mexikanischen Minimarkt und betrachtete scheinbar interessiert die Schaufensterauslage. Kurz darauf tauchten auch die beiden anderen Männer wieder auf. Sie gingen in die entgegengesetzte Richtung davon.

Alec sah zurück zu der Figur beim Minimarkt.

Einer von Rameshs Dealern?

»Irgendwas Interessantes?« Ramesh musterte ihn neugierig.

»Der Typ da.« Lennox wies mit der Gabel auf den jungen Mann. »Der hat's ihm angetan.«

Alec machte in Gedanken einen Vermerk, in Lennox' Gegenwart vorsichtiger zu sein. Der Mann war ein aufmerksamer Beobachter.

Ramesh beugte sich vor, um an seinem Bodyguard vorbeisehen zu können. »Und?«

Alec berichtete knapp von seinen Beobachtungen.

»Keiner von meinen Jungs«, verkündete Ramesh hinterher.

»Bist du sicher?«

Ramesh gab keine Antwort, sondern fixierte den vermeintlichen Dealer. Hinter seiner Stirn drehten sich beinah hörbar die Rädchen. Zu welchem Schluss er auch kam, die dunkle Wolke, die plötzlich über ihm schwebte, verhieß nichts Gutes.

»Wir sollten uns mit ihm unterhalten«, sagte Ramesh an niemanden Besonderes gerichtet.

»Wie willst du das spielen, Boss?« Lennox' Tonfall verriet Vertrautheit mit derartigen Einsätzen.

»Bring ihn in die Gasse. Wir kommen nach. Und keine Kratzer!« Ramesh holte seine Brieftasche hervor und zählte hundert Dollar in Zwanzigern ab. Eine Summe, die weit über dem fälligen Betrag lag, selbst wenn man das Trinkgeld dazurechnete.

Ramesh und Lennox erhoben sich gleichzeitig. Alec stand ebenfalls auf. Ihm ging das alles etwas zu schnell.

Der Besitzer eilte herbei und erkundigte sich, ob alles zu ihrer Zufriedenheit gewesen sei.

»Erstklassig, wie immer.« Ramesh gab dem Mann die Hand. »Ich werde Ihren Mitarbeiter noch einige Minuten in Anspruch nehmen müssen.« Er deutete hinaus zu dem Wachhund auf dem Klappstuhl.

»Natürlich, Mister Dewari. Stets zu Diensten.«

Draußen drückte Ramesh dem Kellner zwanzig Dollar in die Hand und gab ihm zu verstehen, dass er auf seinem Posten bleiben sollte. Lennox überquerte derweil die Straße und steuerte auf den jungen Mann zu, der sich ahnungslos nach möglichen Kunden umsah. Was dann geschah, glich einem Zaubertrick: In einem Augenblick stand der junge Mann an der Ecke zur Gasse, im nächsten war er verschwunden.

Und mit ihm Lennox Kinley.

Sie warteten genau so lange, wie Ramesh brauchte, um sich eine Zigarette anzuzünden und den ersten Zug zu nehmen.

Danach folgten sie Lennox.

Sie mussten tief in die Gasse gehen, bevor sie den Bodyguard fanden. Er wartete am Eingang eines schmalen Innenhofs, von dem links und rechts je eine vergitterte Tür abging. Zwei trübe Lampen beleuchteten überquellende Mülltonnen, die einen intensiven Geruch von verdorbenem Essen verströmten. Der junge Hispano, der in der Mitte des Innenhofs stand, verströmte eine Aura unterdrückter Furcht. Er hielt sich den linken Ellenbogen, machte ansonsten jedoch einen unverletzten Eindruck. Sein Blick, der bis eben Lennox fixiert hatte, ruckte nervös zu den Neuankömmlingen. Womit auch immer Lennox dem Dealer gedroht hatte, es hielt ihn davon ab, um Hilfe zu rufen.

Lennox zog etwas aus der Jackentasche und reichte es Ramesh. Eine Brieftasche.

Alec schluckte trocken. Er fragte sich, wie die kommenden Minuten verlaufen würden, und ahnte bereits, dass es gleich sehr ungemütlich werden könnte.

»Pass auf, dass uns niemand stört.« Es war eine Anweisung an Lennox, der sich wortlos in die Gasse zurückzog.

Alec sah dem Bodyguard angespannt hinterher. Warum schickte er Lennox weg und nicht ihn?

»Wir müssen uns unterhalten.« Ramesh nahm einen letzten Zug von seiner Zigarette, schnippte sie achtlos weg und trat auf den jungen Mann zu.

Alec folgte ihm, wie von einem Magneten angezogen.

Der Hispano wich einen Schritt zurück. »Was soll das?« Sein Versuch, selbstbewusst und fordernd zu klingen, scheiterte kläglich. Entsetzt beobachtete er, wie Ramesh die Brieftasche öffnete und eine Plastikkarte herauszog.

Er las sie und steckte sie zurück. »Also, Manuel Garcia aus der Lawrence Avenue in South Warren. In Zukunft solltest du deine Brieftasche zu Hause lassen, bevor du dealen gehst.« Ramesh hielt das flache Lederetui hoch und ließ es demonstrativ fallen.

»Ich ... ich weiß nicht, wovon Sie reden«, stammelte der junge Mann. »Ich bin ...«

»Keiner von meinen Leuten«, unterbrach ihn Ramesh, »sonst würdest du dich nicht so verflucht dämlich anstellen.«

Die Furcht des Dealers war jetzt offensichtlich. »Das ist ein Missverständnis! Ich kann das erklären!«

»Erklär mir, warum du ohne meine Einwilligung in Mexicantown dealst.« Rameshs Stimme war eiskalt. »Ich bin gespannt.«

Manuel Garcia rang sichtlich mit sich, kaum imstande, die nächste Frage zu stellen. »Wer ...?«

»Mein Name ist Ramesh Dewari. Vielleicht hast du von mir gehört.«

Angst verwandelte sich schlagartig in Panik. »O mein Gott!« Manuel Garcia versagte fast die Stimme. Er hob in einer beschwichtigenden Geste die Hände. Sie zitterten so stark, dass Alec es selbst aus einigen Metern Entfernung sehen konnte. »Ich wusste nicht ... das wusste ich nicht! Ich hatte keine Ahnung, ich schwöre, ich hatte keine Ahnung! Man hat mir gesagt, es ist in Ordnung, wenn ich hier ...«

»*Wer* hat dir das gesagt?«

Verzweifeltes Schweigen.

Ramesh lächelte schmal und ging weiter auf den jungen Mann zu. Bei jedem Schritt, den er näher trat, wich Manuel Garcia einen Schritt zurück. Alec beobachtete die Szene mit klopfendem Herzen, unsicher, ob er eingreifen sollte. Ramesh würde es nicht riskieren, mitten in Mexicantown einen Menschen zu töten. Er konnte den Dealer zusammenschlagen, klar, aber er würde ihn nicht töten.

Was immer er tut, du lässt ihn machen, befahl sich Alec in Gedanken. Selbst wenn er den Typ krankenhausreif prügelt, wirst du keinen Finger rühren.

»Womit dealst du und für wen?«, fragte Ramesh ruhig.

»Ich kann das nicht ...« Manuel Garcia machte einen weiteren Schritt. Jetzt stand er mit dem Rücken an der Hauswand. Kein Ausweg mehr. Die Erkenntnis, in der Falle zu sitzen, war seinem Gesicht anzusehen. »Warten Sie!« Er zog hektisch den Absatz von seinem rechten Schuh ab und holte zwei kleine Tütchen aus einem Geheimfach hervor. Er hielt sie mit bebenden Fingern hoch. Ihr Inhalt war zu dunkel, um Kokain zu sein.

»Für wen dealst du?«

»Ich kann das nicht ... Die bringen mich um!«

Ramesh lachte auf eine Weise, bei der sich Alecs Nackenhaare sträubten. »Was denkst du, werde *ich* tun, wenn du es mir nicht sagst?«

Der angsterfüllte Blick des Dealers traf Alec. Flehte ihn um Hilfe an. »Bitte! Ich habe eine kleine Tochter!«

Du Idiot! Er zwang sich, wegzusehen. *Du verfluchter Idiot!*

Der Dealer hatte Ramesh das wirksamste Druckmittel überhaupt geliefert.

»Für wen dealst du hier? Wann bekommst du die nächste Lieferung und wo?«

»Die bringen mich um!« Tränen der Verzweiflung rannen die Wangen des Mannes hinab.

Mit drei schnellen Schritten hatte Ramesh die Lücke zwischen ihnen geschlossen. Manuel Garcia stieß einen erstickten Schrei aus. Er ließ die Tütchen fallen, duckte sich und hob schützend die Arme vors Gesicht.

Ramesh stand über ihm wie ein Raubtier über seiner Beute, doch er rührte den Dealer nicht an. Stattdessen flüsterte er ihm etwas ins Ohr. Und Manuel Garcia antwortete. Er sprach in kurzen, abgehackten Sätzen. Sobald Ramesh alle Informationen bekommen hatte, ließ er von dem zitternden Mann ab und kam zurück zu Alec. Auf seinem Gesicht lag ein Ausdruck grimmiger Zufriedenheit.

Hinter ihm rutschte Manuel Garcia schluchzend zu Boden.

Alec empfand Mitleid mit dem Mann und Verachtung für Ramesh, der es sichtlich genossen hatte, seine Überlegenheit zur Schau zu stellen. Doch was ihn wirklich wütend machte, war die Faszination, mit der er selbst das erniedrigende Spektakel verfolgt hatte.

»Was hast du ihm gesagt?«

Ramesh und Lennox waren bereits auf dem Rückweg zur Viper. Er musste sich beeilen, um zu ihnen aufzuschließen. Ramesh antwortete nicht. Stattdessen zündete er sich seelenruhig eine neue Zigarette an.

»Was hast du ihm gesagt?«, wiederholte er.

»Ich habe ihm nahegelegt, die Wahrheit zu sagen und niemandem von unserer Unterhaltung zu erzählen, weil ich sonst seiner kleinen Tochter einen Besuch abstatten werde.«

»Was?« Alec packte Ramesh am Arm und wirbelte ihn herum, außer sich vor Empörung. »Bist du ...«

Bevor er den Satz beenden konnte, wurde er von Ramesh weggezerrt und brutal gegen eine Hauswand gestoßen. Scharfer Schmerz stach in seine linke Schulter. Dann traf ihn ein harter Faustschlag in die Nieren. Ein Feuerwerk weißer Sterne explodierte vor seinen

Augen. Er brach in die Knie, unfähig, zu atmen, ganz auf den Schmerz konzentriert. Ein weiterer heftiger Stoß in den Rücken brachte ihn endgültig zu Fall.

»Ich habe dich gewarnt«, hörte er Lennox' Stimme über sich, während er verzweifelt versuchte, seine Lungen mit Luft zu füllen. Er erwartete einen Fußtritt oder einen weiteren Schlag, doch nichts dergleichen geschah. Alec blieb auf dem kühlen Asphalt liegen und atmete in kurzen flachen Zügen gegen den Schmerz an, der in seiner rechten Niere pulsierte und von dort aus wellenförmig in Rücken und Unterleib ausstrahlte. In seinem vollen Magen rumorte es bedenklich. Er schluckte die Übelkeit hinunter. Einen Rest von Würde wollte er sich bewahren.

Schritte näherten sich.

Ramesh ging vor ihm in die Hocke und betrachtete ihn kühl. »Für wen hältst du mich eigentlich?« Er klang nicht wütend, sondern gekränkt. »Ich vergreife mich nicht an unschuldigen Kindern.«

In Alecs Kopf machte es klick. »Das weiß Manuel Garcia aber nicht«, gab er mit schwacher Stimme zurück.

»Psychologische Kriegsführung.« Ramesh tippte sich mit zwei Fingern an die Schläfe. »Funktioniert besser als rohe Gewalt.«

»Nicht bei jedem«, knurrte Lennox übellaunig. »Manche Typen brauchen einen Tritt in den Arsch, um es zu kapieren.«

Alec hielt Rameshs Blick einige Sekunden lang stand und sah dann zerknirscht zur Seite. »Tut mir leid.«

Er hatte die Prügel verdient. Bei all den Informationen, über die er verfügte, hätte er es besser wissen müssen.

Ramesh ließ ihn lange genug hängen, um ihm das Gefühl zu geben, es wahrhaftig versaut zu haben. »Entschuldigung angenommen«, sagte er schließlich und erhob sich. »Bis nächsten Sonntag.«

Alec wartete, bis Ramesh und Lennox die Gasse verlassen hatten. Erst dann richtete er sich vorsichtig auf. Die Bewegung verstärkte den Schmerz und machte das Aufstehen zu einer Qual. Seine linke Schulter stimmte in den Schmerzkanon ein und erinnerte ihn an den Zusammenstoß mit der Mauer. Von der Hauptstraße her war ein vertrautes Motorengeräusch zu hören. Kurz darauf rauschte die Viper an der Gasse vorbei. Er biss die Zähne zusammen, humpelte ein paar Schritte und hielt inne, als er hinter sich Geräusche hörte. Manuel Garcia kam aus dem Innenhof geschlurft, ein Bild des Jammers. Sobald er Alec entdeckte, weiteten sich seine Augen voll Entsetzen. Er warf sich herum und rannte zum anderen Ende der Gasse. Dort bog er um die Ecke und verschwand.

Großartig.

Alec humpelte zum Daytona, schob seinen lädierten Körper vorsichtig hinters Steuer und machte sich auf den Weg nach Hause. Es war keine angenehme Fahrt. Er spürte jede Unebenheit im Asphalt, und die Straßen befanden sich stellenweise in verdammt schlechtem Zustand. Als er den Daytona endlich in der Tiefgarage abstellte, wusste er nicht, wie er aus dem Wagen kommen sollte. Er blieb einige Minuten sitzen, bis der schlimmste Schmerz abklang.

Im Fahrstuhl traf er auf den Hausmeister. Sie nickten sich knapp zu und fuhren stumm nach oben. Alec stieg vor dem Hausmeister aus und fragte sich, wem der

Mann an einem Sonntagabend im sechsten Stock wohl die Glühbirnen wechselte. Der Gedanke erheiterte ihn. Die Stimmung hielt an, bis er seine Wohnungstür öffnete und eine neue Lieferung von *Movie Madness* vorfand, seiner ganz persönlichen Kinozeitschrift. Alec klaubte den Türstopper mit schmerzverzerrtem Gesicht vom Boden auf, zog Schuhe und Jacke aus und humpelte in die Küche. Er legte die Zeitschrift auf die Anrichte. Aus dem Kühlschrank holte er ein Coolpack. Nachdem er es in ein dünnes Handtuch eingewickelt hatte, hob er sein T-Shirt und drückte das Coolpack sanft gegen die Schwellung oberhalb des Hosenbundes. Eine Weile genoss er mit geschlossenen Augen die Kühle und das Abklingen des Schmerzes. Als die Kälte unangenehm wurde, hielt er das Coolpack stattdessen gegen die schmerzende Stelle an seiner linken Schulter und blätterte in der Kinozeitschrift. Auf der üblichen Seite erwarteten ihn zwei neue Fotos. Nummer eins zeigte das Schaufenster eines Immobilienmaklers in der Woodward Avenue, im Osten der Stadt. Nummer zwei präsentierte einen dunkelhäutigen Mann, den Alec bereits von einem der früheren Fotos kannte. Der ältere der Brüder. Er stand neben einem nachtblauen Mercedes SLK Coupé und telefonierte. Das Kennzeichen des Wagens war vergrößert worden. Die Filmkritik hatte sich ebenfalls leicht verändert. Es bestand der begründete Verdacht, Mitglieder der New Yorker Gang würden das Maklerbüro als Fassade benutzen. Ein legaler Fuß in der Detroiter Tür, um illegale Geschäfte abzuwickeln.

Er riss die Seite heraus, nahm sie mit ins Bad und überantwortete sie im Waschbecken den Flammen.

Anschließend holte er sich ein Bier aus dem Kühlschrank, nahm ein weiteres Coolpack aus dem Tiefkühlfach und ging ins Wohnzimmer. Er fand eine einigermaßen angenehme Sitzposition, klemmte das frische Coolpack zwischen Rücken und Sofa, hielt sich das andere Coolpack gegen die Schulter und schaltete den Fernseher an. Nach einigem Suchen fand er einen Sender, auf dem ein alter Western lief, in dem die Guten verlässlich gut und die Bösen verlässlich böse waren. Er trank langsam das Bier. Die Kälte an Rücken und Schulter betäubte angenehm den Schmerz. Während er sich allmählich entspannte, begann Alec in Gedanken ein Spiel, zu dem er sich selten verleiten ließ: *Was-wäre-wenn?*

Was wäre, wenn er Jennifers Wunsch entsprochen und den Polizeidienst quittiert hätte? Wenn er stattdessen seinem Onkel in der Werkstatt zur Hand gegangen wäre? Wenn er sich für ein ruhiges Leben im beschaulichen Dalton, Georgia entschieden hätte? Wo die größte Aufregung im Leben eine Erhöhung der Spritpreise oder eine defekte Waschmaschine gewesen wäre. Er starrte auf den Fernseher, ohne die Bilder wahrzunehmen, die über den Bildschirm flimmerten.

Er wäre heute verheiratet. Ehemann und Vater. Mindestens zwei Kinder, darüber waren sie sich einig gewesen. Seinen Beruf hatte er dabei nie als Hindernis gesehen. Jennifer schon. Sie wollte ihre Kinder nicht als potenzielle Halbwaisen großziehen. Nicht als potenzielle Witwe leben. Jeden Tag mit dem Anruf rechnend oder dem Türklingeln.

Alec spürte schmerzhaft das Fehlen von etwas, das er nie erlebt hatte. Womöglich nie erleben würde: eine eigene Familie zu haben. Er hatte Jenny geliebt. Er hätte alles getan, um sie glücklich zu machen. Bis auf das Eine. Wie konnte sie das von ihm verlangen?

Es war die richtige Entscheidung.

Bist du dir sicher?

Er trank sein Bier aus und knallte die leere Flasche wütend auf den Tisch. Scheißspiel!

Gegen Mitternacht ging er schlafen, doch er fand keine Ruhe. Sein Rücken und seine Schulter schmerzten, und seine Gedanken kreisten ohne Unterlass. Um den Einsatz, um Jennifer, um Entscheidungen und vertane Chancen.

Gedanken, die er gern mit jemandem geteilt hätte.

Unter normalen Umständen hätte er Silvio Esposito angerufen, seinen ehemaligen Partner beim Atlanta PD. Aber Espo hatte keine Ahnung, wo er steckte und was er trieb. Sie mussten den Kontakt mit dem Beginn des Einsatzes abbrechen. Fast zwei Jahre. Eine lange Zeit, die alles Mögliche mit einer Freundschaft anrichten konnte.

Der andere Mensch, dem er sich anvertraut hätte, hieß Steve Blake. Der Mann, der ihn im Kampf gegen eine mächtige Verbrecherorganisation an die vorderste Front schickte. Wohl wissend, dass er den Einsatz mit dem Leben bezahlen konnte. Was Alecs Definition von Freundschaft in dieser Nacht arg strapazierte.

Gegen zwei Uhr quälte er sich frustriert aus dem Bett, schluckte zwei Schmerztabletten, holte sich ein frisches Coolpack und legte sich im Wohnzimmer aufs Sofa.

Er schlief bei laufendem Fernseher ein.

Drei Stunden später erwachte er und konnte einfach nicht mehr einschlafen. Also stand er auf, streckte vorsichtig die verspannten Muskeln und humpelte ins Bad. Er entleerte seine volle Blase und beobachtete erleichtert, wie der zuerst bräunlich verfärbte Strahl rasch klarer wurde. Einen Arztbesuch konnte er sich sparen. Im Badezimmerspiegel betrachtete er seine Verletzungen. Die linke Schulter war mittlerweile abgeschwollen und schimmerte bläulich. Alec hob und drehte den Arm probeweise in verschiedene Richtungen. Der Schmerz war erträglich. Von dem Faustschlag auf die rechte Niere würde er länger etwas haben. Die Stelle, an der Lennox ihn getroffen hatte, war großflächig dunkel verfärbt und reagierte äußerst empfindlich auf die geringste Berührung.

Im Schränkchen über dem Waschbecken fand er eine Sportsalbe, mit der er behutsam seine Schulter und den Rücken einrieb. Er beschloss, die Tube mit zur Arbeit zu nehmen.

Nach einem kargen Frühstück machte er sich auf den Weg zum Autoshop. Wenn eines seine Gedanken zur Ruhe bringen würde, war es ein kaputtes Getriebe oder eine defekte Lichtmaschine.

Kapitel 9

Alec parkte auf seinem üblichen Platz und schloss die Tür zum Büro auf. Mechanisch führte er die Prozedur aus Lüften, Kaffee kochen und Radiosender wechseln durch. An seinem Spind fand er ein gelbes Post-it. Eine Nachricht von Mikelti:

Teile sind zurück.

Schlagartig wurde seine Stimmung besser. Er zog sich um, schloss die Bürotür hinter sich ab und humpelte in die Garage. Auf der Werkbank standen die Kartons mit den galvanisierten und verzinkten Komponenten der Bremsanlage. In einer Schublade unter der Werkbank fand er ein altes Tuch. Darauf breitete er die Teile aus. Mikeltis Freund hatte hervorragende Arbeit geleistet. Sobald die Bremsen zusammengebaut und montiert waren, würde er sich um die Elektrik kümmern. Er sah zum Metallschrank, in dem gut verpackt der Kabelbaum des Impalas lagerte. Rund zweihundert Meter Kabel, die sorgfältig auf Bruchstellen und andere alters- oder witterungsbedingte Schäden geprüft werden mussten. Eine fisselige Fleißarbeit.

Motorengeräusche ließen ihn aufhorchen. Er trat aus der Garage und verfolgte verwundert, wie Mikelti vor dem Büro parkte. Viertel vor sieben. Das konnte man durchaus als Hausflucht interpretieren. Alec kam der bekannte Satz mit dem Glashaus und den Steinen in den Sinn. Deshalb verkniff er sich einen spitzen Kommentar.

Falls sein Chef einen anderen Grund hatte als Arbeitseifer, um so früh hier aufzutauchen, verbarg er ihn allerdings geschickt.

»Guten Morgen«, begrüßte Mikelti ihn mit einem wissenden Lächeln. »Konntest es wohl nicht abwarten, was?«

»Die Teile sehen gut aus.«

»Reggie weiß eben, was er tut.«

»Kaffee sollte fertig sein. Ich komme gleich nach.«

Er humpelte zur Garage und schloss sie ab. Die Verletzung am Rücken bestrafte jeden Versuch, normal zu gehen, mit heftigen Schmerzen. Keine Chance, sie zu verbergen.

»Alles in Ordnung?« Mikelti musterte ihn kritisch.

»Boxtraining«, log er. »Übermotivierter Sparringspartner.«

»Aha.« Sein Chef erschien nicht überzeugt.

Früher oder später würden ihn Mikeltis feine Antennen in Schwierigkeiten bringen.

Mick und Sayed zweifelten ebenfalls am Wahrheitsgehalt der Geschichte, allerdings aus anderen Gründen. Mick trat die Spaßlawine los, indem er sich breit grinsend erkundigte, ob es denn tatsächlich beim Boxtraining passiert sei und nicht etwa in einer Bar, beim Kampf um ein Mädchen. Oder zwischen den Bettlaken. Sayed sprang sofort darauf an, und das dynamische Duo überschüttete Alec mit einer Flut anzüglicher Bemerkungen und eindeutig zweideutiger Anspielungen. An jedem anderen Tag hätte er entspannt auf die Unterstellungen reagiert oder das blöde Gequatsche ausgeblendet. Heute gelang ihm keines von beidem. Er war müde und gereizt. Jede unachtsame Bewegung schmerzte. Dagegen halfen weder Salbe noch die Schmerztabletten, die er in der ersten Pause runterspülte. Jedes Bücken oder Strecken, jede Drehung erinnerte ihn an die Prügel von Lennox, an Manuel Garcia und an Rameshs Auftritt im Hof.

Unerwartete Rückendeckung bekam er schließlich von Joseph. Der beendete das Theater, indem er die beiden ungewohnt barsch zur Ordnung rief. Joseph wurde selten laut, und die Verblüffung darüber brachte Mick und Sayed zum Schweigen. Alec bedachte den älteren Mechaniker mit einem dankbaren Blick und erntete ein Augenzwinkern. Wenn er geahnt hätte, dass es nicht mehr brauchte, als verprügelt zu werden, um Joseph aufzutauen ...

Irgendwie überstand er den Vormittag. In der Mittagspause fuhr er zur Woodward Avenue, um sich das Büro des Immobilienmaklers anzusehen. Die Ampelschaltung war auf seiner Seite. Es fiel nicht auf, dass er im Schritttempo an dem Gebäude vorbeirollte. Dabei warf er einen Blick durch die beiden großen Fenster. Zwei junge Frauen in Geschäftskleidung saßen hinter ihren Schreibtischen. Eine telefonierte, die andere schaute konzentriert auf einen Monitor. Zumindest auf den ersten Blick sah alles echt aus. Falls hier kriminelle Aktivitäten stattfanden, würde eine ausgedehnte Observation nötig sein, um sie aufzudecken. Steves Zuständigkeitsbereich. Wer immer die Überwachungsfotos gemacht hatte, blieb mit Sicherheit auf dem Posten, um zusätzliche Informationen zu sammeln. Vielleicht schoss der geheime Beobachter gerade ein paar Bilder von einem dunkelblauen Daytona. Die Aufnahmen konnte sich Steve gern an die Wand hängen. Als Beweis, dass er lebte. Zwar nicht in bester Verfassung, doch in einem Stück.

Alec machte pünktlich Feierabend und fuhr sofort nach Hause. Er hatte heute weder Lust noch Energie, um am Impala weiterzuarbeiten. Die Bremsen konnten bis morgen warten. Er wollte eben die Rampe zur Tiefgarage hinunterfahren, als sein Handy klingelte. Auf dem Display erschien Katies Name. Er sah in den Rückspiegel. Keine anderen Fahrzeuge zu sehen. Er konnte zurücksetzen, um die Abfahrt frei zu machen. Dann nahm er das Gespräch entgegen. Während des gespielten Pärchengeplänkels parkte er den Daytona ein Stück von der Rampe entfernt. Er war erleichtert, Katies Stimme zu hören. Nicht, weil er sie auf irgendeine Weise lieb gewonnen hätte, sondern weil der Anruf bedeutete, dass er noch im Rennen war. Katie teilte ihm auf gewohnt kryptische Weise mit, dass die nächste Fahrt am Mittwoch stattfinden sollte. Gleiche Zeit, gleicher Startpunkt. Der Beginn einer Regelmäßigkeit seiner Aufträge? Alec steckte das Handy wieder ein und fuhr in die Tiefgarage.

Um die *GLA* zu Fall zu bringen, musste die Struktur der Drogen- und Zigarettentransporte aufgedeckt werden: Wer schickte die Ware in Kanada auf den Weg? Wer in den USA? Wer nahm sie am jeweiligen Zielort in Empfang? Wo wurde sie zwischengelagert? Gab es Umladestellen, an denen Lieferungen aufgeteilt wurden? Wer waren die großen Unbekannten, die im Hintergrund die Fäden zogen? Wer gab Ramesh Anweisungen? Wer saß in den anderen Städten der *GLA* am

Hebel? Fragen über Fragen, die wiederum neue Fragen aufwarfen. Bisher kannte die DEA lediglich einzelne Puzzleteile. Momentaufnahmen einer beeindruckend professionell organisierten und paranoid abgesicherten Operation. Er würde natürlich nicht alles herausfinden können. Es wurde von ihm erwartet, ausreichend Informationen zu liefern, damit die DEA zum Schlag ausholen konnte. Einem Schlag, der nicht verpuffen durfte. Es musste ein Treffer sein, und er musste verheerende Auswirkungen haben.

Er humpelte zum Fahrstuhl und fuhr hoch in den fünften Stock. Mit bedächtigen Schritten, die möglichst wenig Schmerz erzeugen sollten, ging er zu seiner Wohnung. Hinter einer der anderen Türen hörte er ein lautes Wortgefecht zwischen einem Mann und einer Frau. Er brüllte, sie kreischte hysterisch zurück. Gegenstände flogen und zerbrachen klirrend an einer Wand. Alec hielt inne, um notfalls eingreifen zu können, falls der Streit weiter ausartete. Nach einem letzten Austausch von Obszönitäten knallte in der Wohnung erst eine Tür, danach eine zweite. Stille kehrte ein. Er wartete ab. Als es ruhig blieb, ging er weiter. Ihm war schleierhaft, wie Menschen so miteinander umgehen konnten.

Er ging in seine Wohnung und fand diesmal keine Überraschung vom Postboten vor. In der Küche bereitete er ein schnelles Abendessen zu. Eine halbe Stunde später lag er im Bett und schlief tief und fest.

Schrilles Klingeln riss ihn aus der erholsamen Schwärze. Etwas schwindlig vom abrupten Aufwachen, tastete er im Liegen nach seinem Handy. Wieder Katies Nummer.

Er gab einen unwilligen Laut von sich und drückte die Taste mit dem grünen Telefonhörer. »Ja?« Seine Stimme klang rau und belegt.

»Tut mir leid, wenn ich dich geweckt habe, Honey. Ich brauch dich. Jetzt!« Das letzte Wort sagte Katie mit einem Nachdruck, der keine Widerworte duldete.

Er benötigte einige Sekunden, um das Gesagte zu verarbeiten. Und die Konsequenzen. »Wo sollen wir uns treffen?« Die Vorstellung, sein warmes, weiches Bett verlassen zu müssen, löste einen Widerwillen aus, der seine Neugier deutlich überstieg.

»Bei den Tigers. Zwei Freunde von mir haben ein Problem, und ich dachte, wenn wir vier uns zusammensetzen, finden wir eine Lösung. Es wird nicht lange dauern.«

Die Rädchen in seinem Gehirn begannen, sich knirschend zu drehen. Tigers. Baseball. Comerica Park.

»Ich bin in zwanzig Minuten beim Stadion.«

»Komm zum Haupteingang.«

Die Leitung wurde unterbrochen.

Er legte das Handy zurück auf den Nachttisch und verharrte einige Sekunden reglos in der Dunkelheit. Er liebte seinen Job. Er fand ihn großartig. Leider fiel ihm gerade nicht ein, warum.

Um nicht wieder einzuschlafen, setzte er sich vorsichtig auf. Die Verletzung am unteren Rücken protestierte mit dumpfem Schmerz. Er rieb sich das Gesicht, um munter zu werden, und schob die Bettdecke beiseite. Kühle Luft traf seinen nackten Oberkörper und ließ ihn frösteln. Er knipste die Nachttischlampe an, kniff die Augen gegen die Helligkeit zusammen und legte sich seine Armbanduhr um.

Es war kurz nach Mitternacht.

Steifbeinig ging er ins Bad. Er spritzte sich kaltes Wasser ins Gesicht und fuhr sich mit den nassen Fingern ordnend durchs Haar. Nachdem er sich angezogen hatte, setzte er seine dunkle Baseballkappe auf, streifte ein Paar Autofahrerhandschuhe über und verließ die Wohnung.

Während der Fahrt durch die schlafende Stadt fiel die Müdigkeit von ihm ab. Stattdessen breiteten sich Anspannung und Nervosität aus. Er fragte sich, was ihn erwartete. Womit hatte er bei einem Notfall zu rechnen? Verfolgungsjagd, Schießerei, beides? Wie definierte Katie ein Problem?

Er stellte den Wagen in der Nähe des Stadions ab und ging die restliche Strecke zu Fuß. Eine reine Vorsichtsmaßnahme. Vor dem Haupteingang zum Comerica Park blieb er stehen und blickte sich suchend um. Kein Mensch und kein Fahrzeug zu sehen. Seine einzige Gesellschaft waren vier riesige, Respekt einflößende Tigerstatuen, die jedermann zeigten, welche Mannschaft hier ihr Zuhause hatte. Eine der Statuen hatte ihren Platz vor dem Haupteingang. Die drei anderen standen oder saßen auf den Vorbauten des Stadions und schienen Alec aus luftiger Höhe zu belauern. Im fahlen Licht der Straßenlaternen wirkte es, als würden sie jede Sekunde zum Leben erwachen und auf ihn herabspringen. Erstaunlich, wie Müdigkeit und Dunkelheit die Fantasie dazu verleiteten, Purzelbäume zu schlagen.

Nun näherte sich ein Fahrzeug. Er ging vorsichtshalber hinter einem breiten Pfeiler in Deckung. Der Fahrer lenkte den Wagen auf den Bürgersteig und hielt in einiger Entfernung. Scheinwerfer blitzten zweimal hintereinander auf.

Während er auf den schwarzen Viertürer mit den getönten Scheiben zuging, wurde die Fahrertür geöffnet. Der Mann am Steuer rutschte rüber auf den Beifahrersitz. Alec stieg ein. Den Beifahrer kannte er nicht, die Männer auf der Rückbank umso besser. Es waren die beiden vom Raub im Self-Storage-Lagerhaus in Ferndale. Sie begrüßten ihn, sichtlich erfreut über die erneute Zusammenarbeit. Sein Beifahrer sah ihn skeptisch an, misstrauisch gegenüber dem Fremden, der ihn gleich bei einer wahrscheinlich höchst illegalen Handlung beobachten würde. Er nahm es nicht persönlich. Er suchte sich eine Sitzposition, die ihm möglichst wenig Schmerzen bereiten würde, und schnallte sich an. Einer der Männer von der Rückbank nannte ihm eine Straße in der Nähe des Detroit Metropolitan Airports. Alec rief sich die Lage des Flughafens ins Gedächtnis, wendete und nahm die nächste Auffahrt zur Interstate 75. Über die nahezu leere Interstate fuhr er nach Südwesten, vorbei an Mexicantown und kurz darauf an Delray. Bei Nacht und in dieser luftigen Höhe war es, als ob die abgewrackten Häuser und verwahrlosten Straßenzüge unter ihnen überhaupt nicht existierten.

Einige Minuten später verließ er die Interstate und folgte den Kommandos von der Rückbank. Er kannte die Stadt wie seine Westentasche, kannte Abkürzungen und Schleichwege. Wenn ihm der Mann einfach die Adresse genannt hätte, wären die Anweisungen unnötig gewesen.

Die Nebenstraßen, durch die sie fuhren, wirkten im Licht der wenigen Straßenlaternen ungepflegt und trotz einiger erleuchteter Fenster verlassen. Der Wagen holperte über den rissigen Asphalt, als wären sie in irgendeinem Hinterwäldlerkaff und nicht in einer Großstadt. Schließlich wies ihn die Stimme an, am Straßenrand zu halten und den Motor laufen zu lassen. Alec kam der Anweisung nach und schaltete die Scheinwerfer aus. Sie befanden sich wenige Meter von einer T-Kreuzung entfernt, mit direktem Blick auf ein Abrisshaus. Die Fenster des einstöckigen Gebäudes waren mit Brettern vernagelt. An der Fassade hingen Teile des Firmenschildes einer ehemaligen Schnellreinigung. Der Mann von der Rückbank teilte ihm mit, dass sie in fünf Minuten zurück sein würden. Danach streiften seine Passagiere schwarze Skimasken über und stiegen aus. Die Männer holten etwas aus dem Kofferraum und gingen kurz darauf entschlossenen Schrittes zur Kreuzung. Sie trugen Benzinkanister und Baseballschläger. An der Kreuzung wandten sie sich nach rechts und verschwanden aus Alecs Blickfeld. Das sah nach Brandstiftung und schwerer Körperverletzung aus. Angespannt wartete er ab, eine Hand am Lenkrad, die andere auf dem Kopf der Gangschaltung, falls ein schneller Rückzug nötig sein würde. Mit dem Zeigefinger der rechten Hand tippte er die Sekunden mit, die auf der Digitaluhr am Armaturenbrett verstrichen.

Plötzlich wurde die Eingangstür der Schnellreinigung aufgerissen. Ein dunkelhäutiger Mann stürzte ins Freie, stolperte, rappelte sich auf und rannte nach links davon. Ihm folgte ein zweiter Mann in ähnlich panischer Hast und kurz darauf ein dritter, der eine

Skimaske trug und einen Baseballschläger schwang. Alec verfolgte die Szene, die viel zu rasch vorbei war, um real zu wirken, doch nach dem Adrenalinschub zu urteilen, den er verspürt hatte, war sie eindeutig keine Einbildung gewesen.

Seine anderen Passagiere kamen um die Straßenecke. Ohne Benzinkanister. Stattdessen hielten sie einen blutüberströmten Mann zwischen sich, dessen Kopf schlaff herunterhing. Sie schleiften ihn zum Heck des Wagens und öffneten den Kofferraum. Er konnte nicht sehen, wie sie ihr Opfer in den Kofferraum verfrachteten, er spürte lediglich, wie das Heck nachgab.

Der Kofferraumdeckel wurde zugeknallt, und die beiden Männer stiegen hinten in den Wagen. Sie hatten Rucksäcke dabei, die einen intensiven Geruch von Marihuana verströmten. Darunter lag der Geruch von Benzin. Er blickte nach vorn zur Reinigung. Durch die offene Eingangstür sah er Flammen im Inneren auflodern. Wenn dort irgendwo alte Chemikalien lagerten ...

Links und rechts der Reinigung befanden sich ein Zeitungsladen und ein Geschäft für Damenmode. Die Gebäude waren einstöckig, es gab keine Wohnungen, auf die das Feuer übergreifen konnte.

Ob noch jemand in der Reinigung war? Verbrannte oder erstickte dort ein Mensch, während er hier draußen saß?

Der dritte Mann kam allein zurück. Mit einem Ausdruck grimmiger Zufriedenheit ließ er sich auf den Beifahrersitz fallen. Sein Baseballschläger war blutverschmiert.

Alec schlug das Lenkrad ein, wendete und fuhr langsam davon. Bloß nicht durch quietschende Reifen auffallen. Im Rückspiegel sah er noch eine Weile den Schein der Flammen.

Seine Passagiere hatten ganze Arbeit geleistet: Einbruch, Brandstiftung, schwere Körperverletzung und Freiheitsberaubung. Auf die, wenn ihn nicht alles täuschte, eine Lektion in psychologischer Kriegsführung folgen würde, unter persönlicher Leitung von Ramesh Dewari. Er versuchte, den Gedanken abzuschütteln und die Bilder, die er mit sich brachte. Die Vorstellung, einen Menschen der Folter oder gar dem Tod auszuliefern, bereitete ihm Übelkeit, ganz gleich, ob der Mann ein Krimineller war oder nicht.

Das war der Teil seiner Arbeit, vor dem Steve Blake ihn gewarnt hatte. Je tiefer er in die Organisation eintauchte, desto schmutziger und gefährlicher würden die Jobs werden. Er würde die wirklich hässlichen Seiten zu sehen bekommen und Dinge tun müssen, die ihn bis in seine Träume verfolgten. Und es lag an ihm allein, damit klarzukommen.

Er würde damit klarkommen.

Er war der coole Fahrer, den nichts aus der Ruhe brachte. Deshalb fuhr er äußerlich unbewegt zurück zum Comerica Park. Vorm Haupteingang stieg er aus und wartete, bis der Wagen mit seinen drei Fahrgästen und dem armen Bastard im Kofferraum in der Dunkelheit verschwunden war.

Die Tigerstatuen sahen jetzt nicht mehr lauernd auf ihn herab, sondern verächtlich.

Kurz bevor Alec den Daytona erreichte, vermeldete sein Handy piepsend den Eingang einer Textnachricht.

Hi, Honey! Muss unser Date auf Donnerstag verschieben. Bring viel Zeit mit. Love, Katie

In diesem Moment dachte er ernsthaft über eine Trennung nach.

Kapitel 10

Der Donnerstag kam und mit ihm der Regen. Es begann mit winzigen Tröpfchen, die sich als feiner Film über Häuser, Straßen und Autos legten. Schließlich fielen schwere Tropfen, die wie Wasserbomben auf die Stadt niederprasselten.

Alec schaltete die Scheibenwischer stoisch auf die höchste Stufe. Der Feierabendverkehr auf der Interstate 75 kroch in der Geschwindigkeit einer verschlafenen Schnecke dahin. Zumindest bestand keine Gefahr, den weißen Kleinlaster aus den Augen zu verlieren, der zwei Fahrzeuge vor ihnen fuhr. Das Autoradio rauschte, als die Antenne erneut den Sender verlor. Die Stimme des Nachrichtensprechers wurde mitten im Satz abgeschnitten. Er wechselte die Frequenz. Leise Popmusik drang aus den Lautsprechern. Er war wieder mit dem Ford Taurus unterwegs, den er beim Einbruch in das Self-Storage-Lagerhaus gefahren hatte. Diesmal in dunkelblauer Verkleidung. Dass es derselbe Wagen war, erkannte er an vielen kleinen Details, doch vornehmlich an der Gangschaltung, die kaum merklich zwischen dem ersten und dem zweiten Gang hakte.

»Mistwetter!« Jay unterbrach die anspruchsvolle Beschäftigung, auf seinem Handy bunte Steine nach Farben und Formen zu sortieren, und blickte missmutig aus dem Beifahrerfenster. »Das wird ewig dauern!« Er rutschte tiefer in den Sitz und stützte sich mit dem Knie am Armaturenbrett ab.

Der Verkehr würde vermutlich abnehmen, sobald sie den Einzugsbereich von Detroit verlassen hatten. Je weiter sie nach Norden kamen, desto mehr verlorene Zeit könnten sie aufholen. Hoffentlich. Ihr vorläufiges Ziel war Midland, eine Stadt, die bei normalen Verkehrsverhältnissen rund zwei Stunden entfernt lag.

Heute rechnete er mit mindestens drei Stunden Fahrzeit. Und dann waren sie noch nicht am Übergabepunkt. Es war eine gute Entscheidung gewesen, sich für morgen freizunehmen. Um Überstunden abzubauen und sich ein schönes langes Wochenende zu machen. Jedenfalls war das seine Begründung gewesen. Mikelti hatte ihm nahegelegt, sich ordentlich auszuschlafen und zur Abwechslung nicht an Autos zu denken. Ein freier Tag war keine endgültige Lösung für Alecs zunehmende Schwierigkeiten, seine beiden Jobs unter einen Hut zu bringen, aber er verschaffte ihm kurzzeitig Luft.

Er entdeckte eine Lücke im Verkehr und wechselte auf die linke Spur. Er fuhr jetzt schräg versetzt hinter dem Kleinlaster und konnte sich an dem Anblick der Blechlawine erfreuen, die über die Interstate walzte. Weiter vorn trat ein Fahrer auf die Bremse. Wie bei einer Kettenreaktion leuchtete Rücklicht für Rücklicht hellrot auf, bis die Welle sie erreichte und Alec ebenfalls abbremsen musste.

Eine halbe Stunde später verlor der Regen endlich an Intensität. Der Verkehr floss schneller, und der Fahrer des Kleinlasters gab Gas. Bald fuhren keine anderen Fahrzeuge mehr zwischen ihnen. Er ließ sich zurückfallen, um dem konstanten Sprühregen zu entgehen, den die breiten Reifen des Lasters vom nassen Asphalt hochschleuderten. Sie fuhren nach Norden, deshalb tippte er darauf, dass der Laster eine Ladung Zigaretten transportierte, die für kanadische Abnehmer bestimmt war. Billige, aus minderwertigem Tabak hergestellte Schmuggelware, die den ahnungslosen Endverbraucher einem frühen Grab noch schneller näher brachte. Ob Ramesh sein eigenes Zeug rauchte? Wohl kaum.

Erneut erinnerte sich Alec an den blutüberströmten Mann aus der Schnellreinigung. Er hatte versucht, ihn zu vergessen. Ebenso wie die Frage, was mit dem Mann geschehen war, nachdem Ramesh ihn in die Finger bekommen hatte. Oder Lennox. Vermutlich hing sein gesundheitlicher Zustand von der Qualität der Informationen ab, die der Mann hatte liefern können.

Von Neugier getrieben, war er am Dienstag noch einmal beim Büro des Immobilienmaklers in der Woodward Avenue vorbeigefahren. Die rauchende Ruine, mit der er insgeheim gerechnet hatte, fand er nicht vor. Stattdessen konnte er zwei Mitarbeiter einer Glaserei beobachten, wie sie eine der großen Fensterscheiben austauschten. Die Scheibe war in der Mitte gesprungen, als hätte jemand einen Stein oder einen anderen schweren Gegenstand dagegengeworfen. Unzählige breite und feine Risse liefen gleich einem abstrakten Spinnennetz vom Aufschlagspunkt weg. Das Muster zog sich durch ein rotes Fadenkreuz, das jemand vor oder nach der Beschädigung auf das Glas gesprüht hatte.

Eindeutiger konnte eine Warnung kaum ausfallen. Oder eine Herausforderung.

Ramesh arbeitete schnell und effizient, keine Frage. Hatte Manuel Garcia ihm die Adresse des Maklerbüros verraten? Oder der Mann aus der Schnellreinigung? Oder irgendein anderer armer Bastard?

Was Alec in diesen Tagen miterlebte, war das Vorgeplänkel für eine ernsthafte Auseinandersetzung zwischen der *Great Lakes Association* und den neuen Spielern. Die *GLA* verfügte über größere finanzielle Ressourcen, mehr Männer und bessere Verbindungen. Allerdings erinnerte er sich sehr wohl daran, wie der Kampf von David gegen Goliath ausgegangen war: Der kleine David hatte seinen scheinbar unbesiegbaren Gegner hart auf die Bretter geschickt.

Mittlerweile hatte er Bay City fast erreicht. Das Funkgerät, das zwischen der Mittelkonsole und Jays Sitz klemmte, erwachte knisternd zum Leben. Einer der Männer aus dem Kleinlaster teilte ihnen mit, dass sie die Interstate 75 gleich verlassen würden. Jay unterbrach sein Spiel, zog das Funkgerät hervor und bestätigte den Erhalt der Mitteilung. Kurz darauf blinkte der Kleinlaster und nahm die nächste Ausfahrt. Alec folgte ihm. Sie fuhren jetzt nach Westen, Richtung Midland. Zeit, nach dem Weg zu fragen.

Er holte ein Handy aus der Mittelkonsole. Jay nahm es ihm ab und begann, eine Textnachricht zu schreiben.

Ein erstes Klicken.

Klicken, so nannte es Silvio Esposito, wenn zwei neue Partner einen gemeinsamen Rhythmus fanden. Wenn ihre Gedanken und Handlungen immer stärker ineinandergriffen, bis sich irgendwann Gesten und Kommunikation auf ein Minimum beschränkten und sie einander blind verstanden. Gegen Ende ihrer Partnerschaft bei der Atlanta PD hatten Alec und Espo geklickt wie ein Schweizer Uhrwerk.

Er vermisste das Gefühl. Und die Sicherheit, die es mit sich brachte.

Das Handy vermeldete eine eingehende Textnachricht. Jay las die Anweisungen laut vor. Sie sollten durch Midland fahren und die Isabella Road in Richtung Mount Pleasant nehmen. Die Ablösung wartete sechs Meilen weiter an der Kreuzung zur South Meridian Road. Wenn alles nach Plan verlief, würden sie gegen Mitternacht zurück in Detroit sein.

Sobald sie in die Isabella Road einbogen, warf er einen Blick auf den Meilenstand auf der Anzeige im Armaturenbrett. Obwohl die zweispurige Straße unbeleuchtet durch das ländliche Gebiet verlief, ging sein Vordermann nicht vom Gas. Er musste die Strecke kennen. Im Gegensatz zu Alec, dem die Abgeschiedenheit der Straße nicht behagte. Im Scheinwerferlicht zogen zu beiden Seiten Bäume und Strommasten vorbei. Und noch mehr Bäume. Er erkannte zwei Häuser, die als dunkle Schemen in der Nacht auftauchten und wieder verschwanden. Die Zeit schien auf einmal langsamer zu verstreichen. Ein Gefühl der Unwirklichkeit überkam ihn. Er kontrollierte die gefahrene Distanz. Gleich würden sie die South Meridian Road erreichen. Er zog den Wagen leicht nach links, um an dem Kleinlaster vorbei den weiteren Straßenverlauf überblicken zu können. Im Scheinwerferlicht des Kleinlasters meinte er, eine Kreuzung zu erkennen. Er bremste ab, um eine Lücke für den Wagen der Ablösung zu schaffen. Jede Sekunde mussten links oder rechts der Fahrbahn Scheinwerfer aufleuchten.

Doch nichts geschah.

Sie fuhren an der Kreuzung vorbei, ohne dass sich die Ablösung zeigte.

»Wo stecken die?« Jay warf ihm einen irritierten Blick zu. Dann hellte sich seine Miene auf. »Alles klar.« Er zeigte nach vorn. »Da.«

Ein dunkler Pkw tauchte rechts aus dem Schutz einer Baumgruppe auf und schwenkte hinter dem Kleinlaster ein. Jenseits der Bäume zweigte eine Nebenstraße ab.

Die Ablösung hatte an einer anderen Kreuzung gewartet.

Warum?

Während er mit der Frage beschäftigt war, griff Jay nach dem Funkgerät.

»Gute Nacht, Jungs, wir melden uns ab.« Sobald Jay eine Bestätigung erhalten hatte, machte er Anstalten, das Funkgerät auszuschalten.

»Warte.«

»Was ist los?«

»Keine Ahnung.« Alec hielt am Straßenrand und schaltete die Scheinwerfer aus. Sein Instinkt riet ihm dazu. Er blickte dem davonfahrenden Konvoi nach. Irgendetwas stimmte hier nicht.

»Was ist los?«, wiederholte Jay hörbar beunruhigt seine Frage.

Statt einer Antwort brachte Alec das Autoradio zum Schweigen. Die Musik störte ihn beim Nachdenken. Warum die falsche Kreuzung? Es gab keinen Grund dafür. Bei diesen Fahrten war alles bis ins kleinste Detail geplant. Warum sollte die Ablösung an der falschen Stelle warten? Warum die Anweisungen missachten und Schwierigkeiten riskieren?

Außer ...

Sie wussten es nicht besser.

Ein eisiges Gefühl überkam ihn.

Diese Straße eignete sich perfekt für einen Überfall. Dunkel, einsam gelegen, keine Verstärkung in Sicht, sobald die Wachablösung gelaufen war.

Wenn ich einen Überfall planen müsste, würde es hier sein.

Er schaltete die Scheinwerfer wieder ein und gab Gas. Sein Puls schnellte gemeinsam mit der Tachonadel in die Höhe.

»Was zur Hölle ...?«, hob Jay an.

»Das sind nicht unsere Leute!«

»Was?« Jay starrte ihn fassungslos an. »Woher ...?«

Instinkt, Ahnung, Bauchgefühl, er konnte es nicht erklären und versuchte es auch nicht.

»Bist du sicher?«

»Ja.«

Jay griff nach dem Funkgerät, das auf der Mittelkonsole lag.

»Nicht!«, hielt Alec ihn zurück. »Im Begleitfahrzeug wird mitgehört.«

Jay kramte hektisch in seiner Jackentasche nach dem Handy.

Das Funkgerät knackte. Es spuckte eine Folge abgehackter Sprachfetzen aus, die von einem lauten Geräusch unterbrochen wurde. Alec hatte kein Wort verstanden, doch die Panik in der Stimme des Mannes war unüberhörbar gewesen. Neben ihm warf Jay fluchend das Handy auf die Ablage und zog den länglichen Stoffbeutel unter seinem Sitz hervor. Er öffnete die Verschnürung, packte eine Pumpgun aus und lud sie durch. Beim Klang des metallischen Geräusches stellten sich Alecs Nackenhaare auf. Sein Verstand spielte rasend schnell durch, wie die nächsten Minuten verlaufen könnten. Mit keinem guten Ergebnis.

In der Ferne tauchten Scheinwerfer auf. Sie wirkten statisch. Waren es zwei Fahrzeuge oder drei?

Er zwang sich zur Ruhe. »Sobald wir den Konvoi erreicht haben, stelle ich den Wagen quer. Damit du schießen kannst und wir Deckung haben.«

Jay nickte hektisch und senkte das Beifahrerfenster. Die Pumpgun lag jetzt auf seinem Schoß, dafür hielt er die Pistole aus dem Schulterhalfter in der Hand.

Alec löste seinen Gurt. Er wollte nicht durch einen arretierten Gurt behindert werden, wenn es überlebenswichtig sein könnte, sich schnell zu bewegen. Jay sah ihn unschlüssig von der Seite an. Schließlich tat er es Alec nach. Mit der freien Hand stützte er sich am Armaturenbrett ab.

Mittlerweile konnte Alec vier Personen ausmachen, die sich im Scheinwerferlicht zwischen dem Laster und dem Begleitfahrzeug bewegten. Das Begleitfahrzeug stand schräg hinter dem Laster, die Fahrer- und Beifahrertür weit geöffnet. Ein zweiter Pkw blockierte vor dem Laster die Fahrbahn. Eine klassische Falle.

Wie auf ein Kommando drehten sich drei der vier Männer zu ihnen um. Sie verharrten kurz und rannten dann auseinander wie aufgescheuchte Kaninchen. Einer nach links zu den Bäumen. Die beiden anderen suchten Deckung hinter den Fahrzeugen. Der vierte Mann ließ sich einfach zu Boden fallen. Dann hatten sie den Konvoi fast erreicht, und er tat genau, was er gesagt hatte. Er bremste abrupt ab, schlug das Lenkrad ein und stellte den Ford quer zur Fahrbahn. Sobald der Wagen stand, eröffnete Jay das Feuer. Er schoss dreimal. Jeder Knall brachte Alecs Ohren stärker zum Klingen. Beim Laster blitzte Mündungsfeuer auf. Alec packte Jay, duckte sich und zog ihn mit sich nach unten. Eine Kugel schlug in das Dach des Fords ein. Eine zweite fegte über ihre Köpfe hinweg und durchschlug das Fenster auf der Fahrerseite. Er ließ Jay los, stieß die Fahrertür auf und rutschte aus dem Wagen. Er landete auf einem Teppich aus Glassplittern, doch die Handschuhe verhinderten, dass seine Finger zerschnitten wurden. Zwei weitere Kugeln schlugen in den Ford ein, dicht gefolgt von einem höllischen Knall aus dem Inneren. Die Pumpgun. Er hörte einen Schmerzensschrei irgendwo jenseits des Wagens. Unter der Wucht einer weiteren Kugel zerbarst das linke Heckfenster. Ein Regen aus Glassplittern prasselte auf seine Baseballkappe nieder. Im nächsten Augenblick rutschte Jay unelegant aus dem Wagen. In einer Hand hielt er die Pistole, in der anderen die Pumpgun.

»Gib mir die Pistole!« Alec streckte auffordernd die Hand aus.

Jay sah ihn kurz aus weit aufgerissenen Augen an und warf ihm die Waffe zu. Er fing sie auf. Ihm wurde mit erschreckender Klarheit bewusst, dass er kurz davor sein könnte, einen Menschen zu töten. Jay feuerte die Pumpgun erneut ab und lud im Schutz der Motorhaube nach. Auf diese Entfernung würde die Waffe wenig ausrichten. Doch sie war laut. Jeder Mensch hatte Angst vor Lärm. Die Pumpgun könnte ihnen helfen, die nächsten Minuten zu überstehen.

Vorsichtig richtete sich Alec auf. Im Licht der Scheinwerfer sah er eine Gestalt nach rechts zu den Bäumen laufen. Vermutlich, um sie zu umrunden und von hinten anzugreifen. Das durfte nicht passieren!

Er hob die Pistole, zielte und schoss. Zweimal. In schneller Folge. Ohne zu zögern, ohne nachzudenken. Die zweite Kugel traf den Mann in den Oberschenkel. Er schrie auf und ging hart zu Boden. Alec zog sich in die Deckung zurück. Sein Herzschlag raste, angetrieben vom Adrenalin und all den anderen chemischen Stoffen, die durch seine Adern rauschten. Er wartete atemlos auf den nächsten Schuss, die nächste Kugel, die in den Wagen einschlug.

Doch nichts geschah.

Falls es verdächtige Geräusche gab, wurden sie von dem Pfeifen und Fiepen in seinen Ohren übertönt.

Dann durchbrach das Dröhnen eines startenden Motors die Stille. Zunächst war er nicht sicher, ob er richtig hörte. Jays verwunderter Gesichtsausdruck bestätigte ihm, dass er nicht unter akustischen Halluzinationen litt. Der Motor heulte laut auf. Ein Fahrzeug entfernte sich im Rückwärtsgang, wendete mit quietschenden Reifen und raste davon.

Es konnte ein Trick sein, um sie aus der Deckung zu locken.

Allerdings wäre es kein sonderlich durchdachter Schachzug.

Er wartete einige Sekunden. »Ich glaube, sie sind weg.«

Jay schien nur auf diesen Satz gewartet zu haben. Er sackte rücklings gegen den Wagen und atmete geräuschvoll aus. Mit der Luft schien jede Kraft aus ihm zu weichen.

Da würde für eine Weile nichts mehr klicken.

Alec warf einen Blick über das Heck des Fords. Der Mann, den er angeschossen hatte, lag zusammengekrümmt am Boden und hielt mit beiden Händen seinen Oberschenkel umklammert. Sonst war niemand zu sehen.

Er verließ die Deckung und lief geduckt zu dem Verletzten. Der Mann trug eine schwarze, formlose Maske aus dünnem Plastik, in die Schlitze für Mund und Augen eingeschnitten waren. Alec richtete die Pistole auf den vor Schmerzen stöhnenden Mann. Mit einem Fußtritt beförderte er dessen Waffe außer Reichweite. Aus den Augenwinkeln sah er einen Körper auf dem Asphalt liegen. Direkt neben der offenen Beifahrertür des Lasters, einen Fuß noch auf dem Trittbrett. Als hätte ihn jemand aus dem Fahrerhaus gezerrt. Um den würde er sich später kümmern.

Er kniete sich neben den Mann mit der Beinverletzung, presste ihm den Lauf der Pistole ins Genick und zog ihm die Maske vom Kopf. Darunter kam ein dunkles Gesicht zum Vorschein. Der Mann hielt still, die Augen vor Schmerz zusammengekniffen. Alec durchsuchte ihn rasch und fand in einer Jackentasche ein Handy. Das Display leuchtete beim ersten Tastendruck auf, war jedoch durch eine PIN-Abfrage gesperrt. Nutzlos. Wahrscheinlich war das Handy speziell für diese Nacht gekauft worden und enthielt keinerlei brauchbare Informationen. Er steckte es zurück. Suchte nach einem Führerschein oder anderen Dokumenten, um den Verletzten zu identifizieren. Ohne Erfolg. Weil er nichts zur Hand hatte, um den Mann zu fesseln, setzte er ihn nach kurzem Zögern mit einem Faustschlag außer Gefecht. Es war ein vergleichsweise sanfter Schlag.

Er wollte dem Mann keinen weiteren Schaden zufügen, aber er konnte auch keine unangenehmen Überraschungen riskieren. Danach nahm er sich den Mann beim Laster vor. Er war tot. Von mehreren Kugeln durchsiebt. Nach den Löchern in der Beifahrertür und dem gesplitterten Fenster zu urteilen, hatten ihn die Schüsse im Laster erwischt. Was für ein erbärmliches Ende: nachts auf einer einsamen Landstraße für eine Ladung Zigaretten oder Drogen über den Haufen geknallt zu werden.

Das hättest du sein können, rief er sich ins Gedächtnis. *Das kann dir immer noch passieren, wenn du nicht vorsichtig bist!*

Er warf einen Blick ins Führerhaus, fand jedoch keine Spur vom Fahrer. Die Scheinwerfer strahlten hell über die vom Regen feuchte Straße. Sie beleuchteten eine dunkle Lache. Blut? Motoröl? Alec blieb im Schutz des Kleinlasters stehen, sammelte sich kurz und arbeitete sich bis zum linken Scheinwerfer vor. Irgendwo musste der Mann sein, den Jay angeschossen hatte. Falls er nicht mit dem Pkw geflüchtet war. Er schaute um den Kleinlaster herum. Die offene Fahrertür versperrte ihm die Sicht, also ging er in die Hocke und sah darunter hindurch. Einige Meter entfernt lag ein Körper. Und dahinter ein weiterer.

Was für ein Gemetzel.

Geduckt ging er los, die Pistole noch immer im Anschlag. Der eine Mann war ebenfalls maskiert. Er lag auf dem Rücken, hatte eine Kugel in der Brust und gab gurgelnde Geräusche von sich. Bekam er nicht bald medizinische Hilfe, würde er sterben. Alec durchsuchte den Schwerverletzten. Keine Brieftasche, kein Hinweis auf dessen Identität. In einer Hosentasche fand er ein billiges Handy, diesmal ohne PIN-Abfrage. Er steckte es ein. Vor ihm hustete jemand. Er blickte auf und riss in derselben Bewegung die Pistole hoch. Der vierte Mann richtete sich in diesem Moment mit schmerzverzerrtem Gesicht auf. Keine Maske. Alec ging zu ihm. Sobald der Verletzte ihn bemerkte, duckte er sich und hob abwehrend die Hand. Den rechten Arm hielt er fest gegen den Oberkörper gepresst, als wollte er ihn schützen. Sein Gesicht war blutverschmiert.

»Nicht schießen!« Die aufgeplatzte Unterlippe erschwerte dem verängstigten Mann das Sprechen. »Ich arbeite für Mister Dewari!«

»Sind Sie der Fahrer?« Alec senkte die Waffe, steckte sie jedoch nicht weg.

Der Mann nickte hektisch. Ein Geräusch ließ Alec aufhorchen. Er brachte die Pistole erneut in Anschlag und hatte Jay im Visier, der eben hinter dem Ford hervorkam. Jay erstarrte und blickte ihn aus großen Augen an.

Rasch senkte er die Waffe, aufgeputscht von dem erneuten Adrenalinschub. »Wir müssen von hier verschwinden. Ruf Katie an und sag ihr, was passiert ist.«

Jay runzelte die Stirn. »Wer ist Katie?«

Natürlich. Den Namen kannte er nicht. »Vergiss es. Schlag einfach Alarm.«

»Die haben mich aus dem Laster gezerrt«, sagte der verletzte Fahrer mit schwacher Stimme. »Ich glaube, ich hab mir den Arm gebrochen.« Er sah Alec an, als würde er auf eine Bestätigung oder tröstende Worte warten. Offensichtlich stand er unter Schock nach dem brutalen Überfall.

»Keine Sorge, wir bringen Sie zu einem Arzt.«

Der Mann nickte abwesend. »Was ist passiert?«

Hervorragende Frage!

Alec steckte die Pistole hinten in den Hosenbund und half dem Verletzten beim Aufstehen. Ramesh würde mit dem Mann reden wollen. Dieser Überfall stank nach Insiderinformationen. Oder sie alle, Ramesh, Steve Blake und er selbst, hatten die neuen Spieler hoffnungslos unterschätzt.

Eines stand unbestritten fest: Ramesh hatte seinen Gegner gereizt und prompt die Quittung bekommen.

Während Jay im Hintergrund mit hektischer Stimme telefonierte, betrachtete Alec zweifelnd den zerschossenen Ford Taurus. Der Wagen würde selbst zu dieser späten Stunde jede Menge Aufmerksamkeit erregen. Er warf einen Blick in das unversehrte Begleitfahrzeug. Der Schlüssel steckte im Zündschloss.

»Wir nehmen den hier.«

Er half dem verletzten Fahrer auf den Beifahrersitz und schnallte ihn an.

Danach öffnete er den Kofferraum und ging zum Kleinlaster, um den toten Beifahrer zu holen. Er hätte es vorgezogen, den Mann liegen zu lassen. Um der Polizei und damit Steve die Möglichkeit zu geben, dessen Identität festzustellen. Doch je gründlicher er heute Nacht die Interessen der *GLA* schützte, desto eher würde er Rameshs Vertrauen gewinnen. Also griff Alec dem Toten unter die Achseln, schleifte ihn zum Wagen und wuchtete ihn unter Aufbietung all seiner Kräfte in den Kofferraum.

»Was machst du da?« Jay hatte das Telefonat unterbrochen und starrte ihn fassungslos an.

»Wir können ihn nicht hierlassen. Ich fahr mit dem Laster weiter, du bringst diesen Wagen zurück nach Detroit.«

»Ich soll mit einer Leiche im Kofferraum spazieren fahren?« Jays Stimme überschlug sich fast vor Aufregung. »Bist du ...?« Mitten im Satz hielt er inne und konzentrierte sich wieder auf das Telefonat. Was immer am anderen Ende der Leitung gesagt wurde, es waren keine freundlichen Worte. Noch bevor Jay ihm betreten das Handy reichte, ahnte Alec, mit wem er gleich sprechen würde.

»Hallo, Boss.«

»Ist einer der Wichser noch am Leben?« Ramesh klang erstaunlich ruhig.

Er sah hinüber zu dem Mann, den er erst angeschossen und danach bewusstlos geschlagen hatte.

»Ja.«

»Ich will mit ihm reden.«

»Dachte ich mir.« Es gelang Alec, unbeteiligt zu klingen. Obwohl sich alles in ihm gegen das sträubte, was er gleich tun musste. »Jay kommt mit einem Pkw zurück. Ich fahr mit dem Laster weiter.«

»Ich schicke dir jemanden entgegen. Fahr bis zum Houghton Lake und warte dort.«

»Wie komme ich dorthin?«

»Folge der Isabella Road bis nach Mount Pleasant, bieg rechts ab und fahr auf der 127 nach Norden. Du solltest den See in einer Stunde erreichen.«

»Verstanden. Der Ford ist Schrott. Wir werden versuchen, alle Fingerabdrücke zu beseitigen, und ihn hier stehen lassen.« Er gab Jay mit einem Wink zu verstehen, sich an die Arbeit zu machen.

Der jüngere Mann gehorchte. In seinem eigenen Interesse würde er hoffentlich äußerst gründlich sein. Alec trug Handschuhe, Jay nicht.

»Melde dich, sobald du am See bist.«

»Mache ich.«

»Und solltest du auf die dumme Idee kommen ...«, sagte Ramesh mit einem eisigen Unterton.

»Wird nicht passieren«, unterbrach ihn Alec, ehe die Drohung vollends ausgesprochen war. Er würde sich bestimmt nicht mit einer Ladung gestohlener Zigaretten oder Drogen aus dem Staub machen.

»Gut.«

Damit war das Gespräch beendet. Um die Frage, wie er zurück nach Detroit kam, würde er sich später sorgen. Nachdem Jay in Windeseile alle Oberflächen im Fond des Fords abgewischt hatte, kümmerten sie sich um den Mann mit der Beinverletzung. Im Kofferraum des anderen Pkw war gerade ausreichend Platz für zwei Erwachsene. Hoffentlich blieb der Mann bewusstlos, bis Jay das Ziel erreichte, sonst würde er in einer stickigen Metallbox neben einer Leiche aufwachen.

Der Motor des zerschossenen Fords startete problemlos. Alec setzte den Wagen zurück und verbarg ihn im Schutz der Bäume, wo er hoffentlich erst am Morgen entdeckt werden würde, falls Rameshs Leute ihn nicht vorher abholten.

Jay schleifte den Schwerverletzten mit der Kugel in der Brust von der Straße.

»Nimm die Nebenstraßen«, sagte Alec anstelle einer Verabschiedung. »Falls die Bullen auf dem Weg hierher sind.« Seit der Schießerei war eine gefühlte Ewigkeit vergangen. Es konnte nicht mehr lange dauern, bis die Polizei auftauchte.

Er wartete, bis Jay davongefahren war. Sobald er allein war, untersuchte er die Hecktüren des Lasters. Sie waren durch schwere Vorhängeschlösser gesichert und zusätzlich mit Drähten verplombt. Keine Chance, unbemerkt in den Laderaum zu sehen.

Er sollte losfahren, bevor ihn jemand entdeckte.

Stattdessen ging er zu dem reglosen Körper, der am Straßenrand zwischen den Büschen lag. Die gurgelnden Atemgeräusche waren inzwischen verstummt. Hier kam jede Hilfe zu spät.

Plötzliche Wut kochte in ihm hoch. Sie richtete sich auf die Welt, in der diese Dinge geschahen. In der Menschen aus Profitgier, Neid und tausend anderen sinnlosen Gründen töteten und getötet wurden. Er war Polizist geworden, um das zu verhindern. Um Menschen zu helfen. Nicht, um tatenlos danebenzustehen, während sie starben, weil er ein größeres, wichtigeres Ziel verfolgte.

Er marschierte zum Kleinlaster und versetzte der durchlöcherten Beifahrertür einen kräftigen Stoß. Die Wucht, mit der die Tür ins Schloss krachte, löste Teile des zerschossenen Fensters. Glassplitter fielen ins Innere des Lasters und auf den Asphalt.

Er nahm hinter dem Steuer Platz. Der Beifahrersitz war blutverschmiert und mit Glas bedeckt. Ebenso das Funkgerät und die Pistole, die im Fußraum lagen. Er drehte den Zündschlüssel, schaltete in den ersten Gang zurück und gab vorsichtig Gas. Er war seit Jahren keinen Laster mehr gefahren.

Wie sich herausstellte, war es wie mit dem sprichwörtlichen Fahrradfahren: Einmal gelernt, nie wieder vergessen.

Er folgte nicht der von Ramesh genannten Route, sondern bog bei der ersten Gelegenheit rechts in eine Nebenstraße ein. Sobald er ausreichend Distanz zwischen sich und die Isabella Road gebracht hatte, hielt er an. Bei laufendem Motor holte er das Handy hervor, das er dem inzwischen toten Mann mit der Brustverletzung abgenommen hatte. Das Anrufprotokoll enthielt keinerlei Daten. Es gab weder eingehende noch ausgehende Telefonate, keine Textnachrichten, keine gespeicherten Nummern. Ein brandneues, sauberes Handy. Vielleicht konnte man über die SIM-Karte herausfinden, wo es gekauft worden war, doch dazu fehlte ihm die nötige Technik. Er steckte das Handy wieder ein und durchsuchte das Handschuhfach. Er fand eine leere Wasserflasche, eine Packung Taschentücher und Schokoriegel. Keinerlei Hinweise, um welche Fracht es sich handelte, woher der Laster kam oder wohin es gehen sollte. Es gab kein Navigationsgerät, über das man das Ziel der Reise herausfinden oder die Fahrtroute zurückverfolgen konnte. In der Mittelkonsole steckten eine volle Wasserflasche und eine Straßenkarte. Die Karte enthielt keinerlei Markierungen oder gekennzeichnete Strecken. Alec beendete die Suche, orientierte sich mithilfe der Straßenkarte und fuhr weiter.

Er fragte sich, was aus den Männern geworden war, die Ramesh für den Begleitschutz ab der Isabella Road eingeteilt hatte. Lagen sie irgendwo verschnürt im Wald? Waren sie übergelaufen? Waren sie tot? Die letzte Möglichkeit erschien ihm am wahrscheinlichsten.

Sie brachte ihn zur nächsten Frage: Sollte er bei zukünftigen Jobs eine kugelsichere Weste und eine Schusswaffe tragen?

Er zog Jays Pistole hinten aus seinem Hosenbund, sicherte sie und verstaute sie in der Mittelkonsole. Waffen wollten benutzt werden. Ihre Natur forderte es heraus. Aus Erfahrung wusste er, welch verheerende Auswirkungen allein der Anblick einer Pistole haben konnte. Wie leicht eine Situation kippte und außer Kontrolle geriet.

Seine Gedanken wirbelten hin und her zwischen der überstandenen Gefahr, Rameshs Kaltblütigkeit und Steve Blake, der ihn in diesen Wahnsinn geschickt hatte.

Wozu waren Freunde da …?

Ganz allmählich wurde er ruhiger. Die Dunkelheit, das gleichmäßige Brummen des Motors und die vertraute Gleichförmigkeit des Fahrens lösten seine Anspannung. An ihre Stelle traten Erschöpfung und Müdigkeit. Das Radio und der kühle Fahrtwind, der durch das zersplitterte Beifahrerfenster in die Kabine wehte, halfen ihm, wach und aufmerksam zu bleiben.

Draußen rauschte die schlafende Welt vorbei, und er saß allein hinter dem Lenkrad eines Kleinlasters. Mit einer Ladung Zigaretten oder Drogen im Rücken, die sein Jahresgehalt um ein Vielfaches überstieg.

Ein plötzlicher Schauder überkam ihn. Eine der Kugeln war vorhin verflucht dicht über seinen Kopf hinweggefegt.

Hätte er nicht so schnell reagiert …

Er schüttelte sich und versuchte vergeblich, das Zittern zu unterdrücken, das jeden Muskel in seinem Körper zu ergreifen schien. Es ging wieder los. Um den Laster nicht gegen einen Baum zu setzen, stoppte er am Straßenrand, lehnte sich zurück und atmete mehrmals tief durch.

»Krieg dich ein«, sagte er bestimmt. »Du hast schon Schlimmeres überstanden.«

Obwohl das eine Lüge war, halfen die Worte.

Allmählich ließ das Zittern nach, und sein Herzschlag beruhigte sich. Er zog die Handschuhe aus, um Luft an seine glühenden Hände zu lassen, und fuhr sich über den verschwitzten Nacken. Dabei stach ihn etwas. Er zog die Hand zurück und betrachtete verwundert den blutenden Schnitt in der Kuppe des rechten Ringfingers. Einige Glassplitter mussten ihren Weg in seinen Jackenkragen gefunden haben. Er holte die Taschentücher aus dem Handschuhfach, wickelte sich eines um die verletzte Fingerkuppe und stieg aus. Im Schutz des Lasters nahm er die Baseballkappe ab, schüttelte sie aus und entledigte sich anschließend seiner Jacke und des schwarzen Longsleeves. Beim Ausziehen bemerkte er, dass das Longsleeve am Bauch feucht war. Ebenso das dunkle Shirt, das er darunter trug. Er hielt das Longsleeve vor einen der Scheinwerfer, knüllte den Stoff zusammen und betrachtete beklommen den roten Film auf seiner Handfläche. Das Blut des toten Beifahrers. Er kontrollierte seine Jacke. Die hatte er offen getragen, deshalb war sie sauber geblieben. Anders seine Jeans. Sie war an den Knien feucht und dreckig vom nassen Asphalt. Auf den Oberschenkeln prangten zahlreiche Blutflecken. Ihn überkam der drängende Wunsch, zu duschen oder wenigstens die Kleidung zu wechseln. Beides war jedoch auf absehbare Zeit nicht möglich. Also zog er das dunkle Shirt aus und schüttelte sämtliche Kleidung gründlich aus. Vor Kälte fröstelnd, strich er sich mit dem zusammengerollten Longsleeve vorsichtig über Nacken und Rücken, um die letzten Splitter zu entfernen. Danach zog er die Sachen notgedrungen wieder an.

Kurz darauf saß er erneut hinterm Steuer und fuhr seinem Ziel entgegen.

Kapitel 11

Der Houghton Lake lag schwarz und still zwischen den Bäumen. Kein Licht spiegelte sich auf der Oberfläche, kein nächtlicher Wasservogel oder Fisch brachte Bewegung in die dunkle Scheibe. Selbst der Wind schien zu schlafen. Alec blieb wenige Schritte von der Wasserlinie entfernt stehen. Obwohl er den Reißverschluss der Jacke bis zum Kinn hochgezogen hatte, fröstelte er. Seine Armbanduhr zeigte kurz nach elf. Die Verstärkung sollte in einer halben Stunde von Norden kommend eintreffen. Offenbar musste sie eine längere Strecke fahren als er. Ramesh hatte ihm eine detaillierte Beschreibung der beiden Männer und des Wagens gegeben. Einer der Männer würde den Laster übernehmen, der andere würde Alec zurück nach Detroit fahren. Ein langer Abend ging über in eine lange Nacht. Er wickelte einen der Schokoriegel aus, die er im Handschuhfach gefunden hatte, und biss hinein. Die überzuckerte Mischung aus Schokolade, Karamell und Haselnüssen schmerzte an den Zähnen, aber sein Körper verlangte nach Energie.

Nieselregen setzte ein und brachte eine unangenehm kühle Brise mit sich. Er beschloss, den Rest der Wartezeit im Fahrzeug zu verbringen, wo es vergleichsweise warm und definitiv gemütlicher war. Er schob sich den letzten Bissen vom Schokoriegel in den Mund und folgte dem gewundenen Pfad zurück zum Kleinlaster. Das Handy besaß keine Kamera, deshalb speicherte er das Kennzeichen und eine Beschreibung des Fahrzeugs in einer Textnachricht. Das Kennzeichen war vermutlich falsch, doch man konnte nie wissen. Alec entdeckte einen Picknickbereich, in dem ein Tisch mit Bänken und ein fest installierter, gemauerter Grill standen. Er schaltete das Handy aus und klemmte es zwischen die Metallverstrebungen unter einer der Bänke. Dort war es vor Wind und Wetter und neugierigen Blicken geschützt.

Sobald er wieder auf dem Fahrersitz saß, wischte er mit einem Taschentuch gründlich alle Flächen ab, die er ohne Handschuhe berührt haben könnte. Anschließend trank er etwas aus der Wasserflasche. Der Kleinlaster stand weitab von der Straße und gut verborgen im Schutz der Bäume. Ein zufällig vorbeifahrendes Fahrzeug würde ihn nicht entdecken.

Ebenso wenig ein Fahrzeug, das nach ihm suchte, wie Alec einige Zeit später feststellte. Die Verstärkung hatte Mühe, ihn zu finden, und rief ihn schließlich an, damit er sie zu seiner Position lotste. Sobald der Pkw über die Wiese auf ihn zuholperte, blendete er kurz die Scheinwerfer auf.

Sie stiegen gleichzeitig aus und beäugten einander misstrauisch wie in einem schlechten Gangsterfilm. Die Männer und der Wagen entsprachen exakt der Beschreibung. Trotzdem war er froh, das beruhigende Gewicht von Jays Waffe hinten im Hosenbund zu spüren.

»Ist die Ladung unversehrt?«, erkundigte sich der Mann, der am Steuer gesessen hatte. Er trug die Jacke offen und darunter, gut sichtbar, ein Pistolenhalfter.

»Ja. Wer seid ihr?«

Sie nannten ihre Vornamen, die mit denen übereinstimmten, die Ramesh erwähnt hatte.

»Er fährt dich zurück.« Der Fahrer deutete auf seinen Begleiter.

Alec holte die Wasserflasche aus dem Laster und machte es sich auf dem Beifahrersitz des Pkw bequem. Sobald sie die Straße erreichten, meldete er Ramesh per SMS, dass sie auf dem Weg waren.

Drei Stunden Fahrt zurück nach Detroit ...

Er schob die Pistole zurecht, bis sich das Metall nicht mehr in seinen Rücken bohrte. Wie würde Ramesh auf den Überfall reagieren? Wenn das, was Alec bisher mit ihm erlebt hatte, der Maßstab war, würde er umgehend zum Gegenschlag ausholen. Und er würde sich dieselben Fragen stellen wie Alec: Gab es einen Verräter in den Reihen der *GLA*, oder waren die neuen Spieler einfach verdammt gut?

Er hatte sich heute Nacht jedenfalls nichts zuschulden kommen lassen. Im Gegenteil. Er war professionell gewesen, gefasst und kontrolliert.

Vielleicht eine Spur zu professionell? Zu kontrolliert?

Bevor ihn die Paranoia packte, stellte er die Rückenlehne des Sitzes zurück und lenkte seine Aufmerksamkeit auf die Welt hinter dem Beifahrerfenster, die schemenhaft an ihm vorbeizog.

Ein Rucken riss ihn aus dem Halbschlaf. Blinzelnd sah er sich um. Der Wagen hatte in einem unbeleuchteten Hinterhof angehalten. Die Umrisse der Gebäude waren in der Dunkelheit lediglich zu erahnen.

»Wir sind da«, erklärte sein Chauffeur und stieg aus.

Alec löste rasch seinen Gurt. Er hatte keine Ahnung, wo sie sich befanden. Er folgte dem Mann in eines der Gebäude. Im ersten Stock machte sein Begleiter vor einer Tür halt. Er wies Alec an, die Arme auszustrecken, durchsuchte ihn und nahm ihm die Pistole und das Handy ab. Nachdem er das Handy kurz überprüft hatte, reichte er es zurück. Er klopfte an die Tür, öffnete sie und schob Alec in den dahinterliegenden Raum.

Das Begrüßungskomitee bestand aus vier Männern: Ramesh, Deacon, Jay und dem Fahrer des Kleinlasters. Der Mann war mittlerweile ärztlich versorgt worden. Er trug den rechten Arm in einer Schlinge und zahlreiche Pflaster im bleichen Gesicht. Aus seinen glasigen Augen sprachen Stress und Erschöpfung.

In der Mitte des Raums stand ein runder Glastisch, um den fünf Ledersessel angeordnet waren. Dort saß Deacon und musterte ihn erwartungsvoll. Jay und der Fahrer hockten auf einer Couch an der gegenüberliegenden Wand, wie ungezogene Jungs, die man zum Rektor beordert hatte. Zur Rechten, an einer kleinen Bar samt Tresen und drei Barhockern, stand Ramesh. Für seine Verhältnisse dezent gekleidet mit schwarzer Hose und fliederfarbenem Hemd. Der Raum war fensterlos. Lediglich eine Klimaanlage summte leise. Die Atmosphäre war reichlich spannungsgeladen.

»Willkommen.« Ramesh betrachtete kurz Alecs blutbefleckte Jeans und deutete auf einen der Sessel.

Alecs Begleiter zeigte die Pistole. Ramesh nickte und entließ den Mann mit einer Kopfbewegung. Bevor sich Alec auf den ihm zugewiesenen Platz setzte, musterte er Jay. Der hob verschämt die Hand. Er wirkte müde und abgespannt. Im Gegensatz zu Deacon und Ramesh, die hellwach waren und wie aus dem Ei gepellt aussahen. Für sie war es anscheinend normal, mitten in der Nacht Geschäftsbesprechungen abzuhalten.

Alec machte es sich im Sessel einigermaßen bequem und legte Baseballkappe und Handschuhe neben sich auf den flauschigen Teppich. Niemand sprach ein Wort. Es wirkte, als würden die Anwesenden auf etwas oder jemanden warten.

Am Tresen schraubte Ramesh in aller Ruhe eine Flasche auf und goss zwei Fingerbreit des bernsteinfarbenen Inhalts in ein Glas. Er ging damit zum Tisch, stellte das Glas vor Alec hin und nahm ihm gegenüber in einem der anderen Sessel Platz. Er wandte den Männern auf dem Sofa demonstrativ den Rücken zu und degradierte sie so zu Statisten.

Alec betrachtete das Glas und dessen Inhalt und kam zu dem Schluss, dass er einen Drink gebrauchen könnte. Gleichgültig, ob es eine freundlich gemeinte Geste oder ein taktischer Schachzug von Ramesh war, um seine Zunge zu lösen. Er leerte das Glas in einem Zug. Ein hervorragender Scotch zog eine angenehm kribbelnde Spur durch seine Speiseröhre und breitete sich wohlig warm in seinem Magen aus. Was er ungehindert tun konnte, weil Alec seit Stunden außer dem Schokoriegel lediglich Wasser zu sich genommen hatte. Er stellte das leere Glas zurück und spürte bereits, wie sich der Alkohol um seine Gedanken kuschelte. Der Effekt war eine gewisse Entspannung, mehr nicht. Alles im grünen Bereich.

Die Tür wurde geöffnet, Lennox Kinley trat ein. Wie üblich mit schwarzem Anzug und weißem Hemd. Der Bodyguard bezog schweigend in einer Ecke des Raumes Position.

Offenbar waren sie nun komplett.

Ramesh beugte sich vor. »Ich habe mittlerweile zwei Versionen der Geschichte gehört. Ich bin gespannt auf deine.«

Sämtliche Augen richteten sich auf Alec. Er räusperte sich und begann am Anfang, beim Treffen mit Jay am vereinbarten Ort. Er arbeitete sich systematisch bis zur Übergabe des Kleinlasters am Houghton Lake vor. Jays geistigen Aussetzer nach der Schießerei verschwieg er, ebenso wie die beiden Zwischenstopps.

Eric Deacon stellte die erste Frage. »Woher hast du gewusst, dass die Männer im Begleitfahrzeug nicht zu uns gehören?«

Alec wollte zuerst etwas von Ahnung und Bauchgefühl erzählen, überlegte es sich jedoch anders.

»Sie haben an der falschen Kreuzung gewartet«, sagte er schlicht.

Deacon blinzelte verdutzt und lachte ungläubig. »Das war alles? Die falsche Kreuzung?«

Da brauchte es wohl eine ausführlichere Erklärung, für die er eigentlich viel zu müde war. »Wenn ich die Anweisung bekomme, zu einer bestimmten Uhrzeit an einem bestimmten Ort zu sein, bin ich dort. Genau dort. Ich komme nicht zu spät und ich warte ganz sicher nicht an einer anderen Stelle, weil sie mir besser gefällt. Deshalb gab es zwei Möglichkeiten: Die Männer im Begleitfahrzeug haben die Anweisungen missachtet, was unprofessionell wäre, oder sie wussten nicht genau Bescheid.«

»Also ein Zufall.« In Deacons Stimme schwang ein seltsamer Unterton mit, den er nicht deuten konnte.

»Instinkt.« Die Bemerkung kam von Ramesh. »Die Art von Instinkt, die wir brauchen.«

Alec konnte nicht verhindern, sich geschmeichelt zu fühlen. Nach allem, was er heute Nacht durchgemacht hatte, tat die Anerkennung gut, selbst wenn ein Krimineller ihm seinen Respekt zollte.

»Sehe ich auch so.« Deacon betrachtete scheinbar interessiert einen seiner zahlreichen Ringe. »Und wo wir gerade von Instinkt sprechen: Meiner sagt mir, dass mein Mann nichts mit dem Überfall zu tun hat.« Er wandte den Kopf und musterte demonstrativ den verletzten Fahrer. »Ich habe ihn persönlich ausgewählt und überprüft.« Deacons Blick glitt zurück zu Alec. »Genau wie unseren Superstar hier.«

Alec hatte Mühe, ernst zu bleiben. Was ihn fast zum Lachen brachte, waren zwei Dinge: Rameshs spöttisches Augenrollen, das deutlich machte, was er von dieser Selbstbeweihräucherung hielt, und die herrliche Ironie. Weil Deacon zumindest Alec gegenüber soeben den besten Beweis für seine lausige Menschenkenntnis geliefert hatte.

»Wir werden jeden unter die Lupe nehmen, der an dieser Tour beteiligt war«, kam Ramesh zum Thema zurück. »Die gesamte Logistik wird durchleuchtet. Sobald wir die Ratte gefunden haben, brechen wir ihr das Genick.«

»Falls es eine gibt«, erwiderte Alec.

»Es muss eine geben. Niemand ist so gut.«

»Was ist aus dem Team geworden, das uns ablösen sollte?«

»Spurlos verschwunden.«

»Wie?« Wie konnte das ohne Insiderinformationen möglich sein?

»Keine Ahnung.« Rameshs Stimme war frostig. »Aber dank dir habe ich jemanden, den ich befragen kann.«

Alec wollte lieber nicht daran denken.

Jay räusperte sich. Ramesh wandte sich ihm zu. »Ja?«

»Was ist mit dem Ford?«, erkundigte sich Jay verschüchtert.

»Welcher Ford?«

»Na, unser ...« Mitten im Satz begriff Jay und verstummte.

Der Wagen stand sicher nicht mehr an der Isabella Road. Ob der Tote noch dort lag?

Da es keine weiteren Fragen oder Anmerkungen gab, löste Ramesh die Runde auf. Nur Alec blieb sitzen, zu müde, um sich zu bewegen oder einen klaren Gedanken zu fassen. Er wusste nicht, wie lange er so dagesessen hatte, als sich Ramesh neben ihm in einen der Sessel fallen ließ.

»Glückwunsch.«

»Danke.« Er musterte sein Gegenüber aus müden Augen. »Wozu?«

»Du hast einen Tagesausflug mit Lennox und mir gewonnen.«

»Großartig.« Sein Mangel an Begeisterung amüsierte Ramesh. »Wohin soll es gehen?«

»Erfährst du noch. Wir fahren nach dem Frühstück los. Es sei denn, du musst arbeiten.« Rameshs Tonfall machte deutlich, dass er besser keine anderen Pläne haben sollte.

»Nein. Kein Problem.« Gut, dass er sich freigenommen hatte. Dadurch blieb es ihm erspart, Mikelti irgendeine Lügengeschichte aufzutischen.

»Gut.« Ramesh musterte ihn eindringlich. Auf freundliche, respektvolle Art. »Das war hervorragende Arbeit!«

»Wir hatten Glück.«

»Das war mehr als Glück.«

»Hätten wir die Typen nicht überrascht, wäre es vielleicht anders gelaufen. Jay hat sich gut geschlagen.«

»Auf einen Menschen zu schießen, ist keine Kunst. Was anschließend passiert, zählt.«

Alec war eindeutig zu müde für derartige Gespräche. Er griff nach seiner Mütze und den Handschuhen und erhob sich schwerfällig. »Wann treffen wir uns?«

»Wir schlafen hier.«

Er blinzelte verblüfft.

Ramesh zog ein Schlüsselbund aus der Hosentasche und warf es Lennox zu, der bei der Tür wartete. »Bring ihn in die Wohnung. Ich komme gleich nach.«

»Geht klar, Boss.«

Alec ergab sich wortlos in sein Schicksal. Ein Bett war ein Bett war ein Bett.

Er folgte Lennox aus dem Raum und über eine Treppe hoch in den zweiten Stock. Kurz darauf standen sie in einer geräumigen Dreizimmerwohnung. Wohnzimmer, zwei Schlafzimmer, Küche und Bad. Alles schlicht und praktisch eingerichtet.

»Ist 'ne Art Gästewohnung«, erklärte Lennox.

Was Alec für sich automatisch in »Versteck für Freunde in Schwierigkeiten« übersetzte.

»Ich muss pissen«, verkündete der Bodyguard und verschwand im Bad.

Alec nahm seufzend auf dem Sofa Platz und lehnte sich zurück. Nur für einen Moment die Augen ausruhen.

Kapitel 12

Undefinierbare Geräusche schlichen sich in seinen Schlaf. Der Geruch von frisch aufgebrühtem Kaffee und gebuttertem Toast stieg ihm in die Nase. Langsam öffnete er die Augen. Die verschwommene Masse vor ihm verwandelte sich allmählich in einen niedrigen Couchtisch. Er lag seitlich auf dem Sofa, ein Kissen unter dem Kopf und eine dünne Decke über sich ausgebreitet. Wer hatte ihn zugedeckt?

Er richtete sich auf. Die Baseballkappe und Handschuhe entdeckte er unter dem Tisch. Daneben standen seine Schuhe. Die hatte er bestimmt nicht selbst ausgezogen. Den Rest seiner Kleidung trug er noch. Einschließlich der Jacke. Müde rieb er sich das Gesicht. Er fühlte sich verkatert, ohne es verdient zu haben.

»Morgen.« Lennox tauchte in der Tür zu einem der Schlafzimmer auf. Er trug sein Schulterhalfter mit Pistole über einem etwas zerknitterten Oberhemd. In der Hand hielt er einen Becher. Trotz der frühen Stunde versprühte er unverschämt gute Laune.

War es früh? Er sah auf die Uhr. Kurz nach acht. Kein Wunder, dass er sich wie zerschlagen fühlte. »Morgen«, gab er mit belegter Stimme zurück. »Warst du das?« Er deutete auf die Decke.

»Leichte Übung.« Lennox nippte an seinem Getränk. »Mein alter Herr ist früher ständig auf dem Sofa eingepennt. Immer wenn er zu viel gesoffen hatte.« Die Unbekümmertheit, mit der Lennox intime Details aus seinem Familienleben preisgab, überforderte ihn so kurz nach dem Aufwachen.

Deshalb beließ er es bei einem simplen »Danke«.

»Kein Problem. Frühstück gibt's in der Küche.«

»Ich geh zuerst unter die Dusche.« Er musste endlich aus der blutverschmierten Kleidung rauskommen.

»Frische Klamotten liegen im Schrank.« Lennox deutete hinter sich. »Such dir was aus.« Er verschwand in der Küche.

Alec blickte dem Bodyguard nach. Lennox' gesamte Familie lebte in Irland, das wusste er aus dessen Akte. Eltern, vier Geschwister, Onkel, Tanten, Cousins, Cousinen, Neffen und Nichten. Ob er sie vermisste? Oder gefiel ihm die Distanz?

Er erhob sich und streckte die müden Glieder. Hinter der zweiten Schlafzimmertür hörte er gedämpft Rameshs Stimme. Entweder führte er Selbstgespräche oder er telefonierte.

Im Schrank fand Alec eine ordentliche Auswahl an Männerkleidung verschiedener Größen und Farben. Alles frisch gewaschen und ordentlich zusammengelegt oder auf Bügel gehängt. Es gab sogar Unterwäsche, Socken und eine Auswahl an Schuhen. Er wählte Bluejeans aus, die einigermaßen passen sollten, ein schwarzes T-Shirt, eine leichte, hellgraue Kapuzenjacke und eine dunkelbraune Lederjacke.

Bei einem Blick aus dem Fenster sah er, dass das Gebäude, in dem er die Nacht verbracht hatte, in einer ruhigen Wohnstraße stand. Gepflegte Häuser, gepflegte Vorgärten, gepflegte Autos. Keine Schlaglöcher im Asphalt und keine geschredderten Plastikverpackungen auf den Rasenflächen. Welten entfernt von den *Freedom Place Apartments*.

Im blitzblanken Badezimmer erwarteten ihn neben Waschbecken und Toilette eine Badewanne mit Whirlpoolfunktion und eine separate Dusche. Eine Ausstattung wie in einem Hotel. In einem Regal lagen stapelweise Handtücher. Auf einer Anrichte fand er alles, was für die Körperpflege nötig war. Und in einem Glas verpackte Zahnbürsten mit integrierter Zahncreme. Ein Föhn hing über einem verstellbaren Rasierspiegel. In einer Schublade lagen eingeschweißte Haarbürsten und alles, was man für eine Rasur brauchte.

Er wählte die Dusche, obwohl er gern die Badewanne ausprobiert hätte. Unter dem kräftigen Wasserstrahl wusch er sich die vergangene Nacht vom Körper und fühlte sich hinterher auf mehr als eine Weise sauber und erfrischt. Die geliehene Jeans saß etwas locker, das T-Shirt dafür tadellos. Vor dem Spiegel brachte er sein feuchtes Haar mit den Fingern in Form und beschloss, auf eine Rasur zu verzichten. Er brauchte Kaffee und ein ordentliches Frühstück.

In der Küche hatte Lennox mittlerweile mehrere Toast Hawaii in einem Sandwichmaker zubereitet. Alec nahm sich einen Becher Kaffee und setzte sich zu dem Bodyguard an den Küchentisch. Beim Geschmack von warmer Ananas drehte sich ihm der Magen um, deshalb überließ er Lennox den Toast Hawaii und bereitete einige gebutterte Scheiben mit Käse und Schinken im Sandwichmaker zu. Eine einfache Mahlzeit, die wunderbar schmeckte.

Und der Kaffee war *stark!*

Während sie vom leisen Gebrabbel im Fernseher begleitet frühstückten, kam Ramesh dazu. Er nahm sich schweigend Kaffee, gab Milch und Unmengen von Zucker hinzu und trat auf den Balkon hinaus. Er lehnte sich an das Geländer und zündete sich eine Zigarette an. Er trank und rauchte und blies bedächtig den Rauch aus. Dunkle Augenringe zeugten von Schlafmangel.

Wen würde Ramesh heute treffen? Einen der Lieutenants aus den anderen Städten? Seinen Boss? Ein netter Plausch würde es jedenfalls nicht werden.

Alec biss von seinem Toast ab und kaute nachdenklich. So zynisch es klang, der Überfall war ein Geschenk gewesen. Die perfekte Gelegenheit, um erneut zu beweisen, wie wertvoll Alec Boyd sein konnte. Wenn man ihn richtig einsetzte.

Während Ramesh seinen Kaffee trank, räumten Lennox und er den Frühstückstisch ab. Danach zog er sich fertig an und machte sich auf die Suche nach einer Tüte. Unter der Spüle fand er eine Rolle Müllbeutel. Er riss einen Beutel ab, ging in Lennox' Schlafzimmer und stopfte seine mit Blut, Schmutz und Schmauchspuren verunreinigte Kleidung samt Mütze und Handschuhen hinein.

»Lass die Sachen hier.« Ramesh kam aus seinem Schlafzimmer. Er trug eine schwarze Jacke über dem fliederfarbenen Hemd und hielt eine Laptoptasche in der Hand. »Ich schicke jemanden vorbei, der sie entsorgt.«

Alec zögerte. An der Kleidung befanden sich ausreichend Spuren, um ihn mit einem schweren Verbrechen in Zusammenhang zu bringen. Einschließlich seiner DNA in Form von Schweiß, Haaren und Blut. »Das mache ich selbst.«

Ramesh hatte diese Antwort offenbar erwartet. Vielleicht sollte der Vorschlag ein Test sein. Er schaute zu Lennox, der bereits an der Wohnungstür wartete. »Legt einen Zwischenstopp im Keller ein.«

»Geht klar, Boss.«

Alec runzelte die Stirn. Was sollte das jetzt bedeuten?

Die Antwort erhielt er wenig später tief unten in den Eingeweiden des Gebäudes. Dort stand in einem verschlossenen Raum eine Heizungsanlage, die die Hausbewohner auch mit warmem Wasser versorgte. Durch die Schlitze in einer gusseisernen Kontrollklappe sah man ein niedriges Feuer lodern.

Es bedurfte keiner langen Erklärungen. Alec nahm einen Spaten zur Hand, der in der Nähe der Heizungsanlage an der Wand lehnte, und entriegelte die Klappe. Glühend heiße Luft schlug ihm entgegen. Die Öffnung war groß genug, um den Beutel in den Ofen zu schieben. Die Flammen nahmen sich gierig der neuen Nahrung an. Die Heizungsanlage sollte beizeiten von der Spurensicherung untersucht werden, falls hier mehr entsorgt worden war als Kleidungsstücke.

Ramesh wartete im Hinterhof. Bevor sie in den Mercedes stiegen, untersuchte Lennox den Wagen. Er sah unter die Motorhaube, wohl auf der Suche nach tickenden Zeitbomben oder Peilsendern, holte einen Handspiegel mit einer Teleskopstange aus der Jackentasche und überprüfte die Unterseite des Mercedes und die Innenseiten der Kotflügel.

Gesunde Paranoia, die es äußerst schwierig machen würde, eines von Rameshs Fahrzeugen zu verwanzen.

Das Innere des Mercedes roch nach kaltem Zigarettenrauch. Der Wagen genoss eindeutig nicht die Privilegien der Viper.

Alec stellte Fahrersitz und Spiegel ein und schnallte sich an. Die getönte Frontscheibe milderte angenehm das grelle Tageslicht. Zu seiner Überraschung überließ Ramesh seinem Bodyguard den Beifahrersitz und nahm auf der Rückbank Platz.

Er startete den Motor und schob den Schalthebel des Automatikgetriebes auf D. »Wohin geht es?«

»Gary«, erwiderte Ramesh und machte sich daran, den Laptop auszupacken.

Alec warf ihm einen irritierten Blick zu. War Gary eine Person oder ein Ort?

Ramesh sah auf. »Gary, Indiana«, stellte er klar. »Liegt kurz vor Chicago.«

Nach Chicago waren es gut vier Stunden. Der Tagesausflug war keine Übertreibung gewesen.

Mit dem Flugzeug wären sie deutlich schneller am Ziel gewesen, doch der Kauf von Flugtickets hinterließ Spuren, die zurückverfolgt werden konnten.

Mehr Paranoia.

Er lenkte den Mercedes aus dem Hinterhof. Er merkte sich die Nummer des Hauses, in dem sie übernachtet hatten, und den Straßennamen, um beides später an Steve Blake weiterzugeben.

Während sie auf der Interstate 96 nach Westen fuhren, behielt Lennox den nachfolgenden Verkehr aufmerksam im Blick. Ramesh arbeitete indes konzentriert an seinem Laptop. Nebenbei rauchte er und führte Telefonate mit einer Sekretärin oder

Assistentin, in denen es um die Abstimmung von Besprechungsterminen ging.

Offiziell war Ramesh Geschäftsführer einer Im- und Exportfirma namens *Fast Lane Transportation, Inc.*, die ihre Dienste innerhalb der USA und über die kanadische Grenze anbot. Die Firma diente als Tarnung für die illegalen Geschäfte der *Great Lakes Association*, was sich bisher leider nicht nachweisen ließ. Die Zahlen stimmten, und es gab keinerlei Hinweise auf kriminelle Aktivitäten. Der Besitzer der Firma war ein unauffälliger Geschäftsmann aus Pittsburgh, dem weitere Speditionen in drei Bundesstaaten gehörten, von denen *Fast Lane* die einzige Firma war, die unter Verdacht stand, auch illegale Geschäfte zu betreiben.

Auf halber Strecke legten sie an einer Raststätte eine Pause ein. Während Alec tankte, kaufte Lennox in einem Diner Kaffee und Sandwiches. Sie nahmen die kleine Mahlzeit an einem Picknicktisch ein und beobachteten dabei den vorbeiziehenden Verkehr. Ramesh begnügte sich mit Kaffee und Zigaretten. Er zündete die zweite Zigarette am Stummel der ersten an und schickte Lennox los, um eine neue Packung zu besorgen. Alec sparte sich eine Bemerkung über Kettenraucher, die vor dem fünfzigsten Lebensjahr an Lungenkrebs starben. Um die Spätfolgen einer Sucht brauchte sich Ramesh bei seinem Lebensstil ohnehin keine Gedanken zu machen.

Nach zwei weiteren Stunden Fahrt erreichten sie Gary, Indiana. Ramesh lotste ihn zu einem Truck Stop direkt an einer Ausfahrt der Interstate 96 und wies ihn an, im hinteren Teil des Geländes zu parken. Zwischen den Zugmaschinen und Anhängern wirkte der Mercedes wie ein Zwerg unter Riesen.

»Und jetzt?«, erkundigte er sich.

»Warten wir.« Ramesh warf beiläufig einen Blick auf sein Handy. Danach starrte er aus dem Fenster.

Lennox hingegen sondierte aufmerksam die Umgebung.

Nach kurzer Zeit näherte sich ein grauer Minivan mit getönten Scheiben. Das Fahrzeug hielt in einiger Entfernung. Lennox stieg aus und öffnete seinem Brötchengeber die Tür.

Ramesh griff nach der Laptoptasche. »Wir sind in zwei bis drei Stunden zurück.«

Die beiden gingen zu dem Minivan, Lennox schräg hinter Ramesh, und stiegen ein. Das Fahrzeug fuhr so nah am Mercedes vorbei, dass Alec das Kennzeichen erkennen konnte: *W42 1O4.*

Sich die Marke des Wagens zu merken, war keine Herausforderung. Für das Kennzeichen baute er sich eine Eselsbrücke, wie er es bei allen Zahlen- und Buchstabenkombinationen machte: *Whiskey For Two, Ten Four.*

Whiskey stand dabei für *W*, *For* für *4* und *Two* für *2*. *10-4* war die polizeiliche Abkürzung für *Nachricht erhalten/verstanden.* Die Null für das *O* passte nicht ganz ins Schema, weshalb er sich an den Ausreißer erinnern würde.

Whiskey für zwei, verstanden.

Erinnerungshilfen funktionierten am besten, wenn man auf vertrautem Terrain blieb. Schriftliche Notizen wären zu riskant.

Er zog den Zündschlüssel ab und stieg aus. Heute war er tatsächlich nur ein Chauffeur, der geduldig auf die Rückkehr seines Herrn wartete. Allerdings hatte er nicht vor, die ganze Zeit im Wagen zu sitzen. Mittlerweile war es warm genug, um auf die Jacke zu verzichten. Er ließ sie im Mercedes und verstaute Handy und Brieftasche in den Hosentaschen. Eine Weile wanderte er zwischen den Reihen der abgestellten Trucks umher und bewunderte die Fahrzeuge. Er kam mit einem Fahrer ins Gespräch, der ihm stolz und sehr ausführlich erzählte, was sein *Mädchen* alles zu leisten vermochte. Zu guter Letzt öffnete der Mann die Motorhaube des Trucks, um ihm das Hunderte von PS starke Monster darunter zu zeigen. Nachdem der Trucker mit seinem *Mädchen* in Richtung Seattle davongedonnert war, stattete Alec dem Gebäudekomplex einen Besuch ab, in dem sich die Geschäfte und die Annehmlichkeiten für die Fernfahrer befanden. Am Eingang stand eine leicht lädierte Telefonzelle, die von einer Überwachungskamera beobachtet wurde. Er verwarf den Gedanken, Steve Blake anzurufen und ihn über die gestrige Nacht und den heutigen Ausflug zu informieren. Zu riskant. Der Bericht würde warten müssen.

Zur Tankstelle gehörte der übliche Minimarkt. Dort kaufte er eine Flasche Wasser, die neueste Ausgabe der National Geographic und eine Johnny-Cash-CD, die wie etliche andere CDs für wenige Dollar verschleudert wurde. Nach einem Besuch auf der erstaunlich sauberen Toilette schlenderte er zurück zum Wagen. Er machte es sich auf dem Beifahrersitz bequem und öffnete das Seitenfenster einen Spalt. Er blätterte im Magazin, bis er bei einem Bericht über Indische Tiger hängen blieb. Obwohl die Reportage packend geschrieben war, ermüdete ihn das Lesen. Schließlich gab er auf. Er klemmte die CD als Lesezeichen zwischen die Seiten und legte das Magazin auf die Ablage über dem Handschuhfach. Danach schob er den Beifahrersitz zurück, senkte die Rückenlehne ab und holte den Schlaf nach, den sein Körper so dringend brauchte.

Das Klingeln seines Handys riss ihn aus seinem Traum. Desorientiert und noch halb im Schlaf suchte er nach dem Telefon. Er fand es endlich und hatte das Gespräch gerade angenommen, als er Ramesh entdeckte, der vor der Motorhaube des Mercedes stand. Mit dem Handy am Ohr.

»Aufwachen, Dornröschen. Es geht nach Hause.«

Unglaublich witzig. Alec verkniff es sich, den Gedanken laut auszusprechen.

Diesmal nahm Ramesh auf dem Beifahrersitz Platz. Die Laptoptasche deponierte er im Fußraum. Offenbar war vorerst genug gearbeitet worden. Oder er brauchte die Ablenkung nicht mehr. Ramesh wirkte zwar leicht abwesend, doch entspannter als zuvor. Was immer besprochen worden war, hatte ihn nicht den Kopf gekostet. Begleitet vom leisen Dudeln des Autoradios lenkte Alec den Mercedes zurück auf die Interstate 96. Lennox schlief nach wenigen Kilometern ein. Die kurze Nacht und der lange Tag waren auch an ihm nicht spurlos vorübergegangen. Alec ergriff die Gelegenheit zu einem kleinen Plausch.

»Gibt es irgendeine Spur von dem anderen Team?«, erkundigte er sich, ohne den Blick von der Straße zu nehmen.

»Nein. Die liegen wahrscheinlich irgendwo im Wald und düngen die Pilze.«

Womit der Überfall die *GLA* drei Leute gekostet haben dürfte.

»Sollte ich mir eine kugelsichere Weste kaufen?« Die Frage war ernst gemeint.

Ramesh schwieg einige Sekunden. »Vielleicht keine schlechte Idee.«

»Klingt äußerst beruhigend.«

»Willst du aussteigen?« Ramesh wollte wohl lässig klingen, doch in seiner Stimme schwang ein angespannter Unterton mit.

»Das habe ich nicht gesagt.«

»Es wird in nächster Zeit ungemütlich werden. Deshalb brauche ich Leute, auf die ich mich verlassen kann.« Alec spürte, wie Ramesh ihn taxierte. »Kann ich mich auf dich verlassen, Alec?«

»Ja.« Er hatte dieses Gespräch in Gedanken unzählige Male geführt, deshalb antwortete er sofort.

»Warum?«

»Weil du mich gut bezahlen und noch besser behandeln wirst.« Er wandte kurz den Kopf.

Ramesh musterte ihn mit einer Mischung aus Belustigung und Skepsis. »Gewöhnlich höre ich das genau andersherum.«

»Glaub ich gern. Aber was nützt ein volles Bankkonto, wenn ich mich dafür mit Leuten herumärgern muss, die mich nicht zu schätzen wissen? Ich mache die Arbeit, die mir gefällt, für Menschen, die ich respektiere. Das Leben ist zu kurz, um es mit miesen Jobs zu verschwenden.« Es war die Wahrheit und es tat gut, sie laut auszusprechen, auch weil sie ihn daran erinnerte, warum er nach Detroit gekommen war: um über die normale Polizeiarbeit hinaus etwas zu verändern. Um Teil von etwas Großem und Bedeutendem zu werden. Und nicht zuletzt, um einem Freund zu helfen.

Ramesh schwieg nachdenklich. Nach einer Weile griff er nach der National Geographic und schlug das Magazin an der von Alec markierten Stelle auf. Dabei rutschte ihm die CD in den Schoß. Er betrachtete sie kurz, legte sie zurück auf die Ablage und las den Bericht über die Tiger.

»Warst du schon mal in Indien?«, erkundigte er sich.

»Nein.« In seinen vierunddreißig Jahren hatte Alec die Vereinigten Staaten kein einziges Mal verlassen.

»Ist ein unvergessliches Erlebnis.« Rameshs Stimme troff vor Ironie. »Reiche Geldsäcke schlagen sich in Edelrestaurants die Bäuche voll, während sich vor den Fenstern zerlumpte Straßenkinder um Küchenabfälle streiten. Menschen trinken aus Pfützen, weil sie kein fließendes Wasser haben. Wenn du echte Armut sehen willst, flieg nach Indien. Egal, in welche Stadt, sie sind alle gleich: übervölkert, dreckig, stinkend. Und der Verkehr«, fügte Ramesh mit gespielter Empörung hinzu, als wäre es die größte Zumutung überhaupt, »ist ein Albtraum. Man steht ständig im Stau.« Er legte das Magazin zurück und griff nach der CD. »Ist die gut?«

Der abrupte Themenwechsel überraschte Alec. Er nickte mechanisch, während er versuchte, die Informationen einzuordnen. In den Polizeiakten gab es keinerlei Hinweise auf Rameshs Herkunft. Sämtliche Aufzeichnungen begannen nach seiner Einreise in die USA. Er hatte irgendwann seinen Namen geändert und die Spuren der Vergangenheit verwischt. Wer er wirklich war, woher er kam und wie die ersten einundzwanzig Jahre seines Lebens verlaufen waren, blieb sein Geheimnis. Was die Frage aufwarf, wie viel persönliche Erfahrung in dem kleinen Vortrag steckte.

Mittlerweile hatte Ramesh die CD ausgepackt. »Johnny Cash at Folsom Prison«, las er den Titel laut vor. »Von dem hab ich noch nie gehört.« Er schob die silberne Scheibe in den CD-Player und machte so jegliche Fragen zu seinem Beitrag über Indien unmöglich.

Eine tiefe Männerstimme drang aus den Lautsprechern und verkündete: »Hello, I'm Johnny Cash.«

Sofort katapultierte es Alec zurück in das kleine Haus in Dalton, Georgia, in dem er aufgewachsen war. Der Soundtrack zu seiner Kindheit und Jugend wurde von diesem Mann geliefert.

Ramesh konnte mit der Musik wenig anfangen, doch ihm gefiel, dass die CD in einem Gefängnis aufgenommen worden war und das Publikum aus Schwerverbrechern und bewaffneten Wärtern bestand. Er amüsierte sich köstlich über die Texte und die humorigen Unterhaltungen zwischen Johnny Cash und den Gefangenen. Ein Lied brachte Ramesh so sehr zum Lachen, dass Lennox aus dem Schlaf hochschreckte und sich verwirrt erkundigte, ob sie schon angekommen seien. Die Frage gab Ramesh endgültig den Rest. Er platzte fast vor Lachen. Was wiederum Alec zum Lachen brachte.

In dieser lockeren Stimmung trafen sie kurz nach Sonnenuntergang in Detroit ein. Alec wurde bewusst, wie wohl er sich in der Gesellschaft seiner beiden Begleiter fühlte. Der Gedanke beschäftigte ihn, während er dorthin fuhr, wo er gestern den Daytona geparkt hatte. Obwohl nur ein Tag vergangen war, kam es ihm vor wie eine Woche. So viel war seitdem geschehen: die Schießerei, die Fahrt zum See, die Übernachtung, die Tour nach Gary ...

»Ich werde dich in Zukunft häufiger brauchen.« Ramesh lehnte sich gegen den Mercedes. »Kann tagsüber sein, abends, nachts, je nachdem, wie die Dinge sich entwickeln.«

»Kein Problem.«

»Sicher?«

Alec wusste, worauf Ramesh hinauswollte. »Ich klär das mit der Werkstatt.«

»Gut. Dann sehen wir uns Sonntag.«

»Was ist mit der Kleidung, die ich mir ausgeliehen habe?«

Ramesh musterte ihn kritisch von oben bis unten. »Behalt die Jacke. Sie steht dir. Was du mit dem Rest machst, ist mir egal.« Nach einem letzten Blick stieg er in den Mercedes.

Alec sah an sich hinab. Er hielt es für riskant, den Modetipps eines Mannes zu folgen, der eindeutig unter einer gestörten Farbwahrnehmung litt. In diesem Fall stimmte er Ramesh allerdings zu. Die Jacke war wie für ihn gemacht.

Er setzte sich hinters Steuer des Daytona, legte CD und Magazin auf den Beifahrersitz und blickte nachdenklich ins Leere.

Ich klär das mit der Werkstatt.

Leichter gesagt, als getan.

Kapitel 13

Der Keller der *Freedom Place Apartments* glich einem unterirdischen Schrottplatz. In dem verwinkelten, schlecht beleuchteten Labyrinth stolperte man über ausgemusterte Möbel, Müllsäcke mit Hausrat und defekte Elektrogeräte. Die Bewohner nutzten jede freie Ecke außerhalb ihrer Kellerverschläge, um ihren Ramsch abzustellen und ihn anschließend geflissentlich zu vergessen. Der Hausmeister kümmerte sich nicht um den Abtransport der Sperrmüllnester, in denen sich über kurz oder lang unerwünschte Mitbewohner der spitznasigen und langschwänzigen Sorte ansiedeln würden. Die Faulheit des Mannes kam Alec ganz recht, weil sich ihm so etliche potenzielle Verstecke boten. Er nahm sich eine der zugestellten Ecken in der Nähe des Wäschekellers vor, räumte Tüten und Kartons beiseite und rückte zuletzt einen wackligen Kleiderschrank von der Wand ab, die den Keller von der angrenzenden Tiefgarage trennte. Dahinter befanden sich unverputzte Steine und ein ausgedienter Sicherungskasten, von dem abgeknipste Kabel wie bunte Makkaroni hinabhingen. Er hebelte den Kasten mithilfe seines Wohnungsschlüssels auf und entfernte eine Verblendung, die freie Steckplätze für zusätzliche Sicherungen abdeckte. In dem Hohlraum lag, luftdicht verpackt, ein Handy. Er steckte es ein, stellte den Sperrmüll an seinen ursprünglichen Platz zurück und verließ den Keller. Zum Telefonieren ging er nicht in seine Wohnung, sondern fuhr in den obersten Stock. Ihn verlangte es nach frischer Luft und Weite. Er verschaffte sich Zugang zum Dach und ging einige Schritte über den rauen Teer. Es war dunkel und der Himmel sternenklar. In der Ferne glitzerten die Lichter der Hochhäuser. Kühler Wind zerzauste ihm das Haar und fuhr in seine Kleidung. Er zog den Reißverschluss der Lederjacke bis zum Hals hoch und vergrub die Hände in den Taschen. Eine Weile stand er reglos da. Allein auf dem Dach der Welt. Hier oben war nur der Wind zu hören. Kein Autolärm, keine Flugzeuge, keine menschlichen Stimmen. Er genoss die Ruhe, bis er sich an das Handy in seiner Hosentasche und an den anderen Grund für seinen Ausflug auf das Dach erinnerte. Er überzeugte sich rasch davon, wirklich allein hier oben zu sein, packte das Handy aus und setzte sich im Schutz der Fahrstuhlaufbauten auf den vom Tag noch leicht angewärmten Teer. Nach der üblichen Identifizierungsprozedur drang die nasale Stimme von Steve Blake aus dem Handy.

»Hey, Hotshot. Möchtest du mir eine Gutenachtgeschichte erzählen?«

Alec lächelte. »Wird eher ein Thriller.«

»Klingt spannend. Ich hol mir nur schnell was zum Mitschreiben.« Im Hintergrund war ein Klirren von Glas zu hören, kurz darauf das charakteristische Geräusch, das beim Öffnen einer Bierflasche entstand.

»Trink eins für mich mit.«

»Mach ich.« Steve Blake genehmigte sich einen Schluck. »Und? Welchen Eindruck macht unser indischer Freund auf dich?«

»Smart, arrogant und berechnend. Mit starkem Hang zur Selbstinszenierung und einem explosiven Temperament, wenn er sich persönlich angegriffen fühlt.«

»Also ein echter Prachtkerl.«

»Du sagst es.«

Alec erzählte von Manuel Garcia, dem Drogendealer in Mexicantown, der das Pech gehabt hatte, zur falschen Zeit am falschen Ort zu sein. Dabei unterschlug er seinen kleinen Zusammenstoß mit Lennox Kinley. Der tat nichts zur Sache.

»Du pflegst charmanten Umgang«, gab Steve trocken zurück. »Ich setze diesen Garcia auf die Liste möglicher Zeugen für die Gerichtsverhandlung. Wenn wir ihm einen guten Deal anbieten, können wir ihn vielleicht dazu bringen, auszusagen.«

»Garcia hat eine kleine Tochter. Wenn ihr ihm einen Platz im Zeugenschutzprogramm anbietet, lässt er sich möglicherweise darauf ein.«

»Einen Versuch ist es wert. Was hast du sonst noch angestellt?«

»Wie viel Zeit hast du?«

»Jede Menge. Mein Job ist mein Leben.«

Wer wusste, dass Steve Blake besagtem Job mittlerweile die zweite Ehe geopfert hatte, verstand den Sarkasmus in seinen Worten. Alec lehnte sich zurück, um es bequemer zu haben, und lieferte einen ausführlichen Bericht der vergangenen Tage ab.

Die nächtliche Attacke auf das Maklerbüro war Steves Überwachungsteam nicht entgangen. Die vermummten Männer, die nachts die Glasscheibe mit Vorschlaghammer und Sprühdose aufgehübscht hatten, waren von den beiden DEA-Agenten beobachtet und fotografiert worden.

Steve notierte die Adresse der Schnellreinigung und die des Hauses, in dem Alec die gestrige Nacht verbracht hatte. Er wollte beides unauffällig überprüfen und parallel dazu einen der Agenten vom Überwachungsteam losschicken, um das Handy am Houghton Lake einzusammeln und einen Blick auf den Schauplatz des Überfalls zu werfen. Von der Schießerei war bisher ebenso wenig an die Öffentlichkeit gedrungen wie von dem Toten, den Alec und Jay am Straßenrand zurückgelassen hatten.

Die Nachforschungen wären leichter gewesen, wenn sie mehr Leute zur Verfügung gehabt hätten, doch das Risiko einer Entdeckung war zu groß. Steves Team bestand lediglich aus drei Agenten, von denen einer, genau wie Steve selbst, aus der Ferne operierte und bis heute keinen Fuß in die Stadt gesetzt hatte. Die Korruption innerhalb der Detroiter Polizei war ein weiteres Problem. Auch deshalb mussten sie bei den Ermittlungen äußerst vorsichtig sein. Wenn man dem rechtschaffenen Arm des Gesetzes nicht trauen konnte, blieb nur die Heimlichkeit.

»Ich fände es übrigens großartig, wenn du dich beim nächsten Mal nicht kopfüber in eine potenziell tödliche Auseinandersetzung mit einer unbekannten Zahl bewaffneter Krimineller stürzen würdest.« Steve Blake klang säuerlich. Seine Art, Besorgnis zu zeigen.

»Was hätte ich tun sollen? Anhalten und abwarten? Es war die Chance, zu zeigen, was ich kann. Ich habe meinen Job gemacht, den Transport geschützt und Ramesh beeindruckt. Das ist das Wichtigste. Also mach dir keine Sorgen, ich habe alles im Griff.«

»Das lasse ich in deinen Grabstein meißeln. Was ist mit dem Typ, den du angeschossen hast?«

»Keine Ahnung. Ich kann Ramesh schlecht fragen, ob er ihn nach dem Interview umgelegt hat.«

Steve schwieg für einige Momente. »Denk nicht zu viel darüber nach«, sagte er schließlich. »Es wird immer wieder Situationen geben, die du nicht beeinflussen kannst.«

»Ich weiß.« Alec sah einem Hubschrauber nach, der mit blinkenden Landelichtern auf einen Punkt am Horizont zusteuerte. »Ich hab ein Kennzeichen für dich. Könnte wichtig sein.«

»Schieß los.«

»Whiskey For Two, Ten Four.«

Ein belustigtes Schnaufen drang aus dem Handy. »Ich liebe deine Eselsbrücken!«

»Die Null steht für *Oscar*. Es ist das Kennzeichen des grauen Minivans, mit dem Ramesh und Lennox vom Truck Stop abgeholt wurden. Könnte eine Spur sein.«

»Ich lasse das überprüfen.«

»Ramesh muss auf den Überfall reagieren«, wechselte er das Thema. »Alles andere wäre für ihn ein Zeichen von Schwäche.«

»Er ist im Zugzwang«, stimmte Steve zu. »Der wird unter gehörigem Druck stehen, seine Bosse zufriedenzustellen.«

»Je nachdem, wie viel er über die Konkurrenz weiß, könnte es ein einziger harter Schlag werden.«

»Oder uns erwartet ein Guerillakrieg mit Schießereien, Brandanschlägen und vielen unschuldigen Opfern.«

»Ich frag mich die ganze Zeit, wie die von der Route des Transports erfahren haben.« Alecs Stimme wurde allmählich heiser. Die Kälte kroch ihm in die Glieder. Er stand auf, um sich zu bewegen.

»Die brauchen bloß einen der Trucker zu bestechen, die die Touren fahren. Oder einen von Rameshs gekauften Bullen umzudrehen, um an Informationen zu gelangen. Wer weiß, seit wann die sich darauf vorbereitet haben, der *GLA* in die Suppe zu spucken.«

»Gründlich waren sie jedenfalls.« Eine kräftige Böe brachte ihn fast aus dem Gleichgewicht.

»Wo bist du? Klingt, als ständest du in einem verfluchten Windkanal.«

»Auf dem Dach.«

»Muss ich mir Sorgen machen?«

»Idiot.« Er zog sich in den Schutz der Fahrstuhlaufbauten zurück.

Steve lachte leise. »Also, Sportsfreund, wie geht es weiter?«

»Ramesh will mich in seiner Nähe haben. Damit ist der *Autoshop* Geschichte. Ich kann dort nicht ständig alles stehen und liegen lassen, ohne Verdacht zu erregen.«

»Vernünftige Entscheidung.«

Sie schwiegen beide. Alec in der Hoffnung, das Thema ohne unangenehme Nachfragen abhaken zu können. Natürlich war er bei Steve damit an der falschen Adresse.

»Und das bereitet dir keine Schwierigkeiten?«

»Warum sollte es?«

»Weil du seit Monaten in der Werkstatt arbeitest und deinen Chef offenbar ziemlich gern hast.«

Es stimmte. Mikelti und er waren Freunde geworden. Er hasste die Vorstellung, diese Freundschaft beenden zu müssen. »Falls die *GLA* tatsächlich einen Bandenkrieg in Detroit anzettelt, werde ich mittendrin stecken. Dann bringe ich die Leute nur unnötig in Gefahr.« Er würde es sich nie verzeihen, wenn Mikelti oder einem der anderen seinetwegen etwas zustieß!

»Ich wollte nur wissen, ob dir das klar ist.«

»Glasklar.«

»Was ist mit dem Wagen?«

»Welchem Wagen?«, stellte er sich absichtlich dumm.

»Na, diesem antiquierten Haufen Schrott, an dem du für deinen Chef herumschraubst.«

»Um den Impala wird sich Mikelti wieder allein kümmern müssen. Keine Werkstatt, kein Wagen.«

Er konnte Steve Blakes wissendes Grinsen fast spüren.

»Was habe ich dir damals gesagt?«, erkundigte sich sein Freund in einem ekelhaft rechthaberischen Tonfall.

»Lass die Finger von der Karre, die bringt dir bloß Ärger.«

»Zugehört hast du offenbar.«

»Haha.« Alec fuhr sich durchs Haar. Wie sollte er Steve begreiflich machen, was ihm die Arbeit am Impala bedeutete? Der Wagen war sein persönlicher Zengarten, in den er sich zurückzog, um abzuschalten. Um seine Gedanken zu ordnen und die schlaflosen Nächte zu vergessen.

Am klügsten wäre es gewesen, seinem Freund genau das mitzuteilen. Doch die Worte kamen ihm nicht über die Lippen. Weil sie das Gespräch in eine Richtung gelenkt hätten, die ihm nicht behagte. Steve war nicht nur sein Freund, sondern für die Dauer dieses

Einsatzes auch sein Vorgesetzter. Er wollte keine unnötigen Zweifel oder Bedenken wecken. Deshalb gab er eine Antwort, die weit weniger tiefschürfend war und trotzdem zutraf. »Ich bin eben ein sentimentaler Trottel.«

»Konzentriere dich auf Ramesh. Wenn sich die Dinge in diesem Tempo weiterentwickeln, können wir den Einsatz bald beenden und du bist pünktlich zu Weihnachten zu Hause. Wie klingt das?«

Alec lächelte. »Klingt verdammt gut!«

»Du kannst das durchziehen! Deshalb habe ich dich für diesen Einsatz ausgesucht.«

»Ah, die aufmunternden Worte zum Abschluss.«

»Bloß die Wahrheit. Ich hab übrigens nicht vergessen, dass deine Mutter bald Geburtstag hat. Irgendwelche Wünsche für ein Geschenk?«

Er dachte kurz nach und schmunzelte. »Rosen. Neunundzwanzig Rote und neunundzwanzig Weiße.«

»Ernsthaft? Ist das nicht ein bisschen ...?«

»Mom hasst Rosen«, erklärte er. »Niemand sonst würde es wagen, ihr welche zu schenken. Es wird sie zum Lachen bringen.«

Oder zum Weinen ...

Er schluckte bei dem Gedanken.

»Wer braucht schon Feinde, wenn er Kinder hat ... Ich kümmere mich um das Grünzeug, und du kümmerst dich um Ramesh. Jetzt hau dich hin, du brauchst deinen Schönheitsschlaf.«

»Besten Dank.«

Sie verabschiedeten sich voneinander, und nachdem Alec das Handy zurück ins Versteck gebracht hatte, folgte er dem Rat seines Freundes. Doch obwohl er müde und erschöpft war, kamen seine Gedanken nicht zur Ruhe.

Während der Vorbereitungsphase hatte Steve ihm eingetrichtert, emotional Abstand zu halten. Keine engen Beziehungen zu den Menschen aufzubauen, mit denen er in Berührung kam. Ob sie nun rechtschaffene Bürger waren oder Kriminelle. Weil er diese Menschen unweigerlich belügen, enttäuschen und im schlimmsten Fall in den Knast befördern würde. Und Nähe machte ihn verwundbar. Sie lenkte ihn vom Ziel ab.

Aber wie brachte man es fertig, sich über Monate oder sogar Jahre hinweg innerlich abzuschotten? Nichts von sich preiszugeben und dennoch von anderen alles zu erfahren? Wie funktionierte das? Wie entzog man sich Menschen, die einem sympathisch waren? Mit denen man Leidenschaften teilte? Die einen wie einen Freund behandelten?

Um an Ramesh heranzukommen, würde er Nähe aufbauen müssen. Ihn besser kennenlernen, mit all seinen Stärken und Schwächen. Ein riskantes Spiel. Weil Ramesh eine Präsenz besaß, der er sich nur schwer entziehen konnte.

Er wandelte auf einem gefährlich schmalen Grat, und wenn er das Gleichgewicht verlor, würde er in einen verflucht tiefen Abgrund stürzen.

Kapitel 14

Alec verschlief den samstäglichen Radau aus den Nachbarwohnungen. Kein Türenknallen, keine laute Musik, kein Kindergekreische oder Fußgetrampel war laut genug, ihn zu wecken. Diese Geräuschkulisse bemerkte er erst weit nach Mittag. Ein dumpfes Wummern von Bässen drang durch den Fußboden und pflanzte sich durchs Bettgestell fort bis in sein Kissen. Es holte ihn aus dem behaglichen Zustand zwischen Schlafen und Wachen. Träge rollte er sich auf den Rücken und erfreute sich einige Minuten an dem tobenden Leben um ihn herum. Nebenan hörte er einen Staubsauger und eine Frau, die sich mit ihrem Mann stritt. Oder ihrem Freund. Jedenfalls tat sie es sehr laut, um den Staubsauger zu übertönen. Von *ihm* waren lediglich knappe Antworten zu hören, die sie mit schrillen Schimpftiraden überbügelte.

Entzückend.

Er befreite sich schließlich von der Bettdecke und zog eine schlabbrige Jogginghose an. Plötzlich verspürte er Heißhunger auf Waffeln mit Erdnussbutter und Aprikosenmarmelade.

Während die Waffeln in der Mikrowelle warm wurden und die Kaffeemaschine geschäftig vor sich hin blubberte, versuchte er, durch Lockerungsübungen die Verspannungen in Nacken und Schultern zu lösen. Zwischen seinen Schulterblättern spürte er einen schmerzenden Punkt, den er nur allzu gut kannte.

Vor einigen Jahren war er während eines Einsatzes von einem Drogendealer eine Treppe hinuntergestoßen worden. Er hatte sich das rechte Handgelenk und das Schlüsselbein gebrochen und sich eine schwere Gehirnerschütterung zugezogen. Das volle Programm. Die Verletzungen waren ohne bleibende Schäden verheilt. Er verspürte weder ein unangenehmes Ziehen bei Wetterwechseln noch irgendeine Beeinträchtigung beim Sport, doch in unregelmäßigen Abständen war da dieser fiese Schmerz zwischen den Schulterblättern. Manchmal kroch er hoch bis in Alecs Kopf und pochte unangenehm hinter den Schläfen. Dagegen half kein Aspirin. Das einzige Heilmittel war Ablenkung. Sport, sich mit Freunden auf ein Bier treffen oder an einem Auto herumschrauben. Drei Möglichkeiten, von denen zurzeit nur eine blieb: Sport.

Er goss Kaffee ein, bestrich zwei Waffeln mit je einer Schicht Erdnussbutter und einer Schicht Aprikosenmarmelade. Der erste Bissen war ein Gedicht.

Er kaute mit geschlossenen Augen die unglaublich süße Masse aus Teig und Aufstrich und fühlte sich sofort besser.

Er aß voller Genuss drei weitere Waffeln und trank zwei Becher Kaffee. Der Zucker- und Koffeinschock, den er seinem Körper verpasste, gab ihm ausreichend Schwung, um den dringend nötigen Hausputz zu erledigen. Geschirr spülen, Staubsaugen, frische Bettwäsche aufziehen. Der Schmerz zwischen seinen Schulterblättern strahlte mittlerweile bis in den Nacken aus. Bald würden die Kopfschmerzen anfangen.

Er ließ die restliche Hausarbeit liegen und packte seine Sporttasche. Am Wochenende fand das Boxtraining unter Anleitung in der Kampfsportschule vormittags und am späten Nachmittag statt. Jetzt, am frühen Nachmittag, würde er in aller Ruhe trainieren können.

Die kurze Strecke zur Kampfsportschule ging er zu Fuß. Er bezahlte und zog sich um. Nach dem Aufwärmen auf dem Laufband und einer Runde mit dem Springseil nahm er sich einen der Sandsäcke vor. Er hielt sich nicht zurück, sondern legte ordentlich Kraft in die Schläge. Die Anstrengung tat gut. Was ihm heute fehlte, waren Konzentration und Ruhe, um die Bewegungen präzise auszuführen. Er schlampte, und das ärgerte ihn. Seine Gedanken waren nicht bei der Sache, sondern bei dem, was er nach dem Training tun wollte. Tun musste.

Einer der anderen Boxer, ein jüngerer, drahtiger Typ, überredete ihn schließlich zum Sparring. Sie stiegen in den Ring und gingen unter den interessierten Blicken der anderen Amateurboxer in den Clinch. Alecs Gegner war schnell und wendig. Er nutzte jede Lücke in der Verteidigung gnadenlos aus, landete in kurzer Reihenfolge drei Treffer und schickte ihn mit dem vierten auf die Bretter. Das war ihm lange nicht passiert. Alec rappelte sich auf. Er war wütend. Nicht auf seinen Gegner, der ihn vollkommen verdient zusammenkloppte, sondern auf sich. Weil er es, verdammt noch mal, nicht hinbekam, seine Gedanken dortzubehalten, wo sie hingehörten: in den Ring. Wenn er sich nicht zusammenriss, würde er verlieren.

Er sammelte sich und gab seinem Gegenüber durch ein Nicken zu verstehen, dass er für eine zweite Runde bereit war.

Diesmal ging es besser. Er hielt die Deckung oben, wich den Schlägen geschmeidig aus und landete einen harten Gegentreffer, der seinen Gegner gehörig zum Schwanken brachte. Er lächelte zufrieden. Es ging doch!

Er gab dem jüngeren Mann Zeit, sich zu sammeln, lockerte die Schultern und nahm wieder eine leicht geduckte Haltung ein. Hoch konzentriert und fest entschlossen, keine Schwäche mehr zu zeigen. Sein Gegner, der ihn offenbar schon abgeschrieben hatte, war verblüfft über Alecs neu gefundene Form. Doch er stellte sich rasch auf die Situation ein, und es wurde ein ebenbürtiger Kampf. Nach einem letzten Schlagabtausch, bei dem Alec den jüngeren Mann mit einem rechten Haken in die Seile schickte, beendeten sie das Sparring und machten den Ring frei für die nächsten Boxer. Alec lief der Schweiß in Strömen herunter. Er bedankte sich schwer atmend bei seinem ebenfalls reichlich erschöpften Gegner, nahm einen ordentlichen Schluck Wasser aus einer mitgebrachten Flasche und wechselte zu den Laufbändern. Er gönnte sich ein moderates Cool-down, erklärte die Schinderei danach für beendet und ging duschen. Die Muskeln in seinen Armen fühlten sich taub und bleischwer an nach der Anstrengung. Rote Flecken schimmerten dort, wo ihn sein Sparringspartner getroffen hatte. Trotzdem fühlte er sich gut. Klar, fokussiert und gewappnet für das, was ihm bevorstand.

Als er die Werkstatt erreichte, waren zwei der drei Rolltore bereits geschlossen. Hinter dem dritten wurde fürs Wochenende aufgeräumt. Alec war absichtlich so spät gekommen, um ungestört mit Mikelti sprechen zu können.

Sein Erscheinen sorgte für Belustigung bei Mick jr. und Empörung bei Sayed. Was sich rasch erklärte, als Sayed einen zerknüllten Zehndollarschein aus der Hosentasche zog und ihn missmutig seinem Kollegen gab. Sie hatten gewettet, ob er auftauchen würde oder nicht. Mick jr. glättete grinsend den Geldschein, steckte ihn ein und dankte Alec gut gelaunt für seine Zuverlässigkeit.

Für einen Moment war Alec versucht, sein Vorhaben über Bord zu werfen, um dieses Gefühl der Kameradschaft und Zusammengehörigkeit nicht zu verlieren.

Mikelti saß hinter seinem Schreibtisch im Büro und brütete über irgendeinem Formular. Alec klopfte an den Türrahmen.

Mikelti hob den Blick und schüttelte schmunzelnd den Kopf. »Ich hab Sayed gewarnt, dass es eine riskante Wette ist.«

»Er hätte es besser wissen müssen. Hast du viel zu tun?«

»Rechnungen, Bestellungen, Papierkram.«

»Ich würde gern mit dir sprechen, bevor du gehst.«

Mikelti runzelte die Stirn, verwundert über seinen ernsten Tonfall. »Natürlich.«

»Ich bin beim Impala.«

»Wo auch sonst.«

Er verließ das Büro und ging über den Hof zur Garage. Seine Handflächen waren klamm, und die vorhin noch tauben Muskeln in seinen Armen prickelten unangenehm. Er schloss das Tor auf, deaktivierte die Alarmanlage und schaltete das Licht ein. Er war sich bewusst, dass er all diese Handgriffe wahrscheinlich zum letzten Mal tat. Er sah sich beklommen in der Garage um, nahm jedes Detail in sich auf. Als sein Blick auf die Karosserie des Impalas fiel, die unter der Plane darauf wartete, wieder zu einem Wagen zu werden, war ihm plötzlich zum Heulen zumute.

In den vergangenen Monaten hatte er das perfekte Leben geführt: tagsüber die Arbeit im *Autoshop*, die ihm leicht von der Hand ging, weil er wusste, was er tat und sich in Gesellschaft von Mikelti und den anderen wohlfühlte. In seiner Freizeit die Schrauberei am Impala, die wie eine Reise in die Vergangenheit war, und hin und wieder ein Job für Ramesh, der seinen Adrenalinspiegel in die Höhe trieb. Er hätte ewig so weitermachen können.

Das perfekte Leben.

Die perfekte Illusion.

In Buffalo war er zur Tarnung bei einem Taxiunternehmen angestellt gewesen. Oberflächliche Begegnungen mit Fahrgästen, Small Talk und flexible Schichten, die die Arbeit für die Agentur zu einem Kinderspiel machten und ihm keine Gelegenheit gaben, seine Kollegen näher kennenzulernen. Es war leicht gewesen, sich vom Rest der Welt zu isolieren und sich ganz auf den Einsatz zu konzentrieren. Doch die Rolle des einsamen Wolfs lag ihm auf Dauer nicht. Deshalb hatte er sich nach seiner Ankunft in Detroit für den Job im Autoshop entschieden. Er brauchte Menschen um sich, mit denen ihn mehr verband als der Austausch von Banalitäten und Wechselgeld.

Du hättest beim Taxifahren bleiben sollen, dachte er voller Selbstironie.

Als Mikelti einige Minuten später in die Garage kam, starrte er noch immer den abgedeckten Impala an. Er spürte Mikeltis Blick auf sich, sagte jedoch nichts. Er wusste nicht, wie er anfangen sollte.

»Schlechte Nachrichten?«, erkundigte sich der ältere Mann ruhig.

»Ich kann nicht länger für dich arbeiten.« Alec vermied es, Mikelti anzusehen.

»Ich verstehe.« Mikelti klang betrübt, aber nicht wirklich überrascht.

Er wandte den Kopf.

Mikelti musterte ihn eindringlich. »Hat das irgendwas mit deinem neuen Freund zu tun? Der sich so interessiert nach deinen Mitarbeiterqualitäten erkundigt hat?«

»Nein.«

Mikelti glaubte ihm offensichtlich nicht. »Du bist zu anständig, um auf die schiefe Bahn zu geraten. Im Gefängnis zu sitzen, ist kein Spaß. Darüber kann dir Sayed einiges erzählen.«

Sayeds Knasterfahrung war kein Geheimnis. Er hatte drei Jahre gesessen, weil er an einem versuchten Überfall auf eine Tankstelle beteiligt gewesen war. Eine hirnrissige Jugendsünde, durch die er sich die Aussicht auf eine erfolgreiche Karriere verbaut hatte. Kaum jemand stellte einen Ex-Knacki ein oder bezahlte ihn angemessen.

Mikelti Mbame tat beides.

»Ich nehme an, du wirst keine Zeit mehr haben, um an dem Wagen weiterzuarbeiten?«

Er schüttelte den Kopf.

Mikelti schwieg eine Weile. »Dann werde ich ihn verkaufen.«

Alecs Herz setzte einen Schlag aus.

»Ich hab weder die Zeit noch die Energie, um den Impala allein zu restaurieren. Er würde in dieser Garage verstauben. Das hat er nicht verdient.«

»Bist du sicher?«

»Ein Bekannter hat mir vor einiger Zeit ein gutes Angebot gemacht. Dann bist du aufgetaucht, und ich habe wirklich geglaubt, wir beide könnten das Baby zurück auf die Straße bekommen.«

»Fertig restauriert wäre der Wagen viel mehr wert!« Alec befand sich in einer Art Schockzustand, als hätte ihm jemand den Boden unter den Füßen weggezogen.

»Darnelle braucht eine eigene Wohnung, sonst werden wir alle bald verrückt. Der Erlös für den Impala würde die Möbel, einige Monatsmieten und einen Stapel neuer Kleidung für Laurie finanzieren. Mit dem restlichen Geld könnte ich einige Raten für die Hypothek auf unserem Haus bezahlen. Die Werkstatt wirft nicht so viel ab, wie du vielleicht meinst, mein Junge.«

»Ich denke mir was aus.« Mikelti konnte den Wagen nicht verkaufen! Er durfte es nicht! »Gib mir eine Woche Zeit. Ich finde eine Lösung.« Alec redete bloß. Er hatte keine Ahnung, was er tun sollte.

Mikelti lächelte schmal. »Weißt du, eigentlich kann ich mir dich sowieso nicht leisten. Die vielen Überstunden ...«

»Vergiss die Überstunden. Ich hab sie gern gemacht.«

»Nimmst du deine Sachen gleich mit?«

»Das mache ich Montag. Ich möchte mich persönlich von den Jungs verabschieden.« Ohne ein Wort zu verschwinden, wäre feige.

Mikelti nickte bedächtig. »Bleibst du jetzt noch hier?«

»Für eine Weile. Ich hänge ziemlich mit der Dokumentation hinterher.« In der obersten Schublade der Werkbank lag ein Stapel von Fotos, die in einen Ordner geklebt und mit Notizen versehen werden mussten. Schriftliche Berichte zu verfassen, gehörte definitiv nicht zu seinen Stärken. »Ich mache das fertig, damit die Unterlagen stimmen.«

»Brauchst du Hilfe?«

»Nein.« Das wollte er allein machen. Seine Art, Abschied zu nehmen.

»Dann sehen wir uns am Montag.« Mikelti legte ihm kurz eine Hand auf die Schulter, eine Geste, die ihn wohl aufmuntern sollte, und ging.

Alec atmete tief durch, froh, dieses Gespräch hinter sich gebracht zu haben. Er ging zur Werkbank, nahm die Fotos aus der Schublade und holte einen leeren Ordner aus dem Metallschrank.

Stunden später versah er das letzte Foto mit einem Kommentar. Er legte den Kugelschreiber beiseite, schüttelte die verkrampften Finger aus und streckte sich. Schultern und Nacken knackten. Sein Rücken brachte ihn um.

Er erhob sich mit zusammengebissenen Zähnen, klappte den Ordner zu und stellte ihn zu den anderen. An den Metallschrank gelehnt, betrachtete er den abgedeckten Impala.

Mikelti konnte den Wagen nicht verkaufen. Nicht nach all der Arbeit, die sie beide in das Fahrzeug gesteckt hatten.

Eine Stimme meldete sich in seinem Ohr. Sie erinnerte ihn flüsternd, fast verschwörerisch an die Umschläge, die er in den kommenden Wochen von einem

Schließfach der *Detroit Regional Bank* ins andere umschichten würde. Wem sollte es auffallen, wenn einige Tausend Dollar verschwanden?

Wenn der Zugriff kam und die *GLA* in ihrer Panik Akten vernichtete und Daten löschte, würde das Geld im Nirwana verschwinden. Niemand würde wissen, dass er einen Teil davon entwendet hatte.

Um einen Wagen zu kaufen ...

Alec schüttelte den Kopf. Was für ein bescheuerter Gedanke!

»Mir wird etwas einfallen«, teilte er dem Impala mit. »Mach dir keine Sorgen.«

Kapitel 15

Baustelle – Betreten strengstens verboten!

Das verwitterte Warnschild hing noch immer am Bauzaun. Jenseits des Zauns wachte der gelbe Bagger von seinem Schuttberg aus über die Verwüstung, die seine Untergebenen, Abrissbirne und Greifbagger, angerichtet hatten.

Eine Woche war vergangen, und auf der Baustelle hatte sich nichts verändert.

Alec gab leicht Gas und schob das Tor mit der Motorhaube auf. Der Daytona nahm ihm die unebene, von Schlaglöchern und Schrott übersäte Wegstrecke genauso übel wie beim letzten Mal. Nach den Geräuschen zu urteilen, wurde es Zeit, die Stoßdämpfer auszuwechseln. Das konnte er im Laufe der nächsten Woche im *Autoshop* machen.

Er hatte den Gedanken kaum zu Ende gedacht, als ihm einfiel, dass morgen die letzte Gelegenheit dazu sein würde. Seine ohnehin schlechte Stimmung besserte sich dadurch nicht.

Obwohl er mehr als pünktlich war, wurde er in der Lagerhalle bereits erwartet. Rameshs honigfarbene Viper stand dort und ein dunkler Mercedes, an dessen Heck zwei Männer lehnten. Ein Schwarzer mit Dreadlocks und ein Weißer mit braunen Locken. Beide Ende zwanzig, Anfang dreißig, hochgewachsen und kräftig. Unter ihren Jacken zeichneten sich Pistolenhalfter ab. Alec kannte ihre Gesichter aus den Polizeiakten. Er versuchte, sich an die Namen zu erinnern. Tyrone irgendwas und Dan oder David.

Sobald er hielt, öffnete sich die Fahrertür der Viper. Ramesh stieg aus und blendete die Welt mit einem hellgrünen Hemd, dessen Kragen, Knopfleiste und Bündchen mit dunkelgrünen Ranken bestickt waren.

Keine Spur von Lennox.

Jetzt erinnerte er sich an die vollständigen Namen der Männer. Der Schwarze hieß Tyrone Hughes, sein Kollege Daniel Hollins. Zwei Schläger, die beide einen Fehltritt davon entfernt waren, für unbestimmte Zeit hinter Gitter zu wandern.

»Schicke Jacke.« Die beiden Aufpasser behielten Alec im Auge, als Ramesh ihm die Hand gab, sichtlich erfreut darüber, dass er die Lederjacke behalten hatte.

»Wo steckt Lennox?«

»Spielt für mich Detektiv. Danny und Ty springen für ihn ein.«

Zwei Schläger waren so viel wert wie ein Lennox. Wenn das nicht alles sagte.

Sie verteilten sich ohne viele Worte auf die Fahrzeuge. Tyrone wurde die Ehre zuteil, den Daytona fahren zu dürfen. Seine Begeisterung darüber drang ihm aus allen Poren.

Alec nahm auf dem Beifahrersitz der Viper Platz und musterte den Mann am Steuer, dem er beibringen sollte, dieses PS-Monster zu bändigen.

Nach Rameshs entschlossener Miene zu urteilen, hatte der bereits einen Plan.

Ehe er ihn aussprechen konnte, kam Alec ihm zuvor. »Es läuft wie folgt: Du fährst dieselbe Strecke wie beim letzten Mal. Ich sage dir, wann du schaltest, wann du die Spur wechselst und wann du überholst. Du hörst ausschließlich auf meine Anweisungen. Wie in der Fahrschule.«

Allein für den skeptischen Ausdruck, den er in Rameshs Gesicht sah, hatte es sich gelohnt, heute aufzustehen. Und es war ihm wahrlich schwergefallen.

»Stimmt«, bestätigte er Rameshs Befürchtungen. »Das wird dir richtig auf die Nerven gehen. Aber wir machen es entweder auf meine Art oder gar nicht.«

Rameshs Augen verengten sich. Offensichtlich missfiel ihm Alecs bestimmter und bestimmender Tonfall. Damit würde er leben müssen. Er wollte etwas von Alec, und er würde es einzig zu den genannten Bedingungen bekommen. Diese oder ähnliche Gedanken spukten offenbar auch in Rameshs Kopf herum. Statt einer wütenden Antwort schaute er geradeaus, auf einen Punkt jenseits der Windschutzscheibe. Nach einigen Sekunden entspannten sich seine Gesichtszüge. Schließlich schüttelte er den Kopf, als könnte er nicht fassen, dass er diese Frechheit ungestraft durchgehen ließ. Er warf Alec einen Seitenblick zu, in dem Respekt lag, gefolgt von der deutlichen Warnung, es nicht zu weit zu treiben. Danach drehte er den Zündschlüssel.

Die Fahrt nach Bloomfield Hills verlief den Umständen entsprechend gut. Alec konnte sich endlich auf etwas anderes konzentrieren als den schmerzenden Punkt zwischen seinen Schulterblättern. Ramesh hielt sich diszipliniert an jedes einzelne Kommando, doch der defensive Fahrstil frustrierte ihn sichtlich. Abwarten, zurückbleiben, anderen den Vorrang geben widersprach seinem Naturell. Motor und Getriebe der Viper freuten sich über die pflegliche Behandlung, und Alecs Nerven freuten sich darüber, nicht bei jedem

Überholmanöver fast aus der Spur zu fliegen. Ramesh hingegen köchelte auf kleiner Flamme. Seine gesamte Körpersprache und die aggressiven Schwingungen, die von ihm in Wellen ausströmten, gaben deutlich Auskunft darüber, wie kurz er vor einem Wutanfall stand. Sobald sie einen der zahlreichen Seen von Bloomfield Hills erreicht hatten, ließ Alec ihn am Straßenrand halten, um dem drohenden Vulkanausbruch zuvorzukommen. Ramesh stieg sofort aus, zündete sich eine Zigarette an und entfernte sich einige Schritte. Stressabbau.

Alec stieg ebenfalls aus. Er schlenderte die wenigen Meter bis zum Ufer des Sees, setzte sich ins Gras und blickte über die spiegelglatte Wasseroberfläche. Die Sonne schien warm vom blauen Himmel. Um ihn herum zwitscherten Vögel. In der Ferne paddelten Enten über den See. Ein verfluchtes Idyll. Er kratzte sich selbstvergessen am Kinn und spürte die Bartstoppeln unter den Fingern. Er hatte die halbe Nacht vor dem Fernseher verbracht und war schließlich auf dem Sofa eingeschlafen, was seinem Rücken nicht gutgetan hatte. Zu einer Zeit, als andere Menschen längst das Mittagessen verdauten, hatte er sich den ersten Becher Kaffee genehmigt. Obwohl er, abgesehen von einem Ausflug zur Tankstelle um die Ecke, rein gar nichts gemacht hatte, war ihm am Ende die Zeit davongelaufen. Deshalb hatte er aufs Duschen und Rasieren verzichtet. Die Kleidung, die er trug, war dieselbe wie gestern.

Er sah zurück zu dem kleinen Konvoi. Ramesh wanderte Zigarette rauchend auf und ab. Ty und Danny standen bei den Fahrzeugen, beide mit Sonnenbrille auf der Nase. Ihr Anblick war gleichzeitig lächerlich und beunruhigend.

Er legte sich rücklings ins Gras und schloss die Augen. Das gemütliche Vogelgezwitscher und die Wärme der Sonne entspannten ihn.

Vielleicht war er eingeschlafen, vielleicht hatte er nur gedöst. Auf einmal spürte er die Anwesenheit eines anderen Menschen. Er öffnete die Augen, blinzelte wegen der plötzlichen Helligkeit und wandte den Kopf. Ramesh lag ein Stück entfernt im Gras, die Ellenbogen aufgestützt, und sah hinaus auf den See.

Alec setzte sich auf und wischte Erde und Grashalme von seinen Handflächen. »Ich hab in der Werkstatt gekündigt. Ab Dienstag stehe ich dir voll zur Verfügung.«

Ramesh nickte zufrieden. Eine Weile beobachteten sie die Enten, die träge ihre Runden über den See zogen.

Die Ruhe wurde durch das Klingeln eines Handys gestört. Ramesh nahm das Gespräch entgegen, wechselte einige Worte in dieser Mischung aus Englisch und Hindi und legte auf. »Lennox hat sich unbeliebt gemacht«, erklärte er und klang fast ein wenig stolz.

Für Alec fiel mit diesem Satz ein weiteres Mosaiksteinchen auf seinen Platz, und es war ein äußerst interessantes.

Steve Blake hatte bisher vergeblich versucht, mehr über Rameshs indischen Kontaktmann herauszufinden. Er gehörte irgendwo in die Lieferkette für die Zigaretten- und Drogentransporte, doch in welcher Stadt und in welcher Funktion, blieb verborgen. Alle Versuche, den Mann zu orten, waren fehlgeschlagen. Jetzt war Lennox bei ihm, und Alec hätte zu gern erfahren, wo genau sich der Bodyguard herumtrieb.

»Aufräumarbeiten nach dem Vorfall an der Isabella Road?«, erkundigte er sich beiläufig.

»Irgendwas passt da nicht zusammen.« Ramesh runzelte nachdenklich die Stirn.

»Waren das die Typen, die auch in Delray versucht haben, uns die Lichter auszuknipsen?« Eine weitere Frage, die ihn beschäftigte. So viele lose Fäden wollten verknüpft werden.

Ramesh winkte ab. »Das war ein kommerzielles Missverständnis.«

»Ach so.« Eine Schießerei mit anschließender Verfolgungsjagd als kommerzielles Missverständnis zu bezeichnen, hatte Stil.

»Ein paar Typen wollten Detroit zu ihrer neuen Partyzone machen, ohne vorher den Vermieter zu fragen. Also habe ich ihren Partykeller ausräumen lassen und ihnen ihr Zeug vor die Haustür gestellt. Das hat sie verärgert.«

»Verständlich.«

»Wer in dieser Stadt feiern will, sollte sich an die Regeln halten, sonst bekommt er es mit mir zu tun.«

Plötzlich begriff Alec.

Partykeller, Drogen ...

»Das Self-Storage-Lagerhaus in Ferndale«, sagte er laut.

Die Polizei hatte nach dem Einbruch Hinweise auf ein Drogenversteck gefunden.

Ramesh sah ihn mit einem Ausdruck absoluter Unschuld an. »Welches Lagerhaus?«

Eine ganze Handvoll Steinchen prasselte auf das unfertige Bild. Bei dem Überfall in Ferndale hatten seine Fahrgäste das Marihuanaversteck der *Typen* ausgeräumt. Ramesh hatte den Dealern eine Lektion erteilt und sie hinterher zu einem Gespräch eingeladen, das leicht aus dem Ruder gelaufen war.

»Delray ist geklärt. Mit der Isabella Road haben die nichts zu tun.«

»Wer dann?«

Ramesh bedachte ihn mit einem abschätzenden Blick. »Keine Ahnung.« Seine Plauderlaune war schlagartig verflogen.

Bestimmt wusste er mehr. Der Mann, den sie aus der Schnellreinigung entführt hatten, hatte ihm gewiss das eine oder andere erzählt.

»Du hast den Typen das Zeug tatsächlich vor die Haustür gestellt?«, hakte Alec ungläubig nach.

Ein Ausdruck diebischen Vergnügens erschien auf Rameshs Gesicht. »Die müssen sich vor Schreck in die Hose gemacht haben!«

Er schüttelte fassungslos den Kopf und schaute hinaus auf den See. Eines Tages würde Ramesh an jemanden geraten, der seine Dreistigkeit mit gleicher Münze heimzahlte.

Die Sonne sank allmählich und mit ihr die Temperatur.

Schließlich gingen sie zurück zu den geduldig wartenden Bodyguards und setzten die Fahrstunde fort.

Mittlerweile teilten sie sich die Straßen mit zahlreichen Detroitern, die das schöne Wetter für einen Ausflug an die Seen genutzt hatten und nun auf dem Heimweg waren. Niemand schien es besonders eilig zu haben, und das Überholen auf der gewundenen Strecke erwies sich als schwierig.

Nach einer halben Stunde gab Ramesh ihm mit einem knappen, doch äußerst prägnanten Satz zu verstehen, dass er genug von den Anweisungen hatte und ab jetzt fahren würde, wie es ihm passte. Von Alec kam kein Widerspruch. Sein Bedarf an aggressiven Schwingungen war für heute reichlich gedeckt. Wenn die nächsten Fahrstunden genauso verliefen, standen ihm anstrengende Zeiten bevor.

Sobald sie wieder in der Stadt waren, steuerte Ramesh eine Tapas-Bar in Mexicantown an. Auch hier wurden sie mit einer an Würdelosigkeit grenzenden Ergebenheit hofiert. Anschließend fuhren sie zum *Mile End Club*.

Sobald sie auf den Parkplatz einbogen, regte sich in ihm leise Vorfreude. Die Aussicht auf ein Wiedersehen mit Layla, der Barkeeperin, hob seine Stimmung. Falls sie heute arbeitete ...

Im Club lieferte gerade eine Tänzerin zu dröhnender Dancemusik eine Art Feuershow ab. Sie war jung, wunderschön, fast nackt und wirbelte gekonnt zwei brennende Stäbe durch die Luft. Bei dem zahlreich anwesenden Publikum fand ihr Auftritt deutlichen Zuspruch.

Sein Blick glitt suchend durch den Raum. Layla stand heute nicht hinter dem Tresen, sondern bediente die Gäste an den Tischen. Wie die anderen Kellnerinnen trug sie ein dunkelrotes, tief ausgeschnittenes Oberteil und einen schwarzen Minirock, der ihre langen Beine zur Geltung brachte. Im Haar trug sie eine dunkelrote Blume. Trotz des lächerlich knappen Outfits bewegte sie sich mit selbstsicherer Eleganz durch den Raum, und sie schien in der Tat feine Antennen zu besitzen. Während Layla an einem Tisch leere Gläser einsammelte, hob sie den Blick und sah ihn direkt an. Sie stutzte, überlegte offensichtlich, ob sie ihn kannte. Warum sollte sie sich ausgerechnet an ihn erinnern? Doch sie tat es. Ein Ausdruck des Wiedererkennens zeichnete sich auf ihrem Gesicht ab, gefolgt von einem Lächeln. Er lächelte zurück. Mit einem Kribbeln im Bauch ging er weiter und gesellte sich zu den anderen an den Tresen. Danny und Ty saßen auf Barhockern und sahen der im doppelten Sinne feurigen Tänzerin zu. Ramesh telefonierte.

»Ich muss mich um einige geschäftliche Angelegenheiten kümmern«, verkündete er hinterher.

»Lennox?«, gab Alec einen Schuss ins Blaue ab.

Ramesh überging die Frage. »Kann eine Weile dauern. Bestell dir was zu trinken und entspann dich.« Er gab Alec einen freundschaftlichen Klaps auf die Schulter und machte sich auf den Weg zu der geheimen Tür, die hinter die Kulissen des Clubs führte. Auf halbem Wege entdeckte er Layla und winkte sie zu sich heran. Alec beobachtete mit einer sonderbaren Anspannung, wie die beiden einige Worte wechselten. Während Layla etwas auf ihrem Block notierte, zog Ramesh ein Bündel Geldscheine hervor und legte zwei davon auf ihr Tablett. Es musste viel Geld sein, denn Layla zögerte, es anzunehmen. Als Ramesh sie mit einer Geste aufforderte, steckte sie die Scheine schließlich ein. Danach verschwand er, und Layla kam zum Tresen. Sie zog den Block hervor, um die Bestellung abzulesen, und bedachte ihn mit einem rätselhaften Seitenblick. Sobald alle Getränke auf dem Tablett standen, ging Layla zur Geheimtür. Sie klopfte, wartete, bis von innen geöffnet wurde, und trat ein.

Er schaute zu Danny und Ty, die offensichtlich keinerlei Interesse an irgendeiner Art von Konversation hatten. Ebenso wie er selbst. Also bestellte er ein Club Soda und zog sich mit dem Getränk in den hinteren Teil des Raums zurück. Dort gab es eine Empore mit einem halbrunden, mehrstrebigen Metallgeländer. Dort setzte er sich an einen der Tische. Niemand außer ihm saß hier, und genau das wollte er. Hinter ihm gab es drei Türen, die von schweren Vorhängen teilweise verdeckt waren. Eine Tür stand einen Spalt offen. Von Neugier getrieben stand er auf und riskierte einen Blick. Er entdeckte ein plüschig ausstaffiertes Separee. In der Mitte des Raumes stand ein runder Tisch, durch den eine Metallstange vom Boden bis zur Decke führte. Eine winzige Tanzfläche. Um den Tisch herum waren einige Sessel angeordnet. An der gegenüberliegenden Wand konnte man es sich auf einem breiten Sofa gemütlich machen. Auf Beistelltischen standen benutzte Gläser und Schälchen mit Resten von Knabbereien. An den Rändern der Champagnerflöten klebte Lippenstift in unterschiedlichen Rottönen. Drei Champagnerflaschen steckten umgedreht in ihren Kübeln. Es roch nach Alkohol, Parfüm, Schweiß und jenem unverwechselbaren Aroma, das verriet, welche Zusatzleistungen gut zahlende Gäste hier bekommen konnten.

Alec ging zurück zu seinem Tisch. Er zog die Lederjacke aus, legte sie auf einen der anderen Sessel und setzte sich. Eine Weile verfolgte er das Treiben auf der Bühne und betrachtete die Gäste, die nur Augen für die fast nackten Körper hatten. Eine seltsame Distanz überkam ihn. Plötzlich spürte er es wieder, dieses Gefühl, durch ein Fenster in eine Parallelwelt zu schauen.

In ein fremdes Universum, das mit seiner Welt nichts zu tun hatte. Alles kam ihm unwirklich vor. Der Club, die Menschen darin, die Ereignisse der vergangenen Tage, sein eigenes Leben. Was machte er hier? Es gab hundert Orte, an denen er lieber gewesen wäre. Er fühlte sich isoliert und einsam. Er brauchte etwas, jemanden, der ihm sagte, dass all das hier einen Sinn hatte. Er wusste das. Natürlich wusste er es. Tief in seinem Inneren zweifelte er keine Sekunde daran, das Richtige zu tun, doch er brauchte eine Bestätigung, um weitermachen zu können.

Er starrte auf das Wasserglas, dessen Inhalt durch die Bässe der Musik vibrierte. Er versuchte, alle Gefühle wegzuschieben. Sich frei zu machen von Heimweh, Zweifeln und Einsamkeit. Normalerweise wäre er jetzt zur Werkstatt gefahren und hätte am Impala weitergearbeitet. Um sich abzulenken und seine Gedanken zur Ruhe zu bringen. Aber diese Möglichkeit gab es nicht mehr. Er würde anders klarkommen müssen, doch im Augenblick wusste er beim besten Willen nicht, wie.

»Alles in Ordnung?«

Er zuckte zusammen. Layla stand neben dem Tisch und musterte ihn besorgt. Er hatte sie nicht kommen sehen. »Schlechter Tag.« Er zwang sich zu einem Lächeln.

»Kann ich dir noch irgendwas bringen?«

Sein Glas war fast voll. Das ewige Club Soda hing ihm zum Hals raus. »Habt ihr alkoholfreies Bier?«

Was er eigentlich brauchte, war ein Whiskey. Ein doppelter.

»In der Flasche oder vom Fass?«

»Vom Fass. Wenn es keine Umstände macht.« Er wartete vergeblich auf seinen Flirtreflex. Die Schlagfertigkeit, derer er sich gern rühmte, ließ ihn komplett im Stich.

Layla lächelte. »Keine Umstände.«

Wenige Minuten später kehrte sie mit einem Glas Bier zurück.

»Danke.« Er holte seine Brieftasche hervor, um zu bezahlen, doch sie winkte ab.

»Mister Dewari begleicht die Rechnung.«

»Hab ich vergessen.« Er steckte die Brieftasche wieder ein. »Ramesh zahlt für alles.« Der Satz klang ein wenig abfällig. Das hatte er nicht beabsichtigt.

Für einen Moment sah Layla aus, als wollte sie etwas sagen, doch sie überlegte es sich anders und wandte sich zum Gehen. Dabei streifte ihre Hand über seine Schulter. Eine kurze Berührung, die Alec wie eine stumme Aufforderung erschien. Er wandte den Kopf. Layla verschwand gerade im Separee.

Er nahm einen Schluck Bier, wartete einige Sekunden und folgte ihr.

Jetzt oder nie.

Layla hatte das Tablett auf dem Tisch in der Mitte des Raumes abgestellt und war dabei, die Spuren der vergangenen Vergnügungen zu beseitigen. Er lehnte sich an den Türrahmen und beobachtete sie beim Einsammeln der Gläser. Er nahm eine neue Alterseinschätzung vor. Diesmal schätzte er sie auf höchstens Mitte zwanzig. Durch das Make-up und die Kleidung wirkte sie älter.

Layla bemerkte ihn, fuhr jedoch mit ihrer Arbeit fort. »Du bist anders als die Typen, mit denen er sich normalerweise umgibt«, sagte sie schließlich, ohne aufzusehen.

Er. Ramesh?

Alec verschränkte die Arme vor der Brust. »Ist das gut oder schlecht?«

»Weiß ich noch nicht.«

»Der Eindruck täuscht.«

Layla ordnete scheinbar konzentriert die Gläser auf ihrem Tablett. »Du bist keiner dieser tumben Schläger, die meinen, sich alles erlauben zu können, bloß weil ihr Boss meinen Boss kennt.«

Er entdeckte zwei vergessene Gläser auf einem der Beistelltische. Er nahm sie, ging zu Layla und stellte die Gläser auf das Tablett. Dabei kam er ihr absichtlich so nahe, dass seine Brust ihren Arm berührte. Er hielt inne. Spürte ein Prickeln auf der Haut, eine elektrische Spannung in der Luft. Zartes, leicht süßliches Parfüm stieg ihm in die Nase. Ihn überkam das Verlangen, Layla zu küssen.

Sie verharrte reglos. Schien sogar das Atmen eingestellt zu haben. Eine Ader an ihrem Hals pulsierte deutlich. War ihr seine Nähe unangenehm? Spürte sie das gleiche Prickeln?

Was tat er hier eigentlich?

Alec trat abrupt zurück. Er murmelte eine Entschuldigung und ging zur Tür. Er wollte den Raum verlassen und blieb trotzdem stehen. Dieser kurze Körperkontakt hatte ihm gezeigt, was er brauchte. Was er wollte: Er wollte etwas anderes fühlen als Isolation und Einsamkeit.

Layla nahm das Tablett und kam auf ihn zu. Als sie an ihm vorbeigehen wollte, hielt er sie sanft am Ellenbogen fest. Für einen Moment schwankten die Gläser. Sie blickte ihn nicht an, machte aber auch keine Anstalten, sich loszumachen.

Wenn sie ihn jetzt ansah, würde er sie küssen.

»Warte hier«, sagte sie nach einigen Augenblicken. Ihre Stimme war kaum mehr als ein Flüstern. Layla entzog sich seinem lockeren Griff und ging zu dem Tisch, an dem er zuvor gesessen hatte. Sie stellte das Tablett ab und kam zurück.

Sobald sie die Tür geschlossen und den Schlüssel umgedreht hatte, zog Alec sie zu sich heran und küsste sie. Ihre Lippen waren warm und weich. Sie erwiderte den Kuss und schlang die Arme um ihn. Hielt ihn fest. Gab ihm Halt. Er vergrub eine Hand in ihren Haaren und stützte sich mit der anderen an der Tür ab. Er brauchte das hier so dringend, wie er kaum zuvor etwas gebraucht hatte. Schließlich löste er den Kuss, um zu Atem zu kommen. Er trat zurück und zog das breite Band mit der Blume aus Laylas Haar. Dunkle Locken fielen ihr über die Schultern. Sie sah wunderschön aus.

»Gibt es hier Kameras?« Ein Rest von Verstand meldete sich zu Wort.

»Ja. Aber die laufen nur, wenn einer der Gäste den Raum gebucht hat.« Mit einem Lächeln, das alles versprach, wonach er sich sehnte, zog Layla ihm das T-Shirt aus der Hose. Er streifte es über den Kopf und ließ es achtlos fallen. Ihr Blick glitt über seinen Oberkörper. Ihr gefiel, was sie sah. Körperlich befand er sich in Bestform. Sein Kopf war das Problem. Diesmal küsste Layla ihn, und sie tat es mit einer Leidenschaft, von der ihm schwindlig wurde. Er meisterte die motorische

Herausforderung, die Knöpfe ihres Oberteils zu öffnen, und streifte es von ihren Schultern.

Hinterher lagen sie nebeneinander auf dem Sofa, und er fragte sich, wann die Schuldgefühle einsetzen würden. Ob sie einsetzen würden. Bisher verspürte er lediglich Zufriedenheit, Erschöpfung und einen inneren Frieden, den man für kein Geld der Welt kaufen konnte. Laylas Kopf ruhte auf seiner Brust. Die Finger ihrer linken Hand fuhren zärtlich über seinen verschwitzten Bauch. Er strich sanft über ihr Haar und sog den Duft ihres Parfüms ein. Sein Herzschlag beruhigte sich allmählich. Er wurde schläfrig.

Auf dem Sofa im Hinterzimmer eines Clubs einzuschlafen, im Arm eine fast nackte Frau und selbst halb nackt, war keine gute Idee. Irgendwann würde sich jemand fragen, warum die Tür abgeschlossen war.

»Ich muss zurück an die Arbeit«, flüsterte Layla nach einer Weile.

»Ich auch.«

Sie richtete sich auf und sah ihn an. Er strich ihr eine Haarsträhne aus dem Gesicht und küsste sie. Das Verlangen, dort weiterzumachen, wo sie vor einigen Minuten aufgehört hatten, wurde fast überwältigend. Er musste sich zwingen, den Kuss zu lösen und aufzustehen.

Während Alec die restliche Kleidung einsammelte, versenkte Layla ihre ramponierte Strumpfhose in einem diskret hinter dem Sofa verborgenen Mülleimer. Von dort hatte sie auch die Metalldose mit den Kondomen hervorgezaubert, die sie nun wieder an ihren Platz stellte. Im *Mile End Club* wurde vorgesorgt.

Er streifte sein T-Shirt über. Danach half er Layla mit dem dunkelroten Oberteil und ließ es sich nicht nehmen, selbst die Knöpfe zu schließen. Der verschmitzte Blick, mit dem sie ihn bedachte, brachte ihn fast dazu, die Knöpfe wieder zu öffnen.

Schließlich führte sie ihn zu einer anderen Tür, die hinter einem Vorhang verborgen war.

»Wenn du links den Gang runtergehst, kommst du zu den Toiletten. Dort kannst du dich frisch machen.«

Sie schloss die Tür auf, und es war klar, dass sich ihre Wege an dieser Stelle trennten.

Der Moment der Verlegenheit war gekommen. Alec überlegte angestrengt, was er sagen konnte, das über ein kaltes »Man sieht sich« hinausging.

Layla kam ihm zuvor, indem sie ihn zum Abschied küsste.

In der Herrentoilette zog er das T-Shirt wieder aus. Er spritzte sich Wasser ins Gesicht und auf die Brust und trocknete sich mit einem Haufen Papierhandtücher ab.

Im Spiegel blickte ihm ein unrasierter, doch ziemlich zufrieden wirkender Mann entgegen, dessen Augen auf eine Weise strahlten, die ihm sehr gut gefiel. Als er das T-Shirt wieder überstreifte, bemerkte er, dass der Schmerz zwischen seinen Schulterblättern verschwunden war.

Er ging zurück zum Separee und durchquerte es. Vorsichtig öffnete er die Tür, die zur Empore führte. Nachdem er sich davon überzeugt hatte, unbeobachtet zu sein, trat er hinaus und ging zu seinem Tisch. Das Tablett mit den Gläsern war verschwunden. Seine Jacke hing unverändert über einem der Sessel. Er suchte Layla, konnte sie jedoch nicht entdecken. Wahrscheinlich beseitigte auch sie irgendwo die verräterischen Spuren ihres kleinen Intermezzos. Hoffentlich bekam sie seinetwegen keinen Ärger.

Ty und Danny saßen noch immer an der Bar und verfolgten die Bühnenshow. Von Ramesh gab es keine Spur. Alec warf einen Blick auf sein Handy. Keine Anrufe oder Nachrichten in Abwesenheit.

Eine der Kellnerinnen kam zu ihm herüber, reichte ihm einen zusammengefalteten Zettel und stöckelte zurück zu den anderen Tischen. Er faltete das Papier auseinander und las die mit Kugelschreiber geschriebene Nachricht: *Deacons Besprechungszimmer. Wann immer du die Zeit findest.*

Der sarkastische, leicht ungeduldige Ton brachte ihn zum Schmunzeln. Er nahm seine Jacke, steckte den Zettel ein und ging zu der getarnten Tür, die in Deacons Reich führte.

Auf sein Klopfen hin öffnete ein schlanker Typ mit Brille.

»Mister Dewari möchte mich sehen.«

Der Brillenträger hob mit einem erstaunlich effizienten Ausdruck von Überheblichkeit die Augenbrauen. »Name?«

»Alec Boyd.«

Der Mann ließ ihn herein und führte ihn zu einer Tür. Aus dem Raum dahinter drang Musik. Schnelle Bässe, Synthesizer, ein elektronisches Schlagzeug. Alec sparte es sich, anzuklopfen. Er trat ein und lief gegen eine Wand ohrenbetäubender Musik. Auf einem riesigen Flachbildschirm an der linken Wand lief ein Konzert. Zwei DJs standen auf einer Bühne. Beide hatten ihre

Kopfhörer zwischen Ohr und Schulter eingeklemmt und verschoben im flackernden Scheinwerfer- und Stroboskoplicht scheinbar wahllos die Regler an ihren Mischpulten. Vor der Bühne hüpfte eine Masse zumeist junger Leute ekstatisch auf und ab.

Er schloss die Tür hinter sich und ging zu Ramesh, der in einem Sessel saß, ein Bein lässig über die linke Armlehne geschwungen und den Blick auf den Flachbildschirm gerichtet. Die oberen drei Knöpfe seines Hemdes hatte er geöffnet und die Ärmel bis zu den Ellenbogen hochgekrempelt. In der Hand hielt er ein Glas mit dunkler Flüssigkeit. Die dazugehörige Flasche und ein zweites Glas standen neben ihm auf einem Beistelltisch.

Als Ramesh ihn bemerkte, griff er nach der Fernbedienung und schaltete den Ton aus. Herrliche Stille kehrte ein.

»Nett, dass du es geschafft hast.« Ramesh nippte an seinem Getränk und musterte ihn von Kopf bis Fuß. Ein schmutziges Grinsen breitete sich auf seinem Gesicht aus.

»Wenn da nicht jemand extrem entspannt aussieht ...«

Zuerst verstand Alec nicht. Dann begriff er. Ramesh hatte Layla zu sich gerufen und Getränke bestellt. Er hatte ihr Geld gegeben. Eine Menge Geld. Laylas undeutbarer Seitenblick am Tresen. Ihr minimaler Widerstand seinen Avancen gegenüber.

»Du blödes Arschloch«, brachte er fassungslos hervor. »Du manipulativer Bastard!«

Der vergnügte Ausdruck auf Rameshs Miene verschwand. Mit dieser Reaktion hatte er eindeutig nicht gerechnet. »Beruhige dich!« Er hob beschwichtigend die

Hand. Angesichts Alecs Empörung musste er dann doch lachen. »Es war nicht zu übersehen, dass du scharf auf die Kleine bist. Ich hab ihr lediglich ein großzügiges Trinkgeld gegeben und sie gebeten, ein bisschen nett zu dir zu sein. Weil du einen miesen Tag hast und die Aufmunterung gebrauchen kannst. Was Layla daraus gemacht hat, war allein ihre Entscheidung!«

Alec brauchte einige Momente, um das Gehörte zu verarbeiten. »Du hast sie nicht dafür bezahlt, mit mir zu schlafen?« Sein Misstrauen wandelte sich in Erleichterung, Verlegenheit und eine Empfindung, die ihn ziemlich verwirrte.

»Nein.« Ramesh lachte erneut. »Für die paar Mäuse bekommst du in diesem Laden nicht mal 'nen ordentlichen Blowjob!« Er deutete auf den freien Sessel zu seiner Linken. »Jetzt setz deinen Hintern da hin und trink was.«

Alec zögerte, unschlüssig, ob er bleiben oder gehen sollte. Die Ermittlungen hatten jedoch Vorrang vor seinen Befindlichkeiten. Also warf er seine Jacke über die Rückenlehne des Sessels und tat, wie ihm geheißen.

Ramesh füllte das zweite Glas großzügig mit Whiskey und reichte es ihm. *Das* war eine Menge Alkohol. Jeder Schluck des hochprozentigen Zeugs würde das Risiko erhöhen, sich zu verquatschen. Aus der Nummer musste er irgendwie rauskommen!

»Ich muss noch fahren«, versuchte er es mit der naheliegendsten Begründung.

»Kann jemand anderes für dich erledigen.« Ramesh hob sein Glas. »Auf schöne Frauen. Und darauf, dass du mir offensichtlich alles zutraust.«

Alec schluckte einen sarkastischen Kommentar hinunter. Sie stießen an. Er nippte lediglich am Whiskey, der hervorragend schmeckte. Danach behielt er das Glas in der Hand, um zu verbergen, wie wenig er getrunken hatte. Im Gegensatz zu Ramesh.

»Gibt es einen Grund zum Feiern?«

»Möglich.«

Irgendetwas war im Busch. Alec schwang locker das Bein über die Armlehne des Sessels und spiegelte damit bewusst die entspannte Körperhaltung seines Gegenübers. »Und Deacon hat nichts dagegen, wenn wir in seinem Besprechungszimmer rumhängen und seinen Whiskey trinken?«

»Solange ich die Vorräte hinterher auffülle und keine wilden Orgien veranstalte ...« Ramesh zwinkerte ihm amüsiert zu.

Alecs Nacken wurde warm vor Verlegenheit und vor Verärgerung über den Spaß, den Ramesh auf seine Kosten hatte. Er nippte erneut am Whiskey, um beides zu überspielen. Ramesh war so gnädig, sich weitere Kommentare zu verkneifen. Stattdessen stellte er den Ton des Fernsehers wieder an und reduzierte ihn auf eine erträgliche Lautstärke. Eine Weile verfolgten sie in gemeinschaftlichem Schweigen das Konzert. Alec stellte erstaunt fest, dass ihm diese Art von elektronischer Musik gefiel. Allmählich entspannte er sich. Sein Glas schien sich dabei wie von selbst zu leeren. Er stellte es zurück auf den Tisch. Sofort nahm Ramesh die Flasche, um ihnen beiden nachzuschenken.

»Nein, danke«, wehrte Alec ab. »Ich hab genug für heute.«

Ramesh fixierte ihn mit einem durchdringenden Blick. »Ich nicht. Und ich trinke höchst ungern allein.«

Er beugte sich vor und füllte die Gläser. Dabei wurde ein quadratischer Anhänger unter seinem Hemd sichtbar, den er an einer Kette um den Hals trug. Alec konnte nicht erkennen, was die verblasste Abbildung darauf darstellte. Ramesh bemerkte sein Interesse. Er stellte die Flasche beiseite, löste den Verschluss der Halskette und reichte sie ihm. Auf dem Anhänger war eine vierarmige Gestalt abgebildet. Sie trug eine topfartige Krone, ritt auf einem geflügelten Fabelwesen und hielt in jeder ihrer vier Hände einen Gegenstand. Einer ähnelte einer Keule, die anderen waren zu verblasst.

»Das ist Vishnu«, erklärte Ramesh. »Der indische Gott der Erhaltung.«

Alec hob verwundert die Augenbrauen. »Du machst keinen sonderlich religiösen Eindruck.«

»Stimmt. Die Kette war ein Geschenk.«

Der Gott der Erhaltung ...

Alec nahm einen Schluck Whiskey. Ob Ramesh die Ironie bewusst war?

»Warum Vishnu?«

Ramesh schaltete den Ton des Fernsehers aus. »Die Hindus glauben an die Reinkarnation«, erklärte er. »Vishnu wurde bereits viele Male wiedergeboren, entweder als Mensch oder als Tier. Seine siebte Reinkarnation war Rama oder Ram.«

Alec brauchte einige Momente, um die Verbindung zu knüpfen. Als es ihm schließlich gelungen war, musste er sich das Grinsen verkneifen.

Ramesh entging seine Belustigung trotzdem nicht. »Wie gesagt, ein Geschenk.«

»Von wem?«

»Jemandem, der mir sehr nahestand. Vor langer Zeit.« Ramesh nippte an seinem Whiskey. »Die Kette erinnert mich daran, woher ich komme. Das kann eine wertvolle Entscheidungshilfe sein.«

In welchen Situationen?, hätte er am liebsten gefragt. Stattdessen reichte er das Schmuckstück zurück.

Rameshs Versuche, sie wieder anzulegen, scheiterten an dem filigranen Verschluss. Oder wahrscheinlicher an dem Hochprozentigen, das durch seine Blutlaufbahn kreiste. Er war Alec einige Gläser Whiskey voraus, was sich mittlerweile bemerkbar machte. Schließlich gab Ramesh auf und steckte das Schmuckstück in die Brusttasche seines Hemdes.

»Mir gefällt Ram«, bemerkte Alec. »Ist kurz und prägnant.«

Ramesh dachte kurz nach und nickte. »Wenn wir unter uns sind. Sobald jemand in der Nähe ist, nennst du mich Ramesh oder Mister Dewari. Keine Ausnahmen.«

»Lennox?«

»Keine Ausnahmen. Vorerst.«

Ramesh erhob sich und holte aus einem Einbauschrank, der als Bar diente, einem Kübel Eiswürfel. Eine gute Idee. Trotz aller Mäßigungsversuche stieg Alec der Whiskey zu Kopf. Je mehr er ihn verwässern konnte, desto besser.

»Hast du Familie?«, erkundigte sich Ramesh beiläufig, während er mit einer Zange Eiswürfel nahm und in ihre Gläser fallen ließ.

»Im Westen«, gab er vage zurück.

»Geschwister?«

»Nein.«

»Freundin?« Alecs Blick ließ Ramesh innehalten. »Verstehe. Du bist der exklusive Typ.« Er legte die Zange zurück in den Eiskübel und füllte die Gläser mit Whiskey auf.

Alec beobachtete, wie sich die Flüssigkeit einen Weg an den Eiswürfeln vorbeisuchte. Allmählich breitete sich eine gewisse Trägheit in ihm aus.

»Was ist mit dir?«, fragte er.

»Freundin?« Ramesh verzog das Gesicht. »Zu viele Fragen, zu viele Risiken, zu viel Aufwand.«

»Ich hab's mal bis zur Verlobung geschafft«, erzählte Alec, ohne zu wissen, warum. »Hat nicht gehalten.«

»Lass mich raten: Sie wollte, dass du deinen Job aufgibst und ein ehrlicher Mann wirst.«

»So was in der Art.«

»Warum hast du es nicht getan?«

»Weil ich meinen Job liebe.«

Seinen Job als Polizist.

Oder den als Rameshs Fahrer?

Irgendwie verschwammen gerade die Grenzen, und er konnte es beim besten Willen nicht sagen.

Ramesh grinste. »Du liebst den Nervenkitzel. Das Gefühl der Überlegenheit. Vergiss nicht, ich war dabei, als du die Typen in Delray ausmanövriert hast.« Seine Stimme wurde leiser, eindringlicher. »Du, mein Freund, wurdest für diesen Job *geboren*!«

Plötzlich befand sich Alec im freien Fall. Der Boden tat sich unter ihm auf, und er stürzte in die Unendlichkeit.

Ramesh musterte ihn verwundert. »Alles in Ordnung?«

»Ja. Bloß der Alkohol.« Er griff in den Eiskübel, nahm die Hälfte eines zerbrochenen Eiswürfels heraus und steckte sie sich in den Mund. Er zerbiss das Eis und lutschte die Bruchstücke. Die Kälte tat gut. »Was ist mit deiner Familie?«, wechselte er rasch das Thema.

Ramesh ließ sich Zeit mit der Antwort. Er schwenkte sein Glas, bis die Eiswürfel klirrten, trank einen Schluck und stellte es ab. Es war offensichtlich, dass er etwas erzählen wollte, von dem er nicht sicher war, ob er es erzählen sollte.

»Es war einmal ein Junge in Indien«, begann er schließlich, und es klang wie der Anfang eines Märchens. »Dessen Eltern sich nichts sehnlicher wünschten, als der Armut zu entfliehen und ihr Glück in der Ferne zu suchen. Der Vater hatte Verwandte im Ausland, doch die Familie würde niemals genug Geld haben, um die Überfahrt bezahlen zu können.

Eines Tages begleitete der Junge seine Eltern auf den Markt. Während die Mutter Gemüse kaufte, blieb der Vater zurück und unterhielt sich mit einem fremden Mann. Sie sprachen sehr ernst miteinander und verschwanden schließlich in einer Gasse. Der neugierige Junge folgte ihnen. Er beobachtete, wie der fremde Mann dem Vater ein kleines, in Stoff eingeschlagenes Bündel gab. Als der Vater den Jungen bemerkte, wurde er sehr zornig. Er schlug den Jungen und befahl ihm, niemals über das Gesehene zu sprechen. Zwei Nächte später erwachte der Junge von einem Geräusch und sah, wie der Vater heimlich aus dem kleinen Zimmer schlich, in dem die Familie wohnte. Er kam erst nach langer Zeit zurück und ohne das Hemd, das er zuvor getragen hatte.« Ramesh trank einen Schluck, um seine

Kehle anzufeuchten. Seine Aussprache klang zunehmend verwaschen, und Alec musste sich konzentrieren, um ihn zu verstehen.

»In der Nachbarschaft der Familie lebte ein älterer Mann. Er war ein Trinker und ein Spieler, der vielen Menschen Geld schuldete. Am Tag nach dem nächtlichen Ausflug des Vaters wurde der Mann tot aufgefunden. Jemand hatte ihm den Schädel eingeschlagen. Eine Woche später kaufte der Vater drei Fahrkarten für eine Schiffspassage, und die Familie verließ Indien. Sie kam bei den Verwandten des Vaters unter, die sie freundlich aufnahmen. Eine Nachbarin lehrte Vater und Sohn die englische Sprache und die Gesetze und Bräuche ihres neuen Heimatlandes. Der Vater fand Arbeit bei einem indischen Stoffhändler. Bald darauf wurde die Mutter schwanger. Der Vater stieg zum Assistenten des Stoffhändlers auf und konnte von seinem Gehalt eine kleine Wohnung mieten. Wenige Wochen nach dem Umzug gebar die Mutter zwei gesunde Knaben. Sie wuchsen zu verwöhnten Prinzen heran, denen es an nichts mangelte.« Ramesh machte eine Kunstpause. »All das war möglich, weil ein kleines, in Stoff eingeschlagenes Bündel die Hände gewechselt hatte.«

»Und ein Mann gestorben ist«, erinnerte Alec ihn.

Ramesh zuckte gleichgültig die Achseln. »Kein besonders netter Mann. Und wer weiß, ob die beiden Ereignisse überhaupt etwas miteinander zu tun haben.«

Natürlich hatten sie etwas miteinander zu tun, doch er wollte den Rest der Geschichte hören.

»Was wurde aus dem Bruder der Zwillinge?«

Ramesh schnaufte in sein Glas. »Jedenfalls kein Prinz. Sehr zum Leidwesen der Eltern. Nein, unser Junge blieb ein Straßenköter. Er trieb sich herum und geriet in schlechte Gesellschaft. Die Schule interessierte ihn nicht. Wenn er etwas wissen wollte, suchte er sich jemanden, der es ihm beibringen konnte. Wenn er irgendwo einen Vorteil für sich sah, nutzte er ihn aus. Wie er es in der alten Heimat gelernt hatte. Von seinen Unzulänglichkeiten enttäuscht, konzentrierten die Eltern all ihre Anstrengungen und Hoffnungen auf seine Brüder. Sobald unser Junge alt genug war, um für sich allein zu sorgen, verließ er die Familie und suchte sein Glück in der Ferne.«

»Hat er es gefunden?«

Rameshs Schweigen währte lange. Als er antwortete, klang seine Stimme seltsam distanziert. »Falls ich ihn treffe, werde ich ihn fragen.«

Alec hatte schlagartig genug von der Unterhaltung. »Ich fahre jetzt nach Hause.« Er erhob sich eine Spur zu schnell und musste sich an der Rückenlehne des Sessels abstützen, weil ihm von der Bewegung schwindlig wurde. Der letzte Schluck Whiskey war eindeutig einer zu viel gewesen. »Ich rufe mir ein Taxi. Den Wagen hol ich morgen nach der Arbeit ab.«

»Einer von den Jungs kann uns fahren.«

Alec hörte auf, nach seinem Handy zu suchen. »Uns?«

»Deine Wohnung liegt auf dem Weg.«

Er versuchte, sich zu erinnern, ob das stimmte, kam aber nicht auf Rameshs Adresse. Sie schwamm irgendwo im Alkohol.

»Den Kram lassen wir stehen.« Ramesh schaltete den Fernseher aus und krempelte umständlich seine Hemdsärmel herunter. Die Feinmotorik war ihm eindeutig abhandengekommen.

Sobald sie in den Korridor hinaustraten, tauchte der Brillenträger aus einem der anderen Räume auf und öffnete ihnen die Tür zum Club.

Auf der Bühne tanzte eine rassige, spärlich bekleidete Mexikanerin mit einer Albinoschlange. Ein Bild, das Alec ebenso vertraut vorkam wie die rockige Musik, die den Auftritt begleitete. Layla war nicht zu sehen.

Sie sammelten Tyrone und Danny ein und gingen hinaus auf den Parkplatz. Eine der Kellnerinnen machte gerade eine Zigarettenpause. Sie war jung, blond und kurvenreich. Ramesh stoppte den Tross und zündete sich ebenfalls eine Zigarette an. Er gesellte sich zu der Kellnerin, die ihn trotz ihrer flachen Schuhe überragte, und verwickelte sie in ein Schwätzchen. Die junge Frau nannte ihn ehrfürchtig Mister Dewari und genoss sichtlich die Aufmerksamkeit, die ihr zuteilwurde. Ob sie Rameshs trunkener Charme oder sein zweifelhafter Ruf anmachte, das Ergebnis war dasselbe: Es würde eine lange Zigarettenpause werden. Alec lehnte sich gegen die Motorhaube des Daytona und wartete geduldig ab. In der kühlen Abendluft wurde sein Kopf allmählich klarer.

Ramesh hatte den letzten Zug von der Zigarette genommen und bat die Kellnerin, ihm mit der Halskette zu helfen. Die junge Frau bewunderte den schönen Anhänger und legte Ramesh die Kette um wie einen Orden. Er hatte sich gerade auf äußerst intime Art bei ihr bedankt, als die Tür zum Innenhof aufschwang. Layla trat ins Freie. Sie trug eine dunkle Hose und einen kurzen hellen Mantel. Ihr Timing war erstaunlich. Ihr Blick glitt über die Versammlung im Innenhof und verharrte auf ihrer Kollegin. »Hallo Eileen.«

»Hi Layla.« Die blonde Kellnerin löste sich verlegen aus Rameshs Umarmung, der sie schon nicht mehr beachtete.

Seine Freude an diesem unerwarteten Zusammentreffen war unübersehbar. Layla hätte hingegen jedes Pokerturnier gewinnen können. Keine Regung auf ihrem Gesicht verriet, dass sie Alec kannte oder vor kaum zwei Stunden mit ihm geschlafen hatte. Sie wünschte allen Anwesenden eine gute Nacht. Um zu ihrem Wagen zu kommen, musste sie an Alec vorbeigehen. Ramesh beobachtete die Szene, ein erwartungsfrohes Leuchten in den Augen. Alec hatte nicht vor, ihm irgendeine Art von Unterhaltung zu bieten. Er blieb reglos stehen, die Hände in den Hosentaschen vergraben. Kurz bevor Layla an ihm vorbeikam, wandte sie kaum merklich den Kopf und sah ihn an. Ein Lächeln umspielte ihre Lippen. Er erwiderte es nicht, obwohl es ihm verdammt schwerfiel, doch er hielt ihren Blick fest.

Ramesh riss sich zusammen, bis Layla aus dem Innenhof gefahren war. Dann brach er in schallendes Gelächter aus.

Alec war der Einzige, der ihn nicht verständnislos anstarrte.

Kapitel 16

»Was für ein Drecksloch!«

Ramesh stand auf dem Platz vor den *Freedom Place Apartments* und blickte sich missbilligend um. Graffitis überall, Laternen mit gesprungenen Glühbirnen, ein umgestürzter Müllcontainer, dessen stinkender Inhalt wie Gedärme hervorquoll.

»Warum wohnst du hier?« Ramesh legte den Kopf in den Nacken, um an dem Gebäudekomplex hochzuschauen. Er schwankte leicht.

Alec war während der Fahrt eingedöst und fühlte sich benommen. Von der ausführlichen Erklärung, die sich in seinem Kopf formte, schaffte es nur ein Wort über seine Lippen. »Tarnung.«

»Tarnung«, wiederholte Ramesh im selben flachen Tonfall. »Selbst ein Automechaniker kann sich was Besseres leisten als das hier.«

Alec sah zu Tyrone, der den Daytona auf einem der freien Parkplätze abgestellt hatte und sich ein Taxi rief. Danny wartete ein Stück entfernt in der Viper.

»Komm mit.«

Ramesh runzelte skeptisch die Stirn.

»Dauert nur fünf Minuten.« Er zog den Hausschlüssel aus der Hosentasche und ging los. Ramesh folgte ihm.

Kurz darauf standen sie auf dem Dach. Der Wind wehte kräftig, der Himmel war sternenklar, und in der Ferne funkelten die Lichter der Großstadt. Ramesh betrachtete beeindruckt den Horizont. Er zündete sich im Schutz seiner Jacke eine Zigarette an, schloss den

Reißverschluss gegen die Kälte und trat näher an die Dachkante heran.

»Vorsicht!«, warnte Alec.

Ramesh beugte sich vor und schaute in den Abgrund hinab. Dann trat er einen Schritt zurück und blickte erneut auf die Skyline. »Sieht aus der Ferne fast schön aus.« Er blies Zigarettenrauch durch die Nase aus und schwieg eine Weile. »Wenn du an irgendeinen Ort dieser Welt reisen könntest, welchen würdest du wählen?«

Er nannte nicht den ersten Ort, der ihm einfiel, sondern den zweiten. »Chile.«

Ramesh musterte ihn überrascht.

»Dort gibt es die größten Observatorien der Welt.«

Er würde Silvio Esposito mitnehmen. Sein ehemaliger Partner beim Atlanta PD war ein Astronomiefreak. Sie hatten vereinbart, irgendwann zusammen nach Chile zu fliegen und in der Atacama-Wüste dieses hochmoderne Observatorium zu besuchen. Falls sie nicht vorher im Dienst erschossen wurden.

»Sternwarten?«, fragte Ramesh zweifelnd. »Warum?«

»Weil ich hier unten so ziemlich alles begreife. Aber das da oben ...« Alec legte den Kopf in den Nacken. Die Sterne drehten sich träge, wie in einem gigantischen Kaleidoskop. »... kapiere ich einfach nicht.« Er senkte den Blick. »Wohin würdest du reisen?«

Ramesh zog an der Zigarette. Die Spitze glühte rot in der Dunkelheit auf. »Nirgendwohin. Wenn ich dieser Stadt länger als ein paar Tage den Rücken kehre, geht alles zum Teufel. Ich habe seit über fünf Jahren keinen Urlaub gemacht, und damals hätte es mich fast meine Position gekostet.«

Rameshs Tonfall erstaunte ihn. Er sprach wie ein Gefangener. Nicht wie der Mann, der mit jeder Faser seines Körpers ausstrahlte, genau dort zu sein, wo er sein wollte.

Alec zögerte. »Du kannst nicht ewig so weitermachen.«

Ramesh sah regungslos zum Horizont. Was immer in seinem Kopf vorging, es trug seine Gedanken meilenweit weg. In einem windstillen Moment schnippte er die Zigarettenkippe über die Dachkante und öffnete den Reißverschluss seiner Jacke. Er holte eine Visitenkarte hervor. »Komm Dienstag dorthin. Um zehn Uhr abends. Ich brauche dich für einen Job.«

Alec konnte vage die Schrift auf der Karte ausmachen.

Fast Lane Transportation, Inc.

Kurz darauf saß er allein in seinem Wohnzimmer und versuchte, die Ereignisse und Eindrücke des Tages zu sortieren. Es waren zu viele. Er rieb sich müde das Gesicht. An seinen Fingerspitzen haftete noch ein Hauch von Laylas Parfüm. Er spürte wieder ihre weichen Lippen. Ihre Fingernägel, die sich in seinen Rücken gruben.

Obwohl es spät war, duschte er und aß eine Kleinigkeit.

Bevor er ins Bett ging, spülte er zwei Schmerztabletten mit reichlich Wasser hinunter. Eine Vorsichtsmaßnahme gegen den Kater, der ihn morgen früh erwarten würde.

Als er endlich lag und die Welt aufgehört hatte, sich um ihn zu drehen, dachte er an Rameshs Halskette und den alten, verblassten Anhänger.

Sie war ein Geschenk gewesen. Von jemandem, der ihm nahegestanden hatte. Vor langer Zeit.

Ramesh benutzte demnach seinen richtigen Vornamen.

Er wälzte sich auf die Seite und versuchte, in den Schlaf zu finden. Wie viel der Geschichte über den indischen Jungen entsprach der Wahrheit? Alles? Nichts?

Falls nur ein Teil stimmte ...

Alec schlug die Bettdecke zurück und stand auf. In der Küche füllte er ein Glas mit Leitungswasser und trank es in einem Zug leer. Detroits Lichter strahlten ihn durch das Fenster an. Die Kämpferin schöpfte Kraft für die nächste Runde. Das sollte er auch tun. Ramesh hatte ihm heute Munition geliefert. Persönliche Informationen, die ihn verwundbar machten, die Alec gegen ihn verwenden konnte – gegen ihn verwenden würde –, um ihn zur Strecke zu bringen.

Er betrachtete das leere Glas in seiner Hand.

Gleichgültig, wie er sich dabei fühlte.

Kapitel 17

Alkohol ist kein guter Bettgefährte.

Diese Erkenntnis war weder neu noch überraschend. Nach einer unruhigen, von seltsamen Traumbildern durchsetzten Nacht quälte sich Alec aus dem Bett und machte sich bereit für den letzten Arbeitstag im Autoshop. Dank der Schmerztabletten und reichlich Wasser besaß der befürchtete Kater eher die Größe eines Kätzchens. Eines struppigen, übellaunigen Kätzchens, das unvermittelt die winzigen Krallen ausfuhr und nadelstichartige Schmerzen in seine Schläfen jagte. Er fühlte sich nüchtern und fit genug, um zu fahren, wusste jedoch, dass dieser Eindruck täuschte. Eine Anzeige wegen Alkohols am Steuer wollte er nicht riskieren, also bestellte er sich für die kurze Strecke ein Taxi. Der Fahrer, ein grauhaariger, übergewichtiger Mexikaner, hatte eine lange Nachtschicht hinter sich und war ebenso wortkarg wie er.

Alec gab dem Mann ein großzügiges Trinkgeld und wünschte ihm mit einem Gefühl von Neid einen erholsamen Schlaf. Während das Taxi wendete, öffnete er das schwere Eisentor und ging über den dunklen Vorhof zum Werkstattgebäude. Er schloss die Tür zum Büro auf, deaktivierte die Alarmanlage und stellte in der Küche die Kaffeemaschine an. Die Gewissheit, all dies zum letzten Mal zu tun, ließ ihn jeden Handgriff sehr bewusst ausführen. Voller Melancholie goss er sich den frisch aufgebrühten Kaffee ein, setzte sich an den Küchentisch und wartete darauf, dass das Koffein seine Wirkung tat.

Nach und nach kamen die anderen Mechaniker. Der betrübte Blick, den Mick jr. ihm zur Begrüßung zuwarf, machte klar, dass Mikelti seinem Sohn die Neuigkeiten bereits mitgeteilt hatte. Sobald sie alle in der Werkstatt versammelt waren, gab Mikelti mit hörbarem Bedauern Alecs Kündigung bekannt. Er fügte hinzu, dass die Werkstatt einen ausgezeichneten Mechaniker verlor und sie alle einen hervorragenden Kollegen. Joseph nahm die Nachricht stoisch hin. Im Gegensatz zu Sayed, der ehrlich betroffen wirkte. Zunächst glaubte er, Mikelti würde scherzen, dann, als ihm klar wurde, dass es Ernst war, starrte er Alec fassungslos an.

»Mit dir rede ich kein Wort mehr!«, verkündete er wütend und marschierte zu einer der Reparaturbuchten, wo er sich mit grimmiger Entschlossenheit an seine Arbeit machte.

Alec sah Mikelti betreten an. Der zuckte lediglich die Achseln. Was hatte er erwartet?

Sayed hielt sein Schweigen bis zur Mittagspause durch. Während Alec in der Küche ein Sandwich zubereitete, setzte sich Sayed mit einer Autozeitschrift und einer Schüssel kalten Nudelsalats an den Tisch. Eine Weile blätterte er stumm in der Zeitschrift und schaufelte Salat in sich hinein. Alec ließ sich Zeit mit dem Bestreichen der beiden Toastscheiben und wartete auf den Beginn des Gesprächs. Sayed enttäuschte ihn nicht.

»Du wirst sowieso regelmäßig hier auftauchen«, verkündete er trotzig. »Wozu also die Aufregung.«

Alec legte zwei Scheiben Käse auf den gebutterten Toast. »Und warum?«

»Der Impala.« Sayed betrachtete scheinbar angestrengt das Bild eines Sportwagens. »Du hältst es keine Woche aus, ohne an dem Wagen rumzuschrauben.«

Alec gab einen Laut von sich, den man gleichermaßen als Zustimmung oder Ablehnung interpretieren konnte. Er legte zwei Salamischeiben auf den Käse, garnierte sie mit Remoulade und klappte die Toastscheiben zusammen. Danach schenkte er sich Kaffee ein und setzte sich Sayed gegenüber an den Tisch.

»Du haust nicht einfach ab und lässt dich nie wieder hier blicken.« Sayed sah auf. »Oder?«

»Natürlich nicht.« Er biss vom Sandwich ab. Die Lüge ersparte ihnen beiden die Wahrheit.

Im Radio kamen die Nachrichten. Die üblichen Mitteilungen über Politik, Wirtschaftslage und Sport. Dann eine Randnotiz: In der Nähe von Mount Pleasant hatten Waldarbeiter zwei Leichen gefunden. Ersten Erkenntnissen zufolge waren die Männer erschossen worden. Die Ermittlungen liefen in alle Richtungen, Hinweise auf den oder die Täter gab es bisher keine.

Er hatte die kurze Meldung aufmerksam verfolgt. Die Isabella Road führte nach Mount Pleasant.

Hatten die Waldarbeiter Rameshs Leute gefunden?

Der Gedanke beschäftigte Alec, bis Mikelti ihn zu sich ins Büro rief. Er bedeutete ihm, sich zu setzen, und musterte ihn mit hochgezogenen Augenbrauen. »Was macht der Kater?«

Alecs Wangen begannen zu glühen. »Besser«, erwiderte er beschämt.

»Ich hoffe, es war eine Trauerfeier.« Mikelti gab ihm keine Gelegenheit für eine Entschuldigung oder

Rechtfertigung. Er öffnete eine Schublade, holte einen Umschlag heraus und reichte ihn Alec.

In dem Umschlag steckte ein Schriftstück, das den Briefkopf der Werkstatt trug. Es war seine Beurteilung. Beim Lesen bekam er einen Kloß im Hals. Mit dieser Referenz würde er mühelos einen Job als Mechaniker finden, gleichgültig, wo er sich bewarb. Wer ihn nach dieser glühenden Lobeshymne nicht einstellte, war selbst schuld. Er faltete die Beurteilung zusammen und schob sie zurück in den Umschlag. »Ich weiß nicht, was ich sagen soll.«

Mikelti musterte ihn eindringlich. »Ich hoffe, du machst keinen Fehler, Junge.«

Statt einer Antwort holte er die Schlüssel für die Werkstatt und die Garage aus der Hosentasche. Nach kurzem Zögern legte er sie auf den Tisch. »Du solltest die Sicherheitscodes der Alarmanlagen ändern. Jeder Trottel kann herausfinden, wann Laurie und Darnelle Geburtstag haben.«

Mikelti betrachtete die Schlüssel, ergriff sie jedoch nicht. »Du könntest ...«

»Ich möchte den Impala kaufen«, fiel Alec ihm ins Wort. Es war eine Entscheidung, die er in der vergangenen Nacht getroffen hatte, weil er sich nichts anderes vorstellen konnte. »Es wird allerdings ein paar Monate dauern, bis ich das Geld zusammenhabe.«

Die DEA hatte ihm für die Dauer der Ermittlungen ein Konto für seine Lebenshaltungskosten eingerichtet, doch dazu zählten ganz sicher keine privaten Autokäufe. Bevor nicht der Einsatz beendet war, würde er keinen Cent zahlen können.

Mikelti wirkte wenig überrascht. »Ich habe gestern mit meinem Bekannten telefoniert und ihn gefragt, ob er noch an dem Wagen interessiert ist. Er würde mir den Impala sofort abkaufen und ihn nach Europa verschiffen. Der Markt für Einzelteile ist dort gut. Da kann man eine Menge Geld verdienen.«

»Einzelteile?« Alec verlor die Fassung. »Das ist nicht dein Ernst! Nach all der Arbeit, die in dem Wagen steckt, willst du ihn an einen Leichenfledderer verkaufen?«

»Natürlich nicht!« Mikelti wirkte ernsthaft beleidigt. »Ich hab dem Kerl gesagt, wohin er sich sein Angebot stecken kann. Niemand zerlegt diesen Wagen, um ihn stückchenweise an irgendwelche Europäer zu verscherbeln. Der Impala wird wieder fahren, und zwar auf einer amerikanischen Straße.« Es fehlte nicht viel, und Mikelti hätte zur Bekräftigung mit der Faust auf den Tisch geschlagen.

Alec atmete auf. »Also verkaufst du mir den Wagen?«

Mikelti ließ ihn einige Sekunden zappeln. Dann nickte er.

Sie einigten sich auf einen Kaufpreis, der leicht unter dem tatsächlichen Wert des Impalas lag. Mikelti gewährte ihm sechs Monate, um die ersten sechstausend Dollar zu bezahlen. Falls er die Summe nicht rechtzeitig zusammenhatte, würde Mikelti einen anderen Käufer suchen. Es war ein Deal unter Freunden. Alec konnte seine Dankbarkeit kaum in Worte fassen. Nachdem sie das Geschäft mit einem Händedruck besiegelt hatten, ging er zurück an die Arbeit. Er fühlte sich beschwingt und euphorisch.

Was auch immer in den kommenden Wochen und Monaten geschah, der Impala würde auf ihn warten.

Kapitel 18

Das Grundstück der *Fast Lane Transportation, Inc.* befand sich in der Nähe des Detroit River. Ideal gelegen zwischen Ambassador Bridge und Windsor Tunnel, den beiden Hauptschlagadern, die Detroit mit Kanada verbanden. Alec fuhr in der Dunkelheit langsam an dem hohen, von Stacheldraht gekrönten Zaun vorbei. Dahinter sah er einen Teil des weitläufigen Geländes. Er entdeckte zahlreiche Trucks und Kleinlaster und weiter weg die Umrisse eines Lagerhauses. Er passierte ein breites Eisentor und näherte sich dem zweistöckigen Bürogebäude. Keines der Fenster war erleuchtet. Ein heller Viertürer stand in einiger Entfernung hinter dem Gebäude am Straßenrand. Es war außer seinem das einzige andere Fahrzeug weit und breit. Im Licht der Scheinwerfer erkannte er ein blaues Nummernschild mit weißer Schrift. Kein Detroiter Kennzeichen. Er wendete am Ende der Sackgasse, fuhr zurück und hielt einige Meter hinter dem Viertürer. Jetzt konnte er das Nummernschild am Heck genau erkennen: *2601GM.* Darunter in strahlendem Weiß der Bundesstaat: *Indiana.* Besuch von außerhalb. Alec setzte den Daytona weit zurück und stellte den Motor ab. In seinem Beruf lohnte es sich, frühzeitig zu einer Verabredung zu kommen. Man wusste nie, wer oder was einem über den Weg lief. Er baute sich eine hoffentlich funktionierende Eselsbrücke, falls der Wagen interessant sein sollte. Oder besser, dessen Besitzer. *26* – der Geburtstag von Onkel Derek, *01* – er hatte nur einen Onkel, *GM* – Gary Moore. Während er wartete, wanderte sein Blick über die Umgebung. Das einzige andere Gebäude in diesem Abschnitt der Straße gehörte zu einem gewerblichen Betrieb, der in tiefer Dunkelheit lag. Lediglich drei der insgesamt acht Straßenlaternen brannten. Die Stadt sparte Strom.

Um Viertel vor zehn öffnete sich die Eingangstür des Bürogebäudes. Nacheinander traten drei Männer ins Freie. Alec rutschte tiefer in seinen Sitz. Er konnte die Gesichter der drei nicht gut erkennen, doch einer von ihnen war eindeutig indischer Abstammung. Er trug einen Anzug, die anderen Männer bequemere Kleidung. Rameshs indische Connection? Die Männer interessierten sich nicht für ihre Umgebung, sondern gingen zügig zu dem hellen Viertürer. Die Körpersprache des Inders verriet Verärgerung. Einer der anderen Männer öffnete ihm die Beifahrertür und nahm danach auf dem Fahrersitz Platz. Der dritte Mann stieg hinten ein.

Er sah dem davonfahrenden Wagen nach. Ein weiteres Mosaiksteinchen. Blieb herauszufinden, wohin es passte. Er wartete einige Minuten ab, um nicht sofort nach den Besuchern einzutreffen.

Die Front des Bürogebäudes war im Erdgeschoss fast vollständig verglast. Er drückte den Klingelknopf neben der Tür und wartete. Erst nach einer Weile erschien Lennox Kinley im Empfangsbereich. Zurück von der Detektivarbeit. Lennox ließ ihn ein. Alec bemerkte die Hautabschürfungen an den Knöcheln von Lennox' rechter Hand. Er musste die Ermittlungen mit schlagenden Argumenten geführt haben.

Sie gingen eine Treppe hoch bis in den zweiten Stock und einen dunklen Korridor entlang zu einem

Eckbüro, durch dessen Milchglastür ein schwacher Lichtschein drang.

Auf der Tür prangte in schwarzen Lettern: *Ramesh Dewari – Director.*

Sie wollten eben eintreten, als sich hinter ihnen eine Tür öffnete. Ramesh kam aus der Herrentoilette, gekleidet in einen schwarzen Anzug, ein weißes Hemd und eine dezente blau und schwarz gestreifte Krawatte. Jetzt sah er wirklich aus wie der smarte Selfmademan, der Espresso schlürfte und Millionengeschäfte abwickelte. Das Fehlen optischer Farbbomben enttäuschte Alec. Mittlerweile blickte er den wechselnden Hässlichkeiten mit einer gewissen Vorfreude entgegen.

Ramesh bemerkte seinen Blick. »Geschäftliche Besprechung«, erklärte er und marschierte an ihnen vorbei durch die Milchglastür. Nach seiner Stimmung zu urteilen, war die Besprechung für ihn wesentlich zufriedenstellender gelaufen als für seinen indischen Geschäftspartner.

Alec hätte zu gern Details erfahren.

Das großzügig bemessene Büro dominierte ein wuchtiger Schreibtisch, dessen helle Oberfläche leer war bis auf einen Monitor mit Tastatur, einen weißen DIN-A4-Umschlag und einen Stift. Vor dem Tisch standen zwei Stühle und dahinter, die hohe Rückenlehne dem Panoramafenster zugewandt, ein sehr bequem aussehender Ledersessel. Das Büro lag auf der Rückseite des Gebäudes. Deshalb war die Beleuchtung von der Straße aus nicht zu sehen gewesen. Eine Tür an der Seite führte in ein Besprechungszimmer.

»In der Nähe von Mount Pleasant wurden zwei Leichen gefunden«, bemerkte er beiläufig. »Kam vorhin im Radio.«

»Ich weiß.« Ramesh öffnete die Türen eines Einbauschranks. Dahinter befand sich eine Garderobe, auf deren Stange zwei bunte Oberhemden, eine schwarze Jacke und drei leere Bügel hingen.

»Deine Leute?«

»Ja.«

»Sicher?«

»Sicher.« Ramesh lockerte den Knoten der Krawatte. Er löste sie jedoch nicht, sondern streifte sie sich über den Kopf, als würde er sich von einem Galgenstrick befreien.

»Hatte einer der Männer Familie?«

»Keiner unserer Fahrer hat Familie. Reduziert das Risiko.« Ramesh drapierte die Krawatte um einen leeren Bügel und zog das Jackett aus. »Falls es bedürftige Verwandte gibt, kümmern wir uns um sie, solange sie sich an die Spielregeln halten.« Er hängte das Jackett auf denselben Bügel wie die Krawatte und deutete zum Schreibtisch. »In dem Umschlag ist dein Arbeitsvertrag. Unterschreib auf der letzten Seite.«

Arbeitsvertrag? Alec nahm verwundert den Umschlag hoch und zog ein vierseitiges Schriftstück heraus.

»Willkommen im Sicherheitsteam der *Fast Lane Transportation Incorporated.*« Während er sprach, öffnete Ramesh seine Manschettenknöpfe. »Ab sofort bist du offiziell eingestellt, um unsere Fahrer bei Auslieferungen hochpreisiger oder sensibler Waren zu begleiten. In diesen unsicheren Zeiten verlangen die Kunden zusätzlichen Schutz für ihre Produkte, und den wollen wir ihnen bieten. Wir überweisen dir ein angemessenes Grundgehalt auf ein Konto deiner Wahl. Überstunden und vom Vertrag abweichende Tätigkeiten werden weiterhin separat bezahlt.«

Alec setzte sich auf einen der Stühle und überflog die Seiten. Keine Ungereimtheiten, keine merkwürdigen oder unüblichen Klauseln.

»Standardvertrag. Die Kontodaten kannst du später nachliefern.« Ramesh zog das Hemd aus und hängte es in den Schrank.

Alec musterte ihn unauffällig. Ramesh war durchtrainiert, keine Frage. Warum verbarg er es, wenn er mit allem anderen angab? Berechnung? Erziehung? Bescheidenheit oder Schüchternheit dürften es kaum sein.

Während Ramesh mit bloßem Oberkörper dastand und sich schwertat bei der Wahl zwischen den beiden bunten Alternativen, datierte und unterschrieb er den Vertrag. Er steckte ihn zurück in den Umschlag und legte den Kugelschreiber darauf.

»Ich werde dich zwei- oder dreimal die Woche für reguläre Fahrten einteilen lassen. Damit die Angestellten dein Gesicht kennen und es so aussieht, als würdest du tatsächlich hier arbeiten.« Ramesh entschied sich endlich für das gelbe Hemd mit rotem Wellenmuster. Da war sie, die Farbbombe. Er streifte das Hemd über und sah auffordernd zu Lennox. »Gib ihm sein neues Arbeitsgerät.«

Der Bodyguard griff unter die Jacke und legte einen klobigen Gegenstand vor Alec auf den Tisch. Eine

Pistole in einem ledernen Schulterhalfter. Dem Aussehen nach eine Glock, halb automatisch.

Ihn überkam ein ungutes Gefühl. »Was soll ich damit?«

»Die wirst du von jetzt an bei jedem Job tragen. Gleichgültig, ob du tagsüber für die Firma fährst oder nachts für mich. Die nötige Lizenz bekommst du später.« Ramesh musste die Ablehnung in seinem Blick gesehen haben. Sein Tonfall wurde schlagartig schärfer. »Du wirst die Waffe behalten! Trag sie, leg sie unter den Sitz, ist mir egal. Solltest du auf die Idee kommen, sie irgendwo zu vergessen, wird Lennox an der Stelle weitermachen, an der ihr in der Gasse aufgehört habt, kapiert?«

Die Härte der Drohung überraschte Alec. Sie war unnötig, und das gab er Ramesh mit einem deutlichen Blick zu verstehen. Ramesh hörte auf, sein Hemd zuzuknöpfen. In seinen Augen erschien ein Ausdruck, der Alecs Nacken zum Kribbeln brachte.

Bis hierher und nicht weiter, Kumpel.

Wortlos stand Alec auf. Er zog die Jacke aus und streifte das Schulterhalfter über. Bemüht, dabei nicht allzu geübt auszusehen. Ramesh gab einen zufriedenen Laut von sich und schloss den letzten Knopf. Er fuhr sich ordnend durchs Haar und schüttelte die Hände aus. Eine kurze, zackige Bewegung. Wie, um Anspannung oder überschüssige Energie loszuwerden. Er nahm die schwarze Jacke vom Bügel, schloss die Garderobentür und kam zurück zum Schreibtisch. Aus einer der Schubladen holte er einen schwarzen Aktenkoffer, öffnete ihn und legte nacheinander vier Gegenstände auf den Tisch: ein Fernglas, Autoschlüssel, ein

Wegwerfhandy und eine Pistole. Danach klappte er den Koffer wieder zu und schob alles bis auf die Waffe zu Alec hin. »Deine Ausrüstung für diese Nacht.«

Lennox' Handy klingelte. Er nahm das Gespräch entgegen, wechselte einige Worte und legte auf. »Die anderen sind da.«

»In Ordnung.« Ramesh stützte die Hände auf den Aktenkoffer und sah Alec an. »Folgender Ablauf: Ty, Danny und Jay warten unten in einem grauen SUV. Lennox und ich fahren mit ihnen voraus. Nach fünf Minuten folgst du uns. Beim Treffpunkt legst du dich irgendwo auf die Lauer und beobachtest die Umgebung. Sollte dir etwas auffallen, gleichgültig, wie unbedeutend es dir erscheint, rufst du mich an. Falls ich nicht antworte, meldest du dich bei Lennox. Beide Nummern sind im Handy gespeichert.« Ramesh nahm die Pistole und steckte sie sich hinten in den Hosenbund. »Du bist heute mein zusätzliches Paar Augen und Ohren.« Er richtete seine Jacke und ging mit dem Aktenkoffer zur Tür.

Alec wechselte stumme Blicke mit Lennox Kinley. Für einen Moment blitzte in den Augen des Bodyguards auf, was auch er dachte: *Allmählich wird die Luft heißer.*

Lennox nannte ihm die Adresse des Treffpunktes. Anschließend ließ er ihn durch eine Seitentür ins Freie. Neben dem Gebäude stand ein dunkler Viertürer, ein japanisches Fabrikat. Alec wartete in der Deckung, bis der SUV davongefahren war. Nach einem Blick auf die Uhr streifte er seine Handschuhe über und stieg in den Wagen. Er stellte Sitz und Spiegel ein, ein beruhigendes Ritual, und schnallte sich an. Die Pistole drückte unangenehm in seine linke Seite. Er schob das Schulterhalfter zurecht und wünschte sich, das Gewicht der Waffe würde ihm ein Gefühl von Sicherheit vermitteln. Vergeblich.

Im Schein der Lampe über der Mittelkonsole suchte er auf dem Stadtplan nach der Adresse. Die lag im Westen von Detroit, bei freier Fahrt etwa eine Viertelstunde entfernt. Er überprüfte erneut die Zeit und wartete eine weitere Minute. Dann fuhr er los.

Ziemlich genau zur berechneten Zeit erreichte er das Ziel. Schon von Weitem war eine hohe Werbetafel zu sehen, die vor dem Grundstück eines insolventen Autohändlers stand. Dort fand das Treffen statt. Er fuhr an Wohnhäusern und gewerblich genutzten Flächen vorbei, parkte in einer der wenigen freien Lücken und stellte den Motor ab. Die Werbetafel war selbst im derangierten Zustand eine beeindruckende Landmarke. An einer Straßenecke ragte sie an massiven Metallpfosten mindestens fünfzehn Meter in die Höhe. Die Tafel war in der Mitte durchgebrochen. Eine Hälfte baumelte von Kabeln oder Drähten gehalten herunter, ein trauriger Spielball des Windes, die andere Hälfte war verschwunden.

Er holte das Fernglas aus der Jackentasche. Über der zweispurigen Fahrbahn hingen in weiten Abständen Laternen an Stahlseilen. Eine der rechteckigen Lichtquellen befand sich jenseits des Grundstücks des ehemaligen Autohändlers. Ihr Licht reichte, um sich einen Überblick zu verschaffen. Auf dem Grundstück standen drei Fahrzeuge, die wie Relikte aus einer längst vergangenen Zeit wirkten. Auf den schmutzigen Windschutzscheiben klebten Preistafeln. Er konnte erkennen, dass die Preise mehrfach durchgestrichen und heruntergesetzt worden waren. Überreste bunter Girlanden hatten sich um die Außenspiegel und die niedrige Umzäunung gewickelt.

Rechts neben dem Verkaufsgebäude mit den schwarz verklebten Scheiben lugte das Heck eines vierten Fahrzeugs hervor. Ein heller SUV. Niemand war zu sehen. Kein Lichtschein drang aus dem Inneren des Gebäudes.

Alec setzte das Fernglas ab und ließ das Fahrerfenster herunter. Die Gegend lag wie ausgestorben da. Es war so still, dass er das metallische Quietschen der Straßenbeleuchtung hörte, die schräg über dem Wagen im Wind schwankte. Er machte es sich bequem und wartete. Die Umgebung behielt er genau im Auge und benutzte Rück- und Außenspiegel, um den Bereich hinter sich einsehen zu können. Erinnerungen an unzählige nächtliche Überwachungseinsätze wurden wach. Was er hier tat, unterschied sich keinen Deut von seiner Arbeit beim Atlanta PD oder in Phoenix. Jetzt stand er lediglich auf der anderen Seite des Zauns.

Nach zahlreichen Minuten tauchten vor ihm Autoscheinwerfer in der Dunkelheit auf. Sie näherten sich zuerst rasch, wurden dann langsamer, je näher das Fahrzeug dem Gelände des Autohändlers kam. Schließlich rollte der Wagen fast im Schritttempo an dem Grundstück vorbei. Alec rutschte tiefer in den Autositz. Der Fahrer nahm wieder Geschwindigkeit auf und fuhr an ihm vorbei. Auf dem Beifahrersitz entdeckte er eine weitere Person. Sein Blick heftete sich auf den linken Außenspiegel. Der dunkle Zweitürer entfernte sich. Kurz vor der nächsten Kreuzung wendete er und kam zurück. Alec rutschte noch tiefer. Der Wagen fuhr erneut vorbei. Als er vorsichtig durch die Windschutzscheibe spähte, sah er, dass der Wagen am Straßenrand hielt. Fast auf Höhe der Werbetafel.

Niemand stieg aus.

Er wartete, falls es sich entgegen allen Anzeichen um unschuldige Anwohner handelte, die einen Parkplatz gesucht und jetzt irgendetwas Dringendes zu besprechen hatten.

Ein Lichtschein blitzte im Rückspiegel auf. Ein weiteres Fahrzeug näherte sich von hinten. Alec zog erneut den Kopf ein. Der Wagen fuhr vorbei, wurde langsamer und hielt auf Höhe des dunklen Zweitürers. Lang genug, um Zeichen oder kurze Botschaften auszutauschen. Danach gab der Neuankömmling Gas. Er fuhr am Grundstück des Autohändlers vorbei und bog nach rechts in eine Seitenstraße ab.

Nun gab es keinen Zweifel mehr.

Er zog das Handy aus der Jackentasche, fand Rameshs Nummer und rief an. Nach dem zweiten Klingeln wurde abgenommen.

»Ja?« Eine beiläufig gestellte Frage, die wohl bewusst gelangweilt klingen sollte.

»Ihr werdet beobachtet.«

»Einen Moment.« Er hörte gedämpft, wie Ramesh mit jemandem sprach und um eine kurze Unterbrechung bat. Eine lästige geschäftliche Angelegenheit, die keinen Aufschub dulde. Als er das Telefonat fortsetzte, klang er nicht mehr gelangweilt. »Was hast du gesehen?«

Alec gab eine rasche Zusammenfassung und behielt die Straße fest im Blick. Nichts rührte sich.

Die Ruhe vor dem Sturm?

Am anderen Ende der Leitung herrschte Schweigen.

»Komm zur Rückseite des Grundstücks«, sagte Ramesh schließlich.

»Verstanden.« Er legte auf und startete den Wagen in der Hoffnung, dass die Beobachter ihn für unbedeutend hielten. Er setzte ein Stück zurück und wendete. Niemand folgte ihm. Am Ende der Straße bog er rechts ab und erneut rechts. Er erreichte die Rückseite des Grundstücks und hielt vor dem niedrigen Zaun. Beim Gebäude wurde eine Tür geöffnet. Ramesh trat ins Freie. Ihm folgten Lennox und Jay, jeder mit einer schweren Sporttasche in der Hand.

Er löste die Arretierung des Kofferraumdeckels, blieb aber sitzen. Jays Augen weiteten sich, als er Alec entdeckte. Während Lennox die Sporttaschen im Kofferraum verstaute, nahm Ramesh neben Alec auf dem Beifahrersitz Platz. Sobald Lennox den Kofferraum geschlossen hatte, gab Ramesh das Zeichen zur Abfahrt. Er lotste Alec zurück zu der Straße, in der die Beobachter warteten. An der Kreuzung wies Ramesh ihn an, zu halten. In der Ferne war die Werbetafel des Autohändlers zu erkennen.

Ramesh holte sein Handy hervor und wählte eine Nummer.

»Fahrt los«, sagte er knapp. Danach sah er zu Alec. »Wir warten.« Sein Tonfall und Blick hatten etwas Unheimliches.

Alec starrte gebannt die Straße hinunter. Gleich würde der Sturm losbrechen.

Zuerst fuhr der helle SUV vom Gelände. Der Fahrer fuhr nach links und bog kurz darauf in eine Nebenstraße ab. Er nahm denselben Weg, den der zweite

Beobachterwagen eingeschlagen hatte. Mit einigen Sekunden Verzögerung folgte ein dunkler Viertürer. Das Fahrzeug bog ebenfalls nach links ab, allerdings schien dieser Fahrer es nicht sonderlich eilig zu haben.

Vor Alec schob sich der Wagen der Beobachter langsam aus der Parklücke.

In seinem Nacken begann es zu kribbeln. Das Gefühl pflanzte sich durch seinen gesamten Körper fort, als hätte ihn jemand unter Strom gesetzt.

Plötzlich leuchteten die Hecklichter des dunklen Viertürers auf. Reifen quietschten, als der Fahrer den Wagen rasant zurücksetzte. Er raste direkt auf die Beobachter zu, deren Fahrzeug sich noch zur Hälfte in der Parklücke befand. Gleich würde er es rammen.

Die Fahrertür des schräg stehenden Fahrzeugs wurde aufgestoßen. Ein hellhäutiger Mann sprang heraus und rannte in wilder Flucht vor dem heranrasenden Fahrzeug davon. Der Beifahrer hatte keine Möglichkeit mehr, sich in Sicherheit zu bringen.

Bremsen kreischten, und dann rammte der dunkle Viertürer den Wagen der Beobachter auf Höhe der Motorhaube. Die Wucht des Aufpralls drehte den Wagen wie einen Kreisel und schob ihn in ein anderes Fahrzeug. Im nächsten Moment fuhr der Fahrer im dunklen Viertürer ein Stück vor und hielt erneut. Jemand stieg auf der Beifahrerseite aus. Ein Schwarzer. Tyrone? Der Mann hielt etwas in der rechten Hand und richtete es auf den demolierten Wagen. Mündungsfeuer blitzte auf. Es knallte. Dreimal, in schneller Reihenfolge. Danach stieg der Schütze wieder ein, und der dunkle Viertürer raste davon. Der Fahrer des demolierten

Zweitürers war längst zwischen den Gebäuden verschwunden. In dem beschädigten Wagen rührte sich niemand.

Ende der Vorstellung.

Sie trafen sich auf einem verlassenen Parkplatz. So weit vom Ort des Geschehens entfernt, dass eventuell vorbeifahrende Streifenwagen sie nicht mit den Ereignissen in Verbindung bringen würden.

Jay und Lennox warteten beim SUV. Der dunkle Viertürer, dessen Kofferraum und Stoßstange reichlich demoliert waren, stand im Hintergrund. Alec hielt in der Nähe des SUV und stieg zusammen mit Ramesh aus. Er brauchte dringend frische Luft.

»Ist euch jemand gefolgt?« Rameshs Frage richtete sich an Lennox.

Der Bodyguard nickte. »Allerdings nur kurz. Nach drei Blocks haben die Typen plötzlich abgedreht und sich mit quietschenden Reifen verpisst.« Lennox lächelte grimmig. »Irgendwas muss den Wichsern mächtig Angst gemacht haben.«

»Gut.« Ramesh schaute zu dem dunklen Viertürer. Seine Augen wurden schmal. Ein subtiles Anzeichen, dass es unter der ruhigen Oberfläche brodelte. »Jay, du lieferst zusammen mit Alec die Waffen aus.« Er holte einen zusammengefalteten Zettel aus der Jackentasche und drückte ihn dem jungen Schwarzen in die Hand. »Meldet euch nach jeder Übergabe.«

Jay klappte den Zettel auf, um sich die Adressen anzusehen. Ein kleiner Briefumschlag fiel heraus. Er hob ihn auf. »Was ist das?«

Ramesh betrachtete den Umschlag mit gerunzelter Stirn. »Ach ja«, sagte er in einem Tonfall, der deutlich machte, dass er ganz andere Dinge im Kopf hatte als irgendwelche Briefe. »Der ist für Alec. Euer letzter Stopp ist beim *Arabian Nights*. Gib den Umschlag einer der Kellnerinnen.«

»Welcher?« Alecs Gedanken kreisten noch um das Wort *Waffen*.

»Wirst du sehen. Danach bringst du den Wagen zurück zur Firma.«

Lennox hatte mittlerweile einen Leinensack aus dem SUV geholt, in dem ein länglicher Gegenstand steckte. Die obligatorische Pumpgun. Er drückte sie Jay in die Hand.

Lennox und Ramesh stiegen in den SUV und fuhren los. Der dunkle Viertürer folgte ihnen.

Zurück blieben Alec und Jay mit einem Wagen voller Waffen.

Er nahm Jay den Umschlag aus der Hand und steckte ihn ein. Nach kurzem Zögern öffnete er den Kofferraum des dunkelblauen Japaners. Im Inneren lagen lediglich der Ersatzreifen und ein Wagenheber. Sein geübter Blick fand eine verborgene Lasche. Er schob Reifen und Wagenheber nach hinten, zog an der Lasche und hob den Boden an. Darunter lagen die Taschen.

»Willst du reingucken?«, fragte Jay unsicher.

»Nein.« Er klappte den Boden wieder hinunter und rückte Reifen und Wagenheber an ihren ursprünglichen Platz zurück. »Wie lautet die erste Adresse?«

Jay schaute auf den Zettel und las vor.

Alec benötigte keinen Stadtplan, um die Michigan Avenue zu finden. Er nahm die nächste Straße, die nach Süden führte, und fuhr geradeaus, bis er auf Highway 12 traf, der hier auf der Michigan Avenue verlief. Hin und wieder warf er Jay einen Seitenblick zu. Der jüngere Mann machte einen verstörten Eindruck. »Alles in Ordnung?«

Jay schüttelte den Kopf. »Ich hab echt gedacht, es gibt ein Blutbad!« Er war hörbar erschüttert. »Scheiße, Mann!«

»Was ist passiert?«

»Die Typen waren zu dritt. Deshalb sollten Danny und ich im Vorraum warten. Ausgeglichene Anzahl, damit die nicht nervös werden. Vorher haben wir ein Signal vereinbart, falls irgendwas schiefläuft. Reine Routine. Ich habe mir nichts dabei gedacht.« Jay verschränkte die Arme vor der Brust. Als würde er frieren. »Wir stehen also draußen und warten. Irgendwann geht die Tür auf und der Boss ruft uns in den Raum. Der Deal ist gelaufen, alle wirken zufrieden und entspannt. Plötzlich gibt der Boss das Signal. Lennox, Ty und Danny ziehen sofort die Knarren und halten sie den Waffenhändlern an den Kopf. Die machen sich vor Schreck fast in die Hose, und ich hab keine Ahnung, was da gerade passiert. Dann sagt der Boss, dass das Gebäude beobachtet wird und er gern wüsste, wie das sein kann. Niemand sollte von dem Treffen erfahren, und jetzt hockt die Konkurrenz draußen und ist offenbar bestens informiert. Die Waffenhändler haben beteuert, niemandem etwas erzählt zu haben. Schließlich machen sie seit Jahren Geschäfte mit der *GLA* und würden es nicht wagen, die Organisation zu hintergehen. Der Boss hat geantwortet, sie sollen ihm besser beweisen, dass sie nichts damit zu tun haben. Weil er sie sonst unter dem verdammten Autohaus begräbt.« Jay nestelte nervös an seinem Gurt herum. »Scheiße, Mann! Ich hab immer noch 'ne Gänsehaut!«

Also hatten die Waffenhändler den Wagen der Beobachter gerammt. Und einer von ihnen hatte auf den Beifahrer geschossen. Als Treuebeweise.

»Lennox und ich haben die Taschen genommen und sind mit dem Boss raus. Da hast du schon auf uns gewartet.« Jay stutzte. »Was machst du eigentlich hier?«

»Ich bin das zusätzliche Paar Augen und Ohren«, gab Alec zurück, während er versuchte, die Hausnummern zu lesen.

»Du hast die Beobachter entdeckt?«

Er nickte. Vor ihnen tauchte die nächste Kreuzung auf. Die Hausnummer müsste direkt an der Straßenecke liegen.

»Ob der Boss denkt, dass einer von uns gequatscht hat?«

»Möglich.«

»Ich war's nicht! Ich wusste nicht einmal, wohin es geht, bis wir die beiden abgeholt haben!«

Sie hatten die Kreuzung fast erreicht. Er hielt am Straßenrand. »Mach dir keine Sorgen.«

»Deine Nerven möchte ich haben.« Jay löste seinen Gurt und stieg aus. Sobald er den Kofferraum geöffnet hatte, tauchte eine Gestalt aus der Dunkelheit auf, den Kopf gesenkt und die Kapuze des Pullovers tief ins Gesicht gezogen. Es war ein Mann, mehr konnte Alec nicht erkennen. Er nahm Jay eine der Sporttaschen ab und verschwand wieder, als wäre er lediglich eine Einbildung gewesen.

Die zweite und dritte Adresse lag ebenfalls an Straßenkreuzungen. Keine der Übergaben dauerte länger als ein paar Sekunden. Sobald Jay eine Tasche aus dem Kofferraum holte, tauchte scheinbar aus dem Nichts jemand auf, nahm sie ihm wortlos ab und löste sich anschließend in Luft auf. Alec konnte keines der unter Kapuzen oder Baseballkappen verborgenen Gesichter erkennen.

Sie halfen, eine kleine Armee auszurüsten, und es geschah bestens organisiert. Wie viele der Waffen, die sie in dieser Nacht in Detroit verteilten, würden benutzt werden? Wie viele würden unschuldige Menschen verletzen, die das Pech hatten, zur falschen Zeit am falschen Ort zu sein?

Diese Fragen beschäftigten ihn ebenso wie der wohl äußerst tote Beifahrer beim Autohaus, der ohne die Warnung an Ramesh vielleicht noch am Leben wäre. Aber was hätte er tun sollen? Nicht anrufen und sich hinterher fragen lassen müssen, warum er seinen Job nicht ordentlich gemacht hatte? Ramesh in Gefahr bringen und dadurch das Leben des Mannes riskieren, den er so dringend brauchte, um die *GLA* zu zerschlagen? Für wie viele Tote würde er noch mitverantwortlich sein, bevor dieser Einsatz zu Ende ging?

Steve hatte ihn gewarnt, dass es zu diesen Situationen kommen könnte und dass er seine Gefühle ausblenden musste. Er durfte sich nicht mit Zweifeln oder Selbstvorwürfen belasten. Leichter gesagt als getan ...

Es war das alte Dilemma: Rechtfertigte das Ziel die Mittel? In einer perfekten Welt wäre die Antwort darauf ein klares Nein gewesen.

Der vierte Halt brachte sie zurück in die Innenstadt, wo Straßen und Gehwege beleuchtet waren und selbst nach Mitternacht das Leben pulsierte. Alec parkte im Innenhof des *Arabian Nights*, und Jay schulterte die letzte Tasche. Kurz darauf standen sie in Eric Deacons Büro. Ein breitschultriger Aufpasser leistete ihnen Gesellschaft. Wände und Fußboden vibrierten von den Bässen der Musikanlage.

Deacon ließ sie warten. Entweder war er zu beschäftigt, oder er wollte seine Wichtigkeit demonstrieren. Als er endlich durch die Tür trat, ganz in Schwarz gekleidet und mit reichlich Gold an Hals und Händen, versprühte er beste Laune. »Gentlemen, wie schön, Sie zu sehen!« Er bedeutete Jay, die Tasche auf den Tisch zu stellen, und schickte den Aufpasser weg.

Sobald der Mann den Raum verlassen hatte, öffnete Deacon den Reißverschluss der Sporttasche. Nacheinander holte er zehn in Ölpapier eingewickelte Pakete heraus. Sieben kleine und drei große. Dazu mehrere Kartons mit Munition.

»Wozu die Artillerie?«, erkundigte sich Alec.

»Es hat Drohungen gegeben. Gegen mich und meine Clubs.« Deacon nahm fünf der kleinen Pakete und ging zu einem Safe, der in einer Ecke des Raumes stand. Er drehte das Kreuz, zog die Tür auf und legte die Waffen hinein. Jay brachte ihm ohne Aufforderung die restlichen Pakete. »Einigen Leuten gefällt es nicht, dass ich Rameshs Zeug in meinen Clubs verkaufe«, fuhr Deacon fort. »Ich soll den Lieferanten wechseln oder es wird Konsequenzen geben.« Er schloss die Safetür und drehte das Kreuz schwungvoll wieder zurück. »Da haben sich die Arschlöcher mit dem Falschen angelegt!«

Deacon richtete sich auf und strich sein Jackett glatt. »Rameshs Probleme fangen an zu streuen. Ich hoffe, er bekommt die Situation bald in den Griff, sonst könnte es äußerst unangenehm für ihn werden!«

Jay riss erschrocken die Augen auf. Er öffnete den Mund, als wollte er etwas sagen, blieb aber stumm. Wie sollte er als Fußsoldat auch reagieren, wenn einer der Lieutenants von Detroit über den anderen herzog?

Deacon knipste sein Haifischlächeln an. »Gentlemen, die Pflicht ruft. Ihr könnt gern bleiben und euch amüsieren. Drinks und Party Favours gehen aufs Haus. Für alles andere müsst ihr selbst sorgen.« Er zwinkerte ihnen vielsagend zu und deutete auf die Bürotür.

Im Gegensatz zu Alec war Jays Arbeit für diese Nacht beendet. Deshalb zögerte er keine Sekunde, Deacons Einladung anzunehmen. Das *Arabian Nights* war den Reichen und Schönen vorbehalten. Jemand wie Jay scheiterte normalerweise schon am Türsteher. Er wollte zumindest für diesen Abend die Illusion leben, tatsächlich dazuzugehören.

Im Hauptraum hüllte sie dröhnende Dancemusik ein. Selbst mitten in der Woche platzte der Club aus allen Nähten. Überall gut aussehende Menschen in teurer Kleidung, die tanzten, Cocktailgläser hielten, lachten und sich prächtig amüsierten. Sie ahnten nichts von den Waffen, die vor wenigen Minuten durch die Hintertür des Clubs geliefert worden waren, oder von einer möglichen Bedrohung für ihr Leben.

Er sah Jay nach, der grinsend in der Menge verschwand, und erinnerte sich an Rameshs Auftrag. Er zog den mysteriösen Briefumschlag aus der Jackentasche und hielt Ausschau nach einer Kellnerin. An der kreisrunden Bar in der Mitte des Raumes entdeckte er zwei junge Frauen in schwarzen, knielangen Röcken und weißen, schulterfreien Tops. Ramesh hatte gesagt, er würde die Richtige erkennen ...

Er ging tiefer in den Raum. Er schob sich an einer Gruppe junger Anzugträger vorbei, ließ suchend und leicht ratlos den Blick schweifen und entdeckte Layla. Sie bahnte sich gerade einen Weg zur Bar, ein mit leeren Gläsern gefülltes Tablett über den Kopf gehoben. Sie wiederzusehen, brachte seine Gedanken zum Stillstand. Sie hatte die Haare hochgesteckt und seitlich mit mehreren hellen Spangen fixiert. Die weiße Bluse brachte ihre dunkle Haut wunderbar zur Geltung.

Langsam begannen sich die Zahnrädchen in Alecs Kopf wieder zu drehen, und ihm wurde klar, was Ramesh getan hatte. Er blickte auf den Brief in seiner Hand und wusste nicht, ob er lachen oder verärgert sein sollte. Eines sollte er auf jeden Fall tun: verschwinden. Er konnte keine unnötigen Ablenkungen oder Verwicklungen gebrauchen, doch sein Gehirn boykottierte ihn. Es erinnerte ihn daran, wie es gewesen war, Layla zu küssen. Über ihre Haut zu streichen.

Mit ihr zu schlafen ...

Layla hatte die Gläser mittlerweile an der Bar abgeliefert und räumte einen der Stehtische ab. Er setzte sich in Bewegung. Schließlich stand er hinter ihr. Und zögerte. Dann brauchte er nicht mehr zu entscheiden, was er tun oder sagen wollte. Layla drehte sich mit dem Tablett um und prallte gegen ihn. Sie stieß einen erschrockenen Laut aus. Er hielt rasch zwei kippende Gläser fest.

»O mein Gott! Entschuldigung!« Die Musik war so laut, dass er Layla kaum verstand. »Tut mir leid, ich …« Jetzt erst erkannte sie ihn. Ein hinreißendes Lächeln brachte ihr Gesicht zum Leuchten. »Hi.«

»Hi.« Er lächelte zurück. »Ich dachte, du arbeitest im *Mile End Club*.« Er musste schreien, um sich verständlich zu machen.

»Nur an den Wochenenden. Was machst du hier?«

Er hielt wortlos den Brief hoch. Layla runzelte verwundert die Stirn. Er nahm ihr das Tablett ab, und sie öffnete den Umschlag. Er enthielt ein leeres Blatt Papier. Layla sah ihn verständnislos an. Alec bedeutete ihr mit einer Kopfbewegung, ihm zu folgen. Er fand ein einigermaßen ruhiges Plätzchen im hinteren Teil des Clubs und stellte das Tablett auf einem Stehtisch ab.

Layla musterte ihn gespannt. »Wurdest du zum Postboten degradiert?«

»Nein. Mein Boss hat bloß einen merkwürdigen Sinn für Humor.«

Laylas Augen wurden groß. »Der Brief ist von Mister Dewari? Aber warum ein leeres Blatt?« Sie musterte ihn und verstand plötzlich. Ihre Augen wurden noch größer. »O mein Gott!« Sie hielt sich entsetzt die Hand vor den Mund. »Dann weiß er, dass wir … Und du weißt, dass er …?«

Alec kämpfte gegen ein Grinsen an.

»O mein Gott! O mein Gott!« Layla schien vor Scham im Erdboden versinken zu wollen. Dann fing sie plötzlich an, schallend zu lachen. Sie lachte, bis ihr die Tränen kamen und die umstehenden Gäste sie verwundert musterten. Noch immer kichernd, nahm sie eine der

Servietten vom Tablett und betupfte ihre Augenwinkel. »Tut mir leid«, brachte sie schließlich hervor.

»Mir nicht.«

Seine Antwort irritierte sie. Bis sie verstand. Wieder blitzte dieses hinreißende Lächeln auf. »Ich hab das nicht getan, weil dein Boss mich dafür bezahlt hat. Das musst du mir glauben! Ich bin keine von diesen ...«

»Ich weiß.«

Sie wirkte erleichtert. »Wird Mister Dewari etwas sagen? Ich könnte meinen Job verlieren, wenn Mister Deacon davon erfährt.«

»Er wird nichts sagen. Dafür hat er viel zu viel Spaß daran, den Kuppler zu spielen.«

»Oh. Ach so.« Layla betrachtete ihn aus dunklen Augen. Zuerst nachdenklich, dann schlich sich etwas Verschmitztes in ihren Blick. Sie zog einen Kugelschreiber aus der Tasche an ihrem Gürtel und schrieb ihren Namen und eine Zahlenfolge auf den leeren Zettel. »Damit sich dein Boss die Mühe nicht umsonst gemacht hat«, erklärte sich schelmisch. Sie nahm die ganze Angelegenheit mit einer Leichtigkeit, für die er sie hätte küssen können.

Stattdessen reichte er ihr die Hand und stellte sich endlich vor.

Mit dem Zettel und dem leeren Umschlag in der Jackentasche fuhr er schließlich zurück zur Firma. Die Begegnung mit Layla beschäftigte ihn, gleichgültig, wie vehement er die Gedanken an sie zu vertreiben versuchte.

Kurz bevor er die *Fast Lane Transportation, Inc.* erreichte, schickte er Lennox eine Textnachricht.

Der Bodyguard erwartete ihn in der Gasse neben dem Bürogebäude. Alec parkte den Wagen so, dass ihn niemand von der Straße aus sehen konnte, und folgte Lennox durch die Seitentür ins Innere. Auch jetzt war Rameshs Büro der einzige beleuchtete Raum. Bevor Lennox die Milchglastür öffnete, hielt er inne und bedachte ihn mit einem warnenden Blick. »Vorsicht.«

Offenbar herrschte hinter der Tür ein Unwetter.

Alec machte sich auf alles gefasst. Er bedeutete Lennox, voranzugehen.

Das Büro war leer. Es roch nach Alkohol. Er kam dem Ursprung rasch auf die Spur. Ein Bild an der linken Wand, das einen weißen Truck mit dem Fast-Lane-Firmenlogo zeigte, hing bedrohlich schief an seinem Nagel. Das Glas war zersplittert. Die Scherben lagen auf dem Boden, ebenso die Überreste eines Whiskeyglases, dessen Inhalt den Teppich tränkte. Aus dem Besprechungszimmer drang ein fahler Lichtschein. Er trat näher. Lennox blieb zurück, was ihn nicht mit Zuversicht erfüllte.

Ramesh saß am Tisch, das Kinn in die Hand gestützt, und starrte auf einen Laptop. Teile des Bildschirms spiegelten sich hinter ihm im Fenster. Er spielte ein Kartenspiel. Neben Rameshs linker Hand standen ein überquellender Aschenbecher und ein Whiskeyglas. Es war leer.

Alec legte wortlos das Handy und die Autoschlüssel auf den Tisch.

»Interessanter Abend«, bemerkte Ramesh, ohne aufzublicken. Er klang beherrscht, doch es war deutlich zu merken, dass diese Ruhe auf der Kippe stand.

Alec holte den Briefumschlag hervor und hielt ihn Ramesh hin. »Sehr subtil.«

Der Anflug eines Lächelns huschte über Rameshs Gesicht. »Ich bin lediglich deinem Hinweis gefolgt.«

»Welchem? Dem mit der Privatsphäre?«

Ramesh rollte die Augen. Er griff nach dem Umschlag und schaute hinein. »Wo ist der Zettel?«

»Wurde anderweitig gebraucht.«

»Dann hör auf, dich zu beschweren.«

Aus den Augenwinkeln sah Alec, dass Lennox auf einem der Stühle vor dem Schreibtisch Platz genommen hatte und in einer Zeitschrift blätterte.

»Man sollte meinen, du hättest zurzeit wichtigere Dinge im Kopf«, bemerkte er mit einem Anflug von Humor.

Rameshs Miene verfinsterte sich.

Alec zog sich einen Stuhl heran und setzte sich. »Wer hat gequatscht?«

»Das, mein Freund, ist eine hervorragende Frage.« Ramesh klappte den Laptop zu und lehnte sich erwartungsvoll zurück. »Irgendwelche Ideen?«

Es überraschte ihn, dass Ramesh ehrlich an seiner Meinung interessiert war. Natürlich hatte er Ideen. Zum Beispiel die, dass die New Yorker Organisation selbst mit Waffen handelte und vielleicht über alte oder neue Kontakte von Rameshs Deal erfahren hatte. Oder dass die New Yorker einfach verdammt erfolgreich darin waren, die Konkurrenz auszuspionieren. Oder die einfachste und naheliegendste Variante. »Einer von deinen Leuten könnte geredet haben.« Womit er alle verdächtigte, die am Treffen beteiligt gewesen waren.

»Tyrone und die anderen haben die Adresse erst kurz vorher erfahren. Keiner von ihnen hatte Zeit für einen Telefonanruf.«

Aber vielleicht für eine SMS, dachte Alec bei sich.

»Was nicht bedeutet, dass sie nicht befragt werden«, fügte Ramesh hinzu.

»Jemand könnte den Waffenhändlern zum Treffpunkt gefolgt sein. Oder euch.«

»Oder dir.«

Er schüttelte den Kopf. »Ich habe keinen Verfolger bemerkt.« Die Straßen waren nahezu leer gewesen.

»Du bist der Einzige, der allein unterwegs war. Du hättest die Adresse verraten können.«

»Um die Typen anschließend an dich zu verraten?«

Ramesh verzog das Gesicht. »Nur Gedankenspiele.« Es war keine Entschuldigung, aber so nah dran, wie er es sich als Boss erlauben konnte.

»Was ist mit den Waffenhändlern?«

»Haben mir versichert, nicht darin verwickelt zu sein. Angesichts unserer jahrelangen Geschäftsbeziehungen bin ich geneigt, ihnen zu glauben.«

Außerdem haben sie einen von den Typen für dich abgeknallt.

»Woher bekommen deine Waffenhändler ihre Ware?«

Auch diese Frage hatte sich Ramesh offenbar bereits gestellt. »Der Spur gehen wir nach. Lennox hat das Fahrzeug der Waffenhändler auf Peilsender untersucht und nichts gefunden. Niemand war verkabelt oder verwanzt. Von keinem ihrer Handys wurde ein Anruf getätigt oder eine Nachricht verschickt. Alle Handys waren billiger Prepaidschrott.«

Alec nickte bedächtig. »Wie geht es jetzt weiter?«

Ramesh zündete sich eine neue Zigarette an. »Die Sicherheitsvorkehrungen werden weiter erhöht. Morgen informiere ich Chicago. Sobald die entschieden haben, wie sie reagieren wollen, bekomme ich meine Anweisungen.«

Er erinnerte sich an Deacons Bemerkung im Nachtclub. »Was passiert, wenn du die Sache nicht in den Griff bekommst?«

Um Rameshs Augen zuckte es kaum merklich. Mit dieser Frage hatte er eine Grenze überschritten. Er wollte schon zurückrudern, als Ramesh trotzdem antwortete.

»Die *Great Lakes Association* ist kein besonders nachsichtiger Arbeitgeber. Wenn ich meine Aufgaben nicht zur Zufriedenheit erfülle, wird meine Position anderweitig vergeben. Dann bekomme ich entweder ein weniger anspruchsvolles Aufgabengebiet zugeteilt, oder ich verschwinde, als hätte es mich nie gegeben.« Um seine Worte zu unterstreichen, stieß er einen Schwall Zigarettenrauch aus, der sich rasch in der Luft verteilte. »Niemand ist unersetzlich.«

Ein Schauder überlief Alec. Die Nüchternheit, mit der Ramesh seine Zukunftsaussichten einschätzte, konnte unmöglich echt sein. Kein Mensch war derartig gleichgültig seinem Schicksal gegenüber.

»Aber du musst dir keine Gedanken machen, Alec. Für jemanden wie dich wird die *GLA* immer Verwendung haben.«

Ob dasselbe für Lennox Kinley galt? Er blickte zu dem Bodyguard, der in die Zeitschrift versunken schien. Lennox war der Einzige, dem er absolute Loyalität zutraute. Jay hingegen würde Ramesh, ohne zu zögern, verraten, gleichgültig, wie sehr der Junge ihn bewunderte. Wenn es hart auf hart kam, würde Jay einknicken wie ein Strohhalm. Ebenso Danny und Tyrone. Lennox hingegen würde seinem Boss bis ins Grab folgen. Falls die *GLA* beschloss, Ramesh zu ersetzen, hatte er vielleicht bald Gelegenheit dazu.

Wer würde Rameshs Nachfolger werden? Wer würde in der Lage sein, die entstandene Lücke zu füllen? Ihm fiel ein Mann ein, der sich vermutlich um die Position reißen würde.

»Komm morgen gegen Mittag hierher«, unterbrach Ramesh seine Überlegungen. »Damit ich dich offiziell vorstellen kann.« Ramesh gab etwas in sein Handy ein und legte es beiseite. »Ich habe eine Textnachricht an dein privates Handy geschickt. Darin stehen zwei Telefonnummern. Von nun an sprichst du direkt mit Lennox oder mit mir. Keine Anrufe mehr von charmanten jungen Frauen.« Er machte eine Kunstpause. »Die entzückende Layla natürlich ausgenommen.«

Alec musste lächeln. »Wenn du irgendjemandem davon erzählst, bringe ich dich um!«

»Stell dich hinten an.« Ramesh klemmte sich die Zigarette zwischen die Lippen, nahm den Laptop in die eine und das Handy in die andere Hand und erhob sich.

Sie verließen das Gebäude durch die Seitentür. Ramesh und Lennox stiegen in den Mercedes, der vor dem Haupteingang parkte. Alec ging zum Daytona, den Kopf voller widersprüchlicher Gedanken und Gefühle.

Er fuhr nicht auf direktem Weg nach Hause, sondern nahm einen Umweg über die Warren Avenue. Als auf der linken Straßenseite Mikeltis Autoshop auftauchte, verringerte er die Geschwindigkeit und hielt am Straßenrand. Die Werkstatt lag im Dunkeln. Nur die Reklame leuchtete rot über den geschlossenen Rolltoren. Zwischen zwei Toren hing, jetzt nicht zu erkennen, ein graues Schild: *Best Care Anywhere.*

Er sah hinüber zu dem Garagengebäude, hinter dessen Mauern der Impala auf ihn wartete, und gab Gas.

»Ramesh rüstet auf.« Alec stand am Küchenfenster, das Handy aus dem Versteck im Keller in der einen und eine Flasche Bier in der anderen Hand. »Jay und ich haben heute Abend vier Sporttaschen mit illegalen Handfeuerwaffen und größeren Kalibern in der Stadt verteilt. Eine ist im *Arabian Nights* gelandet.«

»Großartig«, *erwiderte* Steve Blake resigniert. Bis vor wenigen Minuten hatte er verschlafen geklungen und verstimmt über die Störung. Dafür konnte man ihm nachts um halb drei keinen Vorwurf machen.

Alec hingegen war hellwach. »Der Deal mit den Waffenhändlern ist beinah schiefgelaufen. Die New Yorker haben irgendwie von dem Treffen erfahren und sind prompt neugierig geworden.«

»Gab es Verletzte?«

»Vermutlich einen Toten.«

»Was ist passiert?«

Er gab Steve eine Zusammenfassung.

»Großartig«, wiederholte Steve, nachdem er seinen Bericht beendet hatte. »Ich werde meine Leute beauftragen, mehr herauszufinden.«

»Die sollen bloß vorsichtig sein!«

»Keine Sorge, sie werden sich unsichtbar machen.« Steve seufzte. »Meine Ex-Kollegen von der *ATF* würden sich alle zehn Finger nach dieser Information lecken. Ich werde einige Anrufe tätigen, damit sie uns nicht dazwischenfunken.«

»Und schlafende Hunde wecken?«

»Ich rede mir lieber präventiv den Mund fusselig, als zu erleben, wie zwei Jahre Arbeit die Toilette runtergespült werden. Außerdem erfahre ich auf diesem Wege vielleicht, ob die bereits an den New Yorkern dranhängen. Wäre unschön, wenn Rameshs Konkurrenten uns die *ATF* ins Haus schleppen.«

»Ich dachte, du magst deine Ex-Kollegen.«

»Nicht, wenn sie mir die Tour vermasseln.«

»Uns.«

»Uns«, wiederholte Steve, und es klang tatsächlich entschuldigend.

Alec nahm einen Schluck Bier und wischte sich mit dem Handrücken einen Tropfen vom Kinn. »Ich hab einen ersten Hinweis auf Rameshs indischen Kontaktmann.« Er gab Steve das Kennzeichen des Wagens aus Indiana weiter.

»Ich lasse das überprüfen. Sein Gesicht hast du nicht gesehen?«

»Nein, war zu dunkel.«

»Schade. Beim Kennzeichen des Minivans sind wir nicht sehr weit gekommen. Der Wagen wurde in Chicago mit einem gefälschten Führerschein angemietet. Wir versuchen jetzt, den Mann zu finden, der auf dem Foto abgebildet ist. Bisher leider ohne Erfolg.«

Eine Sackgasse also. Alec hatte es insgeheim erwartet. »Haben deine Spione irgendwas Neues über die New Yorker herausgefunden?«

»Seit der Immobilienmakler die Fensterscheibe auswechseln musste, hat sich keiner der Brüder mehr dort blicken lassen. Die sind spurlos verschwunden. Hocken wahrscheinlich in einer Wohnung und halten Hof.«

»Ich habe eine Idee, wie du sie vielleicht finden könntest.« Er erzählte Steve von einem Verdacht, der sich allmählich in seinem Kopf geformt hatte.

Sein Freund und Vorgesetzter war zwar skeptisch, aber grundsätzlich angetan von dem neuen Ermittlungsansatz. »Ich gehe dem nach. Sonst noch irgendwas, von dem ich wissen sollte?«

»Waldarbeiter haben in der Nähe von Mount Pleasant zwei Leichen gefunden. Ramesh hat bestätigt, dass es seine Leute sind. Die beiden, die Jay und mich auf der Isabella Road ablösen sollten.«

»Hatten die Männer Familie?«

»Nein. Keine trauernden Witwen, die mit der Polizei sprechen würden. Wäre auch keine gute Idee.« Alec stellte die Bierflasche auf der Fensterbank ab. »Übrigens bin ich jetzt offiziell bei *Fast Lane* angestellt. Im Sicherheitsteam, mit Arbeitsvertrag und allem. Ramesh zieht mich immer mehr ins Vertrauen. Ich glaube, er braucht jemanden, mit dem er sich auf Augenhöhe austauschen kann, ohne Gefahr zu laufen, seinen Ruf als knallharter Macher zu verlieren.«

Ramesh brauchte einen Freund.

»Sehr gut!«

»Ich habe zwei Telefonnummern für dich.« Er holte sein Handy vom Küchentisch und las die Nummern aus Rameshs Textnachricht vor. »Die erste gehört Lennox, die zweite Ramesh.«

»Der direkte Draht zum Boss, was?«

»Ja, endlich.« Er fragte sich, warum er keine Euphorie verspürte. Oder zumindest Erleichterung. Stattdessen hakte er stumpf die Punkte auf einer Liste ab. Der letzte Punkt war allerdings heikel, und er wusste nicht, wie Steve darauf reagieren würde. »Ich habe nachgedacht«, begann er. »Was Ramesh angeht ...«

Sein Freund hörte ruhig zu. Anschließend fragte er ebenso ruhig, ob Alec absolut sicher wäre.

Er war es.

Er legte das Handy beiseite und trank in aller Ruhe das Bier aus. Allmählich wurde er müde. Er stellte die leere Flasche in die Spüle, zog den Zettel mit Laylas Telefonnummer aus der Hosentasche und betrachtete ihn nachdenklich. Schließlich knüllte er den Zettel zusammen und warf ihn in den Müll. Er würde der Mistkerl sein, der sich nie meldet. Zu ihrer beider Wohl.

Kapitel 19

Bei Tage herrschte reges Treiben auf dem Gelände der *Fast Lane Transportation, Inc.* Alec zählte acht Männer, alle in schwarze T-Shirts mit dem Schriftzug der Firma gekleidet. Zwei von ihnen gingen auf das Lagerhaus zu, zwei luden mit Gabelstaplern Paletten mit Kartons in einen Kleinlaster, drei andere entluden im Eiltempo und unter Beobachtung eines dicklichen Mannes einen Truck. Alle Fahrzeuge auf dem Gelände waren weiß und trugen auf der Seite das Logo der Firma: einen stilisierten roten Truck, der einem geschwungenen Pfeil ähnelte, der dynamisch nach vorn zeigte.

Er schloss den Daytona ab, sah zufällig nach vorn und hielt inne, gefangen von dem Anblick des gigantischen Gebäudes, das sich in der Ferne majestätisch in den Himmel erhob. Der Turm der Michigan Central Station, Detroits berühmtestes und traurigstes Wahrzeichen. Seit über zwanzig Jahren ein Spielplatz für Vandalen, Obdachlose und Junkies. Verlassen, verfallen, zerbröckelnd. Eine monumentale Ruine, die einen durch ihre schiere Größe dennoch mit Ehrfurcht erfüllte. Er blieb noch einige Augenblicke stehen, ehe er zum Haupteingang des Bürogebäudes ging.

Am Empfangstresen saß eine junge blonde Frau in einem dunklen Blazer. Bei seinem Eintreten knipste sie ein strahlendes Servicelächeln an. Auf dem hübschen Köpfchen trug sie ein dezentes Headset. »Einen wunderschönen guten Tag, Sir. Wie kann ich Ihnen helfen?« Ein Telefon klingelte. Sie lächelte erneut, hob die Hand zum Zeichen, dass sie gleich Zeit für ihn haben würde, und nahm den Anruf entgegen. »Fast Lane Transportation Incorporated«, flötete sie. »Mein Name ist Audrey. Wie kann ich Ihnen behilflich sein?« Sie wartete die Antwort ab und nickte. »Natürlich. Ich verbinde Sie mit Mister Connolly.« Audrey drückte eine Taste an der Telefonanlage, hob den Blick und lächelte Alec an. Wenn sie für jedes Lächeln einen Dollar bekäme, hätte sie bald ausgesorgt. »Was kann ich für Sie tun?«

»Mein Name ist Alec Boyd. Mister Dewari erwartet mich.«

Ihr Blick wurde skeptisch, während sie blitzschnell seine Kleidung in Augenschein nahm. Wahrscheinlich trugen Rameshs übliche Besucher weder Lederjacken noch verwaschene Jeans.

»Wirklich«, versicherte er. »Fragen Sie ihn.«

Nach kurzem Zögern wählte die junge Frau eine Telefonnummer und tat genau das. Sie klang wie ein nervöses Schulmädchen. »Mister Dewari wird gleich bei Ihnen sein«, teilte Audrey ihm hörbar erstaunt mit, sobald sie aufgelegt hatte. Offenbar gehörte auch das nicht zum üblichen Ablauf.

Kurz darauf tauchte Ramesh auf. Er begrüßte Alec mit einem freundschaftlichen Klaps auf die Schulter. »Audrey, Mister Boyd arbeitet ab heute für unser Sicherheitsteam. Merken Sie sich sein Gesicht und seien Sie nett zu ihm. Er hat es verdient.« Ramesh zwinkerte ihr verschwörerisch zu, was zur Folge hatte, dass Audreys Augen zu leuchten begannen und das falsche Serviceläche ln zu einem echten Strahlen wurde. Sie bemerkte Alecs Schmunzeln, errötete und wandte sich schnell dem Telefon zu, um das nächste Gespräch entgegenzunehmen.

Ramesh grinste schelmisch. Er wusste genau, wie er seinen Charme erfolgreich einsetzen konnte. »Komm.«

Sie gingen durch eine Hintertür auf den Hof der Spedition.

Ramesh steuerte zielstrebig auf den dicklichen Mann zu, der noch immer beim Truck stand, ein Klemmbrett in der Hand hielt und fleißig Häkchen auf einem Zettel machte. »Thomas.«

Der Mann sah von seiner Arbeit auf, erkannte Ramesh und nahm Haltung an. Es fehlte nur der Salut. »Mister Dewari, schön, Sie zu sehen, Sir!« Er reichte Ramesh die Hand und schüttelte sie kräftig. Anschließend musterte er Alec von Kopf bis Fuß.

»Das ist Alec Boyd. Er verstärkt ab heute unser Sicherheitsteam.«

Alec reichte dem älteren Mann die Hand. Der hatte einen Griff wie ein Schraubstock.

»Alec, was?« Thomas musterte ihn erneut. Prüfend, aber nicht unfreundlich. »Willkommen im Team.«

»Danke.«

»Thomas ist unser Mann für alles«, erklärte Ramesh. »Er teilt die Touren ein, überwacht die Be- und Entladung, hört sich deine Beschwerden an und tritt dir in den Hintern, wenn du Mist baust.«

Bei der letzten Bemerkung nickte Thomas nachdrücklich.

Ob der Mann eine Ahnung hatte, für wen er da arbeitete?

Alecs Blick glitt über das Gelände und blieb an zwei Männern in blauen Overalls hängen, die vor der offenen Motorhaube eines Lieferwagens standen und ratlos auf den Motor starrten.

Ramesh schmunzelte. »Alec ist ein hervorragender Mechaniker«, teilte er Thomas mit. »Falls es ihn in den Fingern juckt, gib ihm was zu tun. Ich möchte nicht, dass er sich langweilt.«

»Gut zu wissen, Sir. Eines der Fahrzeuge ist immer defekt, da können wir jede Hilfe gebrauchen.«

Nachdem Ramesh ihn den anderen Mitarbeitern vorgestellt hatte, gingen sie zurück zum Gebäude.

An der Tür blickte Alec zurück zu den Mechanikern, die mittlerweile am Motor des Lieferwagens herumschraubten. Da war er, der nächste potenzielle Zengarten. Ramesh gab sich verdammt viel Mühe, ihm das Leben angenehm zu machen ...

Dieser Typ kann dir gefährlich werden.

Es war der Gedanke, den er nach ihrer allerersten Begegnung im *Arabian Nights* gedacht hatte.

Eine Ahnung. Eine Befürchtung, die sich mit jedem neuen Tag mehr bewahrheitete.

»Ich habe einen Job für dich, der dir nicht gefallen wird.« Ramesh führte ihn ins Besprechungszimmer.

»Du bist der Boss.« Er lehnte sich gegen den Tisch, die Daumen in die Hosentaschen gehakt. »Du gibst mir die Aufträge, ich erledige sie.« Sein lässiger Tonfall überspielte die Anspannung, die ihn erfasst hatte.

Ramesh schnaufte amüsiert. »Schließ die Tür.«

Sobald die Tür zu war, legte Ramesh einen kleinen silbernen Gegenstand auf den Tisch. Einen USB-Stick. »Um in Detroit Geschäfte zu machen, muss man sich mit vielen Parteien gut stellen«, erklärte er. »Auf beiden

Seiten des Zauns. Der Zwischenfall gestern hat Wellen geschlagen. Wir ziehen zu viel Aufmerksamkeit auf uns, das macht unsere Helfer auf der anderen Seite des Zauns nervös. Wenn wir ihre Unterstützung verlieren, wird es für alle Beteiligten unangenehm.«

Alec nahm den USB-Stick in die Hand. »Was soll ich damit machen?« Er ahnte es bereits, und diese Ahnung trieb seinen Puls in die Höhe.

»In der Gasse neben dem Gebäude steht ein Wagen. Dein Ziel liegt in der Nähe der Michigan Avenue. Dort wird dich ein Streifenwagen anhalten. Einer der Beamten wird dich durchsuchen und dir den USB-Stick abnehmen. Anschließend kommst du zurück. Betrachte es als Vorstellungsgespräch. Es ist von Vorteil, wenn meine Kontakte wissen, dass du für mich arbeitest. Falls du verhaftet wirst oder anderweitig in Schwierigkeiten gerätst.«

Ramesh hatte recht. Der Job gefiel ihm nicht, allerdings aus einem anderen Grund, als Ramesh annahm. »Muss ich mit irgendwelchen Nettigkeiten rechnen?«

»Die Typen sind korrupte Bullen. Sie hassen es, für mich zu arbeiten, aber sie lieben mein Geld und die Informationen, die ich ihnen zukommen lasse, was sie zu äußerst zwiegespaltenen Individuen macht. Es kann sein, dass sie dich etwas härter anfassen als nötig.«

»Wie hart?«

Ramesh schwieg. »Lass dich nicht provozieren«, sagte er schließlich. »Ich brauche dich auf der Straße und nicht in einer Zelle oder im Krankenhaus.«

Er betrachtete den USB-Stick in seiner Hand und sah danach Ramesh an.

Ich soll mich also für dich von zwei korrupten Bullen herumschubsen oder sogar zusammenschlagen lassen.

Er sprach den Gedanken nicht laut aus. Das brauchte er auch nicht. Ramesh war klar, was er da verlangte.

»Wie lautet die Adresse?«

Ramesh nannte ihm die Straße und die Route. »Hast du deine Waffe dabei?«

»Im Daytona.«

»Lass sie dort. Wenn du bewaffnet zu dem Treffen kommst, klicken sofort die Handschellen.«

Er nahm den Autoschlüssel entgegen und machte sich auf den Weg. Die Aussicht auf eine Tracht Prügel von zwei korrupten Kollegen behagte ihm nicht, doch wenn er dafür die Gesichter der Polizisten sah und ihre Namen erfuhr, war es die Sache wert.

Sein fahrbarer Untersatz entpuppte sich als rostiger Chrysler mit defektem Rücklicht. Alec betrachtete die Überreste der gesplitterten Plastikverkleidung. Ein hervorragender Grund für jeden Polizisten, ihn anzuhalten. Er setzte sich hinters Lenkrad und vollzog das übliche Ritual von Sitz- und Spiegeleinstellung. Es beruhigte ihn. Schließlich startete er den Wagen. Der Motor erwachte stotternd zum Leben und lief auf eine Weise unrund, die ihn schmerzte. Er musste sich bremsen, nicht auszusteigen und unter die Haube zu schauen.

Während er dem Ziel näher kam, breitete sich eine nervöse Übelkeit in seinem Magen aus. Er versuchte, sich abzulenken, indem er über den Inhalt des USB-Sticks nachdachte. Welche Dateien mochten sich darauf befinden? Fotos? Informationen? Es gab zahllose Möglichkeiten, Menschen zu erpressen oder zu bestechen, dazu musste kein einziger Geldschein die Hände wechseln. Steve würden die Daten ebenfalls brennend interessieren, doch er sah keine Möglichkeit, den USB-Stick in dieser kurzen Zeit zu kopieren, und er wusste nicht, ob es auf dem Stick irgendwelche Sicherheitsmaßnahmen gab, die genau das verhindern sollten. Oder den Zugriff unbemerkt speicherten und die Indiskretion verrieten.

Er bog auf den Grand Boulevard ein und lenkte den Wagen nach Nordwesten zur Brandon Street.

Hoffentlich behielt er die Nerven. Korrupte Bullen waren der letzte Abschaum. Sie waren schlimmer als Kriminelle, denn ihr Job war es, die Menschen zu beschützen und das Recht zu vertreten. Stattdessen nutzten sie ihre Position, um das Gesetz zu brechen und Menschen zu schaden. Sie zogen das Ansehen der Polizei in den Dreck und verliehen allen ehrlichen, hart arbeitenden Beamten einen schlechten Ruf. Sie waren eine Schande für die Uniform! Alec kochte innerlich.

Ruhig bleiben, verdammt! Es geht hier um mehr!

Er lockerte seinen Griff um das Lenkrad und die verspannten Schultern. Tief durchatmen.

Kurz bevor er die Brandon Street erreichte, hängte sich ein Streifenwagen hinter ihn. Er war wie aus dem Nichts gekommen. Sein Herzschlag schaltete in einen höheren Gang. Er fuhr jetzt durch die Ausläufer eines Wohngebiets. Einzeln stehende, niedrige Häuser säumten die Straße. Es herrschte kaum Verkehr. In einiger Entfernung entdeckte er Bahngleise und brachliegende Flächen. Er setzte den Blinker und bog in die Brandon Street ein. Der Streifenwagen folgte ihm. Nach wenigen Metern begannen die Lichter auf dem Dach des Polizeifahrzeugs zu rotieren. Die Sirene heulte kurz auf.

Das Geräusch war für ihn wie ein elektrischer Schlag. Er hielt am Straßenrand und stellte den Motor ab. Im Rückspiegel beobachtete er, wie sich die Beifahrertür des Streifenwagens öffnete und einer der Polizisten ausstieg. Der Mann hielt einen Schlagstock in der Hand, den er in eine Halterung an seinem Gürtel steckte. Danach legte er demonstrativ die Hand auf seine Dienstwaffe und setzte sich in Bewegung. Der Fahrer stieg ebenfalls aus. Er hielt sich im Hintergrund, sicherte seinen Kollegen. Beide Männer waren in den Vierzigern. Der eine hochgewachsen und schlank, der andere kleiner, mit beginnendem Doppelkinn und Bauchansatz. Gestandene Beamte. Vermutlich Familienväter, die Hypotheken abzahlen mussten. Der schlanke Polizist erreichte Alecs Wagen und klopfte ans Beifahrerfenster. Alec musste sich hinüberbeugen, um es runterzukurbeln.

»Fahrzeugpapiere, Führerschein, aussteigen«, kam die knappe Anweisung.

Er gehorchte. Führte jede Handlung bewusst langsam aus, um keine unnötigen Reaktionen zu provozieren. Der zweite Polizist wartete am Heck des Chryslers. Auf der rechten Seite seiner Uniformjacke war der Name *Wallace* eingestickt. Alec schloss die Fahrertür und hielt Fahrzeugpapiere und Führerschein hoch. Die andere Hand hob er sicherheitshalber auf Brusthöhe. Der schlanke Polizist, dessen Name *Plummer* lautete, kam um den Wagen herum. Er rupfte ihm die Dokumente aus der Hand, warf einen flüchtigen Blick darauf und reichte sie an seinen Kollegen weiter. Danach packte er Alec unvermittelt am Arm und stieß ihn gegen den Chrysler.

»Hände aufs Dach, Beine auseinander«, befahl er barsch. Er hielt Alec mit einer Hand im Genick fest. »Diese Position ist dir bestimmt vertraut, Jungchen«, fügte er sarkastisch hinzu.

Alec presste die Handflächen fest auf das Dach des Chryslers, um nicht in Versuchung zu kommen, dem Mann hinter sich den Ellenbogen in den Solarplexus zu rammen.

Er wurde grob und äußerst gründlich durchsucht.

Wahrscheinlich wollte Detective Plummer absolut sichergehen, dass er weder verkabelt war noch irgendwelche Wanzen trug. Er schielte zum Streifenwagen. Jedes Polizeifahrzeug wurde heutzutage mit Kameras ausgestattet. Ob die Kameras dieses Fahrzeugs wohl gerade eine unerklärliche Fehlfunktion hatten?

Detective Plummer fand schließlich den USB-Stick, gab sich damit jedoch nicht zufrieden. Er nahm auch Alecs Handy an sich. Sein eigenes Handy, keines von den Wegwerfteilen.

»Dein Boss verliert allmählich die Kontrolle.« Der Polizist hielt ihn weiter im Genick fest, sodass er den Kopf nicht wenden konnte. »Die Konkurrenz tanzt ihm auf der Nase herum, und das ist nicht gut fürs Geschäft.« Detective Plummer trat näher. Er drückte Alec mit seinem Körpergewicht gegen den Wagen und atmete ihm in den Nacken. Es verlangte Alec alles ab, ruhig zu bleiben und sich nicht zu bewegen. »Die Dinge sind in der Vergangenheit ruhig und geregelt gelaufen. Jeder hat seinen Anteil bekommen, alle waren zufrieden. Wenn Menschen auf offener Straße erschossen werden, sind wir gezwungen, zu ermitteln. Was nicht nur meinen Partner und mich in eine äußerst prekäre Lage bringt, sondern auch gewisse Leute, die um einiges höher in der Hackordnung stehen als wir. Einflussreiche Leute, die allmählich ungeduldig werden.« Zorn und Abscheu schlichen sich in die Stimme des Mannes. Sie spiegelten exakt Alecs Gefühle wider. »Dein Boss sollte die Situation besser schnell in den Griff bekommen. Sonst wird die Konkurrenz seine geringste Sorge sein.« Detective Plummer ließ ihn endlich los und trat abrupt zurück.

Er wartete einige Sekunden, bevor er die Hände vom Autodach nahm und sich umdrehte.

Die Polizisten starrten ihn an. Wallace angespannt, Plummer lauernd. Schließlich reichte Detective Wallace Führerschein und Fahrzeugpapiere an Alec zurück.

Alec steckte beides ein, sah Detective Plummer an und streckte auffordernd die Hand aus. »Mein Handy.«

Die Augen des Polizisten verengten sich. Seine Kiefer mahlten. Er schaute sich kurz um. Es waren weder Passanten noch Fahrzeuge zu sehen.

»Natürlich.« Der Detective hielt ihm das Handy hin. Als er zugreifen wollte, ließ er es auf den Asphalt fallen. Dann trat er kräftig auf das Display und beförderte das Handy mit einem weiteren Tritt unter den Chrysler. »Die Autoschlüssel«, verlangte er.

Alec rührte keinen Muskel. Wut ließ seine Hände zittern. Er zwang sich, die Finger ausgestreckt zu halten, damit er sie nicht zu Fäusten ballte.

»Gib mir den verdammten Autoschlüssel!«, stieß sein Gegenüber hervor. Die rechte Hand des Polizisten umfasste demonstrativ den Kolben der Dienstwaffe.

Widerwillig öffnete Alec die Fahrertür, zog den Zündschlüssel ab und warf ihn Detective Plummer zu.

Der Polizist fing ihn auf. »Jetzt verschwinde. Bevor ich es mir anders überlege.«

Diesmal ballte Alec die Hände zu Fäusten. Er konnte sich nicht helfen.

»Was?« Der Polizist schob das Kinn vor, bereit zum Kampf, auf eine falsche Bewegung wartend. »Was?«, wiederholte er herausfordernd. »Hast du irgendwas zu sagen, Jungchen?«

Alec kämpfte gegen den brodelnden Vulkan in seinem Inneren an.

Du jämmerliche Witzfigur bist es nicht wert!

Er wandte sich abrupt um und marschierte los, bevor er etwas tat, das den gesamten Einsatz gefährdete. Erst an der nächsten Straßenecke blickte er zurück.

Die beiden Polizisten standen neben dem Streifenwagen und sahen ihm nach.

Er wandte sich nach rechts. Irgendwo vor ihm verlief die Michigan Avenue. Dort würde er hoffentlich einen Taxistand finden. Oder eine Telefonzelle.

Beim Gehen schüttelte er die Hände aus, um die Anspannung loszuwerden. Die Wut wollte nicht nachlassen. Sie brannte in ihm. Selbst wenn Wallace und Plummer wegen Korruption angeklagt würden, hieße das nicht, dass sie im Gefängnis landeten. Sie konnten einen Deal machen, auspacken, Insiderinformationen liefern. Irgendwie würden sie davonkommen.

Er erreichte das Ende der Straße, wo ein Lagerhaus den Beginn eines Gewerbegebiets markierte. Er konnte entweder links in eine Seitenstraße abbiegen, die ihn von der Michigan Avenue wegführte, oder schräg rechts am Lagerhaus vorbeigehen und über offenes Gelände laufen. Er entschied sich für rechts. Er ging an Trucks, Lieferwagen und leeren Anhängern vorbei, die auf staubigem, von struppigen Grasinseln bewachsenem Boden standen. Vor ihm verliefen parallel etliche Bahngleise, die sich weiter links in mehrere Stränge teilten. Alec versicherte sich, dass kein Zug kam, und ging schräg über die Gleise. Er überquerte eine verwitterte, von Schlaglöchern und Rissen übersäte Straße und folgte ihrem Verlauf mit einigen Metern Abstand zur Fahrbahn. Jetzt befand er sich auf einem unbebauten, von Gras und Unkraut überwucherten Areal, auf dem problemlos zwei riesige Wohnblocks Platz gehabt hätten. Weit entfernt sah er zu seiner Linken zwei Lagerhäuser und ein drittes einsam zu seiner Rechten. Nirgendwo regte sich etwas. Keine Menschen, kein Verkehr. In der Ferne rauschte ein endloser Strom von Fahrzeugen entlang. Die Michigan Avenue. Wie nah in Detroit das Nichts und das pulsierende Leben beieinanderlagen ...

Er trat gegen einen faustgroßen Stein, verfolgte seine Bahn und trat ihn erneut nach vorn. Jetzt hörte er hinter sich Motorengeräusche, die näher kamen. Er wandte automatisch den Kopf, falls die Polizisten es sich anders überlegt hatten und ihm eine Abreibung verpassen wollten. Doch es war kein Streifenwagen, sondern ein brauner Viertürer, der ziemlich langsam fuhr. Der plötzlich von der Straße schwenkte und direkt auf ihn zuhielt. Mit zunehmender Geschwindigkeit. Es dauerte einige Sekunden, bis Alec begriff. Dann warf er sich herum und rannte los zu dem einsam stehenden Lagerhaus. Hinter ihm kam das Dröhnen des

Wagens bedrohlich näher. Er rannte so schnell, wie er in seinem Leben nicht gerannt war. Er musste nicht lange darüber nachdenken, wer das sein könnte. Er ahnte es. Das Motorengeräusch im Nacken, sprang er über eine Senke im staubigen Boden und hoffte, der Fahrer würde den Wagen hineinsteuern. Er hörte, wie das Fahrzeug abgebremst wurde, ein Schlittern von Reifen, das brutale Schalten in einen anderen Gang. Wieder heulte der Motor auf. Alec rannte weiter, überquerte eine Straße. Sein Herz hämmerte wie wild. Rechts neben dem Lagerhaus standen wie wahllos abgestellt einige Container. Vielleicht zweihundert Meter entfernt.

Zu weit.

Das Dröhnen des Motors wurde lauter. Es klang wie das Brüllen eines Raubtiers. Gleich würde ihn der Wagen über den Haufen fahren. Er spürte die Stoßstange fast in den Kniekehlen. Panik löschte jeden Gedanken in seinem Kopf aus.

Plötzlich schwenkte der Wagen hinter ihm aus. Der Fahrer überholte ihn in einem engen Bogen und stellte das Auto abrupt quer, um seinen Fluchtweg zu blockieren. Alec ließ sich von dem Hindernis nicht aufhalten und sprang aus vollem Lauf auf die Motorhaube. Die Fahrertür wurde geöffnet. Ein dunkelhäutiger Mann machte Anstalten, auszusteigen. Alec sprang von der Motorhaube und versetzte der Autotür einen kräftigen Tritt. Sie knallte dem Fahrer vors Gesicht. Den Schmerzensschrei des Mannes in den Ohren, rannte er weiter. Auf den ersten der Container zu. Fünfzig Meter. Dreißig Meter. Jemand folgte ihm zu Fuß. Zwei Personen. Sie holten rasch auf. Alecs Beine und Lungenflügel brannten. Er wurde langsamer, konnte das Tempo nicht länger halten.

Zehn Meter bis zum Container. Fünf. Drei.

Er stoppte abrupt. Der erste der Verfolger war ihm so dicht auf den Fersen, dass er fast gegen ihn prallte. Er packte den Mann, nutzte dessen Schwung und stieß ihn mit dem Gesicht voran gegen den Container. Ein hässliches Geräusch von Knochen auf Metall begleitete den Aufprall. Der Mann taumelte zurück, die Augen weit aufgerissen, zu geschockt, um zu begreifen, was passiert war. Aus seiner Nase sprudelte Blut.

Jetzt hatte der andere Verfolger sie erreicht, außer Atem, doch zum Kampf bereit. Alec duckte sich unter einem Schlag weg und rammte dem Angreifer den Ellenbogen in den Magen. Der Mann krümmte sich und brach fast in die Knie. Als Alec ihn endgültig außer Gefecht setzen wollte, stolperte der Mann mit der gebrochenen Nase auf ihn zu, die Faust zum Schlag erhoben. Er blockte den Angriff mühelos ab, drehte dem Mann den Arm auf den Rücken, hebelte dessen Oberkörper in die Waagerechte und rammte ihm mehrfach das Knie in die Rippen. Beim dritten Mal spürte er, wie Knochen brachen. Sein Gegner brüllte auf und brach zusammen. Er schlug den Mann mit einem linken Haken bewusstlos, wirbelte herum und sah den Kolben einer Pistole auf sich zukommen. Adrenalin und seine aufgeputschten Reflexe bewahrten ihn vor dem Schlimmsten. Er schaffte es, den Kopf weit genug zu drehen, um der vollen Wucht des Schlages zu entgehen. Die Waffe erwischte ihn oberhalb des linken Ohrs. Der Schmerz reichte, um ihn Sterne sehen zu lassen.

Ein Fausthieb traf ihn in den Nacken. Vor Schmerzen brach er in die Knie. Ein Tritt gegen die Schulter schickte ihn endgültig zu Boden. Er blieb liegen, sämtliche Sinne betäubt, unfähig, sich zu bewegen. Jemand packte ihn und zerrte ihn hoch. Ein heftiger Stoß ließ Alec rücklings gegen den Container taumeln. Sein Hinterkopf prallte so hart gegen das Metall, dass ihm schwarz vor Augen wurde und seine Knie erneut nachgaben. Eine Hand packte ihn an der Jacke und zog ihn wieder hoch. Etwas Hartes, Kaltes wurde gegen seinen Bauch gepresst. Er stand so still, wie sein keuchender Atem es erlaubte. Er schmeckte Dreck und Blut.

»Deinetwegen wurde mein Kumpel erschossen, du Bastard!« Die Hand ließ ihn los, stattdessen drückte ein Arm ihm die Kehle zu und raubte ihm die ohnehin knappe Luft. »Ich würde dich am liebsten über den Haufen knallen, du verwichstes Stück Scheiße!«

Alec blinzelte hektisch, um seinen Blick zu fokussieren, und weil er nicht verstand, woher sein Angreifer wusste, dass er ...

»Mein Boss hat ein Angebot für dich.« Der dunkelhäutige Mann mit den kurz geschorenen Haaren bebte vor unterdrückter Wut. »Ist genau fünf Minuten gültig.«

Warme Flüssigkeit rann ihm den Nacken herab. Sein Kopf dröhnte. Er holte mühsam Luft, behindert durch den Arm an seiner Kehle. »Was für ein Angebot?«

»Du arbeitest ab heute für uns. Du fährst weiter für den verfluchten Inder, und uns versorgst du mit Informationen. Drogendeals, Termine, Transporte, alles. Dafür darfst du weiterleben.«

Über die Schulter des Mannes hinweg sah Alec den Fahrer des braunen Viertürers auf sie zulaufen. Sie waren zu dritt gekommen. Wie schmeichelhaft.

»Ich muss darüber nachdenken.« Er versuchte, Zeit zu schinden. Wofür, war ihm nicht ganz klar.

»Du hast drei Minuten, Arschloch, bevor ich deine Innereien über den Container verteile!«

Der Fahrer hatte sie fast erreicht. Er funkelte Alec wütend an. Auf seiner Stirn prangte eine knallrote Beule. »Spurt der Wichser? Oder soll ich ihm ein paar aufs Maul geben?«

Der Schwarze mit den kurzen Haaren wandte den Kopf. Konzentrierte seine Aufmerksamkeit kurz ganz auf den Neuankömmling. Die Chance, auf die Alec verzweifelt gewartet hatte. Er schlug seinem Angreifer blitzschnell die Pistole aus der Hand, stieß ihn zurück und rammte ihm den Ellenbogen unters Kinn. Der Schwarze ging zu Boden wie ein Sack Kartoffeln. Während der Fahrer noch verblüfft glotzte, drückte sich Alec vom Container ab und stürzte sich auf ihn. Der Mann griff in Panik unter seine Jacke, wohl um eine Waffe zu ziehen. Zu spät. Als er seinen Fehler bemerkte, hatte Alec ihn bereits erreicht. Er riss den Mann ohne jegliche Finesse von den Füßen und landete mit seinem gesamten Gewicht auf ihm. Während die Welt um Alec herum wie ein Kreisel trudelte und schwankte, schlug er seinem am Boden liegenden Gegner ins Gesicht. Wieder und wieder. Nach dem vierten Schlag hielt er keuchend inne. Wellen von Schmerz und Übelkeit überrollten ihn. Er stützte sich auf den Brustkorb des Bewusstlosen auf und versuchte, zu Atem zu kommen. Flüssigkeit tropfte von seinem Hals auf seine Hand. Er brauchte einige Sekunden, bevor er begriff, dass es Blut war und kein Schweiß. Er fasste sich in den Nacken, spürte Feuchtigkeit und zog die Hand zurück. Sie war blutverschmiert. Er blickte sich um. Drei bewusstlose Männer und ein Wagen, dessen Fahrertür einladend offen stand. Er hörte das schrille Warnsignal einer Lokomotive. Kurz darauf ruckelte in scheinbar greifbarer Nähe ein Güterzug vorbei. Entweder sah der Mann im Führerstand sie nicht oder er beschloss, die Szene zu ignorieren.

Er versuchte, aufzustehen, doch seine Beine verweigerten den Dienst. Mit zitternden, von den Schlägen geschwollenen Händen tastete er den bewusstlosen Fahrer ab. In einer Jackentasche fand er ein Handy. Es war eingeschaltet. Nach mehreren Versuchen bekam Alec seine Brieftasche aus der Hosentasche. Er fummelte Rameshs Visitenkarte aus einem der Fächer, zerriss sie dabei fast und wählte die eingetragene Festnetznummer. Diesmal gelang es ihm, aufzustehen. Begleitet vom Tuten des Freizeichens machte er einen Schritt auf den Wagen zu. Seine Knie fühlten sich an wie Gummi. Sein linker Arm war von der Schulter bis zum Ellenbogen taub. Die Finger prickelten, als wären sie eingeschlafen.

Das Tuten wurde unterbrochen. Eine vertraute Stimme meldete sich. »Hallo?«

Erleichterung schnürte ihm die ramponierte Kehle zu. »Ram. Ich brauche Hilfe!« Seine Stimme klang heiser und fremd.

»Alec?«

»Ich bin überfallen worden.« Er blieb stehen, weil ihm erneut schwindlig wurde. »Ich schaff es nicht allein zurück.«

»Wo bist du?«

»In der Nähe des Treffpunkts. Bei den Lagerhäusern.« Er versuchte vergeblich, sich an einen Straßennamen zu erinnern. An der Seite des Gebäudes stand in verblichener Schrift ein Firmenname. »Mason Brothers and Company«, las er vor. »Neben den Bahngleisen. Die Typen sind noch hier.« Er schloss für einen Moment die Augen in der Hoffnung, die Welt würde aufhören, sich zu drehen.

Als er die Augen wieder öffnete, lag er auf dem Boden. Er versuchte, aufzustehen, doch seine Muskeln verweigerten die Mitarbeit. Sein Kopf brachte ihn um.

Am Rande seines Blickfelds nahm er eine verschwommene Bewegung wahr. Er blinzelte. Signalisierte seinem überforderten Gehirn, dass es eine gute Idee wäre, die Pupillen scharf zu stellen. Endlich wurde das Bild klarer. Beim Container regte sich einer seiner Angreifer. Es war der Schwarze mit den kurz geschorenen Haaren, dem er die Waffe aus der Hand geschlagen hatte. Noch war er zu benommen, um aufzustehen. Noch.

Beweg dich!, befahl er seinem Körper. *Steh auf!*

Er konnte es nicht. Sein suchender Blick fand das Handy. Es war beim Herunterfallen aufgesprungen. Der Akku lag in greifbarer Nähe, der Rest des Handys zu weit weg.

Der andere Mann machte Anstalten, aufzustehen.

Alec sah zu dem bewusstlosen Fahrer, der wenige Meter entfernt lag. Er musste an dessen Pistole kommen.

Er wollte sich hochstemmen, doch die nächste Welle von Übelkeit und Schwindelgefühl rollte heran. Kalter

Schweiß brach ihm aus. Das Zittern in seinen Armen wurde so stark, dass er sich nicht mehr aufrecht halten konnte und auf den Boden zurücksank.

Sein Konkurrent im Wettkampf gegen die Schwerkraft schaffte es hingegen erfolgreich auf alle viere. Er begann, nach etwas zu suchen. Und fand es.

Plötzlich füllte ohrenbetäubendes Dröhnen Alecs Welt. Ein dunkler Wagen fegte an ihm vorbei und kam einige Meter entfernt schlitternd zum Stehen. Die Beifahrertür wurde aufgestoßen. Ein Mann in einem schwarzen Nadelstreifenanzug stieg aus, eine Pistole in der rechten Hand.

Ramesh.

Alec wusste nicht, ob er real war oder Einbildung.

Ohne ihn zu beachten, marschierte Ramesh auf den Schwarzen zu. Der hatte es mittlerweile auf ein Knie geschafft. In der Hand hielt er die Waffe, die er gesucht und schließlich gefunden hatte, doch er war zu benommen, um zu begreifen, was vor sich ging. Als er es endlich verstand, war es zu spät. Voller Panik versuchte er, die Waffe auf Ramesh zu richten. Der trat sie ihm aus der Hand. Dann trat er dem Schwarzen ins Gesicht. Der Mann wurde rücklings gegen den Container geschleudert und rutschte zu Boden. Ramesh trat wieder zu, gegen den Kopf des Schwarzen, in seine Rippen und wieder gegen den Kopf. Schließlich ließ er von dem Mann ab, machte einen Schritt zurück und richtete die Pistole auf ihn. Dann wandte Ramesh den Kopf und sah zu Alec. Sein Gesicht war wie versteinert, doch sein Blick sagte alles: Ein Wort, eine Geste, und er würde dem Mann eine Kugel in den Kopf jagen.

Entsetzen lähmte Alecs Gedanken. Nein! Das wollte er nicht! Nein!

»Nicht«, stieß er mühsam hervor. *Tu das nicht!*

Ramesh rührte sekundenlang keinen Muskel.

Endlich senkte er die Waffe.

Was danach geschah, bekam Alec nur verschwommen mit. Auf einmal stand Lennox Kinley an seiner Seite. Er nahm die Einzelteile des Handys an sich, half ihm erstaunlich sanft auf die Beine und schleppte ihn zum Mercedes. Ramesh setzte sich zu ihm auf die Rückbank, entdeckte das Blut in seinem Nacken und fluchte. Während Lennox sie vom Ort des Geschehens wegbrachte, telefonierte Ramesh. Als sie an einer roten Ampel halten mussten, reichte Lennox einen Erste-Hilfe-Koffer nach hinten. Ramesh fand eine Kompresse, riss die sterile Verpackung auf und drückte sie auf die Wunde an Alecs Hinterkopf. Raum und Zeit lösten sich für eine Weile auf.

Irgendwann bogen sie in die Auffahrt eines protzigen Einfamilienhauses ein. Eine dunkelhaarige Frau in weißer Kleidung stand in der offenen Haustür. Lennox half ihm aus dem Wagen und stützte ihn beim Gehen. Auf halbem Wege musste er sich übergeben. Seine Knie gaben nach, und allein Lennox' Kraft verhinderte, dass er in seinem eigenen Erbrochenen landete.

Die Frau führte sie in einen weiß gestrichenen Raum, der wie das Behandlungszimmer eines Arztes eingerichtet war. Dort wartete ein älterer Mann in einem weißen Kittel, der stumm auf eine Liege deutete.

Alec schaffte kaum die letzten Schritte. Als Lennox und Ramesh ihn gemeinsam hochhoben, sauste die Welt in einer Spirale nach rechts und wurde schwarz.

Kapitel 20

Er erwachte in einem weißen Zimmer. Die Sinne wie in Watte gepackt, unfähig, einen klaren Gedanken zu fassen. Von irgendwoher ertönte rhythmisches Piepen. Er spürte eine Präsenz im Raum, außerhalb seines Blickfeldes. Zu benommen, um den Kopf zu wenden, schloss er die Augen und schlief wieder ein.

Er träumte von der Fahrt zum Arzt. Diesmal saß Ramesh vorn auf dem Beifahrersitz. Vielleicht war es auch kein Traum gewesen, denn als Alec das nächste Mal erwachte, lag er in einem anderen Zimmer. Die Wände waren in einem zarten Gelb gestrichen. Sonnenschein drang durch einen Spalt zwischen den Vorhängen eines Fensters und fiel in einem Streifen auf einen hellen Kleiderschrank. Träge schob er eine Hand unter der Bettdecke hervor. Sie war um die Fingerknöchel herum bandagiert. Er betrachtete sie eine Weile. Ihm war schwindlig, und er verspürte Übelkeit. Die Nachwirkungen eines Medikaments? Oder einer Gehirnerschütterung? Oder von beidem? Er fuhr sich mit der Zunge über die ausgetrockneten Lippen und spürte eine raue Erhebung an der Unterlippe. Hatte er Schmerzen? Hunger? Durst? Das einzige klare Signal kam von seiner vollen Blase. Alec schob die andere Hand unter der Decke hervor. Ebenfalls bandagiert. Er richtete sich mühsam auf. Es war ein Kampf gegen das Gummi in seinen Muskeln und die Schwerkraft, die ihn nach unten zog. Hinter seinen Schläfen pochte es dumpf. Unkoordiniert tastete er nach der Stelle über dem linken Ohr, an der ihn der Pistolenkolben getroffen hatte. Dort saß ein kleines Ei, das später verflucht wehtun würde, wenn er diesen zugedröhnten Zustand hinter sich gelassen hatte und die Nervenenden wieder Schmerzsignale sendeten. Alec schob langsam die Beine aus dem Bett. Er stützte sich am hölzernen Kopfteil ab und probierte aus, ob die Knie sein Gewicht trugen. Sie taten es. Gerade eben. Er sah an sich hinab. Er trug ein T-Shirt und eine Pyjamahose. Die Kleidung kam ihm irgendwie bekannt vor. Er ging schwankend zur Tür, über einen weichen dunkelgrauen Teppich, in dem seine Füße versanken, als würde er auf Wolken laufen. Die Tür stand weit offen. Dahinter lag ein breiter Flur. Das Linoleum fühlte sich an wie weicher Schaumstoff. Er verlor das Gleichgewicht und sank gegen die Wand. Sie fühlte sich butterweich an. Alles Einbildung. Seine grauen Zellen schwebten jenseits von Gut und Böse.

Er hörte gedämpfte Stimmen. Langsam ging er weiter und stützte sich zur Sicherheit mit einer Hand an der Wand ab. Die Geräusche kamen aus dem Wohnzimmer, einem hellen, großzügig geschnittenen Raum, in dessen Mitte eine ebenfalls helle Couchgarnitur stand. Tyrone saß auf der Couch, mit dem Rücken zur Tür. Er hatte einen Arm auf der Rückenlehne ausgestreckt und konzentrierte seine Aufmerksamkeit auf einen Flatscreen. Eine Talkshow lief. Die Frage, was Tyrone in dieser Wohnung machte, überforderte Alec ebenso wie die Frage, was er hier machte. Und wo *hier* überhaupt war.

Er tappte weiter und fand ein Badezimmer schräg gegenüber der Küche. Nachdem er sich erleichtert hatte, nahm er eine erste Bestandsaufnahme im Spiegel vor.

Seine ungesunde Blässe verstärkte das Dunkelrot und Lila, das sich von der Schwellung über seinem Ohr bis zum Jochbein ausgebreitet und unter dem linken Auge den Ansatz eines Veilchens hervorgerufen hatte. Die Unterlippe war auf der linken Seite dick verschorft. Er erinnerte sich nicht daran, ins Gesicht geschlagen worden zu sein. Vielleicht hatte er sich während des Kampfes gebissen.

Alec stützte sich mit einer Hand am Waschbecken ab und betastete mit der anderen Hand seinen Hinterkopf. Er spürte einen kleinen Verband und darunter eine Schwellung.

Plötzlich sackte der Boden unter ihm weg. Er schwankte, stieß einige Toilettenartikel um, die klappernd auf die Fliesen fielen, und versuchte, sich mit beiden Händen am Waschbecken festzuklammern. Wirklich gut funktionierte das nicht, weil er keine Kraft in den Fingern hatte.

Die Badezimmertür wurde geöffnet und Tyrone trat ein. Er erfasste die Situation mit einem Blick, nahm Alec bei den Schultern und brachte ihn zurück ins Schlafzimmer. Dankbar sank er in die weichen Kissen und in die Umarmung der Medikamente.

Das nächste Erwachen war äußerst unangenehm. Schmerzen gruben sich wie Würmer in seinen Körper und zerrten ihn unsanft zurück in die Welt des Bewusstseins. Er öffnete die Augen und kniff sie sofort wieder zusammen. Es war, als würde sich ein glühendes Eisen in seinen Schädel bohren. Eine Weile lag er still, bis das Gefühl verschwand, sich übergeben zu müssen. Schließlich gelang es ihm, sich aufzurichten.

Er blieb einige Minuten sitzen, um seine Knochen und Muskeln zu sortieren. Alle anwesend, wie sie ihm deutlich vermittelten. In seinem Nacken saß ein fester Klumpen, der sich jedes Mal schmerzhaft meldete, wenn er den Kopf nach links drehte. Vorsichtig bewegte er die Finger. Sie waren steif, und die Knöchel unter den Bandagen fühlten sich geschwollen an. Der rechte Ellenbogen war bläulich verfärbt. Alec schob den linken Ärmel des T-Shirts hoch, ignorierte den Schmerz im Nacken und betrachtete die großflächige Prellung am Oberarm. Mit ein wenig Fantasie konnte man den Abdruck einer Schuhsohle erkennen. In der linken Armbeuge fand er einen Einstich. Nach den Bartstoppeln an seinem Kinn zu urteilen, hatte ihn der Arzt für mindestens zwei Tage außer Gefecht gesetzt. Er sollte eigentlich dankbar sein, das Schlimmste verschlafen zu haben. Stattdessen fragte er sich, was er verpasst hatte.

Auf dem Nachttisch neben dem Bett standen ein Glas Wasser, eine Tube Schmerzgel und daneben ein Röhrchen mit Schmerztabletten. Die großen Kaliber.

Vielleicht später.

Er zog es vor, seine Sinne beisammenzuhaben, selbst wenn sie ihn die Wände hochtrieben.

Die Sonne war mittlerweile weitergewandert und der breite Streifen auf dem Kleiderschrank zu einem schmalen Strich geworden. Wie spät war es? Wichtiger noch, welcher Tag?

Alec quälte sich wie ein rheumatischer Greis aus dem Bett und stand still, bis das Schwindelgefühl nachließ und er sicher sein konnte, dass seine Knie nicht nachgaben. Dann blickte er an sich hinab und runzelte verwundert die Stirn. Er trug seine eigenen Sachen. Die schwarz und weiß gemusterte Pyjamahose und das Dodgers-Shirt stammten eindeutig aus seinem Kleiderschrank. Jemand musste in seiner Wohnung gewesen sein. Auf einem Stuhl beim Fenster entdeckte er seine Sporttasche. Er humpelte los. Die Muskeln in den Beinen erinnerten ihn bei jedem Schritt an ihren Weltklasseeinsatz zur Rettung seines Lebens. Die Verfolgungsjagd erschien jetzt wie ein böser Traum.

In der Sporttasche lagen obenauf seine Brieftasche, seine Auto- und Wohnungsschlüssel und das Schulterhalfter mit der Glock. Darunter entdeckte er frische Kleidung. Auf der Fensterbank lag sein kaputtes Handy, daneben ein zweites Handy, noch in der Originalverpackung. Es war identisch mit seinem. Plötzlich hatte er vor Rührung einen Kloß im Hals. Er schob es auf die Nachwirkungen der Medikamente, auf die Erschöpfung und die Schmerzen. Er sammelte sich, zog die Pyjamahose aus und schlüpfte mit einiger Mühe und vielen Pausen in eine schwarze Jeans und ein graues Longsleeve. Mit den Bandagen an seinen schmerzenden Händen keine leichte Aufgabe. Um die Socken anzuziehen, musste er sich setzen.

Tyrone saß wieder auf der Couch im Wohnzimmer. Er aß gerade das letzte Stück Pizza aus einem Pappkarton, trank Bier dazu, starrte auf den Fernseher und konsumierte IQ-senkenden Blödsinn. Ihm war die undankbare Aufgabe des Babysitters zugefallen, was ihn bestimmt mit großer Freude erfüllte. Bei Alecs Eintreten wandte er den Kopf.

»Willkommen unter den Lebenden.« Tyrones Stimme besaß diesen warmen Bass, den die Stimmbänder von Weißen einfach nicht produzieren konnten.

»Danke.« Alecs Stimme klang wie Schmirgelpapier auf Zement. Er räusperte sich. »Gibt's hier irgendwas zu essen?« Beim Anblick der Pizza war ihm vor Hunger schlecht geworden. Oder ihm war einfach nur schlecht. Schwer zu sagen.

Tyrone deutete auf einen Stapel Flyer, die neben dem Pizzakarton auf dem Tisch lagen.

»Wie lange bin ich schon hier?«

Sein Babysitter sah auf die Uhr und rechnete nach. »Achtundzwanzig Stunden. Davor eine Nacht beim Doc zur Beobachtung.«

Zwei verlorene Tage.

Er trat näher und suchte sich zwischen den Flyern einen chinesischen Lieferservice aus. Er hatte keine Ahnung, an welche Adresse das Restaurant liefern sollte, deshalb übernahm Tyrone die Bestellung.

Alec ging währenddessen in die Küche, die wie alle anderen Räume hell und groß war und modern eingerichtet. Er schenkte sich ein Glas Wasser ein und leerte es in kleinen Schlucken. Aus einer Schale mit frischem Obst, die auf einer Anrichte stand, nahm er sich einen Apfel. Mehr aus Pflichtbewusstsein seinem Körper gegenüber denn aus Appetit. Er rieb das Obst an seinem Ärmel ab und entdeckte dabei den atemberaubenden Ausblick, der sich vor dem Fenster bot. Er öffnete die Balkontür und trat hinaus.

Die Skyline von Detroit präsentierte sich in all ihrer Schönheit. Es war ein anderer Blickwinkel als der von seiner Wohnung aus. Dieses Gebäude stand östlicher und näher an der Innenstadt. Alec sah über das Balkongeländer in die Tiefe. Weit unter ihm lag ein breiter, mit Bäumen bepflanzter Grünstreifen. Dahinter verlief eine schmale Straße. Fünfter oder sechster Stock. Ein Dampfhammer trieb die nächste Eisenstange in seinen Schädel. Er wartete, bis der schlimmste Schmerz vorbei war. Danach holte er einen Stuhl aus der Küche, setzte sich und stemmte die Füße gegen das Geländer. Die frische Luft tat ihm gut, und der weite Blick auf die Hochhäuser und den Himmel entspannte ihn. Beim ersten Biss in den Apfel brach der Schorf an seiner Unterlippe auf. Die Säure brannte in der Wunde. Er fluchte leise und aß stur weiter.

Bald darauf klingelte der Lieferservice. Tyrone öffnete und bezahlte. Alec setzte sich an den Küchentisch und schaufelte Bratreis, Hühnchenfleisch und Gemüse in sich hinein. Er fand sogar noch Platz für vier Frühlingsrollen. Die Nahrung brachte seinen Kreislauf auf Touren und hob seine Stimmung. Nachdem er das letzte Fitzelchen Essen vernichtet hatte, holte er das Schmerzgel aus dem Schlafzimmer und wickelte im Bad seine Hände aus. Die Knöchel waren gerötet und an zahlreichen Stellen mit Schorf bedeckt. Er versuchte vorsichtig, die Hände zu Fäusten zu ballen. Es gelang ihm nicht. Das würde noch eine Weile dauern. Mit einiger Mühe zog er sein Longsleeve und das T-Shirt aus und massierte behutsam mit dem kühlenden Schmerzgel die Prellung an der linken Schulter, den rechten Ellenbogen und die Schwellung im Nacken ein.

Hinterher setzte er sich wieder auf den Balkon.

Sobald es ihm besser ging, würde er Tyrone bitten, ihn nach Hause zu fahren. Er musste Steve auf den neuesten Stand bringen.

Er berührte behutsam die Platzwunde an seinem Hinterkopf. Vielleicht sollte er sich in nächster Zeit nicht bei den *Freedom Place Apartments* blicken lassen. Oder an anderen Orten, an denen er sich gewöhnlich aufhielt, falls die New Yorker einen zweiten Versuch starteten, um ihn »abzuwerben«. Oder aus dem Weg zu räumen. Hoffentlich kamen sie nicht auf die Idee, ihn bei Mikelti zu suchen. Diese Möglichkeit beunruhigte Alec zutiefst. Durch seine Nähe zu Ramesh hatte er sich zur Zielscheibe gemacht. Auf eine Weise, die er nicht bedacht hatte. Diese verfluchte New Yorker Organisation machte alles schwieriger! Je mehr Zeit er mit Ramesh verbrachte, desto gefährlicher wurde es für ihn. Und je dichter die New Yorker Ramesh auf die Pelle rückten, desto mehr Zeit würde er mit Ramesh verbringen.

Er massierte sich das Nasenbein und drückte leicht zu. Um einen Schmerz zu spüren, den er selbst verursachte.

Er verdankte Ramesh sein Leben.

Er hatte um Hilfe gerufen, und Ramesh war sofort gekommen. Er hatte keinen seiner Gorillas geschickt, sondern selbst die Kavallerie gespielt. Er hatte ihm das Leben gerettet, und er war bereit gewesen, einen Menschen für ihn zu töten.

Wir hätten dich gehabt. Wenn du den Mann vor meinen Augen erschossen hättest, wäre für dich alles vorbei gewesen.

Aber Ramesh hatte es nicht getan.

Nein, er hatte den Mann lediglich zu einem blutigen Häufchen zusammengetreten.

Alec hob vorsichtig den Kopf, um einem Flugzeug nachzublicken, das hoch oben einen weißen Kondensstreifen an den Himmel malte. Er täte gut daran, sich bewusst zu machen, wer Ramesh Dewari war: ein Krimineller, ein Drogenhändler und ein Mörder. Obwohl man ihm den letzten Punkt bisher nicht nachweisen konnte. Ramesh hatte Menschen getötet. Töten lassen. Nach seinen Anweisungen, durch Zustimmung, durch Unterlassung. Er gehörte ins Gefängnis, und es war Alecs Aufgabe, dafür zu sorgen, dass er dort landete.

Ganz einfach.

Ganz einfach ...

Tyrone trat auf den Balkon hinaus. In der Hand hielt er ein Handy. »Der Boss will mit dir reden.«

Er atmete schwer aus. Der letzte Mensch, mit dem er jetzt sprechen wollte. Er nahm das Handy entgegen und wartete, bis Tyrone verschwunden war, bevor er sich meldete. »Hallo Boss.«

»Gratulation, Alec«, gab Ramesh in einem Tonfall spöttischer Ernsthaftigkeit zurück. »Du hast einen Bodyguard gewonnen.«

»Tyrone?«

»Wird dir bis auf Weiteres nicht mehr von der Seite weichen.«

Er wollte protestieren, doch das Argument, keinen Bodyguard zu brauchen, würde angesichts seines Zustandes nicht ziehen. Ramesh hatte recht. Zusätzliche Muskeln würden sein Leben sicherer machen. Und komplizierter. Wie sollte er Kontakt zu Steve aufneh-

men, wenn ihm ein Aufpasser an den Hacken hing?
»Meinetwegen«, gab er sich geschlagen.

»Was macht der Kopf?«

»Schmerzt höllisch.«

»Nimm die Tabletten.« Er hörte, wie Ramesh an einer Zigarette zog. »Du hast Glück gehabt. Bloß eine leichte Gehirnerschütterung. Offenbar kann dein Schädel einiges einstecken.«

»Gut zu wissen.«

»Du hast morgen einen Termin zur Nachkontrolle. Tyrone fährt dich hin.«

Der Arzt war ein weiterer Kandidat, den man unter die Lupe nehmen sollte.

»Was wollten die Typen von dir?«, wechselte Ramesh abrupt das Thema. Diesmal lag ein Hauch von Kälte in seiner Stimme.

»Mich als Spitzel anwerben. Ich sollte ihnen Informationen über deine Geschäfte liefern. Im Austausch gegen mein Leben.«

»Deine Antwort hat ihnen wohl nicht gefallen.«

»Nicht sonderlich.«

»Du hättest auf das Angebot eingehen sollen. Dann wärst du mein Doppelagent gewesen, und wir hätten die Mistkerle an der Nase herumführen können.«

Meinte Ramesh das ernst? Er war sich nicht sicher. »Tut mir leid. Ich hab in der Situation nicht sonderlich strategisch gedacht.«

»Strategisch genug, um drei Typen in den Arsch zu treten. Lennox macht sich Sorgen um seinen Job.«

»Lennox kann sich entspannen. Den Posten mache ich ihm nicht streitig. Ich bin bloß der Fahrer.«

Ramesh schnaufte amüsiert. »Sicher.« Dann schwieg er. Wartete.

Etwas sollte ausgesprochen werden, und es lag an Alec, es zu tun. Er suchte die richtigen Worte. Es waren zu viele, und sie kamen ihm nicht über die Lippen. Schließlich beließ er es bei dem einzigen Wort, das wirklich wichtig war: »Danke.«

»Die uniformierten Clowns werden in nächster Zeit wenig zu lachen haben. Dafür sorge ich.«

»Kann nicht behaupten, dass sie mir leidtun.« Keine Sekunde.

»Es wird ein Treffen geben.« Ein erneuter Zug an der Zigarette. »Die Zeit für Gespräche ist gekommen.«

In Alecs Brust krampfte sich etwas zusammen. »Wann?«

»In den nächsten Tagen.«

»Ich möchte dabei sein.« Es stand ihm nicht zu, darum zu bitten, trotzdem tat er es.

»Ich denke darüber nach.«

»Danke.«

»Wie gefällt dir die Wohnung?«

Er betrachtete die Skyline und den blauen, mit Schleierwolken überzogenen Himmel. »Nette Aussicht.«

»Wenn du sie haben möchtest, gehört sie dir.«

»Ernsthaft?«

»Sieh es als Bonus an. Gefahrenzulage. Behalt die Adresse für dich, bis die Dinge geklärt sind.« Auf Rameshs Seite der Leitung wurden Stimmen laut.

Alec meinte, Eric Deacon zu hören. Er klang schlecht gelaunt. »War das Deacon?«

»Ja. Seine Lordschaft ist auf dem Kriegspfad. Gestern haben ein paar maskierte Punks dem *Mile End Club* einen Besuch abgestattet, um die Inneneinrichtung umzugestalten. Mit Baseballschlägern und Messern.«

»Wurde jemand verletzt?«

Layla arbeitete nur an den Wochenenden im Club. Oder? Sie hatte irgendwas gesagt, an das er sich gerade nicht erinnerte.

»Zwei Sicherheitsleute liegen im Krankenhaus. Der Club war noch geschlossen. Die Putzfrauen konnten sich in den Separees verstecken, bis der Spuk vorbei war.«

»Deshalb das Treffen?«

»Nennen wir es den letzten Tropfen. Eine ähnliche Vorstellung im *Arabian Nights* wäre äußerst schlecht fürs Geschäft. Reiche Leute haben die Tendenz, derartige Überfälle persönlich zu nehmen.«

Und sie besaßen genug Einfluss, um ihrem Ärger an höchster Stelle Luft machen zu können.

»Ich muss los. Wenn du irgendwas brauchst, sag Tyrone Bescheid. Er kümmert sich um alles.«

»In Ordnung.« Alec legte auf. Nachdenklich behielt er das Telefon in der Hand. Er musste herausbekommen, wann und wo das Treffen stattfand. Er musste dabei sein! Es wäre *der* Durchbruch! Die New Yorker und die *Great Lakes Association* an einem Tisch ...

Steve musste davon erfahren!

Er stemmte sich aus dem Stuhl hoch. Für einen Moment wurde ihm schwindlig. Er wartete, bis sich die Welt zurechtrückte, und suchte Tyrone. »Ich brauche einige Sachen aus meiner Wohnung.«

»Kein Problem.« Tyrone schaltete den Fernseher aus und streifte ein Pistolenhalfter über, das neben ihm auf der Couch gelegen hatte. Alec räumte im Schlafzimmer die Sporttasche aus und bat Tyrone, für ihn das neue Handy auszupacken und die SIM-Karte aus dem alten Handy einzulegen. Diese feinmotorischen Handgriffe lagen bis auf Weiteres jenseits seiner Möglichkeiten. Während Tyrone das Handy zum Aufladen an eine Steckdose anschloss, steckte sich Alec das Röhrchen mit den Schmerztabletten in die Hosentasche. Für alle Fälle.

Die Lederjacke hing an der Garderobe im Flur. Eine dunkle Verfärbung am Kragen zeugte von seinem Überlebenskampf. Noch bevor er die Jacke überstreifen konnte, kam Tyrone aus dem Schlafzimmer und reichte ihm das Pistolenhalfter. Diesmal gab ihm das Gewicht der Waffe ein Gefühl der Sicherheit.

Sie fuhren in einem schwarzen Beemer zu den *Freedom Place Apartments*. Der Wagen hatte in der Tiefgarage seiner neuen Unterkunft gestanden, direkt neben seinem Daytona. Tyrone steuerte den Wagen besonnen und vorausschauend durch den Verkehr. Trotzdem ließ Alec nach einer Weile das Beifahrerfenster herunter, weil er frische Luft brauchte. Gewöhnlich hielt sein Magen jede 360-Grad-Drehung und jedes abrupte Bremsmanöver problemlos aus, doch das Durcheinander in seinem Oberstübchen verursachte ihm Übelkeit.

Seine Wohnung roch muffig und erschien ihm im Vergleich zu seiner neuen Bleibe dunkel und beengt. Die Unruhe aus den angrenzenden Wohnungen kam ihm nach der Sanatoriumsstille nervtötend laut vor. So schnell wurde man zum Snob.

Steve hatte ihm keine weiteren Kinozeitschriften zukommen lassen, und er war froh darüber. Das Letzte, was er brauchte, war Tyrone, der interessiert durch die Seiten blätterte.

»Pack so viel Zeug wie möglich ein.« Sein persönlicher Babysitter reichte ihm die leere Sporttasche. »Du wirst eine Weile nicht hierherkommen.«

Er füllte die Sporttasche mit Kleidung und dem Paar Turnschuhe, in dessen rechtem Schuh er den Schließfachschlüssel versteckt hatte. Anschließend holte er eine Reisetasche unter dem Bett hervor, die er ebenfalls füllte. Danach war sein Kleiderschrank leer. Die Toilettenartikel aus dem Badezimmer befanden sich bereits in der neuen Wohnung, und so bildeten einige Bücher und CDs den Abschluss. Bevor er den Reißverschluss schloss, zog er einen alten Kassenzettel aus einem der Bücher, der als Lesezeichen gedient hatte, und steckte ihn in die Hosentasche. In der Küche räumte Tyrone die verderblichen Lebensmittel aus dem Kühlschrank und holte den Müllbeutel aus dem Eimer unter der Spüle. Während Alecs Abwesenheit sollte nichts Beine oder einen Pelz bekommen.

»Ich muss kurz telefonieren.« Alec nahm das Telefon aus der Ladestation im Flur.

Von Tyrone beobachtet, blätterte er ungeschickt in einem schmalen Adressbuch, scheinbar auf der Suche nach einer bestimmten Nummer. Auf einer beliebigen Seite hielt er inne, tat, als würde er lesen, und wählte danach aus dem Gedächtnis eine Zahlenreihenfolge. Er wartete, während das Freizeichen in sein Ohr tutete.

Schließlich meldete sich eine männliche Stimme: »Redford Publications, Kundenservice. Mein Name ist Stan. Wie kann ich Ihnen helfen?«

Es war dieselbe Stimme, die ihn bei *Jimmy's Pizzaservice* begrüßte. Wenn er Steve Blake über Neuigkeiten informierte.

»Mein Name ist Alec Boyd. Ich beziehe ein Zeitschriftenabonnement, das ich für einige Zeit ruhen lassen möchte.«

Tyrone hob die Augenbrauen und ging ins Schlafzimmer, um die Taschen zu holen.

»Wie lautet der Titel der Zeitschrift?«

»Movie Madness.«

»Ihre Kundennummer, bitte.«

»9-7-2-5.« Eine Tastatur klapperte.

»Ab wann dürfen wir Ihnen die Zeitschrift wieder zustellen?«

»Das weiß ich noch nicht. Ich ziehe um und muss noch einige Dinge klären.«

»Haben Sie eine neue Adresse für uns?«

»Die werde ich so bald wie möglich nachreichen.« Ramesh hatte ihm ausdrücklich untersagt, die Adresse weiterzugeben. Mit Tyrone in Hörweite konnte er es nicht riskieren.

»Vielen Dank, Mister Boyd. Ich habe Ihre Angaben entsprechend aufgenommen.«

»Danke.« Er legte auf und stellte das Telefon zurück in die Ladestation. Kein Zittern in der Hand. Kalt wie Eis. Steve würde erfahren, dass er in dieser Wohnung nicht mehr anzutreffen war, und wie vereinbart jemanden vorbeischicken, um nach einer Nachricht zu suchen.

Die wollte er hinterlassen.

»Ich geh noch auf die Toilette, danach können wir abhauen.«

Tyrone nickte gelangweilt.

Alec schloss die Badezimmertür hinter sich und schob leise den Riegel vor. Er öffnete den Spiegelschrank und nahm einen schwarzen Kajalstift heraus, der für diese Fälle ganz oben in einer Ecke lag. Auf die Rückseite des Kassenzettels schrieb er eine kurze Nachricht: *Date NY + GLA. Bald. Info schwierig. Schatten.*

Seine Handschrift war krakelig, weil er den Stift nicht ordentlich halten konnte. Aber Steve würde sie entziffern können. Und nach dem Anruf eben verstehen. Alec faltete den Zettel zusammen. Neben dem Waschbecken befand sich eine Steckdose, deren Abdeckung am oberen Rand nicht ganz mit der Wand abschloss. Er schob den Zettel mithilfe des Stifts in die schmale Lücke, bis er komplett verschwunden war. Man würde die Abdeckung abschrauben müssen, um an die Nachricht zu kommen. Alec legte den Kajalstift zurück und betätigte die Toilettenspülung. Er wartete, bis das Wasser nicht mehr rauschte, stellte den Wasserhahn an und wartete erneut. Schließlich trat er aus dem Badezimmer.

Tyrone stand samt Gepäck, Lebensmitteltüte und Müllbeutel an der offenen Wohnungstür.

»Verschwinden wir.« Alec wischte sich die rechte Hand an der Hose ab, als wäre sie noch feucht, und trat hinaus in den Hausflur.

Tyrone nahm die Warren Avenue, um zurück zu seiner neuen Bleibe zu kommen. Sie fuhren an Mikeltis Autoshop vorbei. Sayed und Mick jr. standen auf dem Hof und unterhielten sich mit einem Kunden. Im Hintergrund schraubte Joseph an einem Fahrzeug herum. Mikelti würde hinter seinem Schreibtisch sitzen. Oder auf dem Sofa im Pausenraum den fehlenden Nachtschlaf nachholen. Alec verspürte eine merkwürdige Mischung aus Nähe und Distanz, Wehmut und Gleichgültigkeit. Die Kopf- und Nackenschmerzen machten ihn allmählich mürbe. Er sehnte sich nach einer heißen Dusche und einem weichen Bett. Nicht zwingend in dieser Reihenfolge, doch der Polizist in ihm wollte etwas überprüfen, bevor er für heute endgültig das Handtuch warf. »Können wir beim Club vorbeifahren?«

»Sicher.«

Bei der nächsten Gelegenheit bog Tyrone ab und lenkte den BMW nach Nordwesten.

Vor dem *Mile End Club* stand ein weißer Kleinlaster der *Fast Lane Transportation, Inc.* Zwei Männer waren dabei, zerbrochene Möbel und aufgeschlitzte Polster in das Fahrzeug zu werfen. Neben dem Eingang lehnten zwei zerschlagene Spiegel an der Mauer. Tyrone parkte ein Stück vom Laster entfernt. Alec brauchte mehrere Anläufe, um aus dem Wagen zu kommen. Niemand hielt sie auf, als sie den Club betraten. Im Inneren sah es aus, als wäre eine Bombe eingeschlagen. Zerstörte Möbel, zerschlagene Lampen, heruntergerissene Vorhänge, ein Meer von Glassplittern bedeckte den Boden. Die Batterie von Flaschen und Gläsern hinter dem Tresen war verschwunden. Regalbretter hingen herunter oder fehlten. Von dem großen Spiegel hatte lediglich der Rahmen überlebt. Tyrone pfiff leise durch die Zähne. Alec stimmte ihm schweigend zu. Die Innendekorateure hatten ganze Arbeit geleistet. Allerdings hätte es weitaus schlimmer kommen können. Niemand hatte Feuer gelegt und die Sprinkleranlage ausgelöst. Keine Schmierereien verunzierten die Wände.

Die Schäden würden bald behoben sein. Sie beobachteten eine Weile die unzähligen fleißigen Bienchen, die im Club herumwuselten. In dem Bemühen, das Chaos schnell zu beseitigen. Jede verlorene Minute kostete Geld. Eines der fleißigen Bienchen fegte in der Nähe der Bühne Glasscherben auf und schüttete sie in einen Mülleimer. Zuerst erkannte er Layla nicht. Sie trug eine weite dunkelblaue Hose und einen schwarzen Pullover, dessen Ärmel ihr über die Hände rutschten. Das Haar hatte sie zu einem strengen Zopf gebunden und sich ein buntes Tuch um den Kopf gewickelt. Der uneitle Schlabberlook verwandelte sie in eine reale Person. Er rückte sie aus dem Zwielicht der Clubs ins Licht des Tages. Er stand ihr. Er machte sie schöner. Und *das* war ein Problem.

Alec ging einige Schritte zur Seite. Wenn Layla das nächste Mal aufblickte, würde sie ihn direkt ansehen.

Layla schob gebückt einen Haufen Scherben auf ihre Schaufel, beförderte sie in den Mülleimer und fuhr sich mit dem Handrücken über die Stirn. Dann entdeckte sie ihn. Ein Lächeln brachte ihr Gesicht zum Strahlen. Die Wiedersehensfreude wich allerdings rasch einem Ausdruck der Besorgnis. Offenbar sah er genauso mies aus, wie er sich fühlte.

»Ich muss mich setzen.« Ohne Tyrones Antwort abzuwarten, ging er zum Tresen und nahm auf einem der beiden verbliebenen Barhocker Platz. Es war keine Ausrede, um Zeit zu schinden. Der Ausflug hierher überstieg seine Kräfte. Er verfolgte, wie Layla Handfeger und Schaufel in den Eimer legte, sich unauffällig umsah und zum Tresen kam. Sie ignorierte Tyrone und musterte stattdessen Alec.

»Wow!« Sie versuchte ein gut gelauntes Lächeln. »Und wie sieht der Bus aus?«

»Welcher Bus?« Seine grauen Zellen waren zu langsam, um den Scherz zu verstehen.

»Mit dem du dich angelegt hast«, half sie ihm auf die Sprünge.

Ach so. »Totalschaden«, gab er zurück und fühlte sich wie ein Idiot.

»Wie der Club«, scherzte Layla und konnte die Anspannung in ihrer Stimme trotzdem nicht verbergen.

»Gibt es noch heile Gläser?« Er holte das Tablettenröhrchen aus der Hosentasche und stellte es auf den Tresen. Layla blickte erschrocken auf seine zerschundenen Knöchel. Er widerstand dem Impuls, die Hände zurückzuziehen und die Verletzungen vor ihr zu verbergen.

»Baby, du solltest die drei Wichser sehen, die versucht haben, ihm das Licht auszuknipsen«, schaltete sich Tyrone ein. »Mit denen hat er kurzen Prozess gemacht. Die stehen so schnell nicht wieder auf!« Er zwinkerte Alec verschwörerisch zu.

Tyrone war tatsächlich der Meinung, für ihn damit Punkte bei Layla zu machen. Er irrte sich gewaltig. Und weil er sich irrte, war Alec ihm dankbar für seinen Einsatz.

»Schön«, erwiderte Layla kühl.

Sie hatte sich gefreut, ihn wiederzusehen. Jetzt wurde sie mit Informationen konfrontiert, die ihr eindeutig nicht gefielen.

»Der Junge ist ein Fighter«, plapperte Tyrone fröhlich weiter. „Der kann richtig einstecken!«

»Danke, Ty«, bremste Alec den Bodyguard aus. Es reichte.

Tyrone zuckte die Achseln und wandte seine Aufmerksamkeit dem Raum zu.

Layla sagte kein Wort mehr. Sie starrte ihn bloß an.

»Das Glas?«, erinnerte er sie.

Während Layla nach einem Glas suchte, mühte sich Alec vergeblich damit ab, den Deckel vom Tablettenröhrchen zu bekommen. Schließlich rutschte es ihm aus den lädierten Händen, rollte über den Tresen und fiel ihr vor die Füße. Sie stellte ihm das Glas hin, hob das Röhrchen auf und öffnete es. Alec nahm eine der erschreckend großen Tabletten heraus und spülte sie hinunter. Er steckte das Röhrchen wieder ein und stand auf. »Man sieht sich.«

»Bye.« Laylas Stimme war genauso kühl wie ihr Blick.

Sie musste ihn für ein komplettes Arschloch halten. Er war keinen Deut besser als die Typen, mit denen sich Ramesh gewöhnlich umgab. Nein, er war schlimmer. Weil er ihr vorgespielt hatte, anders zu sein. Er wollte nicht, dass sie so über ihn dachte, doch grobe Zurückweisung war das einzige Mittel, das ihm einfiel, um sie auf Distanz zu bringen. Und sich selbst.

Gefolgt von Tyrone verließ er den Club, definitiv bereit für eine heiße Dusche und ein weiches Bett.

Sie hatten den Beemer fast erreicht, als Alec seinen Namen hörte. Layla war ihnen nachgekommen. Er wandte den Kopf. Scharfer Schmerz schoss in seinen Nacken. Er verzog das Gesicht, hob eine Hand an die empfindliche Schwellung und drehte sich vorsichtig ganz herum. Layla blieb einige Schritte entfernt stehen. Ihre Augen sprühten Funken.

»Ich komme gleich nach«, sagte er zu Tyrone, ohne ihn anzusehen.

Layla wartete, bis die Fahrertür zuklappte. »Was sollte das eben? Warum ...?« Sie suchte nach den richtigen Worten. »Ich dachte, da wäre was zwischen uns. Oder habe ich mir das eingebildet?«

Er wollte sie nicht verletzen. Doch es gab keinen anderen Weg.

»Was im Mile End Club passiert ist, war eine einmalige Angelegenheit.« Der weiße Laster von *Fast Lane* war mittlerweile verschwunden, trotzdem senkte Alec die Stimme. »Zwischen uns kann nichts laufen. Mein Job ...«

»Ich bin nicht naiv!“, unterbrach sie ihn. »Ich arbeite seit Jahren in den Clubs. Ich weiß, was hinter den Kulissen vor sich geht. Ich weiß, wer mein Boss ist, und ich weiß, wer dein Boss ist!«

»Nein«, widersprach Alec. »Du weißt überhaupt nichts!« Er hob seine verletzten Hände. »Das ist die Welt, in der ich lebe. Die Welt, in der Eric Deacon und Ramesh Dewari leben. Das«, er deutete auf den Club, »kann sich jederzeit wiederholen. Nächste Woche, nächsten Monat, hier oder im *Arabian Nights*. Die Leute, für die wir arbeiten, sind skrupellos und brutal. Sie nehmen keine Rücksicht auf Unschuldige!« Er wollte ruhig bleiben, doch er konnte es nicht. »Du siehst lediglich die Oberfläche, Layla. Ich stecke mittendrin. Und glaub mir, dort willst du nicht sein!«

»Warum bist du es?« Sie klang nicht mehr wütend, sondern ratlos.

»Weil ich dafür verdammt gut bezahlt werde.« Er wandte sich um und ging zum Wagen. Ließ sie einfach stehen. Sobald er auf dem Beifahrersitz saß, startete Tyrone den Beemer und fuhr los.

»Die Schnitte steht auf dich«, bemerkte der Bodyguard nach einigen Minuten. »Da geht was.«

Alec sah ihn von der Seite an.

Du hirnloser Volltrottel bekommst gar nichts mit, oder?

Die Dusche tat gut. Er hätte sich lieber in die Badewanne gelegt, um die Muskeln zu entspannen, doch seinem Kreislauf wäre das sicherlich nicht gut bekommen. Die Schmerztablette hatte inzwischen ihre brachiale Wirkung entfaltet und hüllte seinen Körper und Verstand in einen fluffigen Mantel. Also duschte er, die Badezimmertür einen Spalt offen gelassen, wie Tyrone ihn angewiesen hatte. Falls er ausrutschte oder einen mädchenhaften Schwächeanfall erlitt. Nach einer ordentlichen Rasur und einem rasch zusammengestellten Sandwich wollte Alec nur eines: endlich schlafen. Daraus wurde nichts. Ramesh gab sich die Ehre, um nach dem Patienten zu sehen. Auf dem Weg von A nach B und unter Zeitdruck. Das Handy am Ohr teilte er Alec mit, dass er unter zwei Bedingungen an dem Treffen mit den New Yorkern teilnehmen durfte: Er musste körperlich in der Lage sein, eine potenziell lebensgefährliche Situation zu überstehen, und es durften keine unprofessionellen Rachegelüste im Spiel sein. Sonst würde die Party ohne ihn stattfinden.

Alec hatte drei Tage, um fit zu werden.

Kapitel 21

Das MGM Grand.

Keine Frage, Ramesh liebte das ganz große Kino.

Alec blickte zwischen den Vordersitzen hindurch auf das Luxushotel, diesen geschwungenen Bau aus Beton, Stahl und Glas, der jenseits der nächsten Kreuzung aufragte. In der Nacht würde es noch beeindruckender wirken, wenn das Hotel erleuchtet war und Touristen und lokale Glücksspieler dazu verführte, im Casino ihr letztes Hemd zu verspielen. Jetzt, am späten Nachmittag, nahmen grauer Himmel und Nieselregen dem Gebäude etwas von seinem Glanz und Gloria.

Danny lenkte Rameshs Mercedes zum Haupteingang des Hotels. Sofort trat ein Mann in einer adretten Uniform auf den Wagen zu und öffnete die Beifahrertür. Ramesh stieg aus, einen zusammengefalteten Geldschein in der Hand, den er dem Mann unauffällig zusteckte. Lennox wartete nicht auf den Service. Er öffnete die Autotür, hielt sie für Alec auf und schloss sie schwungvoll.

Es tat gut, nicht mehr zwischen Lennox und Tyrone eingeklemmt zu sein. Er schaute zu seinem Babysitter, der ihm in den vergangenen Tagen nicht von der Seite gewichen war. Wie Ramesh es angedroht hatte. Tyrones Job war wenig aufregend gewesen. Alec hatte geschlafen, sich ausgeruht, sich geschont und mehr geschlafen. Er hatte die Wohnung kein einziges Mal verlassen, keine Gelegenheit gehabt, Steve Blake zu kontaktieren. Mittlerweile war er den Anblick seines Bettes ebenso leid wie die Couch, das Essen vom Bestellservice und den endlosen Strom stupider Talkshows und Sitcoms, die Tyrone konsumierte. Der Mann konnte keine zusammenhängende Unterhaltung führen. Am Vormittag hatte sich Alec von Rameshs Privatarzt auf Herz und Nieren überprüfen lassen und grünes Licht bekommen. Die Kopfschmerzen und gelegentlichen Schwindelanfälle hatte er verschwiegen. Dieses Treffen war zu wichtig, um es vom Spielfeldrand aus zu verfolgen. Und Rameshs wichtigste Bedingungen erfüllte er mühelos: Er konnte eine Waffe halten und den Abzug durchziehen, was er vor der Abfahrt demonstrieren musste. Und er hatte seine Emotionen unter Kontrolle. Keine Rachegelüste vernebelten seine Gedanken. Rache war belanglos. Heute ging es um viel mehr.

Der Mercedes fuhr davon, und er folgte den anderen in das edel ausgestattete Hotelfoyer. Ramesh ging direkt zu den Fahrstühlen. Die junge Frau am Empfangstresen sah kurz auf und wandte sich wieder ihrer Arbeit zu. Während sie auf den Fahrstuhl warteten, verschickte Lennox eine Textnachricht. Die Antwort kam, als sich die Fahrstuhltüren öffneten. Er zeigte sie Ramesh, der zufrieden nickte. In der Kabine bemerkte Alec eine Überwachungskamera, die unter der Decke befestigt war.

»Was ist mit den Kameras?«, flüsterte er Ramesh zu. Sie standen hinten, von Lennox und Tyrone abgeschirmt.

»Alles geregelt«, gab Ramesh leise zurück.

Sie fuhren hoch in den sechsten Stock. Nachdem Lennox und Tyrone die Lage geprüft hatten, gingen sie in Zweiergruppen los. Lennox und Ramesh zuerst, danach Alec und Tyrone. Ein Hotelangestellter kam ihnen entgegen. Er blieb mit dem Rücken zur Wand stehen, um ihnen Platz machen. In der Hand hielt er eine Schlüsselkarte. Lennox nahm sie ihm im Vorbeigehen ab. Der nachfolgende Tyrone steckte dem Mann unauffällig eine Rolle Geldscheine zu, die dieser im Ärmel seiner Jacke verschwinden ließ. Ein blitzschneller Tausch.

Er sah unauffällig auf das blank polierte Schild an der Uniform des Angestellten und versuchte, sich den Namen zu merken.

Es war ein kluger Schachzug von Ramesh, das Treffen in einem Hotel abzuhalten. Neutraler Boden, Tageslicht, öffentlicher Raum. Keine dunklen Seitengassen oder verfallenen Gebäude, die dazu verführen konnten, die gute Kinderstube zu vergessen. Niemand mit Verstand lieferte sich im MGM Grand eine Schießerei.

Lennox hielt vor einer Tür und hob die Schlüsselkarte. Bis zu diesem Moment war Alec relativ ruhig gewesen. Jetzt hämmerte sein Herz. So verdammt nah dran!

»Bleib cool.« Ramesh musste seine Anspannung spüren. »Falls irgendwas passiert, halte dich an Ty.«

Er nickte.

Lennox steckte die Schlüsselkarte in den Schlitz an der Tür und drückte die Klinke hinunter.

Ein großes Zimmer, geschmackvoll eingerichtet und leer. Zur Linken eine Verbindungstür. Fast synchron öffneten Lennox und Tyrone die Knöpfe ihrer Jacketts und rückten die Pistolenhalfter zurecht. Alec zog den Reißverschluss seiner Lederjacke auf, um im Ernstfall schneller an seine Waffe zu kommen. Auf ein Zeichen von Ramesh hin öffnete Lennox die Verbindungstür. Direkt dahinter war eine zweite Tür. Lennox klopfte, hob die Hand an die Waffe und trat zurück. Von der anderen Seite wurde geöffnet. Ein junger Mann mit hellbrauner Haut und einem von Aknenarben übersäten Gesicht musterte sie unverhohlen von Kopf bis Fuß. Er hielt eine Hand unter der Jacke verborgen und spiegelte exakt Lennox Kinleys Haltung. Nach einigen Momenten gab der Farbige den Weg frei und zog sich zu den drei anderen Männern im Raum zurück. Vier Teilnehmer auf jeder Seite. Zuerst trat Lennox durch die Tür, gefolgt von Ramesh, Alec und zuletzt Tyrone, der die Tür schloss. In der Mitte des Hotelzimmers stand ein rechteckiger Tisch mit zwei Stühlen auf jeder Seite. Auf dem Tisch eine Karaffe Wasser und vier Gläser. Das Bett war an die Wand gerückt worden, um Platz zu schaffen. Die Vorhänge waren zugezogen, um die Anwesenden vor neugierigen Blicken zu schützen. Alec prägte sich das Gesicht des Farbigen ein und musterte die drei anderen Männer, die er bisher nur von Überwachungsbildern kannte. Die Brüder, die den Vorstoß in Detroit leiteten, und den Weißen, der ihr Lieutenant sein sollte. Es folgten endlose Sekunden des gegenseitigen Belauerns und Einschätzens. Das einzige Geräusch im Raum war das Summen der Klimaanlage. Schließlich ergriff Ramesh die Initiative. Er ging auf die vier Männer zu, die ihn alle um mehrere Zentimeter überragten, und streckte dem Älteren der Brüder die Hand entgegen.

»Ramesh Dewari.«

Der Mann schüttelte die angebotene Hand. »Emerson Richards. Mein Bruder Patrice.«

Der jüngere Bruder machte keine Anstalten, Rameshs Hand zu nehmen. »Schickes Hemd«, bemerkte er stattdessen nach einem abfälligen Blick auf das rote Kleidungsstück mit den schwarzen Drachen, das Ramesh unter der Jacke trug.

Es war eine optische Kampfansage.

»Mein Bodyguard wird den Raum auf Wanzen untersuchen.«

»Haben wir bereits getan«, schnappte Patrice Richards.

Sein Bruder hob beschwichtigend die Hand. »Natürlich.«

Lennox holte ein elektronisches Gerät hervor, schaltete es ein und suchte unter den wachsamen Blicken der Anwesenden systematisch das Zimmer ab. Sobald er fertig war, überprüfte er demonstrativ sich selbst, Alec, Tyrone und zuletzt Ramesh auf unerwünschte Elektronik. Danach warf er dem Farbigen das Gerät zu. Nachdem auch die New Yorker bewiesen hatten, dass sie wanzen- und kabelfrei waren, steckte Lennox das Gerät wieder ein.

»Setzen wir uns.« Ramesh deutete auf den Tisch. Er zog die Jacke aus, achtete allerdings darauf, dass keiner der New Yorker die Pistole sehen konnte, die hinten in seinem Hosenbund steckte. Er hängte die Jacke über eine Stuhllehne, nahm im selben Stuhl Platz und lehnte sich lässig zurück. Kein Blick, kein Unterton verriet, dass er sich in einem Raum mit den Männern befand, die seit Wochen seine Geschäfte torpedierten und alles zu zerstören versuchten, was er sich in Jahren harter Arbeit aufgebaut hatte.

Die Brüder setzten sich Ramesh gegenüber. Patrice Richards sah auf den freien Stuhl neben Ramesh und schielte zu Alec herüber. Seine Miene verriet Irritation.

Offenbar hatte er die Machtverhältnisse falsch eingeschätzt. Alec fühlte sich merkwürdig geschmeichelt, doch er rührte sich nicht von der Stelle. Ohne Aufforderung von Ramesh würde er bleiben, wo er war. Bei der Verbindungstür, Tyrone an seiner Seite. Stattdessen bezog Lennox schräg hinter Ramesh Stellung.

Im Ernstfall hatten die beiden die besseren Karten.

Der Tisch war so aufgestellt worden, dass niemand mit dem Rücken zu einer der Türen saß. Ramesh und Lennox hatten die Wand hinter sich, die New Yorker die Fensterfront. Das konnte zu einem tödlichen Nachteil für sie werden. Sollte die Situation eskalieren, würden einige Schüsse auf die Scheiben genügen für einen tiefen Sturz, an dessen Ende ein harter Aufprall wartete.

»Noch jemand Wasser?« Ramesh drehte eines der Gläser um und goss sich aus der Karaffe ein.

Emerson Richards spielte das Spiel mit und reichte Ramesh sein Glas. Patrice beherrschte die Kunst der Verhandlung mit potenziellen Todfeinden weniger gut und ignorierte das Angebot.

»Unsere kleinen Reibereien sind schlecht fürs Geschäft.« Ramesh nippte an seinem Glas. »Für eure Geschäfte und für unsere Geschäfte. Niemand gewinnt bei einem Krieg.«

»Wir wollen keinen Krieg. Wir wollen expandieren. Unseren Horizont erweitern.« Emerson Richards öffnete die Hände, eine weite Geste, mit der er ausdrücken wollte, dass sie doch eigentlich alle Freunde waren. »Die *Great Lakes Association* hat ihre Spezialgebiete, wir haben unsere. Warum einander bekämpfen, wenn wir Ressourcen und Manpower poolen können?«

Der Mann redete daher wie bei einer Fusionsverhandlung. Und genau darum ging es. Ramesh und Emerson Richards waren hoch bezahlte Manager zweier Konzerne, die Möglichkeiten einer Zusammenarbeit besprachen.

Ramesh hob die Augenbrauen. »Wie habt ihr euch dieses ›Poolen‹ vorgestellt?«

»Effizienterer Einsatz von Fahrzeugen und Personal. Lückenlose Überwachung der Depots. Besserer Schutz der Transporte. Abstimmung der Fahrpläne und Ausarbeitung sicherer Routen.«

»Damit hattet ihr in letzter Zeit ja einige Probleme«, warf Patrice Richards spöttisch ein. Der Satz saß.

Etwas blitzte in Rameshs Augen auf. Ein tiefschwarzer Zorn, der das selbstgefällige Grinsen des jüngeren Bruders gefrieren ließ. Patrice hatte sich den falschen Sparringspartner ausgesucht.

Ramesh hielt den Blick noch einige Sekunden auf Patrice gerichtet und wandte sich dann Emerson Richards zu. »Das klingt nach einer gleichwertigen Partnerschaft.«

»Von der alle profitieren würden. Die *GLA* ist zweifellos die stärkste Kraft im Norden. Aber warum im Norden bleiben? Was ist mit der Ostküste? Wir haben Kontakte in New York und Atlantic City. Wir könnten uns gegenseitig bei der Expansion helfen.«

»Die Ostküste ist fest im Griff der Mafia.«

»Das könnte sich ändern.«

Ramesh fuhr nachdenklich mit dem Finger über den Rand seines Wasserglases. Diese Hinhaltetaktik ging Patrice Richards sichtlich auf die Nerven. Schließlich hielt Ramesh inne und lächelte auf seine leicht überhebliche Weise.

Alec wurde klar, wie die Antwort ausfallen würde.

»Die *Great Lakes Association* geht keine Partnerschaften ein. In keiner ihrer Städte. Wir tolerieren andere Geschäftsideen, solange sie keine Nachteile für uns bedeuten. Von direkten Konkurrenten verlangen wir Zurückhaltung und eine Beteiligung an ihren Einkünften. Warum sollten wir ein bewährtes Prinzip aufgeben?«

Emerson Richards' Gesicht verfinsterte sich. »Weil wir keine bekifften Schwachköpfe sind, die von ihrer Garage aus Marihuana verkaufen. Mein Bruder und ich vertreten die Interessen einiger sehr einflussreicher Investoren.«

»Die welches Ziel verfolgen?«

»Die Route nach Kanada zu erschließen.«

»Ein ehrgeiziges Vorhaben.«

»Das wir um jeden Preis verwirklichen werden.«

Wieder lächelte Ramesh. »Nicht ohne die Zustimmung der *GLA*.«

Etwas veränderte sich im Raum. Die Luft vibrierte plötzlich vor Feindseligkeit.

Aus den Augenwinkeln bemerkte Alec, wie Lennox das Gewicht verlagerte. Tyrone hob kaum merklich die Hand zu seiner Waffe. Die Begleiter der Brüder verfolgten genau jede Bewegung. Jeder hielt eine Hand nahe am Revers seiner Jacke. Ein Schweißfilm bildete sich in Alecs Nacken und auf seinen Handflächen. Er dachte an die Glock in seinem Schulterhalfter und wie zur Antwort zuckte der Zeigefinger seiner rechten Hand.

»Ich werde euren Vorschlag mit meinen Vorgesetzten besprechen.« Rameshs Stimme klang unnatürlich laut in der Stille. Sie brachte die drohende Eskalation zu einem abrupten Ende.

Emerson Richards öffnete erneut die Hände, ein falsches Lächeln im Gesicht. »Mehr verlangen wir nicht.«

»Es kann ein oder zwei Tage dauern, bevor ich eine Antwort habe. Bis dahin sollten wir unseren Tagesgeschäften nachgehen und keine weitere Aufmerksamkeit auf uns lenken.«

»Einverstanden.«

Ramesh und Emerson Richards erhoben sich gleichzeitig. Sie reichten sich über den Tisch hinweg die Hände und besiegelten so die Feuerpause. Patrice Richards blieb sitzen. Er beobachtete mit finsterer Miene, wie Lennox Ramesh in die Jacke half. Tyrone öffnete die Verbindungstür. Alec ließ Ramesh und Lennox den Vortritt. Ohne die New Yorker aus den Augen zu lassen, folgte er ihnen ins andere Zimmer. Erst als Tyrone die Verbindungstür schloss, wandte er sich um. Lennox war bereits an der Tür zum Flur. Er kontrollierte, ob die Luft rein war, und winkte sie heran.

Auf dem Rückweg zum Fahrstuhl sah Alec immer wieder zurück, obwohl Tyrone ihn vor möglichen Schüssen aus dem Hinterhalt abschirmte. Während der Fahrstuhlfahrt hinunter ins Foyer lockerte er unauffällig die verkrampften Finger. Er musste das überschüssige Adrenalin loswerden, das in seinem Körper kribbelte. Im Foyer angekommen, schickte Lennox eine Nachricht an Danny. Sobald sie ins Freie traten, zündete sich Ramesh eine Zigarette an. Er inhalierte den Rauch wie ein Ertrinkender lebensrettenden Sauerstoff. Der Mercedes tauchte auf und hielt direkt neben Ramesh. Mit der Zigarette zwischen den Lippen stieg er vorn ein. Alec, Lennox und Tyrone quetschten sich auf die Rückbank. Niemand sprach ein Wort. Ramesh nannte Danny eine Adresse. Sie fuhren zu dem Haus, in dem Alec, Ramesh und Lennox vor der Fahrt nach Chicago die Nacht verbracht hatten.

»Geht irgendwo einen Kaffee trinken und seid in einer Stunde wieder hier.« Ramesh stieg aus, dicht gefolgt von Lennox.

Alec rutschte auf die rechte Wagenseite rüber und dachte bei sich, dass aufputschendes Koffein das Letzte war, was er jetzt brauchte.

Danny fuhr zu einem Diner einige Straßen weiter. Sie setzten sich an einen der vielen freien Tische, bestellten Sandwiches und aßen schweigend. Die Bedienung brachte ihnen Kaffee. Alec trank Wasser.

Eine Stunde später kehrten sie zum Haus zurück. Danny blieb im Wagen sitzen, während Tyrone und er das Gebäude betraten. Lennox wartete im ersten Stock. Er begleitete sie den Rest des Weges. In den zweiten Stock. Zur Wohnung. Lennox schloss die Tür auf, ließ Alec den Vortritt und zog die Tür wieder zu. Von außen.

Alec blickte sich verwundert um und betrat das Wohnzimmer. Ramesh lag ausgestreckt auf dem Sofa. Er hatte Schuhe und Jacke ausgezogen, den Kopf auf ein Kissen gebettet und einen Arm über die Augen gelegt. Sein Atem ging ruhig. Schlief er?

»Ram?«

»Setz dich.« Keine Spur von Müdigkeit in der Stimme, die unter dem Arm hervordrang.

Er nahm in einem der Sessel Platz. »Schlechte Nachrichten?«

Ramesh richtete sich auf. »Erwartete Nachrichten.«

Das war schnell gegangen. »Keine Zusammenarbeit?«
»Nur zu unseren Konditionen.«
»Darauf werden sie sich nicht einlassen.«
»Wahrscheinlich nicht.«
»Wie wird es dann weitergehen?«
Ramesh zuckte die Achseln. »Wir geben ihnen eine letzte Chance, ihre Meinung zu ändern. Kooperieren sie, bieten wir ihnen den üblichen Deal an. Einige von Emerson Richards Anmerkungen haben in Chicago Interesse geweckt.«
Die Expansionsaussichten? Das »Poolen« von Ressourcen und Manpower? »Und wenn sie nicht kooperieren?«, fragte Alec, obwohl er die Antwort bereits kannte.
»Übernehmen wir ihr Geschäft.«
»Einfach so?«
Rameshs Blick ließ keinen Raum für Missverständnisse.
Natürlich nicht »einfach so«, sondern schnell, brutal und blutig.
»Rein hypothetisch …«, fuhr Alec fort. »Wer würde das neue Geschäft leiten?«
»Ich.«
Also wurde Ramesh eine letzte Chance gewährt, sich zu beweisen. Er konnte seinen Hals retten, und alles, was er dazu tun musste, war, einen Krieg zu gewinnen. Oder erfolgreich die Bedingungen einer Kooperation auszuhandeln. Wenn er es richtig machte, konnte er die Fehler der Vergangenheit ausbügeln.
Versagte er, war er tot.
Ich möchte nicht in deiner Haut stecken, dachte Alec bei sich. »Eine Menge Arbeit für einen einzelnen

Mann«, sagte er laut. »Was ist mit Deacon?« Den zweiten Lieutenant von Detroit bei einer Neuverteilung zu übergehen, wäre keine gute Idee.

»Deacon bekommt die Zigaretten. Ansonsten bleibt er bei dem, was er am besten kann: Glücksspiel und Nutten.«

»Weiß er das?«

»Er wird es früh genug erfahren.«

»Könnte für Unmut sorgen.« Vorsichtig ausgedrückt.

»Deacon wird das machen, was er seit Jahren macht: Bemerkungen. Er wird akzeptieren, was man ihm anbietet, und sich weiterhin schön die Taschen mit Geld vollstopfen.«

Alec nickte. *Warum erzählst du mir das alles?*

Ramesh würde diese sensiblen Informationen niemals grundlos teilen.

»Allein wirst du die zusätzliche Arbeit kaum bewältigen können.« Partydrogen, Marihuana, Waffen, Kokain. Bei der Aufzählung konnte einem schwindlig werden.

»Richtig«, stimmte Ramesh zu. »Ich werde Unterstützung brauchen. Jemanden, der mir den Rücken freihält.« Er sah Alec durchdringend an. »Interessiert?«

Was?

»Ich habe aus Chicago bereits grünes Licht bekommen. Deine Fähigkeiten und dein Einsatz für die Organisation waren äußerst überzeugende Argumente.«

Er suchte nach den richtigen Worten. Nach irgendwelchen Worten.

»Mehr Geld, mehr Verantwortung, andere Risiken«, fuhr Ramesh fort. »Selbst wenn es zu einer Kooperation kommen sollte, wird es genug zu tun geben, um dich bei Laune zu halten. Du hast zu viel Grips, um dein Talent auf der Straße zu verschwenden.« Ramesh lächelte. »Ich verliere dich ungern als Fahrer, aber wir wissen beide, wie deine Stunts früher oder später enden werden. Wenn du den Kick brauchst, finden wir harmlosere Wege, um deinen Puls auf Hochtouren zu bringen.«

Endlich fand Alec seine Sprache wieder. »Kann ich darüber nachdenken?«

»Natürlich. Aber dieses Gespräch bleibt unter uns. Ich kann keine zusätzliche Unruhe gebrauchen.«

»Selbstverständlich.«

Ramesh schlüpfte in seine Schuhe und erhob sich.

Er stand ebenfalls auf. »Wann ist das nächste Treffen geplant?«

»Chicago verlangt, dass die Sache bis spätestens Freitag geklärt ist. Stell dich also auf eine interessante Woche ein.« Ramesh griff nach seiner Jacke und hielt inne. »Denk gründlich über mein Angebot nach, Alec. Wenn du deine Sache gut machst, könntest du bald zum dritten Lieutenant von Detroit aufsteigen.«

»Wie viel Zeit habe ich für meine Entscheidung?«

»Wir unterhalten uns in der nächsten Woche. Wenn alles vorbei ist und wir wissen, woran wir sind.«

»In Ordnung. Ich muss noch kurz auf die Toilette.« Er wartete nicht auf Rameshs Antwort. Er ging auf weichen Knien ins Badezimmer, schloss die Tür und lehnte sich dagegen.

Der dritte Lieutenant von Detroit ...

Er betrachtete seine zitternden Hände.

Reiß dich zusammen!

Am Waschbecken spritzte er sich kaltes Wasser ins Gesicht und trocknete sich ab. Atmete tief durch, um sich zu sammeln. Als er aus dem Badezimmer trat, war er äußerlich vollkommen ruhig. Die Coolness in Person. In seinem Inneren sah es anders aus.

Die Bankangestellte, die ihn in den Tresorraum begleitete, war dieselbe wie beim letzten Mal. Mit einem synchronen Drehen der Schlüssel öffneten sie das Schließfach, in dem die Umschläge mit Alecs Lohn deponiert wurden. Die junge Frau zog den Metallkasten heraus und setzte ihn auf dem Tisch ab. Sobald sie gegangen war, schob er den Kasten zurück ins Fach, verriegelte es und ging zu dem Schließfach, das Steve zusätzlich für ihn eingerichtet hatte. Er holte den Schlüssel aus dem Versteck im Innenfutter seines Turnschuhs, öffnete das Schließfach und nahm das Handy aus dem Metallkasten. Er schaltete es ein, um den Akku zu überprüfen. Der Balken in der rechten Ecke des Displays war grün. Hier unten gab es keinen Empfang, weil die Tresorwände die Signale blockierten. Alec steckte das Handy ein, verschloss das Schließfach und verließ den Raum. Die junge Frau stand bereits wieder an dem kleinen Tisch neben der Kellertreppe. Durch die verglaste Front sah er den schwarzen BMW. Tyrone lehnte an der Motorhaube. Er hatte, wie erhofft, darauf verzichtet, bewaffnet eine Bank zu betreten. Alecs eigene Waffe lag im Handschuhfach des Beemers.

»Gibt es hier eine Kundentoilette?«, erkundigte er sich mit seinem charmantesten Lächeln.

Die junge Frau lächelte zurück. »Ich zeige sie Ihnen.« Sie begleitete ihn zu einem kurzen Flur. »Es ist die zweite Tür auf der rechten Seite.«

Er bedankte sich und verschwand in der Herrentoilette. Es gab zwei Kabinen, keine Pissoirs. Die Tür zum Vorraum konnte man abschließen. Er drehte den Schlüssel um, zog sich in eine der leeren Kabinen zurück und schloss die Tür bis auf einen schmalen Spalt. Er wählte die Nummer von Jimmy's Pizzaservice und wartete. Der Empfang war schlecht, die Leitung rauschte und knackte. Trotzdem wagte er es nicht, die Kabine zu verlassen.

Die vertraute männliche Stimme meldete sich. »Jimmy's Pizzaservice, guten Tag. Darf ich Ihre Bestellung aufnehmen?«

Er hatte keine Zeit für die übliche Prozedur. Deshalb sprang er direkt zur Kennung. »9-7-2-5-Shelby. Codewort *Wipe Out.*« *Wipe Out* war ein Begriff aus der Surfersprache, der einen besonders spektakulären Sturz bezeichnete. Ein angemessener Code für Notfälle.

»Ich verbinde.«

Alec wartete scheinbar endlose Sekunden, bis schließlich Steve Blakes Stimme in der Leitung zu hören war.

»Wo, zum Teufel, hast du gesteckt?« Steve klang verärgert und besorgt.

»Ramesh hat mir einen Bodyguard verpasst, der mir nicht von der Seite weicht. Ich musste das Handy aus dem Schließfach nehmen, und die Uhr tickt.«

»Gib mir die Kurzversion.«

»Das Treffen hat gestern stattgefunden. Die New Yorker wollen bei der *GLA* als gleichberechtigte Partner einsteigen. Sie wollen nach Kanada expandieren und haben im Tausch angeboten, der *GLA* Kontakte an der Ostküste zu verschaffen.«

»Traumhaft! Dem Kraken wächst ein zweiter Kopf.«

»Nicht, solange Rameshs Vorgesetzte ein Wörtchen mitzureden haben. Eine gleichberechtigte Partnerschaft kommt für sie nicht infrage. Die New Yorker müssen sich den Bedingungen der *GLA* unterwerfen, oder sie werden aus Detroit verjagt. Das nächste Treffen findet noch in dieser Woche statt. Wenn die Verhandlungen scheitern, gibt es Krieg.« Draußen wurden Stimmen laut. Alec trat aus der Kabine und horchte an der Tür. Einer der Bankberater sprach mit einem Kunden.

»Dann schlagen wir zu.«

»Was?« Er hatte sich so auf die mögliche Bedrohung konzentriert, dass er glaubte, sich verhört zu haben.

»Wir nehmen die ganze Bande hoch. Diese Woche!«

Alec wurde flau im Magen. Vor Aufregung und … Furcht? Spürte er Furcht? Er dämpfte seine Stimme. »Bist du sicher?«

»Wir können keinen Krieg riskieren, und wir können nicht zulassen, dass sich die Organisationen zusammenschließen. Wir sprengen das Treffen und erwischen die Bastarde mit heruntergelassenen Hosen.«

»Wir sollten nicht vorschnell handeln«, hörte er sich sagen. »Ramesh hat Pläne für mich. Er will mich zu seiner rechten Hand machen. Seine Vorgesetzten haben bereits zugestimmt. Wenn alles glattgeht, werde ich Einblicke in die Operationen der *GLA* bekommen, von denen wir bisher nur träumen konnten!«

»Wenn du dir nicht vorher eine Kugel einfängst.«

»Wer weiß, ob es dazu kommt. Lass den Einsatz weiterlaufen. Es ist zu früh, die Reißleine zu ziehen.«

Ich bin darauf nicht vorbereitet!

»Nein! Das ist zu gefährlich. Wir ergreifen die Gelegenheit, die sich uns jetzt bietet. Dieses Treffen ist perfekt für den Zugriff. Wir schnappen uns Ramesh und holen die Informationen aus ihm raus.«

Alec spürte Panik aufsteigen. »Ich brauche mehr Zeit! Ram vertraut mir. Wenn ich erst seine rechte Hand bin ...«

»Colin, stopp!«

Er erstarrte. Seinen richtigen Namen zu hören, wirkte wie eine eiskalte Dusche.

»Ich bekomme gerade ein ganz merkwürdiges Ziehen in der Magengegend«, fuhr Steve in einem Tonfall fort, den Alec nie zuvor gehört hatte. »Was daran liegen mag, dass du einen Drogenhändler und Mörder bei seinem Spitznamen nennst und vehement versuchst, mir den Zugriff auszureden.«

Was? Unterstellte Steve ihm etwa ...?

»So war das nicht gemeint! Ich ...«

»Überleg dir sehr gut, was du jetzt sagst! Bevor ich mir ernsthaft Gedanken über deine Loyalität machen muss.«

Fassungslosigkeit verschlug ihm die Sprache. Steve konnte doch nicht ernsthaft glauben ...

»Ich komme noch heute Abend nach Detroit. Ich möchte vor Ort sein, falls wir schnell reagieren müssen. Ich werde im *Victory Inn* unter dem Namen William Tremane absteigen. Die Truppen werde ich erst kurz vorher zusammentrommeln. Damit niemand Zeit hat, über den Zugriff zu quatschen.«

Alec schluckte trocken und gab sich geschlagen. »In Ordnung. Aber bring den Papierkram mit.«

Steve schnaufte auf eine Weise, die ihn verärgerte. »Natürlich. Gib mir Bescheid, sobald der Termin für das nächste Treffen steht.«

»Ich melde mich.« Wie auch immer er das anstellen sollte.

»Sei vorsichtig. Und vergiss eines nicht ...«, Steves Stimme wurde eindringlich. »Ramesh Dewari ist nicht dein Freund! Die Verbindung, die du zu ihm aufgebaut hast, beruht auf Lügen und Täuschungen. Sie war nötig, um deinen Job zu machen, und du hast ihn verdammt gut gemacht. Was immer du zu fühlen meinst, entspricht nicht der Wahrheit. Ramesh Dewari ist Abschaum, und kein scheinbar netter Wesenszug wird etwas daran ändern. Konzentriere dich aufs Ziel. In ein paar Tagen ist alles vorbei, und du kannst endlich nach Hause.«

»Ich weiß. Du hast recht.« Eine Frage blieb noch. »Irgendwelche Neuigkeiten, was die New Yorker betrifft? Mein Verdacht, wie du sie finden kannst?«

»Bisher nicht.«

»Vielleicht irre ich mich auch.«

»Glaube ich nicht. Du hast gute Instinkte.«

Habe ich die?

»Ich muss los«, gab er zurück. »Bevor mein Babysitter nach mir sucht.«

»Behalte die Nerven!«

»Mach ich.« Alec legte auf und schloss für einige Sekunden die Augen. Seine Gefühle und Gedanken fuhren Achterbahn. In ein paar Tagen würde alles vorbei sein, gleichgültig, mit welchem Ausgang.

In ein paar Tagen ...

Es war zu früh. Er war nicht darauf vorbereitet!

Er nahm das Handy auseinander und spülte die SIM-Karte im Klo hinunter. Er entfernte die Fingerabdrücke vom Akku und warf ihn in den Papierkorb im Vorraum. Nachdem er den Rest des Handys an seinem Shirt abgewischt hatte, warf er es durch ein Kippfenster in die Gasse hinter der Bank.

»Hast du jeden einzelnen Schein gezählt?«, erkundigte sich Tyrone mürrisch, sobald er aus der Bank trat.

»Hab mich festgequatscht.«

»Sah sie wenigstens gut aus?«

»Hübsches Mädchen, hübsches Kostüm.«

Tyrone grinste. »Vor dir ist kein Rock sicher, was?«

Alec war nicht nach Scherzen zumute. Er nahm auf dem Beifahrersitz des Beemers Platz und ignorierte Tyrones weitere Gesprächsversuche, bis sein Chauffeur endlich die Klappe hielt.

Kapitel 22

»Steigst du irgendwann aus, oder willst du den ganzen Tag im Wagen hocken bleiben?« Tyrones Stimme klang amüsiert, aber auch leicht ungeduldig.

Alec hielt den Blick auf das zweistöckige Wohnhaus mit der schmutzig grauen Fassade gerichtet.

Gute Frage.

Die Eingangstür stand halb offen.

Eine stumme Einladung.

Eine schlechte Idee.

Er stützte den Ellenbogen gegen die Verschalung der Beifahrertür und strich sich nachdenklich über die Wange.

Gute Frage.

Die Müdigkeit machte ihn unentschlossen. In der vergangenen Nacht hatte er kaum geschlafen. Das Telefonat mit Steve ging ihm nicht aus dem Kopf. Die Unterstellung, er würde vergessen, wo seine Loyalität lag, nagte an ihm. Sie hatte ihn gekränkt, und sie machte ihn wütend. Sie weckte in ihm das Verlangen, sich zu rechtfertigen. Sich zu erklären. Ohne zu wissen, wie. Und das beunruhigte ihn am meisten.

Er hatte im Bett gelegen und das Telefonat analysiert. Jeden Satz, jede Reaktion. Seine eigenen, Steves. Er hatte die vergangenen Wochen Revue passieren lassen und alles hinterfragt. Immer im Kreis.

Woher kam die Panik? Die Furcht? Er wünschte, er könnte es damit abtun, dass Steves Entscheidung ihn überrascht hatte. Plötzlich war das Ende des Einsatzes abzusehen, und er fühlte sich überrumpelt. Seit

Monaten quälte ihn das Heimweh. Er vermisste seine Eltern, seinen Onkel und nicht zuletzt seinen Partner Silvio und die Arbeit beim Atlanta PD. Warum erschien ihm die Vorstellung, endlich nach Hause zu können, auf einmal bedrohlich?

Weil du es versaut hast, beantwortete er sich selbst die Frage. Weil dir passiert ist, was dir niemals hätte passieren dürfen.

Steve irrte sich, wenn er behauptete, die Verbindung zu Ramesh sei ausschließlich auf Lügen und Täuschungen aufgebaut. Es hatte Momente absoluter Ehrlichkeit gegeben, in denen Alec ebenso er selbst gewesen war wie auch Ramesh. In denen sie sich auf eine Weise verstanden hatten, die selten war. Natürlich wusste Ramesh zu manipulieren und zu schmeicheln. Er erkaufte sich Sympathien, und er suchte entschlossen seinen Vorteil, doch was er in den vergangenen Tagen für Alec getan hatte, ging weit darüber hinaus. In Rameshs brutaler und rücksichtsloser Welt waren es Freundschaftsbeweise gewesen.

Oder?

An diesem Punkt kamen seine wirbelnden Gedanken stets zu einem jähen Halt.

Oder.

Waren es lediglich geschickte Schachzüge gewesen, um ihn einzuwickeln? Konnte er nicht mehr klar sehen, weil er selbst zu einem Experten der Manipulation geworden war und Ramesh deshalb keine ehrlichen Absichten zutraute? Warnte ihn sein Instinkt, und er war zu verwirrt, um zuzuhören?

Doch es ging nicht nur um Ramesh.

Irgendwann gegen Morgen, kurz bevor die Dämmerung zwischen die Vorhänge kroch, hatte sich Alec endlich eingestanden, dass es ihm unendlich schwerfallen würde, dieses Leben aufzugeben. Er gefiel sich in der Rolle, die er spielte. Sie erlaubte ihm, Seiten an sich zuzulassen, die in seinem wahren Leben keinen Platz hatten. Fähigkeiten zu offenbaren, die ihm Bewunderung und Respekt einbrachten.

Von Kriminellen.

Er runzelte die Stirn.

Steve hatte recht, wenn er seine Motivation hinterfragte. An seiner Stelle wäre er auch misstrauisch.

Alec hatte Gefallen an etwas gefunden, das er nicht haben konnte. Weil es mit seinem moralischen Kompass unvereinbar war. Er wollte an einer Illusion festhalten, die ihn unweigerlich in den Abgrund reißen und zerstören würde.

Und trotzdem ...

Er löste seinen Gurt. Er musste seine Gedanken zur Ruhe bringen. Er musste an etwas anderes denken, ehe er verrückt wurde. Zeit, einer schlechten Idee zu folgen.

Er sah auf die Uhr. Es war kurz nach sechzehn Uhr. »Kann fünf Minuten dauern oder fünf Stunden«, teilte er Tyrone mit.

»Fünf Stunden?«, echote sein Babysitter ungläubig. »Deinetwegen piss ich nicht in ’ne leere Flasche, Mann!«

Tyrones Befindlichkeiten hätten ihm nicht gleichgültiger sein können. »Dann geh da hin.« Er deutete mit einer Kopfbewegung auf die andere Straßenseite und auf einen kleinen Imbiss. »Die werden eine Toilette haben.«

Er zog die Pistole hinten aus dem Hosenbund und öffnete das Handschuhfach, um sie hineinzulegen.

»Vergiss es.« Tyrone schüttelte den Kopf. »Klare Ansage vom Boss.«

»Ich werde keine Knarre mitnehmen«, gab er bestimmt zurück.

Tyrone zuckte die Achseln und startete den Wagen.

Alec steckte die Glock missmutig zurück in seinen Hosenbund und stieg aus. Draußen richtete er die Lederjacke, um sicherzustellen, dass die Waffe nicht zu sehen war, und ging los.

Im Eingangsbereich des Wohnhauses hingen mehrere Briefkästen. Er las die Namen, fand den Richtigen und machte sich auf die Suche nach der Wohnung. Sie lag nicht im Erdgeschoss, also nahm er die Treppe nach oben. Die durchgetretenen Stufen knarrten unter seinen Füßen. Im ersten Stock hielt Alec am Treppenabsatz inne und überlegte, welche Position das, was er jetzt tat, auf einer Dummheitsskala von eins bis zehn einnahm. Er ordnete es bei sieben ein. Keine lebensbedrohliche Idiotie, lediglich ...

Er konnte es nicht definieren. Er wusste nur, dass bald alles vorbei sein würde und er vorher etwas zu Ende bringen wollte. Für sich. Gleichgültig, wie egoistisch es war.

Er fand die Tür schräg gegenüber der Treppe. Unter dem Spion klebte eine lachende Sonne, in deren Strahlen die Mieterin ihren Namen geschrieben hatte. Er hob die Hand an die Klingel und zögerte. Klingelte schließlich.

Schritte näherten sich. Er trat zurück, unsicher, was ihn erwartete. Durch einen Spalt zwischen Tür und

Fußboden entdeckte er den Schatten einer Bewegung. Er spürte ihre Gegenwart, doch sie öffnete nicht.

Auch das war eine Antwort.

Er wartete einen Moment und wandte sich zum Gehen. Kurz bevor er den Treppenabsatz erreichte, hörte er ein Geräusch hinter sich. Er hielt inne, spielte mit dem Gedanken, einfach weiterzugehen, doch er drehte sich um und sah Layla in der offenen Wohnungstür stehen, gekleidet in eine dunkelgrüne Sporthose und eine farblich passende Kapuzenjacke. Das dunkle Haar fiel in Locken über ihre Schultern. Trotz des Ausdrucks von Verärgerung und verletzten Gefühlen in ihren dunklen Augen war sie wunderschön.

Sekundenlang standen sie einander reglos gegenüber.

»Woher weißt du, wo ich wohne?«, fragte Layla schließlich.

»Eine der Kellnerinnen im *Mile End Club* hat mir deinen Nachnamen verraten.« Für zwanzig Dollar. Der Rest war einfach gewesen: Ihre Adresse stand im Telefonbuch.

»Was willst du hier?«

»Mich entschuldigen.«

Ihre Augen hielten seinen Blick fest. Zu der Verärgerung gesellte sich Entschlossenheit. »Ich möchte mit deiner Welt nichts zu tun haben.«

»Ich weiß.«

»Ich kann mich nicht auf jemanden einlassen, der seinen Lebensunterhalt damit verdient, andere Menschen zu verletzen. Oder selbst verletzt zu werden.«

»Ich weiß.«

Laylas Züge wurden weicher, und ihre Stimme verlor an Schärfe. »Warum bist du hier, Alec?«

Er trat näher, bis sie nur noch eine Armlänge voneinander entfernt waren. Sie wich nicht zurück. »Keine Ahnung.«

Eine Lüge. Ihm war vollkommen klar, was er wollte.

Layla musterte ihn, nachdenklich, unentschlossen und immer noch ein wenig verärgert. Sie fragte sich wahrscheinlich, ob er nach seinem Auftritt beim Club ernsthaft annahm, unangemeldet hier auftauchen und irgendetwas erwarten zu können außer einer Abfuhr. Schließlich seufzte sie leise, klang beinah amüsiert, und schüttelte den Kopf. Als wäre sie zu einer Entscheidung gekommen, die sie selbst nicht begreifen konnte. Sie öffnete die Wohnungstür weiter und trat zur Seite. Alec ging an ihr vorbei, nervös und aufgeregt. Im schummrigen Flur blieb er stehen. Ein Vorhang aus bunten Stoffstreifen verwehrte den Blick in den dahinterliegenden Raum. Die Streifen bildeten das Muster einer palmenbewachsenen Südseeinsel, umgeben von türkisfarbenem Wasser. Stimmungsvoll.

Hinter sich hörte er das Klicken des Schlosses. Er wandte sich zu Layla um. Sie lehnte an der Tür und schien zu überlegen, was sie jetzt tun sollte. Er wartete geduldig. Gab ihr Zeit für eine Entscheidung. Schließlich kam sie näher. So nah, dass er den Duft ihres Parfüms wahrnahm. Er machte einen kleinen Schritt auf sie zu und küsste sie. Nach kurzem Zögern erwiderte Layla den Kuss. Sie legte ihm eine Hand in den Nacken und zog ihn näher zu sich heran. Er spürte ihre Brüste an seinem Oberkörper. Ein heißes Prickeln durchlief ihn. Alec schob eine Hand unter den flauschigen Stoff ihrer Kapuzenjacke. Unter der Jacke war sie nackt. Seine Finger berührten warme, weiche Haut. Ohne den Kuss zu lösen, schob Layla ihm die Lederjacke von den Schultern. Sanfte Hände strichen über seinen Rücken, zogen an seinem T-Shirt, wanderten tiefer ...

Zu spät realisierte er, was gleich passieren würde. Bevor er reagieren konnte, stießen Laylas Finger gegen den Kolben der Pistole. Ihre Hand zuckte zurück, als hätte sie sich verbrannt. Ihr Körper wurde steif in seiner Umarmung.

Er fluchte innerlich.

»Wie kannst du es wagen, eine Waffe in meine Wohnung zu bringen?« Laylas Stimme war kaum mehr als ein Flüstern.

Er wollte es ihr erklären. Er wollte sich entschuldigen, doch es gab keine Worte.

»Soll ich gehen?« Er hielt sie weiter fest und wünschte sich, sie würde Nein sagen.

»Ich will das verfluchte Ding nicht sehen!« Layla löste sich aus der Umarmung und verschwand durch den Stoffvorhang.

Alec atmete langsam aus. Er war wütend auf sich. Er schämte sich. Für die Pistole. Für das Bild, das Layla von ihm hatte. Hier, in ihrer Wohnung, in der Wirklichkeit, wurde ihm die Rolle, die er so unbedingt weiterspielen wollte, zuwider. Die Person, für die Layla ihn hielt, wollte er nicht sein.

Er zog die Glock aus dem Hosenbund, hob seine Jacke auf und steckte die Waffe in die Innentasche.

Die Jacke hängte er an die Garderobe und folgte Layla.

Er kam in einen kleinen Wohnraum, dem es an Tageslicht fehlte. Die Möbel sahen alt und gebraucht aus, trotzdem wirkte es gemütlich. Bilder, Pflanzen und kleine Accessoires machten den Raum wohnlich. Geradeaus ging es in die Küche und hinter einer zweiten Tür lag wohl das Badezimmer. Rechts stand in einer Schlafnische ein schmales Bett, von einem hellgrünen Vorhang halb verborgen.

Layla stand in der Mitte des Raumes, die Arme vor der Brust verschränkt und einen entschlossenen Ausdruck in den Augen. »Ab morgen wirst du dich von mir fernhalten«, erklärte sie mit einer Stimme, die keinen Widerspruch duldete. »Du wirst nicht mehr hier auftauchen, du wirst mich nicht anrufen. Wenn wir uns in einem der Clubs begegnen, beschränken wir die Unterhaltungen auf das Nötigste. Du wirst deinem Boss klarmachen, dass ich nicht länger interessiert bin und er sich seine Verkupplungsversuche sparen kann.«

»In Ordnung.« Obwohl es die einzig vernünftige Entscheidung war, fiel es Alec schwer, zuzustimmen. Er betrachtete Layla, die so genau wusste, was sie wollte und was gut für sie war. Oder schlecht. Er gehörte in die letzte Kategorie.

Allerdings erst ab morgen, rief er sich ins Gedächtnis.

Er ging zu Layla und zog sie in seine Arme. Küsste ihren Mund, küsste ihren Hals und wurde erneut in dieses unglaubliche Parfüm eingehüllt. Sie dirigierte ihn zur Schlafnische, und er folgte ihr willig. Kurz bevor sie das Bett erreichten, drehte sich Alec um und zog sie mit sich auf die Matratze. Er spürte ihr Gewicht auf sich und wollte mehr. Während er erneut ihre wunderbar weichen Lippen küsste, öffnete er den Reißverschluss der Kapuzenjacke. Laylas Finger machten sich an seinem Gürtel zu schaffen. Sie öffnete ihn, öffnete seine Jeans und schob sie nach unten.

Das Kribbeln hielt noch an, als sich Alecs Herzschlag und seine Atmung längst beruhigt hatten. Layla lag eng an ihn geschmiegt und gab kleine zufriedene Laute von sich. Er strich über ihren Kopf und schlief erschöpft ein. Bis Laylas Küsse ihn sanft weckten. Ihre Lippen hauchten eine zarte Spur auf seinen Mund, auf seinen Hals und seine Brust. Sie wanderten tiefer, zu seinem Bauch, und immer tiefer. Das Kribbeln kehrte zurück. Steigerte sich mit jeder Berührung. Er vergrub die Finger im Bettlaken und konzentrierte sich auf dieses unglaubliche Gefühl. Sein Atem ging schneller und schneller. Wurde zu einem Keuchen. Und stockte, als in seinem Körper ein Feuerwerk explodierte.

Sie duschten getrennt. Weil das Badezimmer für zwei zu klein war und mit der einsetzenden Dämmerung der unvermeidliche Abschied näher rückte. Ihnen wurde die Endlichkeit ihres Zusammenseins bewusst, und es machte sie beide melancholisch.

Er trat aus der engen Duschkabine, trocknete sich ab und schlüpfte in seine Sachen. Eine altersschwache Entlüftungsanlage saugte surrend die feuchte Luft aus dem Raum. Er wischte mit einer trockenen Ecke seines Handtuchs den beschlagenen Spiegel ab und betrachtete sein Gesicht, doch eigentlich wollte er es nicht sehen. Nachlässig fuhr er sich durchs Haar und verließ das Badezimmer.

Der Duft von frisch gebrühtem Kaffee stieg ihm in die Nase. Layla stand in der kleinen Küche, die feuchten

Haare zu einem lockeren Zopf gebunden. Sie holte gerade Becher aus einem der Hängeschränke. Zwei Becher. Der Backofen war angeschaltet, und auf einer Anrichte standen zwei Teller.

»Ich mache Käsemakkaroni mit Gemüse. Du kannst gern zum Essen bleiben.«

Alec hatte Hunger und nahm das Angebot an.

Während sie darauf warteten, dass das Essen heiß wurde, tranken sie den Kaffee.

In der Küche gab es keinen Tisch, deshalb trugen sie die Teller mit dem dampfenden Essen ins Wohnzimmer. Layla nahm auf dem Sofa Platz und er auf einem Lederwürfel, der sonst als Fußstütze diente. Schweigend aßen sie. Es war kein unangenehmes Schweigen, sondern einfach ... Schweigen.

Das schließlich von einem leisen Klingeln unterbrochen wurde. Das Geräusch versetzte ihm einen Stich. Er entschuldigte sich, ging in den Flur und holte sein schrillendes Handy aus der Lederjacke.

Es war Lennox.

»Genug gevögelt, Romeo«, sagte der Bodyguard anstelle einer Begrüßung. »Dein Typ wird verlangt.«

»Wohin soll ich kommen?«

»Tyrone kennt die Adresse. Bis gleich.«

Er steckte das Handy zurück in die Jackentasche und blieb reglos stehen.

Das war's.

Ende.

Er fühlte sich betrogen. Weil Lennox ihm die wenigen Minuten mit Layla genommen hatte, die ihm noch geblieben wären. Doch es nützte nichts.

Alec nahm die Glock aus der Innentasche der Lederjacke und steckte sie sich hinten in den Hosenbund. Danach streifte er die Jacke über und ging zurück zu Layla. Sie saß kerzengerade auf dem Sofa, den Kaffeebecher fest in beiden Händen. Ihr Gesicht spiegelte seine Empfindungen: Traurigkeit und Bedauern.

»Die Pflicht ruft«, sagte er leise.

Immer wieder derselbe Satz. Wie oft hatte er sich von Jennifer auf diese Weise verabschiedet?

Sie umarmten sich, bevor er die Wohnung verließ. Kein Kuss, nur eine letzte lange Umarmung im Flur.

Fast drei Stunden waren verstrichen, seit er an Laylas Tür geklingelt hatte. Die Zeit war verflogen.

Er lief im dunklen Treppenhaus die Stufen hinunter und trat hinaus auf die Straße.

Das Tageslicht schwand rapide. Bald würde es dunkel sein.

Der BMW stand an derselben Stelle wie zuvor. Tyrone schaltete die Scheinwerfer ein. Vielleicht, um ihn zur Eile anzutreiben. Er öffnete die Beifahrertür des Beemers und stieg ein.

»Dein Glück, dass ich für diese Scheiße bezahlt werde!«, pflaumte Tyrone ihn an.

Alec sah zurück zum Wohnhaus. Im ersten Stock brannte Licht. Dort lag Laylas Wohnung. »Wohin geht's?«

Lennox hatte weder besonders aufgeregt noch besonders geheimnistuerisch geklungen. Bloß kurz angebunden.

»Zur Lagerhalle.«

Er runzelte die Stirn. Warum? Für eine abendliche Spritztour mit der Viper?

Während sie nach Süden fuhren, schwieg Tyrone beharrlich. Zuerst hielt Alec es für Verärgerung über die lange Wartezeit. Bis er genauer auf Tyrones Körpersprache achtete und zu einem anderen Schluss kam. Sein Chauffeur war nicht verärgert. Die verkrampfte Art, auf die Tyrone das Lenkrad umfasste und mit leicht verkniffenem Mund den Verkehr im Blick behielt, verriet Anspannung.

»Irgendwas los, von dem ich wissen sollte?«, erkundigte er sich betont beiläufig.

»Keine Ahnung.« Tyrones Blick flackerte. Er log.

In Alecs Eingeweiden breitete sich ein ungutes Gefühl aus.

Ein Sportwagen überholte sie auf der linken Seite. Es war eine Viper im schwarz glänzenden Gewand. Ihr folgte ein silberner SUV mit getönten Scheiben, der Alec irgendwie bekannt vorkam. Normalerweise hätte er sich nichts weiter dabei gedacht, doch die Kombination der Fahrzeuge war …

Er beobachtete, wie die Wagen vor dem BMW einscherten. Zuerst der SUV direkt vor ihnen, danach die Viper.

Kurz darauf bogen die Fahrzeuge an einer Kreuzung ab. Tyrone setzte den Blinker und folgte ihnen.

Was, zum Teufel, war hier los?

Angeführt von der Viper überquerten sie den River Rouge, der im Nordwesten den Ford River Rouge Complex an einer Seite umfloss und nach einem Besuch bei Zug Island in den Detroit River mündete.

Bald würden sie die Lagerhalle erreichen.

Die Viper verringerte das Tempo, fuhr vom SUV gefolgt auf eine Schotterfläche und hielt. Sobald der

BMW zum Stehen gekommen war, stieg Alec aus. Das Beifahrerfenster des silbernen SUV wurde abgesenkt. Jay winkte verhalten. Er sah besorgt aus. Danny nickte Alec vom Fahrersitz aus zu. Hinter den beiden saßen zwei weitere Männer, die er nicht kannte. Unter ihren Jacken hielten sie Waffen verborgen. Der Größe nach zu urteilen, waren es Maschinenpistolen.

Die Fahrertür der Viper wurde geöffnet. Ramesh stieg aus, von Kopf bis Fuß in Schwarz gekleidet.

Dieser Anblick beunruhigte Alec mehr als alles andere.

»Gefällt dir die Optik?« Ramesh deutete auf den Sportwagen.

Schloss die Frage das neue Kennzeichen ein?

Er spielte mit und verzog anerkennend das Gesicht. »Sehr edel. Lack oder Folie?«

»Folie. Falls es mir morgen nicht mehr gefällt.«

Oder die Polizei nach einer schwarzen Viper fahndete?

Er trat auf Ramesh zu. Der verstand, und gemeinsam entfernten sie sich außer Hörweite der anderen.

»Was läuft hier?«, erkundigte sich Alec leise. Er musste nicht flüstern, doch er tat es trotzdem.

»Die zweite Verhandlungsrunde.«

»Jetzt?« Seine Brust wurde eng.

»Du solltest mich mittlerweile kennen. Ich bin gern spontan.«

Nein, das war keine Spontaneität, sondern kalte Berechnung, um seinen Gegner aus dem Gleichgewicht zu bringen und ihn in die Defensive zu zwingen. Es funktionierte hervorragend.

Alec fühlte sich eindeutig aus dem Gleichgewicht gebracht. Er versuchte, seine Gedanken zu ordnen, ohne es sich anmerken zu lassen. »Bist du sicher, dass es eine Verhandlung wird?«

Die Feuerkraft der Männer im SUV war ausreichend für ein Massaker.

Rameshs verschlagenes Lächeln bereitete ihm Gänsehaut. »Glaubst du wirklich, dass sich Emerson und Patrice Richards auf meine Bedingungen einlassen und sich widerstandslos in die *Great Lakes Association* integrieren werden?«

Alec dachte zurück an die Ereignisse der vergangenen Wochen und ihr Zusammentreffen im Hotel, das beinahe aus dem Ruder gelaufen wäre. »Nein.«

»Ich habe einige meiner alten Kontakte in New York aktiviert und ein paar Gefallen eingefordert. Diese Investoren, mit denen Emerson Richards geprahlt hat, sind bei Weitem nicht so einflussreich, wie er behauptet. Das Angebot, die *GLA* bei ihrer Expansion an der Ostküste zu unterstützen, ist reines Geschwätz. Es wird nicht passieren. Jedenfalls nicht ohne enorme Kosten und Risiken für uns. Die Brüder sind Blender. Sie können es nicht mit der *GLA* aufnehmen, und das werde ich ihnen heute beweisen.«

»Indem du sie umbringst?«

»Indem ich ein Exempel statuiere.«

»Das ist keine gute Idee!«

Eine selbstmörderische Idee!

»Warum hast du mich davon abgehalten, den Bastard zu erschießen, der dich töten wollte?«

»Was?« Die Frage brachte Alec aus dem Konzept. »Was hat das ...?«

»Warum?«, forderte Ramesh eine Antwort.

Alec starrte ihn mit offenem Mund an. »Weil es nicht nötig war«, sagte er schließlich und bestätigte damit offenbar Rameshs Vermutung.

»Es wäre ein dummes Risiko gewesen. Was nicht bedeutet, dass ich es nicht getan hätte«, stellte Ramesh klar. »In unserem Geschäft gibt es zwei Arten von Gewalt, Alec: unnötige Gewalt und nötige Gewalt. Warum jemandem eine Lektion erteilen, ohne ihm danach Gelegenheit zu geben, seinen Standpunkt zu überdenken? Wenn er zur Vernunft kommt, gut. Wenn nicht …« Ramesh zuckte vielsagend die Achseln. »Ich habe Emerson und seinem Bruder mehr als eine Gelegenheit gegeben, ihren Standpunkt zu überdenken. Wenn sie heute Abend nicht einlenken, ist es vorbei. Dann muss ich Gewalt anwenden, und sie muss exzessiv sein. Weil alles andere ein Zeichen von Schwäche wäre. Und Schwäche kann tödlich sein.«

»Die Brüder sind keine Idioten. Sie werden darauf vorbereitet sein.«

Ramesh verzog das Gesicht zu einer Grimasse. »Glaub mir, ich würde auch lieber entspannt irgendwo was trinken gehen.« Er klopfte Alec auf die Schulter und ging zurück zu den anderen.

Alec blieb stehen und versuchte, seine Gedanken zu sammeln. Er fuhr sich mit der Hand durchs Haar, ließ sie im Nacken liegen und blickte hoch zum dunkler werdenden Himmel. Sein Handy steckte in der Jackentasche. Er brauchte es nur herauszunehmen und …

Was? Steve anzurufen? Ganz unauffällig?

Er hörte einen Pfiff. Er wandte den Kopf. Lennox winkte ihn heran. Er setzte sich in Bewegung. Tyrone war ebenfalls ausgestiegen. Einer der unbekannten Helfer hatte die Seitentür des SUV geöffnet, damit alle zuhören konnten, was Ramesh zu sagen hatte.

Sein erster Satz richtete sich an Alec. »Schalte dein Handy aus und entferne den Akku.«

Er tat, wie ihm geheißen. Lennox reichte ihm eine dunkle Baseballkappe, in der ein Paar schwarzer Handschuhe und ein billiges Handy lagen. Seine Arbeitsausrüstung für heute Abend.

»Wir machen es wie folgt«, erklärte Ramesh. »Lennox und ich fahren in der Viper voraus. Der SUV begleitet uns bis in die Lagerhalle. Ihr beiden«, er sah zu Alec und Tyrone, »folgt uns in einigem Abstand und wartet in sicherer Entfernung draußen auf dem Gelände.«

Alec wollte protestieren, doch Rameshs Blick hielt ihn davon ab.

»Ihr seid meine zusätzlichen Augen und Ohren. Falls jemand versucht, sich aus dem Hinterhalt anzuschleichen. Du fährst, Alec. Sollte die Hölle losbrechen, brauche ich dich, um etwaige Verfolger aus dem Weg zu räumen. Jay, die Waffen.«

Jay reichte einen Rucksack durchs Beifahrerfenster an Tyrone weiter. Alec konnte sich denken, welche Artillerie sie bekommen würden.

Ramesh blickte kurz auf die Uhr und sprach weiter. »Wenn wir in der Lagerhalle sind, hören alle auf mein Kommando. Es wird nur geschossen, wenn ich das Zeichen dafür gebe.« Er deutete auf die unbekannten Helfer. »Ihr bleibt im Wagen sitzen und haltet die Füße still. Durch die getönten Scheiben wird man euch nicht sehen. Ich will nicht sofort alle Karten auf den Tisch legen und die Brüder dadurch nervös machen.« Ramesh sah in die Runde. »Falls einer von euch die Nerven verliert und sich das Treffen deshalb in ein Blutbad verwandelt, sollte er besser im Kugelhagel sterben. Sonst ziehe ich ihm persönlich die Haut vom Körper. Noch Fragen?«

Niemand sagte ein Wort.

Es tat gut, den Beifahrersitz wieder mit dem Fahrersitz zu tauschen. Allerdings hätte sich Alec andere Umstände gewünscht. Vor ihm fuhr zuerst die Viper und danach der silberne SUV auf das Gelände der Lagerhalle. Mittlerweile war es dunkel geworden. Vereinzelte Straßenlaternen erhellten die Umgebung, doch jenseits des Bauzauns herrschte Dunkelheit. Er schaltete die Scheinwerfer aus und folgte den Fahrzeugen durch das Tor. Während die Viper und der SUV auf die größere der Lagerhallen zurollten, hielt er in der Nähe des Zauns. Noch immer stand der Bagger auf seinem gigantischen Schutthaufen. Bedrohlich wie ein metallenes Monster, das darauf wartete, zum Leben zu erwachen und alles zu zerstören, was ihm in die Quere kam.

Alec senkte das Fahrerfenster, um die Geräusche draußen besser hören zu können. Er ließ den Motor laufen. Eine behandschuhte Hand am Lenkrad, die andere an der Automatikschaltung, wartete er ab. Der Wind trug das Rauschen von der Interstate 75 heran. Auf dem Beifahrersitz zog Tyrone seine Pistole aus dem Schulterhalfter und legte sie auf seinem Oberschenkel ab. Anspannung und Nervosität strahlten jetzt in Wellen von ihm aus. Sie übertrugen sich. Alecs rechter Zeige- und Mittelfinger klopften einen lautlosen Rhythmus in der Luft. Er starrte auf die Lagerhalle. Sein Bauchgefühl sagte ihm, dass hier irgendetwas nicht stimmte. Je länger sie hier saßen, je länger es im Gebäude ruhig blieb, desto lauter schrillten die Alarmglocken. »Ich fahre näher heran.«

»Wir bleiben, wo wir sind.«

Er schüttelte den Kopf. »Mir gefällt das alles nicht. Irgendwas läuft hier falsch.« Er wollte Gas geben und spürte plötzlich etwas Hartes in der rechten Seite.

Den Lauf einer Pistole.

»Wir bleiben, wo wir sind«, wiederholte Tyrone mit drohendem Unterton. »Stell den Motor ab und leg die Hände aufs Lenkrad.«

Alec blickte ungläubig auf die Waffe, die im schwachen Schein der Armaturen glänzte, und gehorchte.

»Wir warten hier, bis alles vorbei ist. Dann wird sich mein Boss mit dir unterhalten.«

»Ramesh wird ...«

»Ramesh ist nicht mein Boss.«

Es dauerte einige Momente, bis er den Satz verarbeitet hatte und seine Bedeutung verstand. Verblüfft sah er Tyrone an und meinte, ein triumphierendes Lächeln in dessen Gesicht zu erkennen. Tyrone war der Verräter?

Der Typ, der ihm seit Tagen nicht von der Pelle gerückt war, spielte ein doppeltes Spiel?

Das hatte Alec nicht kommen sehen! Wäre es nicht tödlicher Ernst gewesen, hätte er über die Ironie gelacht.

Doch Tyrone sollte Ramesh allein hintergangen haben? Der Mann war weder intelligent genug noch hatte er die nötigen Kontakte, um den New Yorkern all die Informationen zu liefern, die sie offenbar erhalten hatten.

»Ist Deacon auch hier?«, gab er einen Schuss ins Blaue ab. »Oder versteckt er sich, bis die Drecksarbeit getan ist?«

»Du bist ja ein ganz schlaues Kerlchen«, erwiderte Tyrone nach kurzem Zögern. »Mach jetzt besser keine Dummheiten.«

Aus der Lagerhalle waren plötzlich Schüsse zu hören. Zuerst nur einzelne, dann immer mehr. Ein Feuergefecht!

Alecs Hände verkrampften sich ums Lenkrad.

»Noch ein paar Sekunden, dann ist alles vorbei«, bemerkte Tyrone ruhig.

Alec hätte ihm am liebsten ins Gesicht geschlagen.

Jemand kam aus dem Gebäude. Eine einzelne Person. Sie tauchte wie aus dem Nichts auf und lief auf den BMW zu. Taumelte, strauchelte, fiel fast hin und lief weiter.

Jay.

Er war verletzt.

Komm nicht hierher!, wollte Alec ihm zurufen. Er ahnte, was Tyrone tun würde, und er wünschte, er könnte es verhindern.

Jay kam näher. Er lief dorthin, wo er Schutz erwartete. Einen Arm fest gegen den Unterleib gepresst, stolperte er die letzten Meter auf sie zu.

»Hilfe!« Seine Augen waren weit aufgerissen. »Ihr müsst uns helfen! Sie sind alle tot! Alle!« Aus Jays Stimme sprachen Schock und Angst. Er stieß gegen die Motorhaube, fiel fast vornüber und starrte Alec durch die Windschutzscheibe fassungslos an.

Alec bewegte sich nicht. Die Hände am Lenkrad blickte er reglos zurück. Er konnte Jay nicht helfen. Wenn er sich bewegte, würden sie beide sterben.

»Sitz da nicht so rum!« Jay stolperte zur Fahrertür und zog sie auf.

Als die Innenbeleuchtung ansprang, hob Tyrone die Pistole und drückte ab. Der Knall machte Alec fast taub. Jay stolperte zurück, starrte verblüfft auf seine Brust und brach zusammen. Adrenalin flutete Alecs Adern. Er riss den rechten Arm nach oben, traf Tyrones Unterarm und schlug die Hand mit der Pistole gegen das Wagendach. Ein Schuss löste sich. Er packte Tyrones Handgelenk mit der Linken und rammte ihm den rechten Ellenbogen gegen den Kehlkopf. Tyrone gab einen gurgelnden Laut von sich. Alec entwand ihm die Waffe, nahm sie wie einen Stein in die Hand und schlug sie Tyrone ins Gesicht. Nach dem zweiten Schlag rührte sich Tyrone nicht mehr. Blut lief ihm aus Mund und Nase. Im fahlen Licht der Innenbeleuchtung wirkte es wie flüssiger Teer. Alec entfernte rasch das Magazin aus der Pistole und zog den Schlitten zurück, um die Kugel im Lauf auszuwerfen. Sie verschwand zwischen den Sitzen. Er warf die Pistole in den Fußraum der Rückbank, steckte das Magazin ein und holte das billige Wegwerf-Handy aus der Jackentasche. Er wählte Steves Handynummer, hörte das Freizeichen und stieg aus. Jay lag reglos da. Seine Augen starrten glasig in den Himmel. Zu spät.

»Hallo?«

Steves Stimme holte Alec zurück in die Wirklichkeit. »Die New Yorker haben Ramesh in eine Falle gelockt.« Er klang erstaunlich ruhig. »Es hat eine Schießerei gegeben. Ich glaube nicht, dass irgendjemand überlebt hat.« Er sah zur Lagerhalle, die in absoluter Stille lag.

»Wo bist du?«

Er nannte die Adresse. »Deacon steckt hinter allem! Er hat im Hintergrund die Fäden gezogen und Ramesh verraten!«

»Ich weiß!« Steve klang wütend. »Ich habe es vor zwei Stunden erfahren. Deacon hat sich vorhin mit Emerson Richards getroffen. Meine Leute sind ihnen gefolgt, haben sie aber im dichten Verkehr verloren. Wenn ich das geahnt hätte! Verdammter Scheißdreck!« Etwas fiel klirrend zu Boden. Ein Glas? Ein Kaffeebecher? »Zum Glück ist dir nichts passiert.« Steve bemühte sich hörbar um Ruhe.

Im Hintergrund gab jemand hektische Kommandos. Eine Tür klappte. Schnelle Schritte. Steves Stimme hallte auf einmal, als würde er einen leeren Flur entlanglaufen. »Wir trommeln die Truppen zusammen. Bleib, wo du bist. Ich bin in fünfzehn Minuten bei dir!«

So lange konnte Alec nicht warten. Er zog seine eigene Pistole aus dem Hosenbund. »Ich gehe in die Lagerhalle.«

»Tu das nicht! Was immer dadrinnen passiert ist, du kannst niemandem mehr helfen!«

»Ich muss wissen, ob er noch lebt.«

»Alec!«, rief Steve wütend. »Tu das ...!«

Da hatte er schon aufgelegt und war losgerannt.

Als er das Gebäude erreichte, lief er an der Mauer entlang bis zu der Seitentür, durch die Jay geflüchtet war. Er horchte, meinte, eine Stimme zu hören, und zwängte sich durch den schmalen Spalt zwischen Tür und Rahmen. Im Schutz der Tür blieb er stehen und horchte erneut. Nichts. Die Pistole fest in den Händen, lugte er vorsichtig hinter der Tür hervor. Der Anblick, der sich ihm bot, erfüllte seine schlimmsten Erwartungen. Mitten in der Lagerhalle standen vier von Einschusslöchern übersäte Fahrzeuge im Kreis. Drei reglose Körper lagen im Licht der Scheinwerfer. Zwei von ihnen konnte Alec aus der Entfernung nicht erkennen. Der Dritte war Lennox Kinley. Die Körpermaße ließen keinen Zweifel daran. Einer der unbekannten Helfer lag gekrümmt neben dem silbernen SUV, zwei weitere Männer auf halber Strecke zwischen den Fahrzeugen und der Seitentür.

Wieder hörte er die Stimme. Jemand stand hinter dem SUV. Groß, breite Schultern. Die Person wandte ihm den Rücken zu, richtete ihre Aufmerksamkeit nach unten. Eric Deacon?

Er sah sich suchend in der Lagerhalle um. Es gab keine Deckung. Sobald er die Halle betrat, würde er ein ungeschütztes Ziel bieten. Kurz entschlossen hob er die Pistole und trat aus der Deckung. Den Blick abwechselnd auf den unebenen Boden und den Mann hinter dem SUV gerichtet, schlich er geduckt los. Er hielt sich dicht an der Wand, bis er dem ersten Wagen nahe genug war und hinter dem Kofferraum in Deckung huschen konnte. Sein Herz hämmerte. Er hätte dringend Rückendeckung gebraucht. Ein Wunsch, der sich erfüllen konnte, wenn er geduldig abwartete, bis Steve und die Kavallerie eintrafen.

Ein undefinierbares Geräusch war hinter den Fahrzeugen zu hören. Etwas fiel zu Boden. Oder jemand?

Alec legte sich flach auf den Bauch. Einer der Körper im Lichtkegel der Scheinwerfer blockierte seine Sicht.

Er rutschte zur Seite, bis er ein freies Sichtfeld hatte. Die Augen mit der Hand gegen das Scheinwerferlicht abgeschirmt, lugte er unter dem SUV hindurch. Er entdeckte ein Paar Schuhe und dahinter eine liegende Person. Oder waren es zwei? Alec wollte sich aufrichten, um wieder in Deckung zu gehen, und hielt inne, als sein Blick auf Lennox Kinley fiel. Dessen schwarzes Jackett hatte sich beim Fallen geöffnet. Das weiße Hemd darunter war an der linken Schulter und der rechten Körperseite blutdurchtränkt, doch Lennox' Brustkorb hob und senkte sich. Er lebte. Noch.

Schön weiteratmen. Hilfe ist unterwegs.

Die anderen Männer waren Emerson Richards und dessen weißer Lieutenant.

Beide von Kugeln durchsiebt.

Geduckt lief er zum SUV. Ihn trennten nur noch wenige Meter von dem anderen Mann.

»Du mieses Stück Scheiße hast tatsächlich geglaubt, du könntest mich aufs Abstellgleis schieben?«

Alec erstarrte. Eric Deacon.

»Du wolltest das Geschäft der New Yorker an dich reißen? Hinter meinem Rücken? Mir verweigern, was mir zusteht?«

Wieder dieses Geräusch. Ein Schlag. Jemand ging hart zu Boden.

Alec schob sich langsam bis zum Heck des SUV vor. Er warf vorsichtig einen Blick um den Kofferraum herum. Scheinwerferlicht strahlte zwischen dem SUV und der Viper hindurch. Es beleuchtete vier Personen: die Leichen von Patrice Richards und dem zweiten unbekannten Helfer, Eric Deacon und Ramesh, der sich gerade unter sichtlicher Mühe aufrappelte. Er blutete aus der Nase, dem Mund und einer Platzwunde über dem linken Auge. Sein rechter Arm hing schlaff herab. Über dem Ellenbogen war der Stoff seiner Jacke eingerissen und glänzte feucht. Ramesh schaffte es auf die Knie, sah auf und starrte trotzig, nein, herausfordernd in den Lauf der Waffe, die Eric Deacon auf ihn gerichtet hatte.

»Dafür wird dich Chicago vierteilen lassen.« Ramesh zwang sich, ruhig zu sprechen.

Alec konnte sich Deacons überhebliches Lächeln vorstellen. »Wer wird Chicago informieren? Du vielleicht? Mit einer Kugel im Kopf? Wohl kaum. Man wird deinen Verlust bedauern und einen Nachfolger suchen. Jemanden, der Detroit kennt und deine Geschäfte möglichst störungsfrei übernehmen kann.«

»Dich?« Ramesh schnaufte abfällig.

»Sie werden mich anflehen, deinen Platz einzunehmen. Weil ich das Geschäft der New Yorker gleich mitbringen werde.«

»Emerson und Patrice sind tot. Es gibt kein Geschäft mehr.«

»Es gibt die Investoren. Die unverändert an der Route nach Kanada interessiert sind. Jetzt müssen sie sich den Regeln der *Great Lakes Association* unterwerfen. Dieses kleine Massaker wird sie davon überzeugen, dass es zu kostenintensiv ist, gegen uns zu kämpfen.«

Ramesh lachte spöttisch. »Das ist dein Plan?«

»Der Plan war, dich aus dem Weg zu räumen und mit Emerson und Patrice gemeinsame Sache zu machen, doch das hier ist viel besser. Weniger lose Fäden.«

Alec verlagerte leicht sein Gewicht und machte sich bereit zum Eingreifen.

»Du bist ein verfluchter Witz, Deacon. Ich habe damit gerechnet, dass du früher oder später versuchen würdest, mir meinen Posten streitig zu machen. Aber das hier ist phänomenal hirnrissig! Sogar für deine Verhältnisse.«

Als Antwort verpasste Deacon Ramesh eine schallende Ohrfeige. Bevor Ramesh das Gleichgewicht wiedererlangen konnte, brachte Deacon ihn mit einem Tritt vor die Brust zu Fall, hob die Waffe und zielte auf Rameshs Kopf.

»Halt!« Alec trat aus der Deckung, die Pistole im Anschlag. Ihn trennten vielleicht zwanzig Meter von Deacon. Er würde ihn nicht verfehlen.

Deacon gaffte ihn verblüfft an. Im nächsten Moment hatte er den Schock überwunden und knipste sein Haifischlächeln an. »Alec. Willkommen in unserer kleinen Runde. Wenn du dich ein paar Sekunden geduldest, können wir uns gleich über deine berufliche Zukunft unterhalten.«

»Ich bin nicht interessiert.«

»Wirklich nicht? Wir könnten uns bestimmt einigen. Ein Wechsel des Arbeitgebers kann äußerst lukrativ sein.« Beim Sprechen machte Deacon mehrere Schritte zur Seite. Dabei beschrieb er einen leichten Halbkreis und brachte Ramesh zwischen sie. Alec ahnte, was Deacon bezweckte: Er suchte eine bessere Schussposition.

»Bleib stehen, Deacon!«

»Ganz ruhig.« Sein Gegenüber hob zum Zeichen des Friedens die Hand. »Der Einzige, der heute noch sterben muss, ist Ramesh. Das lässt sich leider nicht vermeiden. Für dich habe ich Verwendung. Du hast Talent.

Du könntest mein Stellvertreter werden. Und wer weiß, in ein paar Jahren …«

»Für dieses Angebot ist es zu spät, Deacon. Ich bin dir weit voraus.« Ramesh kam erneut auf die Knie und wischte sich mit dem Handballen das Blut vom Kinn. »Chicago hat bereits zugestimmt. Alec wird meine rechte Hand. Du kannst ihm nichts bieten, was er nicht auch von mir bekommen würde.«

Deacons Miene verfinsterte sich.

Alec sah, wie es hinter seiner Stirn arbeitete und dass er zu einer Entscheidung kam. Er bemerkte ein Flackern in Deacons Blick, den Ansatz einer Bewegung. »Tu das nicht!«, warnte er Deacon.

Der hielt zornig inne.

Alec entfernte sich einige Schritte vom SUV und brachte sich so aus der direkten Schussbahn. »Die Polizei ist auf dem Weg hierher. In ein paar Minuten wimmelt es draußen von Streifenwagen.«

Wie viel Zeit war seit dem Telefonat mit Steve vergangen? Es kam ihm vor wie eine halbe Ewigkeit.

Deacon starrte ihn mit offenem Mund an, während er versuchte, die Informationen zu verarbeiten. »Was?«, brachte er schließlich hervor. »Du hast …?«

Jetzt gab es kein Zurück mehr. »Wirf die Waffe weg, ehe du einen Polizisten erschießt und bis an dein Lebensende in den Knast wanderst!«

Deacon blinzelte verblüfft. »Was?«

Alec vermied es, Ramesh anzusehen. Er konnte es nicht. Er wollte es nicht.

Deacon fing plötzlich an zu lachen. »O mein Gott!« Er sah auf Ramesh hinab, und seine Stimme troff von

Hohn und falschem Mitleid. »Du arme Sau hast dir einen Polizeispitzel eingefangen!«

Alec behielt ihn fest im Visier.

»Du bist erledigt, Ramesh!« Deacon kostete den Triumph voll aus. »Du solltest mich anflehen, dich zu erschießen! Wenn Chicago davon erfährt, ist dein Leben keinen Cent mehr wert!«

»Deines ebenso wenig«, entgegnete Alec. »Du hast mich damals angeheuert.«

Entsetzen verzerrte Deacons Gesicht, als ihm klar wurde, was das bedeutete. »Du mieser …«, begann er und riss plötzlich die Waffe hoch.

Alec drückte ab, spürte den Rückstoß, als sich der Schuss löste, und feuerte erneut. Die Kugeln trafen Eric Deacon in die Brust und warfen ihn nach hinten. Da hörte Alec einen dritten Knall. Er erhielt einen heftigen Schlag gegen die linke Seite und stolperte zurück. Heißer Schmerz flammte unterhalb seiner Rippen auf. Geschockt schaute er an sich hinab und entdeckte das Loch in seiner Jacke. Deacon hatte ihn angeschossen! Die Pistole entglitt seinem kraftlosen Griff. Er presste eine Hand gegen die Wunde, sah Blut zwischen seinen Fingern hervorquellen und sank auf die Knie. Er begriff mit absoluter Klarheit, was geschehen war, doch er konnte es nicht fassen. Er war noch nie angeschossen worden. Es war eine neue Kategorie von Schmerz.

Am Rande seines Blickfelds bewegte sich jemand.

Ramesh!

Alec streckte eine blutverschmierte Hand nach seiner Pistole aus. Er hatte sie fast erreicht, als ein Schuss durch die Lagerhalle hämmerte. Die Kugel schlug direkt neben seiner Hand ein. Betonsplitter spritzten hoch. Er zuckte zurück. Eine zweite Kugel schlug in den Boden ein, näher als die erste. Ramesh kam auf ihn zu, Deacons Pistole in der Hand und mit hasserfülltem Blick. Voller Panik rutschte Alec zurück. Er ignorierte die Schmerzen, versuchte, auf die Beine zu kommen und außer Reichweite der Schüsse. Eine dritte Kugel verfehlte knapp sein Knie. Er verlor das Gleichgewicht, fiel auf die verletzte Seite und schrie auf vor Schmerzen. Es gab kein Entkommen. Die Hände über den Kopf gehoben, blieb er reglos liegen. Und betete, Ramesh würde dieses Zeichen der Kapitulation akzeptieren. Schritte näherten sich. Eine Hand schlug ihm die Mütze vom Kopf und griff in sein Haar. Der kalte Lauf einer Pistole wurde ihm gegen den Hals gepresst.

Rameshs Stimme war kaum mehr als ein Knurren. »Ein Wort, und ich knall dich ab, du verräterisches Dreckschwein!« Er packte Alec am Kragen und zog. »Steh auf!«

Alec kam mühsam auf die Beine. Er presste den Ellenbogen fest gegen die Wunde in der Seite und blieb gekrümmt stehen. Ramesh zerrte ihn mit sich zur Viper. Bei jedem Schritt bohrte sich heftiger Schmerz in seine linke Seite.

Die Viper hatte den Kugelhagel einigermaßen unbeschadet überstanden. Der linke Außenspiegel fehlte. Die Abdeckung des linken Scheinwerfers war gesplittert, und ein Streifschuss hatte einen Teil der schwarzen Folie von der Motorhaube geschabt.

»Du fährst!«

Alec sah Ramesh ungläubig an. In diesem Zustand konnte er kein Auto fahren! Schon gar nicht die Viper!

Die Waffe, die sich auf ihn richtete, ließ ihm keine Wahl. Ramesh nahm auf dem Beifahrersitz Platz und warf ihm den Zündschlüssel in den Schoß. Alec schob ihn mit zitternden Fingern ins Zündschloss und drehte ihn um. Der Motor der Viper erwachte zum Leben. Das Dröhnen klang wie ein finsteres Versprechen: *Eine Unachtsamkeit und ich werde dich töten!*

Behutsam gab er Gas. Er lenkte die Viper aus der Lagerhalle und über das unebene Gelände. Vorbei an dem BMW, hinter dem Jays Leiche lag und Tyrone bewusstlos auf dem Beifahrersitz zusammengesunken war. Alec fragte sich erneut, wie viel Zeit seit dem Telefonat mit Steve vergangen war. Wie konnten drei Stunden wie im Fluge verstreichen und sich fünfzehn Minuten wie fünfzehn Stunden dehnen?

Blinkende Lichter erschienen in der Dunkelheit und kamen schnell näher.

Ramesh drückte ihm die Waffe an die Schläfe. »Fahr! Auf die Interstate, Richtung Toledo.«

Die Streifenwagen waren wenige Hundert Meter entfernt, als Alec die Viper durch das Tor lenkte. Sirenen heulten auf. Widerwillig erhöhte er die Geschwindigkeit. Die blinkenden Lichter blieben rasch zurück.

Bis zur Interstate 75 waren es nur wenige Minuten.

Er schaffte es die Rampe hoch und vom Beschleunigungsstreifen auf die Überholspur. Es herrschte nicht viel Verkehr. Ausreichend Lücken für etwaige Überholmanöver. Noch konnte er die Viper unter Kontrolle halten, aber er spürte die Feuchtigkeit an seiner linken Seite, und der dumpf pochende Schmerz flammte bei der geringsten Bewegung zu einer Feuersbrunst auf.

Lange würde er nicht mehr durchhalten. »Wohin willst du?«

Ramesh wischte sich mit einem Hemdsärmel das Blut aus dem Gesicht und blickte über die Schulter. »Fahr schneller.«

Im Rückspiegel entdeckte Alec zwei Streifenwagen, die ihnen in gebührendem Abstand folgten. Er drückte das Gaspedal hinunter. Der Motor der Viper röhrte, während die Tachonadel stetig nach oben kletterte, bis sie zweihundert Stundenkilometer erreichte und das Lenkrad in seinen Händen bedrohlich vibrierte. Er klammerte sich daran fest. Kümmerte sich nicht mehr um Verkehrsregeln, sondern nutzte jede Lücke, um andere Fahrzeuge zu überholen. Langsamere Fahrer scheuchte er mit der Lichthupe aus dem Weg. Die Streifenwagen hatte er bald abgehängt, doch Ramesh gab kein Zeichen, die Geschwindigkeit zu verringern.

Mattigkeit kroch ihm in die Knochen und breitete sich in seinen Muskeln aus. Die Ränder seines Sichtfeldes begannen zu verschwimmen. »Ich muss anhalten.« Seine Stimme klang schwach und zittrig. »Wenn ich nicht anhalte, bringe ich uns beide um!«

Oder ist es das, was du willst?

Ramesh musterte ihn prüfend von der Seite und kam zu einer Entscheidung. »Nimm die nächste Ausfahrt.«

Alec verringerte die Geschwindigkeit und lenkte den Wagen auf die Entschleunigungsspur. Er kroch fast durch die Kurve der Abfahrt und hielt das Lenkrad so stark umklammert, dass er das Gefühl hatte, sich die Finger zu brechen, wenn er nur etwas stärker zugriff.

Die Abfahrt führte auf eine zweispurige Straße, von der hin und wieder schmale Nebenstraßen abzweigten.

Sie befanden sich jetzt in einer ländlichen Gegend. Wenige bebaute Grundstücke wurden von Wiesen, brachliegenden Flächen und kleinen Wäldchen abgelöst. Nach einigen Minuten befahl Ramesh ihm, in eine der Nebenstraßen einzubiegen. Es war ein unbefestigter Schotterweg, der sich durch einen Wald schlängelte. Trotz der Scheinwerfer konnte Alec kaum etwas erkennen. In ihm wuchs die Angst, auf dieser Straße im Nirgendwo zu sterben. Er dachte an seine Eltern, und es schnürte ihm die Kehle zu.

Jemand würde an der Tür des kleinen Häuschens in Dalton klingeln und ihnen die Nachricht überbringen. Vielleicht Steve, vielleicht Silvio. Seine Eltern würden erfahren, dass ihr Sohn tot war. Dass sie zwei Jahre lang vergeblich auf seine Rückkehr gewartet hatten. Er sah seine Mutter vor sich, wie sie tränenüberströmt die Hände vors Gesicht schlug. Er sah seinen Vater, der mit versteinertem Gesicht die Haustür schloss.

Es tut mir leid!

Alecs Augen begannen zu brennen.

Es tut mir so unglaublich leid!

Plötzlich eine Bewegung in der Dunkelheit.

Ein Schatten huschte über die Straße. Er erschrak, vergaß, was er gelernt hatte, und trat auf die Bremse. Der Wagen brach aus, vollführte eine halbe Drehung und kam schlingernd zum Stehen. Für Sekunden oder Minuten verschwand die Welt um ihn herum, bis ihn ein Schwall kühler Luft traf. Jemand beugte sich über ihn und löste seinen Gurt. Hände packten ihn, zerrten ihn aus dem Wagen. Alec schrie vor Schmerzen und brach in die Knie. Fluchend schleifte Ramesh ihn über den Schotter und stieß ihn vor der Viper zu Boden. Alec blieb gekrümmt liegen. Die Augen gegen das grelle Licht zusammengekniffen, versuchte er vergeblich, ruhig zu atmen, um den Schmerz erträglicher zu machen.

Vor sich hörte er Ramesh auf und ab gehen. Wie ein lauerndes Raubtier, kurz vorm Sprung auf die Beute.

»Was wirst du jetzt tun?«, fragte er matt.

»Oh, ich habe eine ziemlich genaue Vorstellung von dem, was ich jetzt tun möchte!«, schleuderte Ramesh ihm hasserfüllt entgegen.

Alec presste eine Hand gegen die blutende Wunde und schaffte es, sich etwas aufzurichten. Er zitterte vor Kälte oder durch den Schock. »Wenn du mich tötest, wird der gesamte Polizeiapparat der Vereinigten Staaten nach dir fahnden. Deine Bosse in Chicago werden herausfinden, wer ich wirklich bin. Sie werden erfahren, dass du einen Polizisten zu deinem Stellvertreter machen wolltest, und dich dafür zur Rechenschaft ziehen. Du kannst dich nicht verstecken! Wenn meine Leute dich nicht finden, werden es deine Leute tun.«

Ramesh gab keine Antwort. Er tigerte auf und ab, tauchte im Scheinwerferlicht auf und verschwand wieder in der Dunkelheit. Ihm musste klar sein, dass er in der Falle saß. Ohne Fluchtmöglichkeit, ohne Hintertür. Bis auf eine. Die würde Alec ihm jetzt zeigen.

»Es gibt einen Ausweg.«

Ramesh hielt inne. Verharrte im Schatten und wartete.

»Das Zeugenschutzprogramm. Sag gegen deine Bosse aus. Gib uns alle Informationen, die wir brauchen, um die *Great Lakes Association* zu zerschlagen, und wir helfen dir dabei, zu verschwinden. Du bekommst eine neue Identität und kannst dir eine neue Existenz aufbauen. Deine Zeit als Lieutenant von Detroit ist vorbei, aber du kannst dir ein neues Leben aufbauen.« Das Sprechen strengte an. Er wollte sich hinlegen und nur noch schlafen.

»Ich bin kein Verräter!«

»Nein«, stimmte Alec zu. »Du bist ein Überlebenskünstler. Ich biete dir eine Möglichkeit, genau das zu tun: überleben.«

»Wie wollt ihr mich vor der *GLA* beschützen? Meine Bosse haben alle Ressourcen und alle Zeit der Welt, um mich aufzuspüren.«

»Sie werden mit anderen Dingen beschäftigt sein. Und nach einem Toten wird niemand suchen.«

Ein zynisches Lachen drang aus der Dunkelheit. »Weißt du noch, wie du mich im Club genannt hast? Manipulativer Bastard. Interessante Wortwahl, Alec. Falls das dein Name ist.«

Er wollte etwas erwidern, sich verteidigen, und konnte es nicht. Er war alles, was Ramesh ihm vorwarf, zu sein.

»Warum sollte ich auf den Deal eingehen?« Ramesh klang jetzt unsicher, schwankend, kurz vor einer Entscheidung. »Wer garantiert mir, dass ich am Ende nicht doch hinter Gittern lande?«

»Mein Boss.«

»Den kenne ich nicht.«

»Ich garantiere es dir.«

»Warum sollte mir das reichen?«

»Weil du mir ...« Alec stockte, doch es war zu spät.

Ramesh rastete aus. »Weil ich was?«, brüllte er. »Weil ich was, du verdammtes Stück Scheiße?« Ramesh tauchte aus der Dunkelheit auf, das Gesicht vor Wut verzerrt. Er packte Alec, stieß ihn gegen die Motorhaube der Viper und presste ihm den Lauf der Pistole gegen die Schläfe.

Alec schloss die Augen. Zu Tode geängstigt und nicht bereit, zu sterben. Er wollte nicht sterben!

»Sag es!«, zischte Ramesh ihm ins Ohr. »Trau dich!« Dann spannte er den Hahn der Pistole. Das metallische Klicken war das grausamste Geräusch, das Alec je gehört hatte. »Sag ›*Weil du mir vertrauen kannst, Ram*‹ und ich schwöre, ich jage dir eine Kugel in den Kopf!«

Unkontrollierbares Zittern schüttelte Alecs Körper. Er atmete in flachen, hektischen Schüben und wartete auf den Schuss.

Der nicht kam.

»Warum hast du Deacon davon abgehalten, mich zu erschießen?«, fragte Ramesh mit mühsam gezügelter Wut. »Warum hast du mein Leben gerettet?«

Alec öffnete die Augen. Ihre Gesichter befanden sich nur wenige Zentimeter voneinander entfernt. Er schluckte trocken, nicht sicher, ob seine Stimmbänder funktionieren würden. »Das weißt du ganz genau.«

»Ich weiß gar nichts mehr«, fauchte Ramesh. »Deshalb frage ich dich. Warum? Weil du wusstest, dass ich verzweifelt genug sein würde, um alles zu verraten, was mir wichtig ist? Weil du sichergehen wolltest, dass ich weiß, wer mein Leben zerstört hat? Weil du sadistischer Bastard ...«

Verzweiflung und Hilflosigkeit machten Alec plötzlich unglaublich wütend. »Weil ich nicht wollte, dass er dich tötet, du blödes Arschloch!«

Ramesh starrte ihn sekundenlang an. Sein Blick verriet Zweifel und denselben heißen Zorn wie zuvor.

Ohne Vorwarnung ließ er Alec los und trat zurück. Alec sackte zu Boden und blieb benommen sitzen.

Ramesh entfernte sich einige Schritte, wandte ihm den Rücken zu und starrte in die Dunkelheit. Sekunden verstrichen. »Ruf deinen Boss an«, sagte er schließlich. Er klang resigniert und erschöpft. Geschlagen.

Alec zog mit zitternden Fingern das Wegwerfhandy aus der Jackentasche. Es entglitt seinem kraftlosen Griff und fiel zu Boden. Ramesh kam zurück, richtete die Waffe auf ihn und hob das Handy auf.

»Wahlwiederholung«, brachte Alec matt hervor.

Ramesh berührte die entsprechende Taste und hielt sich das Handy ans Ohr. Sein Blick blieb auf Alec gerichtet, wie der Lauf der Pistole. Kurz darauf verriet seine Miene, dass am anderen Ende der Leitung abgenommen wurde. Ramesh hörte sich an, was Steve Blake zu sagen hatte, und antwortete mit eisiger Stimme: »Mein Name ist Ramesh Dewari. Sie sind also der Mann, der Alecs Leben retten wird.«

Endlose Minuten später tauchten Autoscheinwerfer in der Dunkelheit auf. Alec lehnte zusammengesunken an der Viper und kämpfte darum, bei Bewusstsein zu bleiben. Er hatte Angst, einzuschlafen und zu sterben.

Zunächst hielt er die beiden hellen Punkte für eine Einbildung, bis Ramesh den Kopf wandte. Er saß einige Meter entfernt auf dem Schotterweg, hielt sich den verletzten Arm und rauchte. Die Pistole lag zwischen seinen Füßen. Seit dem Telefonat mit Steve hatten sie kein Wort gesprochen. Es gab nichts mehr zu sagen. Jetzt stand Ramesh auf. Er trat die Zigarette aus, richtete die Pistole auf Alec und sah dem ankommenden Wagen entgegen. Der Fahrer stoppte in gebührendem Abstand. Die Fahrertür wurde geöffnet, und Steve Blake stieg aus. Im Scheinwerferlicht der Viper waren die kugelsichere Weste zu erkennen, die er über dem dunklen Hemd trug, und ein weißes Schriftstück in seiner rechten Hand. Die linke Hand hielt Steve auf Schulterhöhe, einen Stift zwischen Zeige- und Mittelfinger. Sein Blick traf den von Alec. Er blieb ausdruckslos.

»Geben Sie mir die Vereinbarung«, befahl Ramesh. »Eine falsche Bewegung, und ich drücke ab.«

Steve trat näher, reichte Ramesh Papiere und Stift und zog sich wieder zurück.

»Hinknien. Die Hände unter die Knie.«

Steve gehorchte. Während er auf dem Schotter kniete, überflog Ramesh die beiden Seiten.

In wenigen Minuten würde es vorbei sein.

Alec klammerte sich an den Gedanken wie ein Ertrinkender an einen Rettungsring.

Schließlich legte Ramesh die Vereinbarung auf das Dach der Viper und unterschrieb sie.

»In der Nähe wartet ein Krankenwagen«, sagte Steve. »Den würde ich gern rufen.«

»Von mir aus.« Ramesh faltete die Vereinbarung und steckte sie ein. Dann ging er zu Steves Wagen. Im Vorbeigehen ließ er den Stift vor Steve auf den Weg fallen.

Bevor Ramesh hinten in den dunklen Viertürer stieg, sicherte er die Pistole und legte sie auf das Wagendach. Für einen Moment hielt er inne und sah zurück zu Alec. Sein Blick sagte alles, was es über Enttäuschung und Verrat zu sagen gab.

Epilog

Dalton, Georgia

Frisch gefallener Schnee knirschte unter seinen Sohlen. In der kristallklaren Luft wurde sein Atem zu Dampf. Der Park lag verlassen da. Eben erst war die Sonne aufgegangen. Sie tauchte die weiße Winterlandschaft in fahles Licht. Die Bäume trugen schwer unter ihrer Last. Äste und Zweige knackten. Eine Windböe wirbelte Schnee auf und zerstreute ihn wie Puderzucker.

Er klappte den Kragen der Daunenjacke hoch und vergrub die Hände tiefer in den Taschen. Die morgendliche Stille war wunderbar. Der Schnee dämpfte Geräusche und Gedanken. Er blickte über die Schulter zu den beiden Hunden, die ausgelassen über eine Wiese tollten. Ein heller Labrador und ein schokoladenbrauner. Lulu und Momo. Die Hunde waren die einzige Veränderung im Leben seiner Eltern gewesen, alles andere war wie immer. Er machte sich nicht sonderlich viel aus Hunden, doch an die beiden Energiebündel hatte er sich mittlerweile gewöhnt. An die Namen hingegen …

Das Werk seiner Mutter.

Er selbst hatte eine Weile gebraucht, um sich wieder an *seinen* richtigen Namen zu gewöhnen. Colin Fairfax. In den vergangenen zwei Jahren war ihm Alec Boyd ins Blut übergegangen. Ihn abzuschütteln, war nicht einfach gewesen. Auch jetzt noch gab es mitunter Momente, in denen er nicht sofort reagierte, wenn ihn jemand *Colin* rief. Allerdings bildeten sie die Ausnahme. Bald würde er endgültig zu Hause angekommen sein.

Er hielt bei einer schneebedeckten Bank, schob eine ordentliche Menge des weißen Puders zusammen und formte es zu einer festen Kugel. Der Schnee besaß genau die richtige Konsistenz. Mit einem Pfiff machte er die Hunde auf sich aufmerksam. Sobald sie nah genug herangekommen waren, holte er aus und warf die Schneekugel wie einen Baseball über die Wiese. Die Labradore hetzten Seite an Seite hinter dem Geschoss her und suchten verwirrt nach der Schneekugel, die beim Aufprall auf den Boden zerschellt war. Er hauchte warmen Atem auf seine kalten Hände und entschied, dass er ausreichend durchgefroren war. Mit den Hunden im Schlepptau machte er sich auf den Rückweg zu dem kleinen Häuschen am Rande von Dalton. Es war schon von Weitem zu sehen. Gestern hatte er gemeinsam mit Onkel Derek die Weihnachtsbeleuchtung angebracht. Blinkende Lichterketten, kitschige Rentiere und den unvermeidlichen Santa Claus. Sein Vater hatte mit Anweisungen »geholfen«. Seit dem Schlaganfall blieb er Leitern und allem, was den Gleichgewichtssinn forderte, fern.

In der Küche und im Schuppen brannte Licht. Colin befahl den Hunden, draußen zu warten, klopfte die schweren Winterstiefel an der Treppe ab und öffnete die Haustür. Im Vorraum lagen mehrere vor Dreck starrende Handtücher. Er nahm zwei und trocknete die Hunde ab. Erst danach erlaubte er ihnen, ins Haus zu kommen. Nachdem er Stiefel und Jacke ausgezogen hatte, ging er in die Küche. Lulu und Momo folgten ihm und wuselten in freudiger Erwartung des Frühstücks um die Beine seiner Mutter herum, die eben dabei war, den Tisch zu decken.

»Hi, Mom«, begrüßte er die kleine, mollige Frau, deren dunkelblondes Haar von grauen Strähnen durchzogen war.

»Hallo, Frühaufsteher.« Sie nahm ihn lächelnd in den Arm und drückte ihn fest an sich. Er fürchtete, sie würde ihn nie wieder loslassen. »Dein Gesicht ist ja eiskalt!« Sie trat zurück und legte ihm ihre warmen Hände an die Wangen.

Plötzlich bekam er einen Kloß im Hals. Er entzog sich sanft der Berührung. Aus einem der Schränke holte er sich einen Becher. »Was macht Dad im Schuppen?«

»Dein Vater sucht die Lichterkette mit den Sternen«, erklärte seine Mutter mit diesem leicht ungeduldigen Unterton, der ausdrückte, wie sehr sie den sturen Kerl liebte. »Ich habe ihm hundertmal gesagt, dass er das Mistding im Frühjahr weggeworfen hat, weil es durchgebrannt ist. Aber er hört einfach nicht zu!«

Colin grinste. »Wie ungewöhnlich.« Er schenkte sich vom frisch gebrühten Kaffee ein, setzte sich an den Küchentisch und wärmte seine Hände am Becher. Während seine Mutter die Hunde fütterte, nippte er gedankenverloren an dem heißen Getränk.

»Wie hast du geschlafen?«

Er sah auf und zuckte die Achseln. »Ganz gut.« Zwei oder drei Stunden. Wenn überhaupt.

Seine Mutter musterte ihn besorgt, und sie hörten beide auf, so zu tun, als wäre heute ein ganz normaler Samstag im Hause Fairfax. Kein Tag war normal gewesen, seitdem man ihn aus dem Krankenhaus entlassen hatte und er wieder bei seinen Eltern eingezogen war, doch dem heutigen Tag hatten sie alle mit Anspannung, Sorge und, zumindest in seinem Fall, mit Furcht entgegengeblickt. Jetzt war es endlich so weit, und er konnte beim besten Willen nicht sagen, was er fühlte. Erstaunlicherweise hielten es alle bis auf einen Menschen für eine gute Idee. Selbst der Polizeipsychologe, der einmal in der Woche versuchte, Colins Verstand zu ordnen, hatte zugestimmt. Einen klaren Abschluss suchen, um einen Neubeginn zu ermöglichen. Das Argument hatte wiederum seine Eltern überzeugt. Was nicht bedeutete, dass sie sich nicht trotzdem Sorgen machten.

Einzig Steve Blake war vehement dagegen. Das überraschte ihn nicht. Ihre Freundschaft war seit dem Ende des Einsatzes merklich abgekühlt. Noch im Krankenhaus hatten sie eine unschöne Unterhaltung über Motivation und Loyalität geführt. Über falsche Freundschaften, die damit endeten, dass sich jemand in Lebensgefahr begab, um einen Typ zu retten, der es nicht verdiente, gerettet zu werden. Die geringsten Zweifel an Colins Glaubwürdigkeit oder Integrität könnten eine interne Ermittlung nach sich ziehen, die den Erfolg des Einsatzes schmälern und seine Karriere infrage stellen würde. Und indirekt auch Steves. Wenn es um seine beruflichen Aufstiegschancen ging, verstand Steve Blake keinen Spaß. Deshalb hatten sie vereinbart, gewisse Ereignisse und Gespräche gegenüber Dritten zu verschweigen. Colin spürte, wie tief er im Ansehen seines Freundes – ehemaligen Freundes? – gesunken war und dass Steve insgeheim alles hinterfragte, was Alec Boyd in der letzten Phase seiner Undercoverarbeit getan hatte. Oder nicht getan hatte. Es kränkte ihn, und es machte ihn wütend.

Bei ihren wenigen Zusammentreffen ging es mittlerweile um rein Berufliches. Nachbesprechungen, Berichte, das Klären von Details. Stets waren ein oder zwei Offizielle dabei. Mitarbeiter der DEA und der Staatsanwaltschaft. Um sicherzustellen, dass Colins Aussagen vor Gericht Bestand hatten und es keine unangenehmen Überraschungen gab. Persönlich vor Gericht erscheinen musste er nicht. Das Gesetz schützte seine Identität.

Einer der Hunde stupste ihn mit der Nase an und hinterließ dabei Fleischkrümel auf seiner Jeans. Er kraulte Momo resigniert hinter dem Ohr. Angesabbert und vollgeschmiert zu werden, gehörte jetzt zum Alltag. Der Labrador grunzte zufrieden und stemmte sich mit all seinem Gewicht gegen sein Bein.

Colin sah auf die große Küchenuhr, die über der Spüle hing. Noch eine Viertelstunde.

Der Blick seiner Mutter folgte seinem. Um ihre Mundwinkel erschien ein verkniffener Zug. »Du solltest etwas essen.«

Er schüttelte den Kopf. »Kein Hunger.«

»Morgen, Champ.« Sein Vater kam auf Socken in die Küche gehumpelt, das Gesicht von der Kälte gerötet.

»Morgen, Dad.«

»Die verflixte Lichterkette ist tatsächlich nicht mehr da, Rosie.«

Seine Mutter rollte die Augen. »Wirst du irgendwann auf mich hören?«

»Wahrscheinlich nicht.« Sein Vater zog einen Stuhl unter dem Tisch hervor und lehnte sich schwer auf Colins Schulter, um sich das Hinsetzen zu erleichtern.

Colin stützte ihn zusätzlich am Arm. Ihre Blicke trafen sich, und ihm wurde klar, dass die Berührung mehr war als eine bloße Hilfestellung für seinen Vater.

Schweigend tranken sie ihren Kaffee und warteten.

Dann klingelte es an der Tür.

Momo und Lulu bellten kurz und tippelten angespannt auf und ab. Als Colin aufstand, folgten sie ihm. Er öffnete die Haustür und stand Steve Blake gegenüber.

Steve wirkte müde und abgespannt. Er ertrank in Überstunden. Colins Aussagen und Rameshs Informationen hatten zu einer beispiellosen Flut von Hausdurchsuchungen und Verhaftungen geführt. In Chicago, Detroit, Cleveland und Buffalo hatten unzählige Male die Handschellen geklickt, und sie taten es weiterhin, auch in anderen Städten. Immer neue Einzelheiten kamen ans Tageslicht. Die Verstrickungen der *GLA* reichten bis in höchste politische Kreise. Köpfe rollten, Deals wurden gemacht, Verdächtige tauchten unter. Der Aufschrei in den Medien war gigantisch gewesen. Die Ermittlungen der DEA hatten eine Lawine losgetreten, deren Ausmaße bisher niemand abschätzen konnte. In den Verlautbarungen der Staatsanwaltschaft wurde Eric Deacon offiziell als der Spitzel genannt, der die DEA über Monate hinweg mit geheimen Informationen versorgt hatte. Deacon würde in die Polizeigeschichte eingehen als derjenige, der die Zerschlagung der *Great Lakes Association* überhaupt erst ermöglicht hatte. Tote konnten nicht widersprechen.

»Hi Steve.« Er trat beiseite. »Komm rein.«

Steve begrüßte zuerst die Hunde, danach seine Eltern. Während Colin Stiefel und Jacke anzog, hörte er die verkrampften Versuche von Small Talk aus der Küche. Seine Eltern bemühten sich, Steve freundlich zu begegnen, doch sie gaben ihm die Schuld an allem, was geschehen war. Steve hatte ihren Sohn in Lebensgefahr gebracht, und das würden sie ihm nie verzeihen.

Wenig später saßen Steve und er in einem dunkelgrauen Dodge und fuhren nach Westen. Zwischen seinen Füßen standen eine Kühltasche mit Sandwiches und eine Thermosflasche mit Kaffee, die seine Mutter hastig gefüllt hatte. Falls er während der langen Fahrt das Frühstück nachholen wollte. Er bezweifelte es. Er schob den Beifahrersitz zurück, senkte die Rückenlehne und schloss die Augen. Er wollte Steve nicht das Gefühl geben, ihn zu ignorieren.

Oder vielleicht doch.

Er dachte an Eric Deacon. Den ersten Menschen, den er im Polizeidienst erschossen hatte. Einem Menschen das Leben zu nehmen, veränderte einen. Deacon war kein Unschuldslamm gewesen, und er hatte in der Situation auf die einzige ihm mögliche Weise gehandelt. Er hatte richtig reagiert, und er musste sich keine Vorwürfe machen. Trotzdem belastete es ihn. Es war wie ein Makel. Er fühlte sich weniger wert als vorher, und das erfüllte ihn mit Wut auf sich selbst und auf Deacon. Vieles, was ihn früher kaltgelassen hätte, machte ihn heute wütend.

Manchmal schrak er nachts aus dem Schlaf hoch und spürte wieder den Lauf der Pistole an seiner Schläfe. Wenn die Panik allmählich abebbte und er begriff, wo er war, stürzten die Erinnerungen auf ihn ein. Die Lagerhalle, der Schuss, die dunkle Straße im Nirgendwo.

Dann ging er in den Keller, schaltete das Laufband ein und lief, bis seine Gedanken zur Ruhe kamen oder die Anstrengung zu viel wurde. Häufig siegte die Anstrengung. Noch. Seine alte Form kehrte allmählich zurück, aber an manchen Tagen brachte er nichts zustande, außer aufzustehen und sich anzuziehen. Obwohl die Wunde längst verheilt war, spürte er gelegentlich diffuse Schmerzen in der linken Seite. Die Kugel aus Deacons Waffe hatte seinen Körper durchschlagen, ohne lebenswichtige Organe zu verletzen. Der Blutverlust war stark gewesen, doch alles in allem hatte er Glück gehabt. Daran dachte er, wenn er nach dem Duschen im Badezimmerspiegel die kreisrunde Narbe betrachtete. Seine Mutter konnte den Anblick nicht ertragen. Sie brach jedes Mal in Tränen aus.

Manchmal lag er nachts wach und dachte an Layla. An die verpasste Chance. An das, was hätte sein können, wenn die Umstände anders gewesen wären. Sie arbeitete inzwischen in einem anderen Nachtclub, für seriöse Geschäftsleute, die sich an die Gesetze hielten. Sie wohnte in ihrer kleinen Wohnung in Detroit und lebte ihr Leben. Ohne ihn. Weil es zu gefährlich wäre, ihr die Wahrheit zu erzählen. Die Versuchung blieb. Den Autoschlüssel nehmen, in den Wagen steigen ...

Die Vereinbarung mit Mikelti würde er nicht einhalten können. Der Impala würde in Detroit bleiben. Alles andere wäre ein unnötiges Risiko. Neugierige Leute könnten Fragen stellen oder die Herkunft des Wagens zurückverfolgen. Es bedrückte ihn, Mikelti auf diese Weise im Stich zu lassen. Ihm das versprochene Geld nicht zu zahlen, das er so dringend benötigte.

Hoffentlich fand Mikelti einen Käufer, der den Impala zu Ende restaurierte.

Vor einiger Zeit hatte er zur Entspannung *Johnny Cash at Folsom Prison* gehört und sofort an die Rückfahrt von Chicago denken müssen. Lennox' Verwirrung und Rameshs Lachanfall. Seitdem stand die CD ganz hinten im Regal.

Es waren gute Erinnerungen, die keine guten sein sollten. Er wusste, dass er sie besser vergessen sollte, um sich selbst zu schützen. Doch das fiel ihm schwer.

Er verschlief den größten Teil der Fahrt. Als er erwachte, waren fast vier Stunden vergangen, und sie holperten über einen verschneiten Acker zu einem einsamen Flugzeughangar. Niemand war zu sehen, die Schneeschicht auf der Landebahn unberührt.

Steve hielt vor dem halbrunden Gebäude. Eine Tür wurde geöffnet. Ein schwer bewaffneter Mann in dunkler Kleidung trat ins Freie. Unter der offenen Jacke trug er eine schusssichere Weste.

Steve stellte den Motor ab und sah ihn an. »Bist du dir absolut sicher?«

»Ja.«

Steve seufzte und schüttelte den Kopf, doch er diskutierte nicht mehr. Darüber waren sie hinaus. Sie stiegen aus und gingen auf den bewaffneten Wächter zu. In dessen rechtem Ohr steckte ein kleiner Knopf. Nachdem sie sich ausgewiesen hatten, kündigte sie der Mann über ein winziges Mikro in seinem Revers an und ließ sie passieren.

Im Inneren des Hangars stand ein grauer Minivan mit getönten Scheiben. Ein schwarzhaariger Mann in einem dunklen Anzug und einem schlecht sitzenden

Wintermantel darüber lehnte an der Motorhaube und rauchte. Er deutete wortlos auf einen Wohncontainer am anderen Ende des Gebäudes, in der Nähe der großen Tore. Vor der Containertür stand eine weitere Wache. Vor dem einzigen Fenster war eine Außenjalousie heruntergelassen.

Sie gingen weiter, und mit jedem Schritt erhöhte sich Colins Anspannung. Trotz der Kälte im Hangar bildete sich ein dünner Schweißfilm in seinem Nacken und an seinen Schläfen. Sein Herz pochte immer schneller. Jetzt war er froh, nichts gegessen zu haben, sonst hätte er sich vielleicht übergeben.

Steve nickte der Wache knapp zu, öffnete die Tür und trat ein. Colin zögerte, atmete tief durch und folgte Steve.

In Inneren des Containers standen ein Tisch und zwei Stühle. Ansonsten gab es keine Möbel. Eine nackte Glühbirne spendete Licht, und ein Heizlüfter sorgte für einen Hauch von Wärme.

Auf einem der Stühle saß Ramesh, die Hände in Handschellen, die wiederum an einem massiven Metallring in der Mitte der Tischplatte befestigt waren. Hinter ihm stand ein dritter bewaffneter Mann. Ramesh musste reichlich warm sein. Er selbst oder einer seiner Bewacher hatte den Reißverschluss seiner Jacke geöffnet. Darunter trug er ein schwarzes Shirt, von dem sich die Halskette mit dem verblassten Vishnu-Anhänger deutlich abhob. Er sah den Umständen entsprechend gut aus. Etwas müde, doch falls er angespannt oder nervös war, verbarg er es erfolgreich.

»Zehn Minuten«, sagte Steve missmutig. Er musterte Ramesh, dessen Blick wiederum fest auf Colin gerichtet war, und zog sich zur Tür zurück.

Steve hatte in der Nacht auf der Straße nach Nirgendwo dafür gesorgt, dass die Sanitäter weder die Viper noch Ramesh zu Gesicht bekamen. Während Colin auf dem Weg ins Krankenhaus gewesen war, hatte Steve alle Strippen gezogen, die er ziehen konnte, und dafür gesorgt, dass Ramesh Dewari starb. Offiziell war Ramesh auf der Flucht vor der Polizei mit der Viper verunglückt und bis zur Unkenntlichkeit verbrannt. Der Gerichtsmediziner hatte die verkohlte Leiche später anhand der Zähne identifizieren müssen. Wie und woher Steve eine passende Leiche beschafft und die Röntgenbilder besorgt hatte, wollte er lieber nicht wissen.

Er trat vor und setzte sich auf den freien Stuhl. Eine Weile sahen Ramesh und er sich schweigend an.

»Wie gefällt dir das Leben nach dem Tod?«, brach Colin schließlich die Stille.

»Ist anders, als ich es mir vorgestellt habe.«

»Keine Reinkarnation?«

»Wer weiß.« Ramesh lächelte auf seine leicht spöttische Art. »Wie geht es Lennox?«, wechselte er das Thema. Und bewies erneut, dass er nicht so kalt war, wie er gern tat.

»Gut, soweit ich weiß. Er wartet auf den Beginn seines Prozesses.«

Lennox Kinley war zwar nicht für Ramesh gestorben, doch es hatte nicht viel gefehlt. Jetzt würde er wegen zweifachen Mordes vor Gericht stehen. Unter anderem. Die Spurensicherung hatte zweifelsfrei nachgewiesen, dass die Kugeln, die Emerson Richards und dessen

Lieutenant getötet hatten, aus Lennox' Waffe stammten. Er würde den Rest seines Lebens im Gefängnis verbringen.

»Hast du von Deacons Verrat gewusst?« Rameshs Blick bekam etwas Lauerndes.

Colin überlegte, wie viel er preisgeben sollte. Er entschied sich für die Wahrheit. »Ich hatte einen Verdacht. Deacon war dir nahe genug, um an die Informationen zu gelangen, und verschlagen genug, um sie gegen dich zu verwenden. Die Spannungen zwischen euch waren unübersehbar, aber du hast Deacon weder ernst genommen noch ihn als mögliche Gefahr betrachtet. Er hat sich deine Arroganz und Überheblichkeit zunutze gemacht.«

In Rameshs Augen blitzte es warnend auf, doch er schwieg.

»Der Anschlag auf den Club war ein nettes Ablenkungsmanöver«, fuhr Colin fort. »Allerdings hielten sich die Schäden in Grenzen. Alles kosmetischer Kram, den man leicht beheben konnte. Das hat meinen Verdacht gefestigt. Sicher war ich erst, als Tyrone mir bei der Lagerhalle seine Pistole in die Rippen gerammt hat. Da war es zu spät.«

»Um was zu tun?« Ramesh lächelte säuerlich. »Mich zu warnen?«

Er zögerte. Er war nicht sicher, was er getan hätte. »Vielleicht.«

»Warum dieses Treffen? Hast du keinen neuen Auftrag, bei dem du dich in das Leben eines anderen Menschen einschleichen und ihn verraten kannst?«

Er nahm den Stich hin. Er hatte ein ganz anderes Kaliber von Hass und Verachtung erwartet.

»Warum hast du zugestimmt?«, stellte er eine Gegenfrage.

Rameshs Augen verengten sich. Sein rechter Zeigefinger klopfte einen schnellen Rhythmus auf der Tischplatte. Es fiel ihm auf, und er hielt inne. »Weißt du, wohin sie mich diesmal bringen?«, lenkte er ab.

Colin ließ ihn gewähren.

Sie suchten beide Antworten, die ihnen niemand sonst geben konnte.

»Keine Ahnung. Ich bin raus aus der Sache.« Seine Gedanken wanderten zurück zu seiner Bemerkung über Reinkarnation am Anfang des Gesprächs und Rameshs Antwort darauf. In seinem Kopf formte sich eine Ahnung, die ihn schmunzeln ließ. »Du wirst die erste Gelegenheit nutzen, um zu verschwinden, stimmt's?

Ramesh hob erstaunt die Augenbrauen. Er wandte sich zu seinem Bewacher um, der ihn finster anstarrte, zwinkerte dem Mann zu und sah zurück zu Colin. »Rein hypothetisch gesprochen …« Ramesh beugte sich vor, eine Bewegung, die seinen Hintermann noch aufmerksamer werden ließ. »Würdest du nach mir suchen?« Er klang lässig, doch in seinem Blick lag absoluter Ernst.

Colin hatte bereits darüber nachgedacht. Wenn sie sich nach dem heutigen Tage nie wiedersahen, würde er damit leben können. Obwohl es diesen kleinen Stich gab. Tief verborgen. Eine Empfindung, an die er nicht herankam. Oder herankommen wollte. Er schüttelte den Kopf und beugte sich ebenfalls vor. Hinter ihm räusperte sich Steve Blake vernehmlich. »Rein hypothetisch gesprochen: Würdest du in dem Fall nach mir suchen?«

Diese Frage war einer der Gründe, warum er um ein Treffen gebeten hatte.

Würde er bis zum Ende seines Lebens über die Schulter sehen müssen? In der Erwartung, dass sich Ramesh eines Tages an ihm rächte? Oder jemanden schickte, der es für ihn tat?

Ramesh musterte ihn einige Momente schweigend. »Nein.«

Er glaubte ihm.

»Hast du bekommen, was du wolltest?«

Colin nahm den Blick vom Außenspiegel, in dem der Hangar allmählich verschwand. Er musterte Steve und nickte.

»Gut. Dann können wir das Thema ja endlich abschließen.«

Er hob zu einer Antwort an, doch Steve konzentrierte sich verbissen auf die Straße.

Sie hielten bei einem Truck Stop für ein verspätetes Mittagessen. Während Steve die Toilette aufsuchte, schickte er eine Textnachricht an Silvio Esposito und rief danach zu Hause an. Sein Vater ging ans Telefon. Er sagte ihm nur, dass sie auf dem Rückweg waren und es ihm gut ging.

Es stimmte. Er fühlte sich erleichtert.

Für den Rest der Strecke übernahm er das Steuer, während Steve auf dem Beifahrersitz schlief.

Die verschneite Landschaft zog vorüber, und er fragte sich wohl zum hundertsten, nein, zum tausendsten Mal, wie es nun mit seinem Leben weitergehen sollte.

Sein alter Job beim Drogendezernat wartete auf ihn. Sofern die psychologische Untersuchung gut lief und er für diensttauglich erklärt wurde. Silvio wurde nicht müde, ihm zu versichern, wie sehr er sich darauf freute, endlich wieder einen ordentlichen Partner zu haben.

Doch es würde bedeuten, wieder in Atlanta zu leben. Bei dem Gedanken zog sich alles in ihm zusammen. Er wollte in Dalton bleiben. In der Nähe seiner Familie.

Eric Deacons Tod hatte in ihm eine Angst geweckt, die er vorher nicht kannte. Er wollte nie wieder auf einen Menschen schießen müssen, und er wollte nie wieder in eine Situation geraten, in der jemand eine Waffe auf ihn richtete. Solange er diese Angst nicht überwand, durfte er nicht zurück in den aktiven Dienst. Er wäre eine Gefahr für sich und seinen Partner.

Der Termin für die Untersuchung stand im Januar an. Bis dahin musste er sich darüber klar werden, was er wollte. Was er brauchte.

Es dämmerte bereits, als sie nach Dalton zurückkamen. Er fuhr nicht zum Haus seiner Eltern, sondern hielt vor der Werkstatt seines Onkels. Der Abschied von Steve war so eisig wie die Außentemperatur. Mit der Kühltasche in der Hand und der Thermosflasche unter dem Arm betrat er das kleine Grundstück, auf dem sich in einer Ecke drei Fahrzeuge drängten. Er hörte, wie Steve davonfuhr, und ging weiter zu dem niedrigen Backsteingebäude, in dem die Werkstatt und das Büro lagen. Im Büro brannte Licht. Durch ein Fenster sah er seinen Onkel, der am Schreibtisch saß, den Blick auf einen Monitor gerichtet, und konzentriert Buchstaben in eine Tastatur hackte.

Er klopfte an und steckte den Kopf durch die Tür. »Hi Derek.«

Sein Onkel wandte den Kopf, erkannte ihn und lächelte. »Wenn das nicht mein Lieblingsneffe ist!«

»Dein einziger Neffe.«

Derek zuckte die Achseln und musterte ihn ernst über den Rand seiner Lesebrille hinweg. »Geht es dir gut?«

»Besser.«

»Ich bin froh, das zu hören.« Sein Onkel nahm ein Schlüsselbund vom Schreibtisch und warf es ihm zu.

Er fing es mühelos auf. »Silvio sollte bald hier auftauchen. Zeigst du ihm den Weg?«

»Sicher.«

»Danke.« Colin klopfte zum Abschied gegen den Rahmen und schloss die Tür. An der Rückseite des Gebäudes befand sich ein Garagenanbau. Er suchte den passenden Schlüssel, öffnete das Tor und klappte es hoch. In der Garage stand aufgebockt und unter einer Plane verborgen ein Fahrzeug. Er schaltete das Licht ein, stellte Kühltasche und Thermosflasche auf einer Werkbank ab und betrachtete einige Momente lang die Form unter der Plane. Schließlich hob er eine Ecke der Abdeckung an und zog. Die Plane glitt zu Boden und enthüllte einen reichlich mitgenommenen 1968er Chevrolet Camaro RS/SS, dessen roter Lack irgendwann einmal Feuer besessen hatte. Jetzt war er stumpf, zerkratzt und angeschlagen. Die beiden breiten Längsstreifen auf der Motorhaube sahen eher gelblich aus als Weiß. Die Reifen fehlten, ebenso Teile der Rückbank, ein Kotflügel, eines der Rücklichter und die Hälfte der Armaturen. Von der Elektrik nicht zu sprechen. Doch unter der Haube steckte der Originalmotor mit seinen acht Zylindern und dreihundertfünfzig PS.

Er liebte den Wagen schon jetzt.

Vor einigen Tagen hatte er seinen Onkel in der Werkstatt besucht und ihm beim ersten Kaffee des Tages von Mikeltis Chevy Impala erzählt. Von der Arbeit, die er in den Wagen gesteckt hatte, von dem Deal zwischen Mikelti und ihm. Von der blauäugigen Hoffnung, den Wagen tatsächlich kaufen zu können, weil ihn der Impala an seine Jugend erinnerte. An die Fahrstunden mit Derek. Es mochte kitschig klingen, doch der Wagen war ihm in Detroit ein Stück Heimat gewesen. Sein Rückzugspunkt, wenn er seine Gedanken ordnen und der komplizierten Welt für eine Weile entkommen wollte. Während er ins Schwärmen geriet und gleichzeitig immer deprimierter wurde, war sein Onkel aufgestanden und zu dem kleinen Safe gegangen, in dem er die Fahrzeugschlüssel aufbewahrte. Er hatte einen der Schlüssel herausgenommen, ihn Colin in die Hand gedrückt und ihm den Camaro gezeigt. Derek hatte den Wagen einer jungen Frau abgekauft, die nach dem Tod ihres Vaters in den Besitz eines verrosteten Haufen Schrotts gekommen war, mit dem sie nichts anfangen konnte. Außer, ihn zu Geld zu machen.

Für Colin war der Camaro kein Haufen Schrott, sondern das schönste Weihnachtsgeschenk, das er hätte bekommen können.

Von der Straße ertönte dreifaches Hupen. Silvios Erkennungssignal. Er lächelte und trat aus der Garage. Wenig später kam sein ehemaliger Partner um die Hausecke, eingemummelt in einen langen Mantel, eine Wollmütze tief ins Gesicht gezogen. Espo hasste Schnee, Kälte und alles, was mit Winter zu tun hatte. Er schob es auf seine mexikanischen Gene, die Mexiko allerdings seit zwei Generationen höchstens aus dem Fernsehen kannten.

»Hola Chico!« Silvio reichte ihm grinsend die behandschuhte Rechte, zog ihn in eine kurze Umarmung und klopfte ihm kräftig auf die Schulter. »Alles klar?«

»Alles klar.«

Mit einem kurzen Blickwechsel vereinbarten sie, später über das Treffen mit Ramesh zu sprechen.

»Das ist also der Wagen.« Silvio verzog spöttisch das Gesicht. »Eine gestreifte Tomate.«

Irgendwo hatte Colin den Spruch schon einmal gehört.

»Das ist ein Klassiker, du Banause!«, gab er empört zurück und erntete ein schelmisches Grinsen.

»Außerdem ist das nicht der Originallack«, fügte er rasch hinzu, um seine Ehre zu verteidigen und die des Camaros. Er zeigte Espo eine Stelle am linken vorderen Kotflügel, wo der rote Lack großflächig abgeschabt war. Darunter lag dunkler Lack. Er entfernte mit dem Ärmel Staub und Dreck und förderte ein sattes Dunkelblau zutage. »Das ist der Originallack«, stellte er klar.

Dieses schöne Detail hatte ihm der zweistellige Farbcode an der Unterseite der Motorhaube verraten.

»Okay.« Silvio nickte gnädig. »Damit kann ich leben.« Er richtete sich auf. »Was machen wir jetzt?«

»Jetzt nehmen wir den Wagen auseinander.«

Silvios Augen weiteten sich für einen Moment zu diesem O-Scheiße!-Blick, den er so gut beherrschte. »Großartig.« Sein Kumpel klatschte mit gespielter Freude in die Hände. »Du holst das Werkzeug, ich hole das Bier.«

Mit diesen Worten machte er auf dem Absatz kehrt und marschierte zurück zu seinem Wagen.

»Also wie immer«, rief Colin ihm nach.

Silvio wandte sich nicht um, sondern hob im Gehen die Hand und zeigte ihm einen Finger, der den Tatbestand der Beamtenbeleidigung erfüllte.

Colin grinste. Er betrachtete den Camaro und verspürte zum ersten Mal seit einer Ewigkeit die Gewissheit, dass alles gut werden würde.

ENDE